Gytha Lodge

WAS ICH EUCH VERSCHWEIGE

Kriminalroman

Aus dem Englischen von
Kristian Lutze

Hoffmann und Campe

Die Originalausgabe erschien 2022 unter dem Titel
Little Sister bei Michael Joseph / Penguin Books Ltd, London.

1. Auflage 2022

www.hoffmann-und-campe.de
Umschlaggestaltung: Vivian Bencs © Hoffmann und Campe
Umschlagabbildung: © Alexander Vinogradov/Trevillion Images
Satz: Pinkuin Satz und Datentechnik, Berlin
Gesetzt aus der Minion Pro
Druck und Bindung: C. H. Beck, Nördlingen
Printed in Germany
ISBN 978-3-455-01449-5

HOFFMANN
UND CAMPE

Ein Unternehmen der
GANSKE VERLAGSGRUPPE

Für Kyn, die für ungemein unterhaltsame Kinderbetreuung gesorgt hat, während ich das hier geschrieben habe, und beim Ringkämpfen nur sechsmal die Nase des Jungen zum Bluten gebracht hat.

PROLOG

Es war sehr viel wärmer, als es an einem Septembernachmittag hätte sein sollen. Um vier Uhr nachmittags herrschten im Garten des Spread Oak noch Temperaturen von knapp dreißig Grad. Jonah schaute nach Milly, während eine der Kellnerinnen ein Pint Lager auf den Picknicktisch stellte. Milly schlief fest unter dem Sonnenschirm des Kinderwagens, eingelullt von der Hitze und dem Stimmengewirr im Hintergrund.

Als Jonah das Glas Bier anhob, spürte er das Kondenswasser auf seiner Handfläche und die leichte Brise, die über seine Arme strich. Es war ein so rarer Moment von Frieden und Normalität, dass er sich allein davon beschwipst fühlte, noch bevor er an den vier Prozent Alkohol genippt hatte.

Sechs Wochen mit Milly hatten sein Leben auf den Kopf gestellt. Vorher hatte er Angst gehabt, dass die Veränderung ihn überfordern würde. Dass er mit fünfzig zu eingefahren in seinen Gewohnheiten sein würde, um die Ankunft eines Babys zu bewältigen, und zu alt, um den Schlafmangel zu verkraften.

Es hatte ihn selbst überrascht, dass es die pure Wonne für ihn war. Er hatte sogar die ersten beiden Wochen genossen, in denen die Bedürfnisse seiner Tochter scheinbar kein Ende gekannt hatten und er nicht wirklich gewusst hatte, wie er sie befriedigen sollte. Trotzdem ertappte er sich immer wieder dabei, wie er sie staunend betrachtete oder einfältig grinste, wenn sie leicht schielend zu ihm aufblickte.

Nicht dass es leicht war. Gemeinsam ein Kind zu bekommen, nachdem sie sich erst Monate zuvor auf unschöne Weise getrennt hatten, brachte eine Menge Ballast mit sich, und der massive Schlafentzug sowie der plötzliche Verlust an Freiheit waren auch nicht gerade hilfreich gewesen. Es hatte Momente kompletten Missverstehens gegeben und Momente, in denen alles unmöglich schien.

Er hatte sich gefragt, ob er es wirklich schaffen würde. Konnte er ernsthaft ein Leben mit der Mutter seines Kindes führen? Ein Kind, das in einer dummen Nacht betrunkener Nostalgie gezeugt worden war? Fühlte er sich dazu imstande, obwohl seine Liebe zu Michelle längst erloschen war? Obwohl sein Herz woanders schlug?

Er musste es versuchen. Das war ihm klargeworden. Er konnte Michelle das Kind nicht allein großziehen lassen. Nicht wenn sie ihn bat, es noch einmal zu versuchen.

Es war nicht leicht gewesen, ein neues Leben mit seiner Exverlobten aufzubauen. Die Liebe, die er einst empfunden hatte, war nur tröpfchenweise zurückgekehrt, aber als der errechnete Geburtstermin schließlich vor der Tür stand, hatte er sich ihr fast so nahe gefühlt wie früher. Vielleicht waren seine Empfindungen nicht mehr so intensiv, wie sie einmal gewesen waren, doch er hoffte, dass sie weiter wachsen würden, während sie gemeinsam ihr Kind großzogen.

Was nicht bedeutete, dass es nicht auch ein paar wahrhaft schreckliche Momente gegeben hatte. Momente, in denen er unvermittelt mit klopfendem Herzen aus seinen Gedanken hochgeschreckt war, mit dem Gefühl, in ein falsches Leben gestolpert zu sein. In denen Michelle ihn mit absoluter Kälte angesehen hatte.

Aber diese Momente wurden im Laufe der Monate immer seltener. Und heute hier draußen zu sein, mit einem Kind, das tatsächlich schlief, und wie ein normaler Mensch ein Bier zu trinken, fühlte sich an wie ein großes Privileg. Ein Segen.

Ehe er sich's versah, hatte er das Glas zu zwei Dritteln geleert. Der Alkohol legte zusätzlich eine leicht schimmernde Unschärfe über alles, und er lächelte unvermittelt ein Paar mit zwei Kleinkindern an, die an ihm vorbei zum Klettergerüst liefen.

Sein Handy summte. Er nahm es und las Michelles Nachricht:

Bin ca. 20 Minuten zu spät dran. Bin eingeschlafen!! Tut mir leid. Xx

Verdammt. Er hatte sich darauf gefreut, endlich mal wieder richtig Zeit miteinander zu verbringen, unbelastet von zu spülenden Fläschchen, dreckiger Wäsche und Diskussionen über Millys Schlafrhythmus. Das kam so selten vor in ihrem neuen Leben.

Aber nicht einmal das konnte seine gute Laune mindern. Er schrieb kurz zurück: »Keine Eile!«, und beobachtete dann wieder die Kinder, die um das Klettergerüst rannten. Ihre Eltern waren bei ihnen, tobten mit, kitzelten sie oder halfen ihnen auf die Rutsche.

Zum ersten Mal seit geraumer Zeit war er zuversichtlich, dass alles gut werden und er in ein paar Jahren genauso mit Milly herumtoben würde, zusammen mit seiner Partnerin.

Jonah beobachtete immer noch die Kinder, als eine Gestalt durch den vergitterten Durchgang zur Straße kam. Zunächst nahm er sie nur am Rande seines Blickfelds wahr, vor allem ihr langes, leuchtend rotes Haar. Doch sein flüchtiger Blick registrierte noch etwas anderes – vielleicht, dass sie schmutzig wirkte –, und er drehte sich instinktiv zu ihr um.

In diesem Moment erkannte er, dass es kein Schmutz, sondern Blut war. Ihr T-Shirt war beschmiert damit, auch ihre Hände waren mit einer rostroten Schicht überzogen, die bis zu den Ellbogen reichte. Kurz fragte er sich, ob das nur eine Folge seines Schlafmangels war, ob sich dadurch die Grenze zwischen seinem unschuldigen Familienleben und der schrecklichen Gewalt verwischte, mit der er in seinem Beruf täglich zu tun hatte. War das Ganze womöglich nur eine Halluzination?

Aber dann drehten sich nach und nach auch die anderen Gäste um, und Stille senkte sich über den Biergarten. Kurz hörte man nur das leise Summen der Musik aus dem Pub und das angestrengte

Ächzen und Stöhnen von zwei Kindern, die nichtsahnend weiter das Gerüst hochkletterten.

Das Blut war echt, dachte er, und nachdem er das begriffen hatte, überlegte er, woher es stammen könnte.

Es gab kein Indiz dafür, dass es ihr Blut war, keine tiefrote Stelle, die auf eine Wunde hinweisen würde. Nur ein breiter rotbrauner Streifen auf ihrem T-Shirt, dazu ihre verschmierten Hände. Jonah versuchte einzuschätzen, ob sie in Gefahr schwebte oder nur Zeugin eines schrecklichen Unfalls gewesen war.

Sie war jung, dachte er, ein Teenager. Nachdem sie ein paar Schritte in den Biergarten gemacht hatte, blieb sie unvermittelt stehen, als wäre ihr der Schwung ausgegangen.

Für Jonah stand außer Frage, dass *er* sie ansprechen sollte. In dem Moment, in dem diese junge Frau den Garten betreten hatte, war er für sie verantwortlich geworden. Eigentlich schon vorher. Schon in dem Moment, als Blut über sie vergossen worden war.

Sie blickte sich mit einem eigenartig unbesorgten Ausdruck zwischen den Gästen um. Ohne Scham oder Angst. Aber auch ohne eins der Anzeichen, die Jonah bei einem Mädchen erwarten würde, das gerade ein traumatisches Erlebnis gehabt hatte. Jedenfalls ohne eins der üblichen Anzeichen. Wenn überhaupt wirkte sie leicht amüsiert.

Er stand auf und machte einen Schritt nach vorn, eine Hand am Griff des Kinderwagens.

»Alles in Ordnung mit dir?«, fragte er sie.

Er hörte eilige Schritte aus dem Pub. Am Rande seines Blickfelds sah er, wie eine Kellnerin mit zwei Tellern herauskam und stockte, als sie die Szene vor sich bemerkte.

Das Mädchen lächelte ihn an, aber es war kein freundliches Lächeln. Es war beinahe so, als hätte sie seine Frage erwartet und würde sie amüsant finden.

»Ich könnte was zu trinken gebrauchen«, sagte sie.

Jonah nickte. »Komm mit an die Bar, ich kaufe dir was.«

Als er sie in den Pub führte, war er sich bewusst, dass ihn inzwischen alle Gäste beobachteten und offensichtlich annahmen, dass er sie kannte. Dass das Ganze irgendwie seine Schuld war.

Zum Glück hatte Jonah nie viel darum gegeben, was die Leute dachten.

Die junge Frau betrat vor ihm den Pub, er hob den Kinderwagen über die Schwelle und folgte ihr. Die Dunkelheit drinnen machte ihn kurz blind, bevor er sich die Sonnenbrille auf den Kopf schob. Das Mädchen ging bereits auf den Tresen zu.

Wie üblich gab es keine richtige Warteschlange, nur einen Haufen Leute in der Nähe der Bar, die alle in eine Speisekarte vertieft waren und sich gelegentlich mit Seitenblicken musterten, darauf bedacht, ihren Platz nicht aufzugeben. Doch wegen ihm wichen sie zur Seite. Oder genauer gesagt wegen ihr.

»Eine Fassbrause?«, fragte Jonah und blickte zum nächsten Barkeeper. Der Typ hatte offensichtlich kapiert, dass er das blutverschmierte Mädchen als Erste bedienen sollte, egal wer sonst noch wartete.

»Gern«, sagte sie. »Ein Pint mit Eis.«

Jonah beobachtete, wie der Barkeeper sich in Bewegung setzte. Während die junge Frau sich erneut umsah, betrachtete er ihre blassen Augen, ihre schlanke hochgewachsene Gestalt, ihr selbstbewusstes Auftreten.

»Ich heiße Jonah«, sagte er und fügte nach einer kurzen Pause hinzu: »Ich bin Detective bei der Polizei.«

Sie blickte wieder ihn an, ließ jedoch nicht die geringste Neugier erkennen. »Keely.«

»Brauchst du unsere Hilfe, Keely?«

Er lauschte, wie die Fassbrause zischend in das Glas gezapft wurde. Sonst gab es nichts zu hören. Alle Augen waren auf sie beide gerichtet.

Keely kniff kurz die Augen zusammen und sagte: »Ich nicht. Aber Nina vielleicht.«

»Nina?«, fragte Jonah.

»Meine Schwester«, sagte Keely leichthin, beinahe heiter.

Jonahs Blick wanderte über das Blut an ihren Armen. »Wo ist Nina?«, fragte er.

Keelys spöttische Belustigung wich einem breiten wissenden Lächeln.

»Oh, das werde ich Ihnen noch nicht erzählen, Detective«, sagte sie. »Das wäre zu leicht.«

1.

Juliette Hanson war schon in der Polizeistation, als der Chief anrief, und fühlte sich ertappt, an einem sonnigen Sonntagnachmittag hier angetroffen zu werden. Der Chief wusste genau, dass sie keine dringenden Fälle auf dem Zettel hatten. Nichts, was Überstunden gerechtfertigt hätte.

»Ah, gut«, sagte er bloß, doch sie meinte, eine leichte Überraschung herausgehört zu haben. Die unausgesprochene Frage zu ihrem Privatleben.

»Sie müssen etwas für mich herausfinden.« Es folgte eine kurze Pause, in der Hanson das Geräusch eines Wagens vernahm und sich fragte, wo er war. »Ich möchte wissen, ob eine Vermisstenanzeige für eine Keely Lennox und ihre Schwester Nina vorliegt. Lennox mit Doppel-N.« Hanson kritzelte die Namen auf den großen Block auf ihrem Schreibtisch. »Ich bin in etwa einer halben Stunde da. Ich warte nur noch, bis die Uniformierten zur Unterstützung eintreffen.«

Hanson stockte, den Stift über dem Papier. »Unterstützung wobei?«

»Beim Transport der älteren Schwester«, sagte er leise. »Ich bringe sie mit auf die Station. Erklärung folgt, sobald ich allein im Wagen bin.«

Als sie auflegte, spürte Hanson ein Kribbeln akuter Neugier. Der DCI kam nur selten sonntags ins Kommissariat, und seit der Geburt seiner Tochter war es überhaupt nicht mehr vorgekommen.

Sie öffnete die Suchmaske der Datenbank und gab den Namen »Keely Lennox« ein. Sofort erschien eine Vermisstenanzeige auf dem Bildschirm, erstattet am Mittwochmorgen. Sie klickte sie an und sah die Fotos von zwei rothaarigen Teenagern. Eins der Mädchen lächelte mit warmem Blick aus grünblauen Augen in die Kamera; das andere, älter aussehende, starrte ausdruckslos aus eisblauen Augen.

Unter den Bildern standen einige kurze Absätze mit Informationen: Die sechzehnjährige Keely war mit ihrer jüngeren Schwester, der vierzehnjährigen Nina, vor zwei Tagen aus einem Kinderheim verschwunden. Zum letzten Mal gesehen worden waren sie am Dienstagabend zur Schlafenszeit. Vor fast fünf Tagen.

Abgesehen davon und einer Personenbeschreibung gab es kaum Informationen. Für beide der Schwestern waren keine speziellen Befürchtungen zu Protokoll gegeben worden. Was wahrscheinlich daran lag, dass sie unter Amtsvormundschaft standen, dachte Hanson.

Der Chief hat also Keely, dachte sie. Aber was ist mit der kleinen Schwester?

Da die Mädchen in Southampton lebten, wurde die Vermisstenermittlung von einem Team von Yvonne Heerdens uniformierten Constables durchgeführt. Hanson beschloss, einen Anruf bei Heerdens Team im zweiten Stock zu machen. Irgendjemand würde Dienst haben und ihr erzählen können, was man bisher herausgefunden hatte. Nach vierzehn Monaten als Detective Constable kannte Hanson die Routine gut genug, um auch ohne den Chief aktiv zu werden.

Während sie darauf wartete, dass jemand abnahm, zog sie ihre Reisetasche unter dem Schreibtisch hervor. Sie trug noch ihre Sportklamotten und hatte ihr verschwitztes Haar zu einem flachen Pferdeschwanz gebunden. Sollte sie an einer Befragung teilnehmen müssen, würde sie die Wechselkleidung brauchen, die sie immer für den Notfall unter ihrem Schreibtisch aufbewahrte.

»Alan Jones«, meldete sich eine Stimme am anderen Ende der Leitung. Im Aufrichten zog Hanson eine Bluse und ein Jackett aus der Tasche, beide ein wenig zerknittert, aber sauber.

»Hier ist DC Hanson«, sagte sie. »Mein DCI braucht Informationen über zwei Vermisstenfälle aus der vergangenen Woche. Keely und Nina Lennox, beide vermisst seit Mittwoch, dem Dritten. Der Bericht wurde von einer Constable Alsana Meek angelegt.«

»Okay, einen Moment«, sagte Alan, und sie hörte, wie er etwas tippte. »Ich habe die Ermittlungsakte hier vor mir. Ich schicke sie rüber, aber ich kann Ihnen eine kurze Zusammenfassung geben, wenn Sie wollen.«

»Super«, sagte Hanson. »Ich soll überprüfen, was bereits unternommen wurde. Wurden die Handydaten der Mädchen gecheckt?«

»Ja, am Donnerstag, dem vierten September«, antwortete Alan nach einer Pause. »Zuletzt haben sie einen Funkmast in der Nähe des Kinderheims in Southampton angepingt. Das war am Dienstagabend, aber seitdem nichts mehr.«

»Wurde das später noch einmal überprüft?«

»Nein, das war der einzige Check.«

Hanson notierte es leicht frustriert. Es war eine bedauerliche und unvermeidliche Tatsache, dass angesichts der knappen Ressourcen vielen Fällen nicht die Zeit gewidmet wurde, die ihnen gebührte. Diese Situation verschlimmerte sich noch dadurch, dass es wegen der Kürzungen bei den psychosozialen Diensten oft Polizeibeamten überlassen blieb, sich um Menschen zu kümmern, die eigentlich andere Formen der Hilfe benötigten, diese aber nicht bekommen konnten.

Trotz alledem war sie enttäuscht zu erfahren, dass man nicht gründlicher nach den beiden Mädchen gesucht hatte, die vermutlich schutzlos auf sich selbst gestellt waren. Zumal ihre abgeschalteten Handys womöglich auf etwas Unheilvolleres hindeuteten als auf den Wunsch, nicht gefunden zu werden.

»Irgendwelche nützlichen Informationen vom Personal des Kinderheims?«

Nach einer weiteren Pause sagte Alan: »Die Leiterin wurde befragt, konnte jedoch keine Hinweise geben.« Nach kurzem Schweigen fügte er hinzu: »Sie hat sich besorgt über die Sicherheit der Mädchen geäußert, vor allem über die der jüngeren Schwester Nina.«

»Hat sie gesagt, warum?«, fragte Hanson.

»Ähm … sie hat erklärt, Nina sei sehr leicht zu beeinflussen und würde alles tun, was Keely sagt«, antwortete der Kollege ausdruckslos.

Zu ihrer Neugier gesellte sich nun auch ein leichtes Unbehagen. Hanson bedankte sich und legte auf. Der Chief machte sich offensichtlich so viele Sorgen, dass er ihre Schwester ins Kommissariat bringen wollte. Vielleicht hatte die Leiterin des Kinderheims also recht gehabt.

Sie fragte sich, ob sie Ben und Domnall benachrichtigen sollte. Dazu hatte ihr der DCI keine Anweisungen erteilt. Wahrscheinlich wusste er selbst noch nicht, ob es notwendig werden würde, das gesamte Team zusammenzutrommeln.

Es hatte keinen Sinn, ohne konkreten Anlass einen der beiden Sergeants an einem Sonntagnachmittag zu stören, zumal Ben, von Natur aus gewissenhaft, wie er war, unweigerlich sofort ins Kommissariat eilen würde, sobald sie ihm davon berichtete.

Aber da sie und Ben normalerweise ziemlich häufig Nachrichten austauschten, kam es ihr auch komisch vor, ihm nicht zu erzählen, was los war. Außerdem war es manchmal besser, vorgewarnt zu werden, dachte sie. Wenn sie es richtig formulierte, könnte sie ihn auf dem Laufenden halten, ohne ihm das Gefühl zu vermitteln, dass seine Anwesenheit erforderlich war.

Sie überlegte einen Moment und schickte ihm dann eine kurze Textnachricht.

Wie geht's? Ich bin immer noch im CID, und der Chief ist auch auf dem Weg. Er will ein Mädchen im Teenageralter befragen, dessen Schwester verschwunden ist. Könnte interessant sein. Ich halte dich auf Stand.

Zehn Sekunden später traf Bens Antwort ein.

Bin in zwanzig Minuten da. Bringe Haferkekse mit.

Grinsend wählte Hanson die Nummer von Keely Lennox' Kinderheim. Offensichtlich hatte sie nicht ganz die richtigen Worte gefunden.

Michelle war kurz nach den beiden uniformierten Constables im Spreading Oak eingetroffen. Als sie aus dem Wagen stieg, hatte Jonah kurz einen Anflug der Enttäuschung verspürt, weil es nicht Jojo war, die ihn suchte. Weil er jetzt mit Michelle zusammen war, der klugen, fähigen Mutter seines Kindes, und nicht mit der respektlosen, naturverbundenen Jojo Magos.

Er hatte sich selbst erbärmlich gefühlt wegen dieser Reaktion. *Du solltest nicht an Jojo denken. Es ist nicht fair. Du liebst Michelle.*

Und das stimmte. Er liebte sie, und er liebte Milly. Er hatte das Richtige getan. Natürlich hatte er das. Jonah hatte tief eingeatmet, um sich zu beruhigen, dann Michelle zugewinkt und ihr bedeutet zu warten, während er dem Mädchen in den Wagen half.

Er hatte Michelles Gesichtsausdruck beim Anblick des Streifenwagens gesehen. Sie hatte sofort gewusst, dass es mit ihrem gemeinsamen Wochenende vorbei war.

Jonah hatte erwartet, dass sie verärgert reagieren würde, sauer darüber, dass die Zeit für ihre Familie einfach plattgewalzt wurde. Aber stattdessen hatte sie leicht panisch gewirkt. Er hatte beobachtet, wie sie zu der schlafenden Milly geschaut und den Blick wieder abgewendet hatte, als wäre ihr das alles zu viel, und das hatte ihn beunruhigt.

An diesen Gesichtsausdruck dachte er immer noch, als er Keely eine halbe Stunde später aus dem Observationsraum betrachtete. Die Constables hatten sie in einen der regulären Vernehmungsräume geführt, wo sie jetzt auf die Ankunft einer Sozialarbeiterin im Bereitschaftsdienst wartete, die als ihre Begleitperson fungieren sollte.

Seinem Eindruck nach war Keely nicht ganz normal. Während sie in dem Pub gewartet hatten, hatte er versucht, sie weiter zum Reden zu bringen. Er hatte sie gefragt, was passiert und woher sie gekommen war. Ob sie etwas gegessen hatte und ob es Eltern gebe, die er anrufen konnte. Sie hatte diese Fragen völlig unbewegt zur Kenntnis genommen und darauf entweder mit leerem Blick oder einem Hauch von Belustigung reagiert. Schließlich hatte sie leise geseufzt und gesagt: »Ich spreche auf der Polizeistation mit Ihnen. Es ist zwecklos, jetzt irgendwas zu fragen.«

Sie hatte das so unglaublich kühl erklärt, dass er kaum glauben konnte, dass sie erst sechzehn war, wie er inzwischen wusste. Er musste fairerweise zugeben, dass er es generell nicht leicht fand, das Alter von Teenagern zu schätzen. Trotzdem fand er es beunruhigend, wie jung sie noch war.

Sie hatte kein bisschen verlegen gewirkt und bei der Ankunft der uniformierten Beamten keine Spur von Ängstlichkeit gezeigt. Sie hatte ihr Schweigen auch nicht für aufmüpfige Antworten gebrochen. Und er konnte sich des unbehaglichen Gefühls nicht erwehren, dass sie ihn längst abgeschätzt hatte. Dass sie bereits entschieden hatte, ob es sich lohnte, mit ihm zu reden, oder nicht.

Er hatte damit gerechnet, dass sich das ändern würde, sobald sie im Kommissariat waren. Das CID zu durchqueren und dann auf eine Befragung zu warten war zwangsläufig einschüchternd. Aber nachdem sie nun hier waren, erkannte er keine Anzeichen von Furcht. Sie starrte aus ihren blauen Augen eindringlich auf das Fenster des Observationsraums, sodass Jonah das seltene und unbehagliche Gefühl hatte, sie wüsste, dass er dort stand.

Hanson kam herein und schloss die Tür. »Die Sozialarbeiterin trägt sich gerade am Empfang ein«, sagte sie. »Ich habe das Kinderheim angerufen und die Leiterin um einen Rückruf gebeten, sobald sie Zeit hat.«

»Danke«, sagte Jonah.

»Ben ist gerade eingetroffen«, berichtete sie weiter. »Er hat Haferkekse mitgebracht.«

Jonah schüttelte den Kopf. Er hätte ahnen müssen, dass Ben auftauchen würde.

»Das mit den Haferkeksen ist eine gute Nachricht. Können Sie ihn bitten, sich mit den Einzelheiten des Falles vertraut zu machen? Er soll sich anschauen, was im Verlauf der Vermisstenermittlung unternommen wurde, und überprüfen, ob Keely eine Vorgeschichte antisozialen Verhaltens hat. Außerdem soll er das Protokoll der Befragung der Leiterin des Kinderheims einsehen.«

»Ich habe überprüft, ob Keely vorbestraft ist. Sie ist sauber«, sagte Hanson. »Aber sie war tatsächlich schon einmal hier. Als Zeugin bei zwei Missbrauchsermittlungen, die jedoch eingestellt wurden. Ich habe das Ermittlungsteam für Kindesmissbrauch um weitere Informationen gebeten.«

Diese Tatsache machte Jonahs Unbehagen noch größer. Wenn Keely in irgendeiner Weise missbraucht worden war, erhöhte das die Wahrscheinlichkeit dramatisch, dass sie Gewalt gegen ihre Schwester angewendet hatte.

»Danke, gut mitgedacht. Und es wäre nicht schlecht, wenn Ben herausfinden könnte, ob die Schwestern Freundinnen hatten, denen sie sich vielleicht anvertraut haben. Er kann sich um den Kleinkram kümmern.«

»Verstanden«, sagte Hanson und notierte alles.

»Und sagen Sie ihm, er soll aufhören, so eifrig zu sein«, fügte Jonah lächelnd hinzu.

Hanson grinste. »Mit Vergnügen.« Doch sie wurde sofort wieder ernst. »Glauben Sie, wir sollten uns beeilen? Es ist eine Menge Blut, oder? Ich meine, sie ist nicht von Kopf bis Fuß blutüberströmt, aber …«

»Ich habe es an das Ermittlungsteam für Entführungsfälle weitergeleitet«, sagte er leise. »Die werden uns in Kürze informieren. Von unserer Seite aus liegt der Schlüssel darin, mit Keely zu sprechen und zu versuchen, sie zur Mitarbeit zu bewegen.«

Hanson nickte mit düsterer Miene. Sie war schon lange genug in seinem Team, um zu erkennen, dass der Chief die Situation für ernst hielt.

Sobald Jonah den Raum betrat, fixierte Keely ihn mit ihren eisblauen Augen. Während er und Hanson Platz nahmen, fühlte er sich unangenehm an den Blick erinnert, mit dem sein Vater ihn früher so oft angesehen hatte und der für ihn immer mit dem Gefühl verbunden gewesen war, angeklagt und für schuldig befunden zu werden. Und obwohl die Person, die ihn jetzt betrachtete, ein Mädchen im Teenageralter war, löste das seltsamerweise dieselbe Angst bei ihm aus.

Zum ersten Mal war er froh, dass der Vernehmungsraum vor drei Monaten mit Digitalkameras ausgestattet worden und das alte Aufnahmegerät durch eine Videoaufzeichnungsanlage ersetzt worden war. Aus irgendeinem unerklärlichen Grund hatte er sich lange Zeit gegen die moderne Technik gesträubt, doch heute Abend war er dankbar, dass es eine Videoaufnahme der Befragung geben würde. Er wollte die leibhaftige Wirkung von Keelys ausdruckslosem Starren und ihrer Selbstbeherrschung festgehalten wissen.

Die Sozialarbeiterin lächelte ihn kurz an und blickte dann wieder auf den Tisch, ein ziemlich deutliches Signal, dass sie in all das nicht verwickelt werden wollte. Es überraschte ihn nicht. Keely hatte seit ihrer Ankunft kaum ein Wort mit ihr gewechselt und bestimmt nichts getan, um ihre Zuneigung zu gewinnen.

Er absolvierte die formale Vorstellung der Anwesenden für die Kamera und fragte Keely dann: »Geht es dir gut? Brauchst du irgendetwas? Zu essen, zu trinken, Schmerzmittel …?«

Keely schüttelte den Kopf. Ihr Ausdruck blieb unverändert.

»Gut. Bitte sag uns Bescheid, wenn du irgendetwas möchtest.« Er lehnte sich ein wenig zurück, um zu vermitteln, dass dies keine förmliche Befragung werden sollte. »Bist du jetzt bereit, mit mir zu reden?«

Keely betrachtete ihn und sagte dann: »Das kommt darauf an, worüber Sie reden wollen.«

Jonah nickte. »Ich würde gern wissen, was dir seit Dienstagabend passiert ist.«

Keely lächelte sehr knapp. »Warum interessiert Sie das?«

»Es sieht so aus, als hättest du seitdem einiges durchgemacht«, sagte Jonah leise. »Ich möchte wissen, ob wir in irgendeiner Weise helfen können.«

Keelys Lächeln wurde ein wenig breiter, doch sie sagte nichts.

»Ihr habt euer Kinderheim in der Cedar Avenue irgendwann am Dienstagabend verlassen«, fuhr er fort. »Das Personal hat euer Verschwinden erst am nächsten Morgen bemerkt. Wann genau seid ihr gegangen?«

Keely blinzelte nur noch langsamer.

»Seid ihr vor etwas Bestimmtem weggelaufen?«, schaltete Hanson sich ein. »Wart ihr wegen irgendwas in der Cedar Avenue speziell unglücklich?«

Keely blickte zu Hanson. Jonah, der ihre Reaktion beobachtete, sah ein Aufflackern. Von Interesse vielleicht. Oder Unbehagen. Unmöglich zu sagen.

»Menschen laufen normalerweise nicht aus glücklichen Situationen weg«, fuhr Hanson fort. »Haben die Mitarbeiter euch gut behandelt?«

Weiteres Schweigen. Und ein weiterer aufreizend schwer zu deutender Gesichtsausdruck.

»Ist das dein Blut?«, fragte Jonah und wies mit dem Kopf auf ihre Hände. Nach der Befragung würde man eine Probe nehmen und direkt ins Labor schicken, doch sie konnten nicht auf das Ergebnis warten. Wenn Keely oder – noch wahrscheinlicher – ihre Schwester verletzt worden war, mussten sie das heute Abend wissen und nicht erst morgen früh.

»Nein«, sagte Keely leichthin. Sie streckte kurz beide Arme vor sich aus und wirkte zufrieden. »Mir geht es gut.«

Ihr Akzent klang deutlich mehr nach Mittelschicht als bei den meisten Kindern in staatlicher Obhut. Jonah fragte sich, wie lange sie schon in dem System war und wie sie und ihre Schwester dort gelandet waren. Aber beide Fragen waren jetzt zweitrangig.

»Ist es Ninas Blut?«, fragte er, nachdem er entschieden hatte, dass es an der Zeit war, Keelys Schwester in die Befragung einzuführen.

Er sah ihre minimale Reaktion. Eine Erweiterung der Pupillen, eine winzige Anspannung des Körpers. »Sie interessieren sich also eigentlich nur für Nina.«

Jonah wartete, bis sie ihn wieder ansah, und erklärte dann entschieden: »Wir interessieren uns für euch beide. Seid ihr verletzt? Wurde euch Leid angetan? Wo ist deine Schwester? Braucht sie unsere Hilfe?«

Keely atmete langsam aus, ihr Blick wirkte distanziert. Jonah nahm an, dass sie erneut nicht antworten würde, doch schließlich fragte sie: »Wieso wollen Sie Nina helfen?«

»Ich glaube, dass sie das Kinderheim in der Cedar Avenue am Dienstag mit dir verlassen hat«, sagte Jonah. »Ist das richtig? Wart ihr zusammen?«

Keely wandte ihm ihren jetzt wieder sehr direkten Blick zu. »Offenbar wissen Sie die Antwort darauf schon.«

Jonah betrachtete sie eine Weile. »Wir wissen nur, was andere vermuten. Wir würden gern hören, was wirklich passiert ist. Von dir.«

Eine volle Minute lang erwiderte Keely nur stumm seinen Blick. Schließlich nickte Jonah und griff nach der Fernbedienung der Kamera.

»Wir machen eine Pause, und du kannst dich mit Kath unterhalten«, sagte er. Die Sozialarbeiterin verzog kurz das Gesicht. »Wir können aber auch versuchen, deinen zuständigen Sozialarbeiter zu erreichen, wenn dir das eine Hilfe wäre«, bot Jonah an.

Keely zuckte die Schultern. Es war ihr offenbar egal. Keely schien sich überhaupt um sehr wenig zu kümmern, mit der Ausnahme vielleicht, allein im Mittelpunkt ihrer Aufmerksamkeit zu stehen.

Er stand auf, um den Vernehmungsraum zu verlassen. Als er schon an der Tür war, sagte Keely: »Wenn Sie zurückkommen, werde ich Ihnen erzählen, was passiert ist. Von Anfang an.«

Wieder war Jonah sich nicht sicher, wie er ihre Miene deuten sollte. Neben der Kälte darin war etwas Neues hinzugekommen. Belustigung womöglich, oder vielleicht auch Verachtung.

Er nickte und sagte: »Das würde mich freuen.«

Ben Lightman erwartete sie, als Hanson mit dem Chief aus dem Vernehmungsraum kam. Er war wie immer makellos gekleidet, in weißem Hemd und dunkelblauem Jackett. Hanson konnte sich nur an einen Anlass erinnern, bei dem er nicht ausgesehen hatte wie ein Model: Er war unterwegs zum Tennisspielen gewesen und hatte es selbst in Shorts und Federer-T-Shirt geschafft, mühelos stylish auszusehen.

»Ben, genau der Mann, den ich sehen wollte«, sagte der Chief mit gespieltem Ernst. »Juliette hat gesagt, Sie haben Haferkekse mitgebracht …«

Ben reagierte mit seinem Mikrogrinsen und griff nach einer leicht verbeulten Quality-Street-Dose.

»Selbst gebacken von meiner Schwester«, sagte er, nahm den Deckel ab und hielt ihnen die Dose hin. »Mit mehr Kalorien pro Stück, als man in einem Monat zu sich nehmen sollte.«

»Her damit«, sagte Hanson, griff in die Dose und wünschte, sie hätte eine Serviette zur Hand. Die Kekse waren echt klebrig.

»Haben Sie schon was von dem Kinderheim gehört?«, fragte der Chief und nahm sich ohne erkennbare Scham zwei Kekse auf einmal.

Bevor Ben antworten konnte, klingelte das Telefon. Er nahm ab, stellte das Telefon auf laut und sagte: »Hier ist DS Ben Lightman.«

»Hier ist Magda Becker.« Die Frauenstimme klirrte ein wenig über den Lautsprecher. »Ich bin die Leiterin des Kinderheims, das – Keelys und Ninas Heim. Entschuldigen Sie, man hat mir gerade erst ausgerichtet, dass Sie angerufen haben. Derek sagt, dass Sie Fragen an mich haben.« Magda Beckers Stimme klang gepresst und ein wenig unsicher. Für Hanson hörte sie sich an wie eine Frau am Rande des Nervenzusammenbruchs.

»Vielen Dank für Ihren Rückruf«, sagte Ben. »Wir sind dankbar für jeden hilfreichen Hinweis.«

»Hat sie irgendwas gesagt?«, fragte Magda hastig. »Über Nina?«

»Darüber liegen mir noch keine Informationen vor«, sagte Lightman und blickte zu dem DCI. Hanson legte den Haferkeks auf ihrem Schreibtisch ab und notierte etwas auf einem Blatt Papier. »Aber meine Kollegen sprechen mit ihr.«

»Nina hätte nicht mit ihr gehen sollen«, sagte Magda. »Ich habe so sehr versucht, sie … davor zu warnen, einfach ihrer Schwester zu folgen.«

Der DCI hockte sich auf die Kante eines Schreibtischs. Hanson hielt das Blatt Papier hoch, auf das sie geschrieben hatte:

FEINDSELIGKEIT GEGENÜBER NINA??

Lightman nickte und fragte: »Gab es Probleme zwischen den beiden?«

»Ja«, sagte Magda. »Sie haben sich nicht gestritten oder so«, fügte sie hinzu. »Nina macht bloß alles, was Keely sagt. Sie ist so gutmütig, und Keely ist einfach … Sie hat eine starke Persönlichkeit.«

»Sie glauben, sie könnte Nina überredet haben, gegen ihre eigenen Interessen zu handeln?«, fragte Lightman in einem so lockeren Ton, dass es nicht wie ein Vorwurf klang. Das war ein echtes Talent von ihm.

»Ja, genau das ist es«, sagte Magda. »Nina hat die Chance, von einer wirklich wundervollen Familie adoptiert zu werden. Sie hatten die Mädchen früher bereits in Pflege, und Nina hatte es dort gut gefallen. Bis Keely es vermasselt hat. Wir wissen schon seit einigen Wochen, dass Keely ihre Schwester nicht gehen lassen will. Ich bin mir sicher, deswegen sind sie auch abgehauen.«

»Sie wollte nicht von ihrer Schwester getrennt werden?«, fragte Ben.

»Ja«, sagte Magda einen Hauch zögerlich. »Ja, wahrscheinlich.«

Der DCI deutete ihm mit Gesten an, weiter zu drängen. Lightman nickte. »Gab es noch einen anderen Grund, warum sie nicht wollte, dass Nina geht?«

»Nun, das lässt sich nicht mit Sicherheit sagen«, antwortete Magda ein wenig widerwillig. »Aber ich dachte manchmal, dass Keely eifersüchtig oder böse auf ihre Schwester ist. Nina ist … Die Menschen schließen sie schnell ins Herz. Während Keely …« Es entstand eine lange Pause. Lightman sagte nichts, sondern überließ es ihr, das Schweigen zu beenden. »Es ist manchmal schwer, sie zu mögen.«

»Mag Nina sie?«, fragte Lightman.

»Oh, Nina vergöttert sie«, antwortete Magda. »Sie glaubt, Keely könne nichts Falsches tun. Das liegt wahrscheinlich auch daran, dass sie außer ihr keine Familie hat.«

»Sind die Mädchen Waisen?«

»Nein, also … praktisch schon.« Sie seufzte, und ihr Atem klang über den Lautsprecher wie eine kräftige Brise. »Ihre Mutter ist gestorben, als die Mädchen neun und sieben waren. Keine der zuständigen Stellen konnte ihren Vater ausfindig machen. Er hat die Familie verlassen, als Nina noch ein Säugling war.«

Lightman blickte zu dem DCI, der nachdenklich wirkte, aber keine weiteren Vorschläge hatte.

»Wir müssten auch noch einmal persönlich mit Ihnen sprechen«, sagte Ben. »Könnten Sie heute Abend ins Kommissariat kommen?«

»Heute Abend?«, fragte Magda. »Das geht nicht. Ich habe noch fünf andere Kinder und Jugendliche zu beaufsichtigen, und zwei Mitarbeiter sind im Urlaub.«

»Wir könnten auch zu Ihnen kommen, wenn das besser passt«, bot Ben an.

»Danke. Das wäre hilfreich.«

Hanson überlegte, welche Frage die dringlichste war, und begann wieder zu schreiben. Sie sah, wie Ben den Kopf verdrehte, um es zu lesen.

»Nur noch eine letzte Frage«, sagte Ben. »Würden Sie Keely vertrauen, auf Nina aufzupassen?«

Es entstand eine Pause von mehreren Sekunden, bevor Magda sagte: »Ich glaube nicht. Nein.«

Einige Minuten nach dem Telefonat traf das Dezernat für Entführungsfälle ein, zumindest zwei Mitglieder des Teams. Die anderen waren unter dem gegebenen Zeitdruck vermutlich damit beschäftigt, die Ermittlungen zu starten.

Der leitende DI war Murray Quick, ein Mann mit dem Gebaren eines Feldwebels. In all den Jahren, in denen Jonah mit ihm zu tun gehabt hatte, hatte er nicht einziges Mal gelächelt, trotzdem hatte seine Art etwas unbestreitbar Beruhigendes. In den vergangenen fünfzehn Jahren war Quick als Mitglied des Red Teams häufig in Situationen eingesetzt worden, in denen das Leben von Personen akut bedroht war, und seine Bilanz konnte sich sehen lassen. Wenn jemand, der ihm wichtig war, in Gefahr geraten würde, würde Jonah sich Quick an seiner Seite wünschen.

Quick kam in Begleitung einer DC vom Red Team, und die beiden blieben in der Nähe von Hansons Schreibtisch stehen.

»Kurze Lagebesprechung«, sagte Quick ohne höfliches Vorgeplänkel. »Ich nehme an, Sie sind alle mit an Bord. In dem Fall können wir es hier machen.«

Jonah nickte. »Hier ist okay. Solange Sie keinen Beamer brauchen.«

Ohne darauf einzugehen, legte Quick los: »Wir haben Datenchecks für die Handynummern von Keely und Nina Lennox gemacht. Seit Dienstagabend hat sich keins der beiden Handys eingeloggt, bis heute Nachmittag, als Keelys Signal von einem Mast in der Nähe des Pubs aufgefangen wurde. Das war um sechzehn Uhr zehn. Von Ninas Handy bisher nichts.«

»Hört sich an, als hätte sie es kurz vor ihrer Ankunft eingeschaltet«, sagte Jonah. »Was nicht heißt, dass sie nicht schon vorher in der Gegend gewesen sein könnte.«

»Wir lassen die unmittelbare Umgebung des Pubs bereits von zwei Constables absuchen«, stimmte Quick ihm zu. »Wenn Nina in der Nähe ist, finden wir sie. Gleichzeitig gehen wir auch der Möglichkeit nach, dass Keely Lennox von einem anderen Ort dorthin gekommen ist. Wir suchen zurzeit nach weiteren Ortungsdaten, und der Superintendent hat eine UVA der Stufe eins unterschrieben.«

Jonah wusste, was eine UVA war und worauf man mit dieser Urgent Verbal Authorisation im Detail zugreifen konnte. Eigentlich sollten er und sein Team das nicht wissen, denn je weniger Menschen die Methoden kannten, die der Polizei beim Aufspüren von Verdächtigen im absoluten Notfall zur Verfügung standen, desto weniger Verbrecher würden davon erfahren.

Aber Jonah war bei seinen Kooperationen mit dem Red Desk in der Vergangenheit neugierig geworden und hatte einen Bekannten von Domnall O'Malley danach gefragt, einen jungen Mann namens Ziggy. Dieser Ziggy war, wie Jonah stark vermutete, selbst als illegaler Hacker aktiv, half der Polizei jedoch gleichzeitig hin und wieder bei der Abwehr entsprechender Angriffe. Er hatte Jonah erzählt, dass eine UVA eine Anordnung an ein Telekommunikationsunternehmen war, vollständige Daten zu einer Person oder einer Gruppe von Personen zur Verfügung zu stellen.

»Ein Hersteller speichert sehr viel mehr Daten als nur eine Liste von Telefonmasten«, hatte Ziggy gesagt. »Wenn Sie sich selbst damit erschrecken wollen, was die über Sie wissen, gucken Sie mal nach, wie Bluetooth Low Energy funktioniert.«

Das hatte Jonah getan und danach beschlossen, sich auf das Positive zu konzentrieren und zu hoffen, dass er sich nie vor seinen Kollegen verstecken musste.

»Ich habe mit dem DCS gesprochen«, fuhr Quick fort. »Wir sind beide der Ansicht, dass für den Anfang weiter Sie mit dem Mädchen sprechen. Sie haben schon eine Beziehung zu ihr aufgebaut, und sie hat sich bereit erklärt, Informationen preiszugeben. Sie sind in Verhandlungsführung ausgebildet, oder?«

Jonah schluckte seine Einwände hinunter und nickte. Er hatte früher, als DI, zwei Jahre lang in Vierundzwanzig-Stunden-Rufbereitschaft als Verhandler gearbeitet, diese Funktion jedoch letztendlich aufgegeben. Seinem damaligen DCI gegenüber hatte er zugegeben, dass er besser darin war, den Willen von Menschen zu brechen, als sie zu beschwichtigen.

»Das ist gut. Aber wir haben auch noch einen eigenen Verhandler in Bereitschaft, falls er gebraucht wird.« Er sah Jonah prüfend an. »Ich schlage vor, wir schalten uns in einer Stunde noch mal kurz und schauen dann, wie die Lage ist.«

»Einverstanden«, sagte Jonah.

Die Dynamik in Krisensituationen faszinierte ihn immer wieder. Auch wenn Quick ihn hin und wieder mit »Sir« anredete, waren es im Grunde doch gemeinsame Ermittlungen und sie beide gleichwertige Partner, vereint in ihrer Suche nach Nina Lennox.

»Ich möchte Sie alle bitten«, fuhr Jonah fort, »dass Sie, noch während die Gespräche mit Keely laufen, ihr Leben – und das ihrer Schwester – unter die Lupe nehmen. Finden Sie heraus, wohin die beiden am wahrscheinlichsten geflohen sein könnten. Ermitteln Sie enge Kontaktpersonen, damit wir deren Daten an das Entführungsdezernat weitergeben können.« Er hielt kurz inne und fügte dann hinzu: »Und versuchen Sie herauszufinden, welches Motiv Keely Lennox bei alldem haben könnte. Hat sie ihre Schwester wirklich schwer verletzt, oder ist das Ganze nur Show?«

Hanson rutschte nachdenklich auf ihrem Stuhl hin und her.

»Haben wir die Telefonunterlagen von vor dem Verschwinden der Mädchen? Vor allem die Textnachrichten?«

»Sind bereits bei Vodafone angefordert«, sagte Quick. »Wir durchforsten sie auf Personen von Interesse, aber wir können diese Information auch gern an Sie weiterleiten.«

»Danke.« Hanson lächelte ihn an, erhielt als Antwort jedoch nur ein kurzes Nicken.

»Welche Informationen hat Keely Ihnen bisher gegeben?«, fragte DCI Quick stattdessen Jonah.

»Im Grunde gar keine«, erwiderte Jonah. »Sie hat gesagt, sie würde uns alles erzählen, wenn ich zurückkomme, aber nach dem, was ich bisher von ihr gesehen habe, bin ich mir nicht sicher, dass es ganz so einfach werden wird. Ich denke, wir sollten uns trotzdem anhören, was sie zu sagen hat.«

Quick nickte ihnen zu und machte sich ohne weitere Verabschiedung auf den Weg zurück in sein Büro. Jonah bemerkte den amüsierten Blick der DC des Red Teams, die sich entschuldigte und ihm folgte. Er war erleichtert, dass offenbar zumindest ein Mitglied des Entführungsdezernats Sinn für Humor hatte.

Als Jonah in den Vernehmungsraum zurückkehrte, war er sich unschlüssig, was ihn dort erwarten würde. Einerseits wappnete er sich gegen schlechte Nachrichten. Womöglich würde er gleich erfahren, dass Keely ihrer Schwester etwas Schreckliches angetan hatte.

Gleichzeitig bemühte er sich, nicht die Zuversicht zu verlieren. Es bestand eine realistische Chance, dass Keely nur auf Zeit spielte, um zu demonstrieren, dass sie die Kontrolle hatte. Die Blutflecken reichten nicht, um daraus auf eine tödliche Verletzung zu schließen. Blut sah immer nach sehr viel mehr aus, als es in Wirklichkeit war.

Aber es gab auch eine leise dunkle Stimme in seinem Hinterkopf, die ihm sagte, dass selbst eine kleine Blutung tödlich sein konnte, wenn sie unbehandelt blieb oder innerlich war. Bevor er den Vernehmungsraum betrat, atmete er tief ein und nickte sich selbst zu.

Keely begrüßte ihn mit einem sehr knappen Lächeln, als er ihr gegenüber Platz nahm. Er hatte den Eindruck, dass sie zu irgendeinem Urteil über ihn gekommen war, einem Urteil, das sie offenbar amüsierte. Es war eigenartig erniedrigend.

An Hanson schien sie weit weniger interessiert. Sie streifte sie nur kurz mit ihrem Blick und wandte sich wieder Jonah zu.

»Wenn du bereit bist fortzufahren«, sagte er, »würden wir wirklich gern hören, was passiert ist.«

Keely betrachtete ihn eine Weile. »Also gut. Und im Sinne des Gesetzes werde ich Ihnen die Wahrheit, die ganze Wahrheit und nichts als die Wahrheit schildern. Alles, was uns geschehen ist, seit wir in das System staatlicher Jugendhilfe geraten sind.«

Jonah beugte sich vor. »Das würden wir wirklich gern hören. Aber kannst du uns zuerst von den vergangenen fünf Tagen erzählen? Was hat dich hierhergeführt?«

Keelys Miene wurde hart. »Nein«, erklärte sie ihm. »Das kann ich nicht. Sie werden sich alles anhören oder Sie kriegen gar nichts. Und glauben Sie mir, ohne mich werden Sie Nina nicht finden.« Das winzige Lächeln schlich sich wieder auf ihre Lippen. »Dafür habe ich gesorgt.«

2.

Man kann sich seine Geschichte nicht aussuchen. Das habe ich wirklich gründlich gelernt. Mit Glück kann man sie ein bisschen verbiegen, ein oder zwei Ereignisse verdrehen und aufhübschen – oder auch nicht. Man kann die Geschichte sogar verschieden aufmachen. So könnte ich das hier auch als Komödie erzählen, wenn ich es richtig anstelle. Oder vielleicht als ungeschminkten Jugendroman, in dem alle lernen und reifen und stärker werden.

Aber was man sich niemals aussuchen kann, ist das Genre. Das bleibt ein Leben lang an einem kleben. Deshalb ist meine Geschichte das, was sie ist. Eine Geschichte, die von drei Männern bestimmt wird und davon, wie ihr Begehren unser Leben geformt und verstümmelt hat.

Wenn Sie Nina finden möchten, habe ich zum Anfang einen Rat für Sie. Es geht darum zu begreifen, dass diese Männer nicht schlimmer sind als Sie. Eigentlich nicht. In uns allen schlummert das Potenzial zur Grausamkeit. In mir auf jeden Fall, das weiß ich. Meins wurde von dem, was geschehen ist, ziemlich bloßgelegt.

Um meine Schwester zu finden, müssen Sie also in den Spiegel schauen und wirklich erkennen, was Sie darin sehen. Sie müssen an all den dunklen Orten graben. All die Gelegenheiten unter die Lupe nehmen, bei denen Sie Ihre eigenen Interessen über die von anderen gestellt haben. All die kleinlichen und egoistischen Dinge, die Sie getan haben.

Ist es nicht eigenartig, wie Sie bei alldem noch den Verstand bewahren und sich einreden können, Sie seien ein guter Mensch? Das liegt daran, dass Sie nicht demselben Druck ausgesetzt waren wie ich.

Wahrscheinlich wäre ich sogar ähnlich drauf wie Sie, wenn all die schlimmen Sachen erst später passiert wären. Die waren wirklich nicht kindgerecht.

Nur dass niemand richtig auf einen achtgibt und das Leben einfach seinen Lauf nimmt, ob es einem passt oder nicht.

Als die Welt für uns dunkel wurde, war ich neun und meine Schwester sieben. Zwei kleine Mädchen, die dachten, dass die Welt sich um Kuchen, Malkästen und Geburtstagsgeschenke drehen würde. Wir definierten uns über die Dinge, die wir haben wollten. Am Anfang jedes Tagebuchs, das ich anfing und dann wieder aufgab, schrieb ich meinen Namen, mein Alter und das, was ich mir zu dem Zeitpunkt gerade am meisten wünschte (meistens irgendein Tier, aber manchmal auch ein Buch).

Damals hatten wir Glück. In der Regel besorgte unsere Mum uns alles, was wir uns wünschten. Sie liebte es, uns zu verwöhnen. Damals hatte ich keine Ahnung, dass einem das Geld auch ausgehen kann.

Unser Dad war für mich immer nur eine vage, beinahe mythische Gestalt. Jemand, der einmal ein Teil unseres Lebens gewesen und dann einfach verschwunden war. Er existierte nur als bärtiges, bebrilltes Gesicht auf zwei gestellten Fotos und sonst nirgendwo.

Meine Schwester, deren Erinnerung immer seltsam vollständig war, erinnert sich an mehr, obwohl sie erst drei war, als er uns verlassen hat. Manchmal malte sie Bilder von ihm oder schrieb Geschichten, in denen er streng und hart war oder in denen er uns mit Geschenken überhäufte wie Mummy. Nichts davon kam mir real vor.

Für mich ging es nur um Mummy. Sie war mein Ein und Alles. Von der Art, wie sie mit uns redete und lachte, bis zu den Schnittblumen, die sie in unser idyllisches einstöckiges Häuschen brachte. Von den Spielen, die sie mit uns spielte, bis zu den Dingen, die sie uns beibrachte. Vom Morgen, wenn sie uns weckte, bis zum Abend, wenn sie uns ins Bett brachte und wir einschlafen durften, während sie im Wohnzimmer nebenan Klavier spielte.

Deshalb war es ein echter Schlag und kompletter Wendepunkt, als sie grausam und völlig unnötig starb.

Es ist eine dieser ungerechten Umkehrungen, dass meine Schwester sich an nichts von diesem Tag erinnert, während er mir mit absolut trostloser Klarheit vor Augen steht.

Darum beneide ich sie wirklich. Die Blutspritzer und den geschundenen Körper unserer Mum würde ich wirklich gern vergessen.

Eine der Therapeutinnen, zu der wir gingen, hat uns erklärt, dass es nicht immer gesund ist zu vergessen. Sie sagte, es sei besser für das Bewusstsein, sich an alles zu erinnern, auch an die wirklich heftigen Dinge. Na toll. Ich bin mir sicher, es ist echt gesund, wenn man als kleines Kind Abend für Abend mit diesen Bildern im Kopf einschläft.

Jedenfalls war ich diejenige, die unsere heiß geliebte Mummy gefunden hat, um kurz nach acht Uhr morgens an einem eiskalten Januartag. Ich schlich nach unten und zitterte in der kalten Luft, die durch die offene Terrassentür hereinwehte. Ich wusste noch nicht genug, um zu begreifen, dass die offene Terrassentür bedeutete, dass etwas nicht stimmte. Ich dachte, Mummy würde trotz des Dämmerlichts im Garten arbeiten.

Ich ging hinaus in der Hoffnung, dass wir ungestört ein wenig Zeit zu zweit haben würden, ohne dass Ninny dazwischenkam. Stattdessen fand ich jahrelange Albträume.

Um das klar zu sagen. Was ich auf der Terrasse gefunden habe, war nicht wirklich Mummy. Es waren ihre verrenkten Überreste, verknäult mit zerbrochenen Gartenmöbeln.

Ich sah auch die klebrigen roten Spritzer auf den Steinplatten. Und ich rannte nach drinnen und rief einen Krankenwagen.

Mit quasi perfektem Timing wachte meine Schwester auf und stolperte die Treppe herunter, als ich gerade mit der Frau in der Einsatzzentrale sprach.

»Mummy braucht bloß einen Arzt, Ninny«, flüsterte ich ihr zu. »Bleib oben auf der Treppe.«

Sie nickte schläfrig gehorsam und setzte sich brav auf die oberste Stufe, bis die Notärzte kamen.

Ich dachte, jemand hätte sie ermordet. Unsere Mummy. Das habe ich ein paar Wochen später schließlich auch meiner Schwester erzählt. Und es wurde erst sehr viel später von einer extrem verlegenen Mitarbeiterin des Kinderheims richtiggestellt.

»Ich habe gehört, du erzählst den Leuten, dass deine Mummy ermordet worden ist, Keely«, sagte sie und sah aus, als wäre sie lieber irgendwo anders. Überall, nur nicht in diesem beengten Büro, mit zwei rothaarigen Kindern, die sie anstarrten.

»Das ist nicht wahr«, sagte die Frau. Ich glaube, ihr Name war Tina, doch in meiner Erinnerung heißen alle Mitarbeiterinnen Tina, was nach den Gesetzen der Wahrscheinlichkeit nicht sein kann.

Jedenfalls zögerte die Frau, die wahrscheinlich nicht Tina hieß. Es war eine dieser theatralischen, unnötigen Pausen, die die Leute machen, wenn sie etwas *sacken* lassen wollten.

Wir starrten sie beide an, bis sie sagte: »Es war einfach ein Unfall. Sie ist spät in der Nacht noch mal rausgegangen und gestolpert. Der Tisch mit der Glasplatte ist mit ihr umgestürzt, und die Scherben haben sie an einer ganz wichtigen Stelle im Bein geschnitten. Es hat bestimmt nicht wehgetan.«

Ich weiß noch, dass ich den Blick nicht abgewandt habe. Damals wusste ich schon ein wenig über Schmerzen. Nicht so viel wie später, aber ein bisschen. Zum Beispiel, wie weh es getan hatte, als ich einmal in Scherben gefasst hatte. Und wie schmerzhaft es sein konnte, wenn man sich an einer Papierkante schnitt. Deshalb wusste ich, dass diese Frau eine Lügnerin war. Natürlich hatte es wehgetan.

Sie ahnte wahrscheinlich, was ich dachte, denn sie lief tiefrot an und tat so, als müsse sie noch dringend etwas anderes erledigen.

Egal. Wie auch immer genau, unsere Mum ist gestorben. Das ist alles, was Sie wirklich wissen müssen.

Ihr Tod hat uns auf unterschiedliche Weise getroffen. Anfangs war Ninny völlig aufgelöst. Aber ich blieb stark. Ich spürte ein seltsames Verantwortungsgefühl. Als müsste ich jetzt die Erwachsene sein, weil die zerbrechliche kleine Ninny eine Beschützerin brauchte. Ist das nicht urkomisch? Wenn man bedenkt, wo wir beide gelandet sind?

Manches davon kam wahrscheinlich unbewusst von Mummy. Sie hatte immer irgendwie klargemacht, dass Ninny auf eine Weise zerbrechlich war, wie ich es nicht war. Dass sie Zuwendung und Nachsicht brauchte.

Es war nicht bloß, dass sie mir erklärte, ich solle nicht an ihren Haaren ziehen und nicht zu wild mit ihr toben. Es ging auch darum, was wir beide zu ihr sagten. Sie war unsere »kleine Ninny«, und in dem Spitznamen steckte all die Zuneigung und Nachgiebigkeit für ihre leicht verdrehte Art.

Außerdem sollten wir wirklich achtsam gegenüber ihren Gefühlen sein. Und wir sollten sie nicht allein lassen. An beides erinnerte Mummy mich mit ermüdender Regelmäßigkeit. Aber bisweilen frage ich mich, ob das vielleicht weniger mit Ninny als mit dem zu tun hatte, was sie in mir erkannte. Ich glaube manchmal, dass Mummy schon damals den Schatten in meinem Inneren gesehen hat. Ich wusste immer, dass er direkt unter der Oberfläche lag. Zugedeckt von Liebe und Zuneigung, aber trotzdem da.

Ich glaube nicht, dass sie ihn je bei Ninny gesehen hat. In meiner weichherzigen Schwester war er lange tief vergraben. Nicht weil sie ein besserer Mensch gewesen wäre. Sondern weil ihr, schlank und zart, wie sie war, alle immer ein Lächeln schenkten. Ihren Kopf tätschelten, ihre Tränen trockneten und sie weiter ihre warmen, weichen Gefühle tragen ließen wie ein fadenscheiniges Kleidungsstück. Sie hatte Schichten über Schichten von Weichheit, in denen sie diesen kleinen dunklen Kern verbarg.

Und dann war da ich. Mit einer Statur wie für die Ewigkeit gebaut. Kräftig, untersetzt und unfähig, dieselben zärtlichen Gefühle bei Menschen zu wecken. Ich hatte nie einen Spitznamen, obwohl ich lebhafte Erinnerungen daran habe, immer »Tollpatsch« genannt worden zu sein, wenn ich auf Mummys Schoß krabbelte.

Ich war diejenige, der die Leute immer erklärt haben, sie solle ein tapferes Mädchen sein, aufhören zu weinen und weitermachen. Nicht bloß unsere geliebte Mummy. Alle. Frauen in Geschäften. Lieferboten, Spielgruppenleiterinnen und Lehrerinnen. Die Eltern unserer Freundinnen.

Während sie uns so nach und nach von außen nach innen formten, begriffen sie allerdings nicht, dass ich auch die Intelligente war. Sehr viel intelligenter als Ninny. Eigentlich sehr viel intelligenter als alle.

Ich meine, hin und wieder schienen es einige von ihnen mitzubekommen. Manchmal plapperte ich einfach los, und sie warfen meiner Mum Seitenblicke zu. Sie lachte und sagte, ich sei schon immer sehr reif für mein Alter gewesen. Und vielleicht mischte sich unter ihren Stolz auch ein wenig von dem, was die anderen spürten. Dass ich unnatürlich war. Vorzeitig gealtert. Verhutzelt wie ein Kobold. Ein Geisterkind.

Ich glaube, so haben mich auch die Erzieherinnen gesehen, als wir unsanft in dem ersten Kinderheim landeten. Es war ein schmuddeliges, nach Bleichmittel riechendes Haus in Southampton mit einem von Katzenkot bedeckten Garten ohne Pflanzen, abgesehen von einem großen Rhododendronbusch ohne Blüten. Ninny und ich waren entsetzt.

Wahrscheinlich half es auch nicht gerade, dass wir so offensichtlich Mittelschichtskinder waren. Von unseren geblümten Kleidern und korrekten Frisuren bis hin zu unserem Akzent und unseren Manieren.

Ich hatte nie auch nur darüber nachgedacht, ob wir reich oder arm waren. Unsere Mummy musste Geld gehabt haben, klar. Aber als sie weg war, stellte sich dieses Geld als imaginär heraus. Sie hatte von ihrer Erbschaft gelebt und danach anscheinend von Krediten.

Das Haus war irgendwann auf einen Mann überschrieben worden, der ihr fünfzigtausend Pfund geliehen hatte. Es gehörte nicht mehr ihr, was vermutlich bedeutete, dass unsere Mum es nie geschafft hatte, ihm sein Geld zurückzuzahlen.

Da waren wir also, zwei Mädchen aus der Mittelschicht, die sich unversehens in einem System wiederfanden, das sich normalerweise um Kinder kümmerte, die in Armut aufgewachsen waren. Zwei feine kleine Mädchen, die nicht in diese Welt passten.

Wahrscheinlich machte es alles noch schlimmer, dass ich es als meine Aufgabe ansah, für die Rechte meiner Schwester einzutreten. Ich war ihre ständige Fürsprecherin und Verteidigerin. Ich machte mich in jeder Hinsicht für sie stark.

Außerdem ermutigte ich sie, die geschmacklosen Mahlzeiten zu essen, die man uns vorsetzte, manchmal, indem ich Spiele mit ihr spielte, manchmal, indem ich so viel redete, dass sie aß, ohne es zu merken. Was das Essen betraf, war sie schon immer zimperlich gewesen, doch im Heim drohte es pathologische Ausmaße anzunehmen. Ihr war ständig übel von dem ganzen Elend, während es bei mir bedauerlicherweise permanente Hungergefühle auslöste, sodass ich mich nur getröstet fühlte, wenn ich mich vollstopfen konnte.

Doch wie sich herausstellte, gab es eine Sache, vor der ich keine von uns beiden beschützen konnte, und das war die Haltung der anderen Kinder. Wir waren bis dahin auf eine Dorfgrundschule mit einer Direktorin gegangen, die sich eifrig um Freundlichkeit bemüht hatte, deshalb war ich auf nichts von alldem vorbereitet. Nicht auf die Art, wie sich die anderen gegen uns zusammentaten und »Rotschopf« johlten, nicht auf eins der älteren Mädchen, das vorgab »eins von unseren Schamhaaren« auf dem Sofa gefunden zu haben. Dabei wusste ich damals noch nicht einmal, was Schamhaare sind.

Nach dem Ende der ersten Woche wurden wir von den anderen Kindern nur noch »Rotschopf eins« und »Rotschopf zwei« gerufen. Ninny weinte deswegen tagelang.

Ich wartete darauf, dass man uns irgendwo andershin brachte, doch Ninny hatte auch davor Angst.

»Tina sagt, dass wir wahrscheinlich in eine neue Familie kommen«, erzählte sie mir nach etwa einem Monat. (Ich meine, sie hieß wie gesagt vielleicht nicht Tina. Aber so erinnere ich mich nun mal an sie.)

Nina kauerte auf dem zu kleinen Bett, die blasse Haut unter ihren Augen rot vom Weinen. »Ich will nicht zu einer anderen Familie. Ich will Mummy.«

Ich setzte mich neben sie, der Plastikbezug, der über die Matratze gespannt war, knirschte. Ich erinnere mich noch gut an den Gummigeruch dieser Bezüge, der durch das Laken darüber kroch. Und daran, wie das Plastik in warmen Nächten zu Schweißansammlungen führte, die nach und nach in meinen Schlafanzug sickerten. Multisensorisches Elend.

»Alles wird gut«, erklärte ich ihr. »Wir finden eine neue Mummy. Vielleicht auch einen neuen Daddy. Wäre das nicht nett, Ninny?«

Ich legte einen Arm um sie und meinen Kopf an ihren.

»Und wenn es dort so schrecklich ist wie hier?«, fragte sie schluchzend.

»Es wird bestimmt nicht schrecklich«, versprach ich ihr. »Mary hat gesagt, dass sie jemand Netten findet.« Mary war übrigens unsere Sozialarbeiterin. Sozialarbeiterinnen heißen offenbar nicht Tina. »Vielleicht haben sie einen großen Garten mit einer Schaukel. Und einen Hund. Und einen riesengroßen Kühlschrank voller Eiscreme.«

So redete ich eine Weile, bis Ninny sich an meinen Tagträumen beteiligte und irgendwann einschlief. Ich ging zurück in mein Bett. Dort lag ich stundenlang wach, versuchte an ein perfektes neues Zuhause zu denken und nicht an das Blut meiner Mutter, das im halben Garten verteilt gewesen war. Am Ende waren es die Gedanken an meine Schwester, die sich an eine neue Mummy schmiegte und aussah, als wäre sie vielleicht wieder glücklich, die mich so weit beruhigten, dass ich einschlafen konnte.

Ich weiß, dass das die Gedanken waren, die ich in jener Nacht hatte. Ich kann mich deutlich daran erinnern, wenn auch nicht daran, wie sie in Träume übergegangen sind. Aber dieses naive Mädchen kommt mir vor wie eine vollkommen Fremde. Ich erkenne mich überhaupt nicht in ihr.

3.

Jonah wartete einen Moment, dass Keely weitersprach. Als sie das nicht tat, sagte er leise: »Das muss mehr als hart gewesen sein. Deine Mum so zu verlieren. Dein Zuhause zu verlieren.«

Keely sah ihn direkt an, und er meinte, ein Aufflackern von Spott in ihrem Blick zu bemerken.

»Oh, ich habe nach vorn geschaut, Detective Chief Inspector«, sagte sie. »Keine Sorge. Das lernt man. Nach vorn zu schauen, weg von der Folter, die hinter einem liegt, hin zu der Folter, die einen erwartet.«

Jonah fand es interessant, dass sie ihn mit seinem vollen Titel anredete. Die meisten Befragten vergaßen ihn wieder, egal wie oft er ihn für die Kamera wiederholte. Er wurde häufig Detective oder Chief Inspector, manchmal auch nur Inspector genannt. Einige machten es absichtlich falsch, um ihre Missachtung auszudrücken. Keely hingegen schaffte es irgendwie, seine volle Rangbezeichnung wie eine Beleidigung klingen zu lassen.

Er erwiderte ihren Blick. »Aber sich von so etwas abzuwenden und nach vorne zu schauen heißt nicht, dass es keine Spuren hinterlässt.«

Keely lehnte sich auf ihrem Stuhl zurück und streckte die Arme über den Kopf.

»Ich würde jetzt gern eine Pause machen, glaube ich.« Sie gähnte breit. »Ich könnte einen Kaffee von Starbucks gebrauchen, falls jemand geht.«

Jonah hätte ihr am liebsten erklärt, sie könne einen löslichen Kaffee haben, bevor sie weitermachten. Aber eine Machtdemonstration würde bei Keely vermutlich nichts bewirken. Sie schien sich weder von ihm noch von sonst irgendjemandem einschüchtern zu lassen. Deshalb musste er es trotz der offensichtlichen Dringlichkeit der Lage behutsam und schrittweise angehen.

»Klar.« Er stand auf und lächelte, so freundlich er konnte. »Sag uns einfach, was du haben möchtest.«

Obwohl es mittlerweile sieben Uhr abends war – an einem Sonntag, den sie vor allem mit Arbeiten verbracht hatte –, fühlte Hanson sich voller Energie. Der Zeitdruck bei der Suche nach einer vermissten Vierzehnjährigen hatte alles andere verdrängt.

Und darüber war sie froh. Für sie war es eine Art Rettungsanker, nicht an die bereits zweimal verschobene Gerichtsanhörung in der Sache ihres übergriffigen Exfreundes oder an die zahllosen Nachrichten denken zu müssen, die er ihr von anonymen Accounts aus weiterhin schickte.

Sie hatte gehofft, dass sie die ganze Sache inzwischen endgültig hinter sich haben würde. Nachdem Damian von der Kamera dabei erwischt worden war, wie er einen Molotow-Cocktail in ihr Küchenfenster geworfen hatte, hatte sie endlich aktiv werden können. Zum ersten Mal seit Monaten hatte sie ein Gefühl von Kontrolle gehabt. Von Stärke.

Aber danach war die Situation noch viel schwieriger geworden. Ihre Annahme, man würde Damian wegen Vandalismus und Stalking anklagen, war rückblickend ein wenig naiv gewesen. Nach Beratungen innerhalb der uniformierten Abteilung war der Fall an ihre Kollegen von der Kriminalpolizei übergeben worden, die wegen Brandstiftung mit Tötungsabsicht ermittelt hatten. Damian würde sich wegen dieser sehr viel schwereren Straftat sowie zusätzlichen Stalkingvorwürfen vor Gericht verantworten müssen. Wenn die Staatsanwaltschaft beweisen konnte, dass er vorgehabt hatte, sie umzubringen, drohte ihm womöglich eine lebenslange Freiheitsstrafe.

Deshalb war es kaum verwunderlich, dass er beschlossen hatte, seine Belästigungen fortzusetzen. Die Stalkingvorwürfe fielen vergleichsweise gering ins Gewicht, insofern lohnte es das Risiko, sich irgendwie zu rächen, solange er noch konnte.

Doch diese konstanten Störungen ihres Lebens machten ihr mittlerweile deutlich weniger aus als früher – nicht nur, aber vor allem weil sie Ben Lightman auf ihrer Seite wusste. Es war zwar demütigend gewesen, auf dem Höhepunkt der Krise vor seinen Augen zusammenzubrechen, doch es hatte sie beide von einer Last befreit und ihr einen Verbündeten beschert. Sie war Ben immer noch dankbar, dass er ohne Wenn und Aber zu ihr gehalten hatte.

Im Gegensatz zu ihrem damaligen Freund. Jason Walker war ebenfalls DI und arbeitete in demselben offenen Großraumbüro wie sie. Damian hatte ihm einen Haufen Lügen über sie aufgetischt, und er hatte ihm einfach alles geglaubt. Ihm das zu verzeihen war Hanson schwergefallen, auch wenn Jason sie daran erinnert hatte, wie manipulativ ihr Exfreund sein konnte.

Während die Datenbank lud, warf sie unwillkürlich einen Blick zu dem Platz, an dem Jason normalerweise saß, zum Glück sehr viel weiter entfernt als früher. Die Trennung wäre sonst noch grauenvoller gewesen als so schon.

Sie hoffte, dass sein Stuhl bis zum Morgen leer bleiben würde. Seine permanente Hilfsbereitschaft und Höflichkeit bereiteten ihr ein schlechtes Gewissen. Sie wusste, dass er es gerne noch einmal versuchen würde, hatte jedoch erkannt, dass das unmöglich war. Vermutlich glaubte Jason, es ginge nur um Vertrauen, doch tatsächlich ging es um das, was ohne Vertrauen überhaupt noch übrig blieb. Jason war immer eher verlässlich als interessant gewesen. Er faszinierte sie einfach nicht. Und er brachte sie nicht einmal besonders oft zum Lachen.

Die Datei war hochgeladen, und Hanson öffnete die Dokumente zu Keelys vorherigen Begegnungen mit der Polizei mit jenem eigenartigen Glücksgefühl, das ihr der Job immer noch vermittelte. In diesem Moment gab es nur sie und die Indizien. Genau so soll es sein, dachte sie.

Keelys Kinderheim war in vielerlei Hinsicht weniger deprimierend, als Lightman erwartet hatte. Bis zum heutigen Tag hatte er nur einmal vorher ein großes Heim am Rand der verarmten Sozialsiedlung Thornhill besucht, einen brutalistischen Kasten mit klapprig aussehenden Fenstern in vergilbten Plastikrahmen. Die karge Inneneinrichtung war überwiegend kaputt oder demoliert. Die Kinder und Jugendlichen dort waren ihm gegenüber durch die Bank unausstehlich gewesen, und er hatte das bedrückende Gefühl mitgenommen, dass sie alle bereits verloren waren.

Die Lennox-Mädchen waren in einem Heim untergebracht gewesen, das auf den ersten Blick ganz anders wirkte. Es lag in der Cedar Avenue, nicht weit vom Haus von Lightmans Eltern in Shirley entfernt, und bestand aus zwei zu einem Haus zusammengefügten Doppelhaushälften. Der Vorgarten war in eine große gekieste Auffahrt mit ein paar Sträuchern umgewandelt worden. Eine der beiden überdachten Veranden wurde offensichtlich als Lagerraum genutzt und war mit Gerätschaften vollgestopft. Lightman konnte ein kleines Fußballtor und ein paar aufblasbare Bälle in dem Chaos ausmachen.

Als er aus seinem Qashqai stieg, strahlte die Hitze vom Bürgersteig ab. Die Sonne war gerade erst untergegangen, und aus den Gärten hinter den Häusern drang abendlicher Vogelgesang. Es fühlte sich sonderbar an, an einem so idyllischen Septemberabend mit einem Gefühl von Dringlichkeit unterwegs zu sein. Solche Diskrepanzen brachte die Polizeiarbeit häufig mit sich, aber diesmal spürte er sie besonders deutlich, was vielleicht an dem Alter des vermissten Mädchens lag. Und an dem Blut.

In dem Erkerfenster neben der Tür brannte Licht. Als Lightman klingelte, sah er ein Mädchen, das es sich auf dem Sofa bequem gemacht hatte und ein Buch las. Das sollte Nina auch tun, dachte er. Das oder mit anderen Kindern reden oder fernsehen. Anstatt irgendwo eingesperrt zu sein, mutterseelenallein und vermutlich sehr verängstigt. Ganz zu schweigen von möglichen Verletzungen.

Magda, die Leiterin des Heimes, öffnete ihm die Tür. Ihre Bewegungen wirkten angespannt, ihre Miene war besorgt. Lightman schätzte sie auf Anfang fünfzig, eine kleine, kräftig aussehende Frau mit rundem Gesicht und dichtem graublondem Haar, das zu einem unordentlichen Dutt hochgesteckt war.

»Sind Sie der Polizeibeamte?«, fragte sie und fuhr, bevor er antworten konnte, fort: »Ich habe eine Viertelstunde für Sie, dann muss ich anfangen, die Jüngeren ins Bett zu bringen.«

Er folgte ihr einen kargen weißen Flur hinunter, der offensichtlich durch einen Durchbruch in den beiden Vorderzimmern der Doppelhaushälften geschaffen worden war. Links war eine Küche, in der ein Mann Mitte dreißig und ein etwa zwölfjähriger Junge abwuschen, rechts ein Spielzimmer, in dem drei Kinder unterschiedlichen Alters auf Sitzsäcken herumlungerten. Ein Junge war in ein Rennspiel auf einer Xbox vertieft.

Magdas Büro lag am anderen Ende des Hauses und war größer und ordentlicher, als Lightman es erwartet hatte. Zwei bequem aussehende Sessel standen sich in der Mitte des Raumes gegenüber, zwischen ihnen eine Stehlampe. Durchs Fenster blickte man in den sehr grünen Garten, und an den Wänden hingen Bilder mit Meereslandschaften. Lightman vermutete, dass das Zimmer auch als Therapieraum benutzt wurde.

Rasch gingen sie seine Anfangsfragen durch. Es gab weder Eltern noch Großeltern, weder Tanten noch Onkel, die wissen könnten, wo Nina war.

»Ihre Mutter war ein Einzelkind, das die Großeltern erst relativ spät bekommen haben«, sagte Magda. »Keine Spur von dem Vater, seit er vor dreizehn Jahren abgehauen ist.«

»Was ist mit Freundinnen oder Freunden?«, fragte Lightman. »Vielleicht Jugendliche, die aus dem Heim in betreute Wohngruppen gekommen sind? Oder Ähnliches?«

Magda überlegte eine Weile. »Das ist schon schwieriger. Ich weiß wirklich nicht, ob einer von ihnen eng genug mit den Mädchen war, um sie aufzunehmen. Ich glaube, ich habe schon erwähnt, dass Keely ziemlich schwierig sein kann, obwohl sie das sicher nicht mit Absicht macht.«

Lightman betrachte ihren Gesichtsausdruck und versuchte die leichte Verlegenheit zu deuten, die er zu erkennen glaubte. »Hat Keely sich mit jemandem gestritten? Irgendwelche massiveren Auseinandersetzungen?«

Magda wurde noch verlegener. »Eigentlich nicht. Jedenfalls nicht hier. Hin und wieder hat sich einer von den anderen beschwert, dass sie sich vorgedrängelt hat oder unfreundlich zu ihnen war. Und ich musste ein paarmal wegen der ziemlich derben Dinge mit ihr reden, die sie zu anderen gesagt hat.«

»Aber in der Vergangenheit?«, hakte Lightman behutsam nach. »Gab es da einen größeren Streit?«

»Nun, ja«, sagte Magda und wurde ein wenig rot. »Aber ich denke, Sie sollten deswegen nicht annehmen, dass Keely ein schlechter Mensch ist. Manchmal … manchmal verstehen sich Jugendliche aus dem einen oder anderen Grund einfach nicht.« Sie legte ihre Hände auf die Lehnen des Sessels, wie um sich zu wappnen. »Als die Mädchen zusammen mit einem anderen Jungen in einer Pflegefamilie untergebracht waren, hat Keely den Jungen ziemlich übel verprügelt. Es war der Hauptgrund dafür, dass die Mädchen wieder in der Heimunterbringung gelandet sind.«

Jonah beschäftigte sich damit, Daten zusammenzutragen, während Hanson die Besorgungen bei Starbucks erledigte. Er hatte ihr aufgetragen, einen Becher für jeden von ihnen zu kaufen. Wenn Keely teuren Kaffee bekam, stand den anderen auch welcher zu, inklusive der Sozialarbeiterin. Jonah hatte schon vor langer Zeit gelernt, dass ein Team, das Überstunden machte, sehr viel zufriedener war, wenn für genügend Koffein und Kohlenhydrate gesorgt war.

Vor einem Jahr hätte ihm eine solche Ausgabe vielleicht noch Magenschmerzen bereitet. Aber er fühlte sich dieser Tage sehr viel wohlhabender. Seit die örtliche Kirchengemeinde seine Mutter unter ihre Fittiche genommen hatte, musste er nicht mehr dafür bezahlen, dass sie dreimal die Woche Gesellschaft hatte. Und nachdem Michelle wieder eingezogen war, teilten sie sich die Kosten für das Haus. Sie war im voll bezahlten Schwangerschaftsurlaub von ihrem PR-Job und hatte darauf bestanden, ihren Beitrag zu leisten. So blieb für Jonah trotz all der Dinge, die für das Baby angeschafft werden mussten, am Monatsende deutlich mehr übrig als früher.

Nachdem die Verpflegungsfrage geklärt war, rief Jonah als Erstes den Notfalldienst des Jugendamtes in Southampton an. Die Frau am anderen Ende war freundlich und zuversichtlich und versprach, ihm die Akten der Lennox-Schwestern binnen einer Stunde zukommen zu lassen.

Jonah biss sich frustriert auf die Zunge. Wenn Nina schwerer verletzt war, könnte eine Stunde katastrophal sein. Aber die Frau musste logischerweise erst ihre Kollegen benachrichtigen und veranlassen, dass die Informationen weitergeleitet wurden. Er konnte wenig tun, um das zu beschleunigen.

Danach rief er schließlich doch das letzte Mitglied seines Teams an. Er hatte gehofft, er könne Domnall O'Malley sein Wochenende genießen lassen. Morgen standen andere dringende Fälle an, unter anderem eine Ermittlung wegen Brandstiftung, und es wäre gut, wenn wenigstens einer aus dem Team ausgeruht und hellwach sein würde. Aber da sie nach wie vor kein unmittelbares Lebenszeichen von Nina hatten, brauchte er alle Mann an Bord.

Domnall war das älteste Mitglied seines Teams, ein freundlicher und einfühlsamer, wenngleich etwas planloser Mann Ende vierzig. Er hatte eine militärische Laufbahn hinter sich, was angesichts von O'Malleys chaotischem Schreibtisch und seiner exzentrischen Arbeitszeiten nur schwer vorstellbar schien. Aber soweit es Jonah betraf, konnte der Mann arbeiten, wie es ihm passte. Er war brillant darin, unwahrscheinliche Zusammenhänge zu erkennen, und hatte einen Charme, der noch die schwierigsten Zeugen entwaffnete.

»Einen guten Abend, Chief«, meldete O'Malley sich. »Ich nehme an, ich kann Ihnen bei irgendwas helfen.«

»Tut mir leid«, sagte Jonah. »Ein vermisstes Mädchen im Teenageralter, hohe Wahrscheinlichkeit einer Gewalttat. Aber wenn Sie ins Kommissariat kommen, lade ich Sie zur Entschädigung zu einem beschissenen Abendessen ein.«

»Ah, das klingt verlockend«, sagte O'Malley. »Und ich habe den ganzen Nachmittag rumgesessen, deshalb ist es nicht zu brutal. Ich bin in fünfundzwanzig Minuten da.«

»Danke, Domnall.«

Mit dem Wissen, dass bald sein komplettes Team versammelt sein würde, fühlte Jonah sich ein wenig besser. Er hatte das nagende Gefühl, dass ihm die Zeit davonrann, als er begann, den Bericht zu der Vermisstenanzeige von vor vier Tagen zu überfliegen.

Er musste nach Hinweisen suchen, wo Nina sich aufhalten könnte, und zu einer Einschätzung der älteren Schwester kommen. Er konnte nicht einfach mit der Tür ins Haus fallen. Wenn er sie bedrängte, bestand die nicht geringe Gefahr, dass sie sich weigern würde, ihnen irgendwas zu erzählen.

Der Vermisstenanzeige war ein Flugblatt angehängt, das online in der Umgebung von Keelys und Ninas Kinderheim in Southampton verbreitet worden war. Er klickte es an, um zu sehen, was es enthielt.

Auf dem Bildschirm erschienen zwei sehr unterschiedliche Fotos: links unverkennbar Keely Lennox, das Haar zu einem hohen Dutt hochgesteckt, der ihm viel von seiner Farbe nahm. Sie starrte mit demselben direkten Blick in die Kamera, den Jonah aus dem Vernehmungsraum kannte, als wollte sie, dass der Fotograf verschrumpelte und starb. Es war beunruhigend, sie zu lange zu betrachten.

Rechts ein komplett anderes Bild. Nina saß im Freien am Tisch eines Cafés und lächelte breit in die Kamera. Ihr Haar fiel offen in perfekten, vielleicht sogar natürlichen Locken auf ihre Schultern. Sie war schlanker als Keely, mit dünnen Beinen und zarten Gesichtszügen. Aber es gab auch Ähnlichkeiten. Nina hatte die gleichen roten Haare, die gleiche blasse Haut und ebenso runde Wangenknochen. Man konnte jedoch nichts von Keelys offenem Trotz erkennen. Nichts Beunruhigendes. Sie sah aus wie ein gewöhnlicher, leicht verlegener Teenager.

Während Jonah noch in die Betrachtung der Bilder vertieft war, rief Lightman an.

»Ich bin nach wie vor in dem Kinderheim«, sagte er. »Die Leiterin hatte einiges zu erzählen.«

Der Sergeant klang ruhig und neutral wie immer, als er von Keelys Attacke auf ihren ehemaligen Pflegestiefbruder berichtete.

»Die Leiterin wurde umfassend darüber informiert, bevor sie die Mädchen aufgenommen hat«, fuhr er fort. »Sie hat gesagt, Keely habe sich von dem Jungen betrogen gefühlt und sei sehr wütend auf ihn gewesen.«

»Ein derartiger Gewaltausbruch könnte relevant sein«, erwiderte Jonah und spürte, wie sich ein weiteres Puzzleteil in das Gesamtbild seiner Sorge um Nina fügte.

»Ja, aber Magda – die Heimleiterin – hat zu bedenken gegeben, dass die meisten Kinder und Jugendlichen in dem Heim irgendwann gewalttätige Episoden hatten«, sagte Lightman. »Sie betont, dass ein großer Unterschied besteht zwischen der Frustration, der ein problembeladenes Kind für einen Moment nachgibt, und echtem Sadismus.«

»Das ist vermutlich richtig«, stimmte Jonah zu. Aber wenn er an Keelys hundertprozentige Selbstsicherheit dachte, fragte er sich, ob sie überhaupt starke Gefühle empfand. »Wurde der Junge schwer verletzt?«

»So schwer, dass mehrere Platzwunden an seinem Kopf genäht und seine Nase gerichtet werden musste«, sagte Lightman. »Sie ist mit einem Tennisschläger auf ihn losgegangen.«

Jonah dachte kurz nach. »Haben Sie noch mit irgendjemand anderem dort gesprochen?«, fragte er dann.

»Ich habe darum gebeten, einige der Jugendlichen befragen zu dürfen, aber die Heimleiterin wirkte eher unwillig.«

»Schauen Sie, ob Sie sie überreden können«, sagte Jonah. »Keely gibt nicht viel preis, und vielleicht haben die Lennox-Schwestern irgendwas zu ihren Freunden gesagt, wovon die Erzieher nichts wissen.«

Jonah legte auf und spürte die Last der Verantwortung noch schwerer. Es war durchaus möglich, dass die gewalttätige Episode tatsächlich nur ein einmaliger Ausreißer gewesen war. Es hieß nicht unbedingt, dass Keely auch andere Personen angreifen würde. Trotzdem musste es eine Erklärung für das Blut geben, und der Gedanke an Keely mit einer Waffe trieb seine Sorge um Nina in neue Höhen.

Lightman gelang es schließlich, Magda zu überreden, Ninas einzige echte Freundin befragen zu dürfen. Es war das Mädchen, das er durchs Fenster gesehen hatte, und sie saß immer noch lesend auf dem Sofa, als man ihn in den Raum führte.

Samanthas Alter war nur schwer zu schätzen. Sie trug Jeans und Hoodie, die einer Zwölfjährigen oder einer Achtzehnjährigen gehören konnten, und ihr Gesicht hatte einen alterslosen Ausdruck. Die leicht aufgerissenen Augen, die hinter ihrer großen Brille über die Zeilen huschten, wirkten verletzlich. Mit ihren angezogenen Beinen nahm sie kaum Platz auf dem Sofa ein, und ihre schmächtige Gestalt schien zwischen den leicht verfärbten Lehnen zwergenhaft.

»Die Polizei möchte dir gern ein paar Fragen stellen, Samantha«, sagte Magda. »Nur über Nina und Keely.«

Das Mädchen blickte langsam auf, schien nur widerwillig aus ihrem Buch aufzutauchen. Sie blickte zu der Uhr an der Wand und zurück. »Es dauert nicht lange«, versicherte Lightman ihr.

»Du solltest eigentlich längst im Bett sein«, sagte Magda. »Ich gebe dir bis zehn.«

Samanthas düstere Miene wurde von einem Lächeln erhellt. »Okay. Super.«

Lightman machte Magda ein Zeichen, die Tür aufzulassen, als sie den Raum verließ, und hockte sich auf die Armlehne des Sofas gegenüber.

»Entschuldige. Ich weiß, dass Zeit für sich allein schon kostbar ist.«

Samantha blickte auf das Buch und legte es, das Gesicht nach unten, vorsichtig auf das Sofakissen. Lightman verdrehte den Kopf, um den Titel zu lesen, und erkannte, dass es ein Roman von Frances Hardinge war.

»Meine ältere Schwester ist ganz besessen von ihren Romanen«, sagte er. »Sie ist fünfunddreißig und liest sie noch immer mit Begeisterung.«

»Es sind eigentlich auch keine Kinderbücher«, erwiderte Samantha und klang dabei selber wie dreißig. »Sie sind ziemlich kompliziert. Und ziemlich düster.«

»Das sagt meine Schwester auch«, bestätigte Lightman. »Sie heißt übrigens auch Samantha«, fügte er hinzu. »Sammy.«

»Ich werde normalerweise Sam genannt.« Das Mädchen zupfte an ihren Ärmeln und rutschte auf ihrem Platz hin und her. »Magda ist die Einzige, die Samantha sagt.«

»Freut mich, dich kennenzulernen, Sam.«

Sam sah ihn an und fragte: »Sind Sie wegen Nina und Keely hier?«

»Ja. Hat dir irgendjemand erklärt, warum?«

»Magda hat gesagt, dass Sie kommen würden«, antwortete Sam. »Sie hat gesagt, Sie hätten sie vielleicht gefunden.«

Lightman zögerte. Was man einer potenziellen Zeugin erzählte und was nicht, war immer eine heikle Angelegenheit. Als Heimleiterin wollte Magda die Kinder vor allem von Ängsten über ihre

Freundinnen abschirmen, weil sie wahrscheinlich schon genug durchgemacht hatten. Lightman verstand das, aber wenn er nicht deutlich machte, dass sie sich Sorgen um Nina machten, würde Sam seine Fragen wahrscheinlich nicht ernst nehmen.

»Nun, wir wissen, wo Keely ist«, sagte er schließlich. »Ihr scheint es so weit gut zu gehen. Aber sie hat uns nichts über Nina erzählt, und wir wollen sie wirklich finden.«

Sam kniff die Augenzusammen und sah ihn. »Waren sie nicht zusammen?«

»Soweit wir wissen, sind sie zusammen hier weggegangen«, sagte Lightman neutral. »Aber jetzt ist Keely zur Polizei gekommen.«

Diese Nachricht traf Sam offensichtlich hart. Lightman bemerkte ein seltsames Erröten um ihre Wangenknochen, und sie stützte sich mit einer Hand an der Lehne des Sofas ab.

»Ich dachte, sie … Ich dachte, Keely wäre mit ihr zusammen.«

Lightman betrachtete sie einen Moment und fragte dann: »Du hast ein enges Verhältnis zu Nina, oder?«

Sam zuckte die Schultern. »Wir sind Freundinnen.«

»Wie ist Nina so? Ist sie auch eine große Leserin?«

Sam nickte sofort und sah ihn direkt an. »Wir lesen oft dieselben Bücher.«

»Redest du mit ihr darüber?«

»Ja«, sagte Sam.

»Auch über andere Sachen?«, fragte Lightman. »Zum Beispiel darüber, wie es euch hier gefällt?«

Sam zuckte wieder die Schultern, wandte den Blick diesmal jedoch nicht ab. »Manchmal.«

»Sie hat nichts davon gesagt, dass sie weglaufen wollte?«, fragte Lightman und fügte rasch hinzu: »Wenn, musst du keine Angst haben, deswegen Ärger zu bekommen. Es gibt viele Gründe, warum man so etwas nicht weitererzählt.«

Sam schüttelte den Kopf, sagte jedoch nichts. Sie ließ den Blick zu dem Cover ihres Buches wandern, ohne es wirklich anzuschauen.

»Hat Nina nicht mit dir darüber gesprochen? Oder hat sie vielleicht irgendwas gesagt, wodurch du Verdacht geschöpft hast?«

Nach einer kurzen Pause sagte Sam sehr leise: »Ich weiß nicht. Ich hab schon geahnt, dass irgendwas … im Gange war. Aber … ich dachte nicht, dass sie abhauen würden oder so.«

Lightman beugte sich vor. »Selbst wenn du nur so ein Gefühl hattest, könnte es nützlich sein, uns zu erzählen, warum. Selbst ein auf den ersten Blick unwichtiges Detail liefert uns vielleicht den entscheidenden Hinweis, nach dem wir suchen.«

Sam schüttelte den Kopf. »Ich weiß nicht.« Sie stockte. »Sie haben bloß ein bisschen heimlichgetan.«

Lightman wartete einen Moment, nickte dann und stand auf. »Vielleicht kannst du noch einmal an die vergangene Woche zurückdenken und mir Bescheid sagen, wenn dir irgendetwas einfällt.«

Er zog eine Visitenkarte aus der Tasche und gab sie ihr, bevor er sie wieder mit ihrem Buch allein ließ. Auf dem Weg zu seinem Wagen konnte er das unbehagliche Gefühl nicht abschütteln, dass Sam noch sehr viel mehr zu sagen hätte, wenn sie nur wollte.

Jonah checkte die Mails, während er auf Hansons Rückkehr wartete. Sie hatte bis zu dem Drive-in an der M 27 fahren müssen, um Keelys Wunsch nach einem Starbucks-Kaffee zu erfüllen.

Dankbar stellte er fest, dass das Dezernat für Kindesmissbrauch die kompletten Details zu den beiden Fällen geschickt hatte, in denen Keely Zeugin gewesen war.

Er nahm sich die erste Zusammenfassung vor, um zu sehen, wer die Beteiligten gewesen waren. Keely hatte die Anschuldigungen zusammen mit ihrer Schwester erhoben. Ihre Vorwürfe betrafen eine Sally und einen Henry Murray-Watt, die als Pflegeeltern der Lennox-Schwestern aufgeführt waren.

Er hatte den Bericht ein erstes Mal überflogen, als Hanson zurückkam. Die beiden Mädchen hatten ihre Pflegeeltern grausamer

Bestrafungen und emotionalen Missbrauchs beschuldigt, was sich den Ermittlungen des Dezernats für Kindesmissbrauch zufolge allerdings als unbegründet erwiesen hatte.

Er las die Zusammenfassung der Ermittlungsergebnisse nicht zu Ende, sondern schlang hastig sein Sandwich herunter und forderte Hanson auf, das Gleiche zu tun.

»Gemeinsam zu essen würde sich für mich ein bisschen zu sehr anfühlen wie ein freundliches Picknick«, sagte er. »Und das ist nicht die Atmosphäre, auf die ich es abgesehen habe.«

Als sie in den Vernehmungsraum zurückkehrten, überraschte Keely Jonah damit, dass sie sich bei ihm und Hanson für das Essen und den Kaffee bedankte – nicht überschwänglich, aber es wirkte auch nicht sarkastisch. Mit stillem Eifer machte sie sich an den Verzehr ihres Thunfisch-Sandwiches, wischte sich die Hände ab und nahm ihren Caffè Latte.

»Ist alles in Ordnung?«, fragte Jonah sie.

Keely nickte, trank einen Schluck und sagte: »Ich wäre dann so weit, wenn Sie es sind.«

Es fühlte sich beinahe an wie eine Geste der Kooperationsbereitschaft.

Die Sozialarbeiterin, die noch an ihrem Panini kaute, fegte hastig die Krümel aus ihrer Papiertüte zusammen. Jonah lächelte sie an und stellte für die Kamera erneut alle Anwesenden vor, bevor er sagte: »Ich möchte dich etwas fragen, Keely. Es geht nicht um Nina. Es geht um Callum.«

Keely wurde ganz still, ihre Gesichtszüge verhärteten sich. »Wieso fragen Sie nach ihm?«

»Die Leiterin des Kinderheimes hat uns erklärt, dass eure Unterbringung in der Pflegefamilie wegen deiner Auseinandersetzung mit Callum beendet wurde.«

Keely bedachte ihn mit einem unverhohlen abschätzigen Blick. »Wenn das ein Hinweis auf Ihre Fähigkeiten als Ermittler sein soll, bin ich nicht beeindruckt.«

Jonah lächelte knapp. »Ich würde gern hören, was passiert ist.«

Sie sah Hanson und dann wieder Jonah an. »Zunächst mal gibt es Akten über den Kram. Ich meine, sie werden keine große Hilfe sein, aber sie verraten Ihnen sehr viel mehr, als dass ich nach einem Streit rausgeschmissen wurde.« Kurz dachte Jonah, Keely würde sich vielleicht aufregen, aber dann lächelte sie wieder. »Wenn Sie wissen wollen, was wirklich mit Callum passiert ist, müssen Sie es mich erzählen lassen, wenn ich dazu komme.«

Jonah nickte. »Aber damit man dir weiter zuhört, musst du uns versichern, dass es Nina tatsächlich gutgeht.«

Keelys Blick bewegte sich für ein paar sehr lange Sekunden überhaupt nicht. Jonah fand es beeindruckend, wie still und regungslos sie bleiben konnte.

Dann sagte sie: »Nina wird für die nächsten paar Stunden sicher sein.« Sie lächelte sehr knapp. »Und bevor Sie nach Einzelheiten fragen, niemand wird verbluten. Und selbst bei diesem Wetter wird über zwei Tage niemand an Dehydrierung sterben. Ich sage nicht, dass es nicht unbequem werden könnte, aber ich glaube, ein wenig Unannehmlichkeit ist manchmal gut für die Seele, meinen Sie nicht?«

Sie genießt das hier, dachte Jonah. Sie macht sich über uns alle lustig.

Und während er so beiläufig wie möglich einen Schluck Kaffee trank, lief ihm ein eiskalter Schauder den Rücken hinunter.

4.

Fast ein Jahr lang warteten wir verzweifelt auf eine Pflegefamilie. Alles, so dachten wir, würde besser sein als der Ort, an dem wir uns befanden. Besser als die Schäbigkeit, der Spott, die Streitereien zwischen den anderen Kindern und die gereizte Reaktion der Angestellten auf jede Frage oder Bitte. Einmal habe ich gesehen, wie ein Sozialarbeiter gelacht hat, als ein Junge Ninny eine »rothaarige Hure« nannte. Damals wusste ich noch nicht, was eine Hure ist, aber ich wusste, dass es etwas Gemeines war.

In der Schule war es noch schlimmer. Nach dem Ende des Schuljahres waren wir von unserer netten kleinen New Forest School in die hässliche, heruntergekommene Gale Park Primary School geworfen worden. Was nicht so schlimm gewesen wäre, wenn die Angestellten dort die Schüler, die die Schule besuchten, nicht längst aufgegeben hätten. Die Lehrer schleppten sich von Unterrichtsstunde zu Unterrichtsstunde und waren froh, wenn niemand Stühle durch den Raum warf oder den Kopf eines Mitschülers auf das Pult knallte.

Für Ninny war es die reinste Folter. Sie weinte jeden Morgen vor dem Losgehen und traf mich nach Unterrichtsschluss mit bleichem Gesicht und aufgerissenen Augen wieder. Ich wusste, dass sie mittags nichts aß. Nachdem ich sie zwei Tage hintereinander gesucht hatte, hatte ich schließlich entdeckt, dass sie während der vorgesehenen Essenszeit ihres Jahrgangs mit in den Jackentaschen vergrabenen Händen die Grenzen des Schulhofs abschritt. Es hatte mir schier das Herz gebrochen, sie dabei zu beobachten und zu sehen, dass niemand mit ihr redete, auch nachdem alle aus der Kantine geströmt kamen.

Zu ertragen war das alles nur, weil nach acht Monaten ein neuer Betreuer in unser Heim kam, ein in Frankreich gebürtiger, aber sehr englischer Mann namens Jared, der damals nicht älter als achtzehn gewesen sein kann, wie mir heute klar ist. Gerade mal erwachsen.

Er war wirklich nett zu meiner Schwester. Nicht barsch, steif oder gleichgültig wie die anderen. Er nahm sich Zeit, mit ihr zu spielen, und drängte sanft darauf, dass die anderen Kinder sie nicht ausschlossen.

Es war wundervoll zu beobachten, welche Wirkung seine Freundlichkeit auf sie hatte. Sobald sie ihn sah, zeichneten sich auf ihren Wangen Grübchen ab. Es war, als hätte sie die Persönlichkeit des sonnigen, liebenswerten Mädchens aus dem Lager geholt und wieder übergestreift. Und allein das machte es ihr leichter, mit den anderen Kindern und Angestellten auszukommen.

Nur die Probleme in der Schule, wo sie weiterhin permanent gemobbt wurde, wurden dadurch nicht gelöst. Einen schrecklichen Monat lang machte ich mir ernsthaft Sorgen, Ninny könne sich zu Tode hungern. Es fing damit an, dass sie eines Nachts ins Bett machte und ein, zwei Angestellte etwas gegenüber den anderen Kindern durchblicken ließen. Dadurch erfuhr es die ganze Schule, weil dort alle Heimkinder hingingen. Einen vollen Monat lang war Nina als »Pissy« bekannt, und obwohl Jared sich bemühte, sie aufzuheitern, wäre sie daran beinahe zerbrochen.

Wie sich herausstellte, gab es Schlimmeres als das Kinderheim in der Henley Road und sogar als die grauenhafte Gate Park Primary School.

Schreckliche Orte sehen nicht immer so aus. Noch etwas, das ich gelernt habe. Sie können schön aussehen. Luxuriös. Verführerisch.

In unserem Fall sahen sie aus wie das prachtvolle Haus im New Forest, in dem ein Paar namens Sally und Henry Murray-Watt wohnte.

Und die ersten Eindrücke waren wirklich toll. Als wir zu Beginn des Winters unser neues Heim beschnupperten, bekamen wir sie gleich in einer Art Schnelldurchlauf geboten. Das große, makellos gepflegte Haus, der schick angelegte Garten, der riesige Fernseher, die Landhausküche und Sally Murray-Watt selbst.

Ich weiß noch, wie sie sich kurz nach unserer Ankunft bückte, um die ängstliche kleine Ninny zu fragen, ob sie ein Stück Bananenkuchen haben wollte. Sallys warmherzige Art, gepaart mit einem Hauch von Schüchternheit, machte sie sofort anziehend, und die Wolke des Blumenparfüms, das sie benutzte, weckte spontan Erinnerungen an Mummy. All das erfüllte mich mit einer schmerzhaften Sehnsucht, in den Arm genommen zu werden, und ich streckte die Hand aus, um ihre Hose zu berühren, und rieb den Leinenstoff zwischen meinen Fingern, der mich an unser altes Leben erinnerte.

Während Sally sich vorstellte, suchte ich unwillkürlich nach Ähnlichkeiten zwischen ihr und unserer Mutter. Ihre Größe. Ihre Kleidung. Ihr Gesicht war von einer vergleichbaren Offenheit. Aber es gab auch Unterschiede. Ihr blondes Haar, das leichte Schielen, die schlankere Statur. Doch diese Kontraste schienen unbedeutend. Sie verkörperte *Mütterlichkeit*, und ich wollte sie als meine Mutter haben.

Was ihren Mann betraf, war ich mir nicht so sicher. Henry Murray-Watt war ein großer, sehr rechteckiger, leicht gebückter Mann, der es offenbar nicht mochte, uns anzusehen. Als wir vor ihm standen und von unserer Sozialarbeiterin vorgestellt wurden, lächelte er seltsam und guckte dann während der Unterhaltung woandershin.

Unsere Sozialarbeiterin ließ uns eine Weile allein. Sally brachte ein paar Spielsachen in das große, luxuriös eingerichtete Wohnzimmer und verschwand dann mit einem luftigen »Ich bin gleich zurück« irgendwo im Haus.

Ich näherte mich den Spielsachen vorsichtig, Henrys Anwesenheit immer deutlich im Bewusstsein. Er saß mit einem Buch in einem Sessel und unternahm keinen Versuch, sich mit uns zu unterhalten, nachdem Sally verschwunden war.

Nina machte sich seinetwegen weniger Gedanken. Begeistert begann sie, das Spielzeug auszupacken. Aber ich kann mich deutlich an das angewiderte Geräusch erinnern, das Henry von sich gab, als Nina beim Auspacken einer Puppe entzückt seufzte. Als würden wir ihn bei etwas stören.

Das beunruhigte mich. Ich wollte glauben, dass alles perfekt war, und dieses Geräusch war ein Riss in dem Idyll.

Ich war definitiv erleichtert, als Sally zurückkam, stellte jedoch verblüfft fest, dass sie nicht allein war. Sie hatte einen Jungen bei sich. Er war groß und schlank, sein Haar war zur Seite gescheitelt, und Verbitterung hing über ihm wie eine große schwarze Wolke. Sie sickerte durch seine schicken Chinos und sein Hemd, und ich war mir sofort sicher, dass er eigentlich der Zerrissene-Jeans-und-T-Shirt-Typ war. Der Typ Junge, der gern zündelte. Ein wildes, unberechenbares Wesen.

»Callum, das sind Keely und Nina«, sagte Sally freundlich. »Vielleicht wohnen sie demnächst bei uns, um dir Gesellschaft zu leisten.«

Callum sagte nichts. Er musterte uns durch die Fransen seines schrägen Ponys, und die Wucht seiner Antipathie schien sich auf mich zu konzentrieren. Als er weiter schwieg, fuhr Sally fort: »Callum wird bald zwölf, Mädchen. Schon fast erwachsen, was?«

Ich hätte es Ninny gleichtun und ihn anlächeln können. Ihm erklären können, dass ich mich freute, ihn kennenzulernen.

Aber ich ertappte mich dabei, wie ich seinen Blick mit der gleichen Feindseligkeit erwiderte.

Henry erhob sich hastig und erklärte Callum, er solle uns gefälligst höflich begrüßen, bevor er verschwand, ohne eine Antwort abzuwarten.

»Freut mich, euch kennenzulernen«, sagte Callum so widerwillig und grimmig wie möglich.

Sally schien es gar nicht zu bemerken. Jedenfalls sagte sie: »Ich glaube, ihr drei werdet euch wirklich gut verstehen.«

Ein paar Minuten später öffnete sie die Tür zum Garten, damit Ninny und ich die Schaukel ausprobieren konnten. Ich blieb am Fenster stehen, um Ninny zu beobachten, zufrieden damit, zurückzustehen und die schiere Freude meiner Schwester zu genießen. Sie blühte förmlich auf. Mit Sally war sie offensichtlich glücklicher, als sie es seit dem Tod unserer Mummy gewesen war. Glücklicher sogar, als wenn Jared mit ihr herumalberte.

Callum trat neben mich. Er brachte einen pfeffrigen Geruch und das Geräusch seiner raschelnden Kleidung mit sich. Ich spürte, wie die Härchen an meinen Armen sich aufstellten, wollte ihm jedoch nicht zeigen, dass ich Angst vor ihm hatte. Wenn man sich seine Furcht anmerken ließ, dann wurde alles andere davon bestimmt, das hatte ich im vergangenen halben Jahr gelernt.

Drinnen entstand ein langes Schweigen, während Ninny draußen von den Schaukeln erzählte, die wir früher in unserem Garten gehabt hatten. Und dann zischte Cal: »Ihr sagt ihnen besser, dass ihr es hier schrecklich findet. Sagt ihnen, ihr findet es schrecklich, oder ihr werdet es bereuen.«

Ich spürte, wie mein Unbehagen in niederschmetternde Enttäuschung umschlug. Wenn Callum uns hasste, konnten wir hier nicht glücklich sein, oder?

Aber vielleicht hasste er bloß *mich*, dachte ich. Ich blickte zu Ninny, die sich auf der Schaukel lachend von Sally anschubsen ließ, und entschied, dass es gut werden könnte. Ich war stark genug. Es war egal, dass er älter und größer war. Ich war stark.

»Ich sage ihnen, was ich will«, erwiderte ich.

Ich drehte mich zu ihm um und wich kein Stück zurück, obwohl er unbehaglich nah war. So nah, dass ich die Wärme spürte, die er verströmte, und sah, wie sein Kiefer sich wütend anspannte.

»Was du willst, spielt keine Rolle.«

Als die Sozialarbeiterin uns abholte, erklärte ich ihr, wie gern ich dort leben würde. Also war vermutlich alles, was danach passiert ist, in gewisser Weise meine Schuld.

Die ersten Tage in unserem neuen Pflegezuhause fühlten sich an wie das Paradies. Oder so nahe am Paradies, wie ich ihm je gekommen bin. Zeit mit Sally zu verbringen war beinahe so gut, wie unsere Mummy zurückzuhaben. Nur dass wir jetzt wirklich dankbar dafür waren. Für jede Umarmung und jede Unterhaltung. Dafür, abends ins Bett gebracht zu werden und ein eigenes Zimmer mit einem bequemen Bett zu haben. Eigene Spielsachen.

Ein paar kleine Einwände gab es schon damals. Ich erinnere mich, dass Callum mich am ersten Tag von der Tür meines Zimmers wütend anstarrte und schweigend zusah, wie ich meine Kleider in die hübsche gelbe Kommode räumte. Bis dahin hatte ich jeden Handgriff genossen, von dem sanften Aufgleiten der Schubladen bis zu dem Gefühl von Holz unter meinen Fingern. Dem Geruch von Lack. Der Befriedigung, alles in der richtigen Ordnung einzuräumen.

Aber ich spürte die Wut, die Callum ausstrahlte, und der bittere Beigeschmack, der sich in meinen Tag mischte, machte auch mich wütend.

»Was stehst du da rum?«, fragte ich, richtete mich auf und erwiderte sein Starren.

»Ich habe dir doch gesagt, ihr sollt nicht kommen«, sagte Callum finster. Weil er ein Junge und zudem älter und größer war als ich, hielt er sich vermutlich für einschüchternd.

»Aber du kennst uns doch gar nicht«, erwiderte ich und verschränkte die Arme. »Du wirst uns schon mögen, wenn du aufhörst, so gemein zu sein und gemein zu reden.«

Callum machte ein angewidertes Geräusch. »Darüber, ob ich euch mag, hab ich gar nichts gesagt.«

»Nein, du willst uns bloß nicht hier haben.«

Callum wandte den Kopf ab und schwieg eine Weile, doch er rührte sich nicht von der Stelle, sondern starrte hasserfüllt den Türrahmen an. Ich wollte gerade weiter auspacken, als er hinzufügte: »Zu eurem eigenen Besten. Ich habe es zu eurem Besten gesagt.« Und dann ging er weg.

Wenn ich nicht so wütend auf ihn oder ein paar Jahre älter gewesen wäre, hätte ich vielleicht ein wenig besser darüber nachgedacht, was er gesagt hatte. Aber so hatte ich nur das Gefühl, er würde alles verderben. Unser neues Traumzuhause. Unser glänzendes neues Leben. Und dafür hasste ich ihn.

5.

Keely hatte innegehalten, und Jonah spürte, dass sie auf eine Reaktion wartete. Eine Anerkennung, dass das, was sie sagte, bedeutend war. Vielleicht eine Runde Applaus für ihr exzellentes Gedächtnis.

Es war frustrierend, dass sie ihnen so wenig erzählte. Und noch mehr, dass sie die Murray-Watts offensichtlich als die großen Bösewichte aufbaute, obwohl eine Ermittlung zum gegenteiligen Schluss gekommen war.

Er suchte noch nach dem richtigen Ton, als Hanson sagte: »Callum wollte euch beide also nicht dort haben.«

»Na ja«, sagte Keely und sah sie nachdenklich an, »ich würde sagen, er hatte gemischte Gefühle, was uns betrifft. Obwohl er uns nicht dort haben wollte, waren wir Frischfleisch.«

»Das heißt, er war aggressiv und brutal?«, fragte Hanson.

Keely blickte ihr direkt in die Augen. »Er war ein sehr unglücklicher Elfjähriger. Unglückliche Elfjährige neigen dazu, um sich zu schlagen.«

Diese Antwort überraschte Jonah. Dass Keely sehr intelligent war und eine enorme, geradezu bohrende Auffassungsgabe hatte, war offensichtlich. Aber er hatte nicht erwartet, dass sie Mitgefühl zeigen würde. Schon gar nicht für einen Jungen, der sie vermutlich schikaniert hatte.

»Hattest du auch damit zu kämpfen, Keely?«, fragte Hanson sanft. »Mit den Auswirkungen des Unglücklichseins?«

Keely gab einen tiefen Seufzer von sich. »Kämpfen würde ich das nicht nennen. Ich habe ziemlich schnell Frieden geschlossen mit meiner dunkleren Seite. Ich bin ein bisschen intelligenter als Callum.«

Jonah gab sich Mühe, seine Frustration nicht zu zeigen. Es machte ihn wütend, wie schnell sie dieses kurze Aufflackern von Menschlichkeit unterminiert und sofort wieder auf kaltschnäuzige Arroganz umgeschaltet hatte. Es wirkte beinahe vorsätzlich.

Aber Wut würde ihn nicht weiterbringen. Er musste irgendwie zu einer menschlicheren Seite von Keely durchdringen, die offensichtlich einmal da gewesen war. Er musste sie überzeugen, ihnen zu erzählen, wo ihre Schwester war.

»So etwas passiert vielen Menschen«, sagte er leise. »Und es hinterlässt ohne Frage Spuren. Niemand kommt unversehrt davon, aber ich glaube, man hat mehr Macht, nach vorn zu schauen, als du denkst. Man kann eine Wahl treffen. Man kann entscheiden, ob man das sein will, wozu sie einen gemacht haben, oder nicht.«

Keely bedachte ihn mit einem trägen Lächeln, das Jonah frösteln ließ.

»Wissen Sie was, ich glaube, da könnten Sie tatsächlich recht haben«, sagte sie. »Ich hatte eine Wahl. Und ich würde ja nicht hier sitzen, wenn ich mich nicht entschieden hätte, oder?«

»Welche Wahl hattest du?«, fragte Jonah.

»Echt jetzt?« Sie lachte. »Ich dachte, Sie hätten ein bisschen besser aufgepasst.«

Jonah fragte sich flüchtig, ob die meisten Eltern von Teenagern sich so fühlten. Hilflos wütend angesichts einer totalen Missachtung der eigenen Person und aller anderen, und das von jemandem, der fast keine Lebenserfahrung hatte. Aber nicht einmal die schlimmsten Teenager, die Jonah befragt hatte, waren so herablassend gewesen wie Keely.

Es klopfte, und Lightman steckte den Kopf durch die Tür. Jonah merkte, wie erleichtert er war, aufstehen zu dürfen und für ein paar Minuten von Keely Lennox wegzukommen.

Lightman wartete, bis sie im Flur waren und die Tür hinter sich geschlossen hatten, bevor er leise sagte: »Ihre Jugendamtsakte ist gekommen, und ich habe sie mir sofort vorgenommen.« Er blickte zur Tür. »Es könnte sich lohnen, das kurz durchzusprechen, bevor Sie wieder reingehen.«

Ben wirkte gelassen, wie immer. Aber wenn in dem Bericht etwas stand, das ihm wichtig genug erschien, eine Befragung zu unterbrechen, dann wusste Jonah, dass er es anhören musste.

Er kehrte in den Vernehmungsraum zurück, um eine Pause zu verkünden und Hanson herauszuholen.

»Die Gründe für Keelys Rückkehr aus ihrer Pflegefamilie waren ein wenig komplexer, als wir dachten«, erklärte Lightman.

Mittlerweile hatte sich auch Domnall O'Malley zu der Gruppe gesellt und verputzte sichtlich zufrieden einen Blaubeermuffin. Er scherzte häufig, das ungesunde Essen sei einer seiner Lieblingsaspekte der Polizeiarbeit. Zum Ausgleich ging er viel zu Fuß, sowohl in seiner Freizeit als auch im Job, sodass er eher komfortabel gepolstert war als dick, aber Jonah wusste, dass O'Malleys Lebensgefährtin sich Sorgen um seine Gesundheit machte.

»An dem Tag, an dem Callum angegriffen wurde, erhielt das Jugendamt einen tränenreichen Anruf von Keely Lennox, in dem sie behauptete, alle drei Kinder müssten gerettet werden. Sie sagte, ihre Pflegeeltern, die Murray-Watts, würden sie misshandeln und hätten Callum brutal verprügelt. Sie erklärte, sie habe Angst um sie alle drei.«

Jonah sah ihn ausdruckslos an. »Keely hat gesagt, ihre Pflegeeltern wären es gewesen?«

»Ja, und das Jugendamt ist sofort aktiv geworden. Sie haben die Polizei alarmiert. Als sie in dem Haus eintrafen, war Callum in seinem Zimmer eingeschlossen. Die Murray-Watts behaupteten, sie hätten keine Ahnung, wie das passiert sei, fanden jedoch den Schlüssel und ließen Callum heraus. Er sah übel zugerichtet aus und bestätigte, dass es die Murray-Watts gewesen seien. Zumindest anfangs.«

»Nur anfangs?«, fragte O'Malley, knüllte sein Muffinpapier zusammen und warf es in den nächsten Papierkorb.

»In den ersten Minuten«, bestätigte Lightman. »Nachdem man Callum nach unten gebracht hatte, hat Sally Murray-Watt freundlich mit ihm geredet, und Callum Taylor ist zusammengebrochen und hat zugegeben, dass nicht seine Pflegeeltern, sondern Keely ihn verprügelt hatte.«

»Wow«, sagte Hanson und richtete sich auf ihrem Stuhl auf. »Und dazu hat er später gestanden?« Als Lightman das nickend bestätigte, fuhr sie fort: »Haben die Beamten ihm Gelegenheit gegeben, allein mit ihnen zu sprechen?«

»Er wurde im Krankenhaus im Beisein eines Sozialarbeiters befragt und dann noch einmal in einem Heim, in das er zur Kurzzeitunterbringung gebracht wurde«, antwortete Lightman. »Alle drei Kinder wurden für einige Nächte in einem Heim aufgenommen, und ein DI vom Dezernat für Kindesmissbrauch hat erneut allein nur im Beisein seines Sozialarbeiters mit Callum gesprochen. Callum wiederholte, dass er nur getan habe, was die Mädchen verlangt hätten, und dass es ihm leidtue, zunächst gelogen zu haben. Als er gefragt wurde, warum die Mädchen ihm aufgetragen hatten zu lügen, erklärte er, dass sie bei den Murray-Watts unglücklich gewesen seien und von dort weggewollt hätten.«

»Wurde das Ehepaar auch befragt?«, hakte Jonah nach.

»Ja, der Sozialarbeiter der Mädchen hat sie zusammen mit einer Constable des Missbrauchsdezernats besucht.« Lightman blickte auf seinen Bildschirm. »In seinem Bericht steht, dass die Murray-Watts sich offenbar liebevoll um die Kinder gekümmert hatten. Aber ich würde mir das Ganze gerne noch mal genauer anschauen. Die Akte des Jugendamtes enthält nicht sehr viele Informationen darüber, was die Ermittler über die ersten Befragungen hinaus unternommen haben. Ich denke, es könnte sich lohnen, sich die gesamte Ermittlung noch einmal anzusehen.«

»Die Murray-Watts sind die Leute, die Nina adoptieren wollen, oder?«, fragte Hanson und wippte langsam auf ihrem Stuhl. »Und Nina schien durchaus glücklich darüber zu sein. Vielleicht hat sie ihre früheren Aussagen bedauert und versucht, von Keely wegzukommen.«

»Glauben wir, dass Nina nach ihrem Verschwinden direkten Kontakt zu den Murray-Watts gesucht hat?«, fragte O'Malley. »Um die Beziehung wiederherzustellen? Es könnte sich lohnen, direkt mit ihnen zu sprechen, würde ich sagen.«

»Ich möchte nicht von vorneherein davon ausgehen, dass Keelys und Ninas ursprüngliche Beschuldigungen falsch waren«, schaltete Lightman sich ein. »Sie wären nicht die ersten Kinder, die im Stich gelassen wurden, weil nur mangelhaft gegen die Täter ermittelt wurde. Vielleicht haben die beiden Mädchen ja auch mit Hilfe von Lügen versucht, aus dem Haus wegzukommen, weil nur ein Mitglied des Haushalts ihnen gegenüber gewalttätig war. Henry Murray-Watt allein. Oder Callum Taylor.«

»Außerdem gibt es durchaus verschiedene Formen von Misshandlung«, sagte Hanson nachdenklich.

Das Ganze war total verworren, dachte Jonah. Trotzdem mussten sie der Sache nachgehen, während das Entführungsdezernat weiter seine Arbeit machte. Was immer auch passiert war, es hatte Keelys Einstellung geprägt, und selbst wenn es nicht leicht sein würde zu überprüfen, ob sie tatsächlich misshandelt worden war, wäre es hilfreich, das zu wissen.

Gleichzeitig musste sein Team die Örtlichkeiten im Blick behalten, zu denen die Mädchen eine besondere Verbindung hatten. Es war natürlich nur eine Vermutung, doch Jonah nahm an, dass Keely ihre Schwester an einem in irgendeiner Weise bedeutungsvollen Ort versteckt hatte. Nun musste er entscheiden, ob sie sich mehr auf die Vergangenheit konzentrieren oder mehr an das halten sollten, was Keely ihnen jetzt erzählte.

»Okay«, sagte er nach kurzem Überlegen. »Juliette und Ben, ich möchte, dass Sie sich die Geschichte der beiden Mädchen anschauen. Sprechen Sie mit der Pflegefamilie, sehen Sie sich die Akten des Jugendamtes und die Ermittlungen des Dezernats für Kindesmissbrauch an. Es gab noch einen zweiten Fall, in dem Keely Zeugin war, oder? Besorgen Sie sich alle Unterlagen und gehen Sie sie durch.« Er hielt kurz inne. »Und denken Sie dran, wir suchen vordringlich nach signifikanten Orten. Aber wir interessieren uns auch für alles andere, was uns helfen könnte, Einblicke in Keelys Gedankenwelt zu bekommen. O'Malley, wie wär's, wenn Sie mit mir reingehen? Mal sehen, wie Keely auf den Netten-Onkel-Effekt reagiert.«

»Klar«, sagte er. »Darin bin ich gut.«

»Sind Sie sich sicher, dass Sie nicht lieber den Attraktiver-junger-Sergeant-Effekt probieren wollen?«, fragte Hanson und grinste Lightman an.

»Du kannst mich mal«, gab Lightman gutmütig zurück.

»Ben spare ich mir auf«, antwortete Jonah und stand auf. »Sollte ich irgendwann beschließen, ihr an die Kehle zu gehen, wird ein netter, gut aussehender Kollege bereitstehen, dem sie alles erzählen kann.«

»Das ist Detective Sergeant Domnall O'Malley«, erklärte Jonah Keely, als sie den Vernehmungsraum wieder betraten.

»O-ho, eine Beförderung«, sagte Keely mit einem spöttischen Lächeln. »Was ist mit Ihrer Constable passiert? Konnte sie das Tempo nicht mitgehen?«

O'Malley lachte locker. »Sie ist eine viel beschäftigte Frau. Ich hingegen habe jede Menge Zeit und hör mir gern ein paar sonntagabendliche Erinnerungen an.«

Einen Moment lang wirkte Keely unsicher. Sie wusste offensichtlich nicht, wie sie O'Malleys Humor zu nehmen hatte. Eigentlich hatte Jonah Unbehagen bei ihr auslösen wollen, aber Verwirrung war potenziell noch interessanter.

Er dachte an Keelys bisheriges Leben und fragte sich, ob sie so etwas wie freundliche Neckereien einfach nicht kannte. Wenn das, was sie sagte, stimmte, war Mobbing an der Tagesordnung gewesen. Und so gern sie auch austeilte, wusste sie selbst vielleicht nicht damit umzugehen.

Er beschloss, ihre momentane Verunsicherung zu nutzen und sofort mit seinen Fragen zu beginnen.

»Wir haben deine Akte vom Jugendamt kommen lassen«, sagte er. »Ich würde gern wissen, warum du behauptet hast, deine Pflegefamilie hätte Callum geschlagen.«

Keely rutschte auf ihrem Stuhl hin und her und wandte ihm dann langsam wieder ihren ausdruckslosen Blick zu. »Was glauben Sie, warum ich das erzählt habe?«

»Zum Spaß?«, fragte O'Malley. Der Sergeant hatte ihr Unbehagen auch bemerkt und stocherte nach. Gott sei Dank, dachte Jonah, dass er ein so intelligentes Team um sich hatte.

Keely warf ihm einen kurzen unsicheren Blick zu und sah aus, als würde sie über eine Antwort nachdenken, doch O'Malley sprach schon weiter: »Oder wolltest du damit deine Kontrolle über alle demonstrieren?«

Keely klang beinahe frustriert, als sie erwiderte: »Vielleicht war es auch tatsächlich die Wahrheit. Die einfachste Lösung ist in der Regel die richtige.«

O'Malley legte den Kopf schief. »Also, die einfachste Lösung ist, dass ihr Mädchen Märchen erzählt habt. Callum hat selbst gesagt, dass du diejenige warst, die ihn verprügelt hat. Weshalb sollte er lügen?«

Keely gab ein Geräusch von sich, das beinahe wie ein Schnauben klang. »Ah, ja. Warum sollte ein junger Mann, der selbst Opfer von Misshandlungen war, lügen?«

O'Malley zuckte knapp die Schultern, als würde er es für den Moment so stehenlassen wollen, auch wenn es ihn keineswegs überzeugte. »Dein Sozialarbeiter hat gesagt, seinem Eindruck nach haben sie sich gut um dich gekümmert. Deine Pflegeeltern, meine ich.«

»Sie haben sich *gekümmert?* Ja, haben sie«, sagte sie und wirkte jetzt tatsächlich wütend. Jonah fragte sich, warum ihr das unter die Haut ging, während er mit allem anderen gescheitert war. War es O'Malleys fröhlich spöttischer Ton? Oder lag es einfach daran, dass Keely es nicht mochte, wenn ein anderer ihre Geschichte kontrollierte?

»Und wie sie sich gekümmert haben! Bloß nicht um uns. Wichtig war ihnen der Eindruck, den sie gegenüber dem Jugendamt gemacht haben, als das plötzlich genauer hingesehen hat.« Sie lächelte verzerrt. »Würden Sie unter den Umständen nicht auch so tun, als würden Sie sich *kümmern?*«

Sie starrte O'Malley grimmig an, doch der erwiderte kühl: »So wie du so getan hast, als würdest du dich um deine Schwester kümmern?«

Keely wandte den Blick ab, und Jonah hatte deutlich das Gefühl, dass sie um Beherrschung rang. »Manche Dinge im Leben kann man sich nicht aussuchen«, sagte sie schließlich. Ihr Tonfall war wieder ausdruckslos und leicht abschätzig. Sie sah ihn an. »Und eins davon ist die eigene Familie.«

Anfangs hatte Hanson Mühe, sich auf die Akten zu konzentrieren. Es gab Einzelberichte von Keelys diversen Betreuern, nicht unbedingt in logischer Folge und einige auch nur ein paar Zeilen lang. Andere waren dagegen ausführlich und engagiert, wobei bisweilen unklar schien, worum es eigentlich ging. Dokumentiert waren Krankheiten, Streitereien, Beschwerden in verschiedene Richtungen und Wechsel des für Keely zuständigen Sozialarbeiters.

Sie überflog die Dateien, bis sie zu Dokumenten aus dem Jahr 2011 kam, die sich auf den Zwischenfall mit Callum Taylor bezogen.

Sie begann die Abschrift einer aufgezeichneten Befragung von Keely durch Mark Slatterworth zu lesen, dem zuständigen Sozialarbeiter des Mädchens. Und nach wenigen Sekunden hatte sie überhaupt keine Mühe mehr, sich zu konzentrieren.

MARK SLATTERWORTH: Ich wollte mit dir über Callums Verletzungen reden. Callum beharrt darauf, dass du diejenige warst, die ihn verletzt hat.
KEELY LENNOX: Natürlich.
MS: Liegt das daran, dass du ihn verletzt hast? Du wirst deswegen keinen Ärger bekommen, Keely. Wir müssen bloß wissen, was wirklich passiert ist.
KL [SCHWEIGT]
MS: Es ist wirklich okay, die Wahrheit zu sagen. Was immer auch passiert ist, wir müssen der Sache auf den Grund gehen. Und wenn Callum das eine sagt und du das andere, wissen wir nicht, was wir deswegen unternehmen sollen.
KL: Also gut. Ich war's.
MS: Warum? Warst du wütend auf ihn?
KL: Nein. Ich werde nicht wütend.
MS: Aber du hast ihn ziemlich heftig geschlagen.
KL: Das musste ich, sonst wären die Verletzungen nicht so schwer gewesen, dass Sie uns von dort wegholen.

Hanson konnte sich gut vorstellen, wie kühl und nüchtern Keely ihre Aussage vorgetragen hatte. Den Mangel an Emotion. Ihr lief ein kalter Schauer den Rücken hinunter.

MS: Du wolltest von dort weggeholt werden?
KL: Ja.
MS: Warum hast du mir nicht einfach bei einem unserer Treffen erzählt, dass du dort nicht glücklich warst?
KL: Weil ich Angst hatte, dass Sie mir nicht glauben, und dann hätten die Murray-Watts mich dafür bestraft, dass ich Ihnen die Wahrheit gesagt habe.
MS: Aber wir sind hier, um dich zu beschützen. Du kannst mit uns über deine Sorgen reden, und wir nehmen sie ernst. Das tun wir immer.

KL: Wirklich? Ich meine, Sie glauben mir doch jetzt auch nicht, oder?

Auch die Reaktion des Sozialarbeiters konnte Hanson sich gut vorstellen. Die Verlegenheit. Das Gefühl, auf dem falschen Fuß erwischt worden zu sein. Keely war garantiert sehr gut darin gewesen, sogar vor drei Jahren schon, mit dreizehn.

MS: Ich will einfach von dir hören, was passiert ist. Kannst du mir erzählen, wie es dazu gekommen ist? Weshalb warst du so unglücklich bei Sally und Henry?
KL: [ZÖGERT] Sie sind keine netten Menschen. Überhaupt nicht nett. Zuerst dachte ich das, aber dann haben sie angefangen, uns zu bestrafen. Wegen Kleinigkeiten. Zum Beispiel, weil wir zu laut oder zu unordentlich waren. Oder weil wir nicht genug gegessen haben. Oder zu viel.
MS: Wie haben sie euch bestraft?
KL: Kommt drauf an, wie ihre Stimmung war. Anfangs war es nur eine harsche Bemerkung, etwa, dass wir dumm oder hässlich wären. Aber allmählich wurde es schlimmer. Sie haben uns das Essen vorenthalten, wenn wir unverschämt gewesen waren, wie sie es nannten, oder ungeschickt – oder sonst irgendwas. Dann fingen sie an, mich – uns – in den Keller zu bringen. Mit verbundenen Augen. Und dann hat Mr Murray-Watt – Henry – uns geschlagen. Danach haben sie uns dort unten eingesperrt.
MS: In dem Keller?
KL: Es gab keinen Schlafplatz außer einer Matratze auf dem Boden. Und es gab Spinnen, Ratten und Kakerlaken. Man konnte betteln und schreien, freigelassen zu werden, wie man wollte, sie ließen einen dort unten. Tatsächlich habe ich gelernt, nicht zu schreien, weil sie anscheinend früher nachgaben, wenn man still war.

Hanson spürte, wie sich ihre Stirn beim Lesen anspannte. Es klang überzeugend. Realistisch. Wie das Werk wahrhaft kontrollfixierter Menschen.

Lightman hatte gesagt, dass das Dezernat für Kindesmissbrauch zu dem Schluss gekommen war, die Anschuldigungen seien unbegründet. Waren sie durchweg unwahr gewesen, oder hatte die Ermittlung sie nur nicht beweisen können?

MS: Und das haben euch beide angetan?
KL: Ja. Also … Henry hat das Schlimmste gemacht. Und er hat Sally gesagt, was sie machen soll. Sie hat uns bloß auf unsere Zimmer geschickt, wenn wir böse waren, und dann gewartet, was Henry entscheidet. Manchmal hat sie es ihm nicht erzählt. Ich glaube, wir haben ihr leidgetan.

Und auch dieser Teil klang auf vernichtende Art überzeugend, dachte Hanson.

Nach ihrer Beziehung mit Damian hatte sie viel darüber recherchiert, wie sich missbräuchliches Verhalten auf einen Partner auswirkt, weil sie verstehen wollte, wie sie es hatte zulassen können. Sie hatte Artikel und Beiträge in Foren gelesen, und viele Schilderungen handelten von Menschen, die manipuliert worden waren, sich aktiv am Missbrauch zu beteiligen. Mütter oder manchmal auch Väter, die durch Psychotricks dazu gebracht worden waren, um ihrer Partner willen ihre Kinder zu misshandeln.

Sie beendete die Lektüre, atmete tief durch und schlug dann Nina Lennox' Aussage auf. Hatte Nina ihrer Schwester widersprochen?

MARK SLATTERWORTH: Erzähl mir, wie ist das Leben bei Sally und Henry?
NINA LENNOX: Nicht so toll. Sie sind keine netten Menschen.
MS: Kannst du mir erklären, was du damit meinst?

NL: Sie bestrafen uns gerne. Manchmal ist es nur eine harsche Bemerkung. Dass wir dumm wären oder hässlich. Aber allmählich wurde es schlimmer …

Hanson brach ab und hatte das Gefühl, dass ihre Gedanken sich sinnlos im Kreis drehten. Sie nahm sich noch einmal Keelys Aussage vor.

Aber allmählich wurde es schlimmer …

Die beiden Schwestern hatten dasselbe gesagt. Aber sie hatten nicht nur dieselben Informationen mitgeteilt. Sie hatten beinahe dieselben Worte verwendet.

Sie haben es einstudiert, dachte Hanson und empfand beinahe so etwas wie Ärger. Keely kontrollierte alles, was Nina sagte.

6.

In den nächsten Tagen wurde mein Verhältnis zu Callum nicht besser. Ich reagierte unwillkürlich wütend auf seine Gegenwart, und er schien umgekehrt genauso zu empfinden. Ich wusste, dass es uns beide juckte, wann immer wir in der Nähe des anderen waren, und es war einer dieser Reize, bei denen man nachgeben und sich wieder und wieder kratzen musste.

Ich weiß noch, dass ich mich am dritten Morgen früh angezogen habe, nach draußen gegangen bin und zugesehen habe, wie er im Garten einen Fußball herumkickte, unfähig, ihn zu ignorieren und eine eigene Beschäftigung zu finden. Er versuchte den Ball möglichst lange in der Luft zu halten, und je länger er es schaffte, ohne ihn auf den Boden titschen zu lassen, desto gereizter wurde ich.

Natürlich verlor er irgendwann doch die Kontrolle, und der Ball kullerte in meine Richtung. Ich stellte meinen Fuß darauf, um ihn zu stoppen.

»Warum versuchst du es nicht auch mal?«, fragte er. Ich wusste, dass er mich nur scheitern sehen wollte.

»Heute nicht«, sagte ich und kickte den Ball zu ihm zurück.

Es war kein guter Schuss, zu fest, sodass der Ball über den Rasen in eine immergrüne Clematis rollte, die an der Mauer auf der Rückseite rankte.

»Nicht in die verdammten Beete!«, rief Callum und lief dem Ball nach.

»Das wollte ich nicht«, sagte ich mit heißen Wangen.

»Du darfst nicht so fest schießen, wenn du den Ball nicht kontrollieren kannst«, sagte er wütend.

Ich hatte erwartet, dass er mich danach ignorieren würde, aber nach einer Weile rollte er mir den Ball wieder zu.

»Sachte«, sagte er.

Diesmal tat ich, was er sagte, und Callum konnte den Ball erlaufen und ihn ebenso behutsam zurückkicken. So ging es eine Weile hin und her, bis er sagte: »Wir sollten deine Schwester überreden mitzuspielen. Sie ist ziemlich gut in Fußball.«

Ich weiß nicht mehr genau, was mich so wütend machte, doch mein nächster Schuss war absichtlich hart. So hart, dass mir der Fuß davon wehtat.

Der Ball segelte direkt über die Seitenmauer in die alten Schrebergärten nebenan.

Ich sah trotzig zu, wie Callum sich umdrehte, die Flugbahn verfolgte und sich wütend wieder zu mir umdrehte. »Jetzt ist er verloren, verdammt. Was ist los mit dir?«

Ich drehte mich um und ging weg. Wütend auf ihn und zugleich voller stechender Schuldgefühle, fragte ich mich, warum er nicht einfach versuchen konnte, nett zu sein.

Mit Nina war er anders. Er redete normal mit ihr und erwies ihr hin und wieder kleine Gefälligkeiten, wie zum Beispiel Tassen aus dem Schrank zu holen, wenn Sally nicht da war, um ihr zu helfen, oder ihr sein Tamagotchi zu zeigen, in das Nina sich sofort verliebte.

Seine Nettigkeit nervte mich. Sie war meine Schwester, nicht seine, und er hatte kein Recht, sie zu trösten.

Und dann war da natürlich pure Eifersucht. Eifersucht, wie ich sie mir damals nicht eingestehen wollte. Eifersucht, die wütend fragte, warum er sie offenbar lieber mochte als mich.

Anstatt Callum einfach zu hassen, fing ich an, die beiden in ihrer knospenden Zuneigung zueinander zu beobachten. Es wurde zu meiner bestgehassten Lieblingsbeschäftigung.

Anfangs nahm ich nur wahr, dass er sich in unser Leben drängte, einen Keil in unsere Verbundenheit trieb und versuchte mir ihre

Liebe zu stehlen. Aber nach und nach begann ich, auch Ninnys Verhalten mit anderen Augen zu sehen.

Ich kann mich deutlich an einen Zwischenfall mit den beiden erinnern. Für mich war es ein Meilenstein, denn zum ersten Mal richtete sich meine Wut auch gegen Ninny. Und ich war vorher noch nie wütend auf meine Schwester gewesen.

Sally hatte der Nachbarin angeboten, ihren Hund auszuführen, einen kleinen launischen Scotchterrier, der uns drei mit seinen Stimmungsschwankungen zum Lachen brachte. Unsere Nachbarin, eine Frau, die mir unglaublich alt vorkam, bedankte sich überschwänglich bei Sally, als sie ihr die Leine gab. In dem Moment war ich stolz, Sallys Pflegetochter zu sein. Es war offensichtlich, wie gütig und beliebt sie war.

Wir stiegen alle in den Range Rover, und Sally fuhr uns ans andere Ende des Dorfes, wo die alten Schrebergärten lagen. Der Hund bellte fast die ganze Fahrt über und versuchte aus dem Kofferraum zu springen, und Sally schüttelte den Kopf wegen des Lärms, befahl ihm jedoch nicht, still zu sein.

Wir stiegen aus, alle in Gummistiefeln und Wintermantel, obwohl die Sonne herausgekommen war. In den Schrebergärten wuchs überall langes trockenes Gras, das der Kälte irgendwie getrotzt hatte, und es gab einen Weg mit tiefen Furchen, der auf dem Gelände verschwand. Auf einer Seite stand eine kleine Gruppe von Büschen, die um einige höhere Bäume wuchsen.

»Ihr könntet eine Weile bei den Bäumen spielen, wenn ihr wollt«, sagte Sally. »Ich gehe mit dem Hund bloß einmal den Weg runter und zurück.«

Ninny war schon losgerannt, ehe Sally den Satz beenden konnte. Sie stürzte sich in die Büsche und rief, wir sollten eine Höhle bauen. Callum und ich folgten vorsichtiger, ohne ein Wort miteinander zu wechseln, aber auch ohne von der Seite des anderen zu weichen.

Es dauerte keine zwei Minuten, bis Ninny in eine Notlage geraten war. Als wir aus den fast kahlen Büschen auf eine kleine Lichtung traten, hörten wir sie schon um Hilfe rufen.

Ich spürte, wie mein Herz sich zusammenzog, als ich sie drei bis vier Meter über mir in einem alten Apfelbaum entdeckte.

»Ich stecke fest«, jammerte sie, den Tränen nahe. »Mein Fuß tut weh.«

Ich erkannte das Problem sofort. Ihr Gummistiefel hatte sich in einer tiefen Gabel zwischen dem Stamm und einem Ast verklemmt.

Es war immer meine Aufgabe gewesen, Ninny zu retten. Aber ehe ich überlegen konnte, was zu tun war, hatte Callum sich in den Baum geschwungen und von einem niedrigen Ast hochgestemmt, bis er Ninnys Stiefel zu fassen bekam.

Er zerrte heftig daran, bis der Stiefel sich löste. Aber durch den Ruck verlor Ninny das Gleichgewicht und rutschte mit dem Fuß von dem Ast. Mir war, als würde mein Herz stehenbleiben.

Einen Moment lang baumelte Ninny wild strampelnd am Baum, doch Callum streckte seine Arme aus, packte ihre Hüfte, zog sie zurück auf den Ast und hielt sie noch eine Weile fest, bis sie sicheren Stand gefunden und sich so weit entspannt hatte, dass sie loslassen und herunterklettern konnte.

Als ich die beiden beobachtete, begann eine kranke Furcht in mir zu wachsen. Die Art, wie Ninny Callum hinterher ansah, ihr scheues und dankbares Lächeln, machte mich erst benommen und dann wütend.

Ich lief von ihnen weg, um Sally einzuholen und die beiden sich selbst zu überlassen.

Ich brauche sie nicht, sagte ich mir.

Aber das stimmte nicht. Damals zumindest noch nicht.

Es gab noch eine andere Sache, die mir an unserem neuen Zuhause Sorgen bereitete, und das war das seltsame Benehmen von Henry Murray-Watt. Er war immer noch distanziert. Kalt.

Sally hatte uns gleich am Anfang erklärt, dass Henry es schwerfiel, sich an neue Menschen zu gewöhnen, aber deswegen würde er uns nicht weniger lieben. Henry möge Struktur, eine feste Routine und Ordnung, deshalb sollten wir uns die größte Mühe geben, diese nicht zu stören, wenn er anwesend war. Wir sollten möglichst keine Unordnung und keinen Lärm machen, wenn er zu Hause war. Er würde jeden Tag hart arbeiten, um uns alle zu ernähren. Deshalb sollten wir ihn unterstützen und unsere Dankbarkeit zeigen.

In den ersten zwei Wochen waren wir weitgehend von Henry abgeschirmt. Sally fuhr uns für die letzten schrecklichen Tage zur Gale Park Primary School und spielte mit uns, wenn wir zu Hause waren. Sie machte uns Abendessen und brachte uns ins Bett. Henry sahen wir nur einmal am Tag, beim Abendessen. Wenn er da war, bestand Sally auf perfekten Tischmanieren, und wir durften nur reden, wenn wir angesprochen wurden, doch das war der einzige Teil unseres Tages, an dem es echte Einschränkungen gab.

Aber dann kam unser zweiter Samstag in dem Haus, der Samstag vor Weihnachten. Sally machte uns Frühstück und bat uns anschließend, uns eine Weile still in unseren Zimmern zu beschäftigen.

»Henry muss eine wichtige Arbeit erledigen«, sagte sie sehr leise, beinahe so, als würde es ihn stören, wenn man in normaler Lautstärke sprach, und ich spürte eine drückende Sorge. Ich versprach Ninny, mit ihr und ihren Puppen zu spielen, was normalerweise bedeutete, dass ich mit lustig verstellter Stimme redete, was sie zum Lachen brachte.

Als wir in Ninnys Zimmer waren, drehte ich mich zu ihr um und legte die Hand auf die Spielzeugkiste, um sie davon abzuhalten, die Puppen sofort auszupacken.

Ninny sah mich mit aufgerissenen Augen an und blickte zu der Kiste, als würde ich ihr Nahrung oder Sauerstoff vorenthalten.

Ich schloss leise die Tür. »Wir müssen wegen der Piraten leise sein«, sagte ich, weil ich es nicht übers Herz brachte, ihr das versprochene Spiel zu verweigern.

Ninny schien nicht begeistert. Piraten waren nicht so ihr Ding. Aber zu meiner Erleichterung schaffte sie es, leise zu sprechen. Sie lachte sogar leise. Irgendwann hörten wir Schritte auf der Treppe und erstarrten. Aber sie gingen weiter zum anderen Ende des Flurs, wo Henry mit Callum redete. Er war nicht gekommen, um uns auszuschimpfen.

Kurz darauf ging Henry aus, und Sally holte uns nach unten, ihr Lächeln war wieder breiter, ihre Bewegungen waren lebhafter.

»Henry hat gestern Abend einen Weihnachtsbaum gekauft und im Wohnzimmer aufgestellt. Meint ihr, ihr könnt ihn für mich schmücken?«, fragte sie.

Mir war plötzlich unwohl. Das Schmücken des Weihnachtsbaums war immer ein großes Ereignis gewesen, als unsere Mummy noch lebte.

Wir würden es ohne sie machen. Wir würden *Weihnachten* ohne sie feiern.

Ninny schien nichts von alldem zu empfinden. Sie strahlte Sally an. »Sehr gern«, sagte sie.

Sally sah mich erwartungsvoll an.

»Okay«, sagte ich.

Ich bemerkte Sallys Gesichtsausdruck. Die winzige Enttäuschung. Ich versuchte zu lächeln, und das schien ein bisschen zu helfen.

»Das wird bestimmt lustig«, sagte ich demonstrativ zu Ninny, als Sally uns mit Schachteln voller silbernem, rotem und goldenem Christbaumschmuck allein ließ. Keinem violetten, pinken und blauen. Keine selbst gebackenen Formen aus Teig. Ich konnte nur halbherzig so tun, als würde es mir Freude bereiten.

Nach einer Weile fragte ich mich, warum Callum uns nicht half. Ich stellte mir vor, dass er das ganze Weihnachtsgedöns mit einem höhnischen Lächeln abtat, als ob er zu gut dafür wäre, und allein der Gedanke machte mich wütend. Aber zum Mittagessen erschien er ebenfalls nichts. Und als Sally nichts darüber sagte, fragte ich schließlich, wo er war.

Sie hatte gerade drei Mince Pies aus dem Ofen geholt und stellte sie mit einem traurigen Lächeln auf den Tisch. »Er war heute Morgen äußerst ungezogen zu Henry und ist jetzt auf seinem Zimmer, um darüber nachzudenken, was er getan hat.«

Ich erinnere mich, wie schockiert ich war. Wollte er kein Mittagessen? Oder hatten Sally und Henry entschieden, dass er keins verdient hatte?

Ich blickte auf die Mince Pies, die den Raum mit einem Duft von Weihnachten, Lachen und Ausgelassenheit erfüllten. Sally war mit einem Krug Sahne an den Tisch zurückgekehrt, und ich konnte mir den warmen Wohlgeschmack der Kombination schon vorstellen.

Einen kurzen Moment lang hatte ich Schuldgefühle. Callum wollte bestimmt auch einen Mince Pie.

Aber dann fragte ich mich, was er zu Henry gesagt hatte und wie ungezogen er genau gewesen war. Vielleicht hatte er ihn beschimpft oder versucht, ihn zu schlagen. Vielleicht hatte er es verdient.

Sally stellte behutsam den Krug Sahne auf den Tisch und lächelte mich warmherzig an. »Ich bin so froh, dass ihr Mädchen jetzt hier seid. Es wird ihm bestimmt helfen, so gute Vorbilder zu haben. Ihr achtet doch darauf, dass ihr immer brav seid, nicht wahr?«

Ich nickte und setzte mich gerader hin. Ich wollte, dass sie dachte, ich sei anders als Callum. Und ich sah, dass Ninny das Gleiche tat. Sie distanzierte sich und signalisierte, dass *sie* gut war.

Ich bedankte mich ausdrücklich bei Sally für das leckere Essen und bat, vom Tisch aufstehen zu dürfen. Sie kniff die Augen zusammen, lächelte mich an und zog mich an sich, als meine Füße auf dem Boden standen. »Was für wundervolle Manieren ihr beiden habt. Warum schaut ihr euch nicht zusammen einen Disney-Film an, während ich hier aufräume?«

Eigentlich wollte ich nach einem ganzen Vormittag im Haus lieber rausgehen und im Garten spielen. Aber der Film gehörte offenbar zu dem Verwöhnprogramm dazu, also nickte ich und bedankte mich bei ihr.

Sie platzierte uns auf dem Sofa und legte *Herkules* ein, den ich noch nie gesehen hatte und der mir am Anfang wirklich gefiel. Aber dann schweifte meine Aufmerksamkeit ab. Ich ertappte mich dabei, immer wieder an Callum zu denken, der hungrig in seinem Zimmer eingeschlossen war.

Und diese Gedanken waren befriedigend. Callum war ein Rüpel. Er war gemein zu mir. Er hatte es verdient.

Aber sie waren auch unbehaglich. Denn ich schaffte es nicht, daran zu denken, dass Callum kein Essen bekam, ohne dass er mir leidtat. Und neben alldem wollte ich brennend wissen, ob er schmollte, weinte oder irgendwelche Gefühle zeigte.

In der Mitte des Films sagte ich zu Ninny, ich müsse auf die Toilette, und schlüpfte aus dem Zimmer. Ich vergewisserte mich, dass Sally in der Waschküche beschäftigt war, bevor ich die Treppe hinaufschlich. Ich hatte Angst, dort oben erwischt zu werden, obwohl ich nicht genau wusste, warum. Sie hatte uns nicht verboten, in unsere Zimmer oder sonst irgendwohin im ersten Stock zu gehen. Nur Henrys Arbeitszimmer war tabu.

Trotzdem pochte mein Herz, als ich so leise wie möglich über den Flur bis zu Callums Zimmer schlich, was gefühlt Stunden dauerte.

Vor der geschlossenen Tür blieb ich stehen. Würde ich klopfen? Reingehen?

Von drinnen drang kein Laut. Callum weinte, schrie und schimpfte also nicht. Ich vernahm auch kein Geräusch, das darauf schließen ließ, dass er in seinem Zimmer spielte. Vielleicht war er eingeschlafen.

Ich überlegte, den Rückzug anzutreten, aber aus irgendeinem Grund reichte mir das nicht. Ich wollte sein Gesicht sehen. Vielleicht um befriedigt festzustellen, dass ihm das, was er getan hatte, leidtat.

Also drehte ich ganz langsam den Knauf und stieß vorsichtig die Tür auf. Sie öffnete sich leichter, als ich erwartet hatte, und ich zuckte zusammen, weil ich annahm, dass Callum mich anschreien würde. Aber als die Tür immer weiter aufging, wurde deutlich, dass Callum gar nicht da war. Sein Bett war ordentlich gemacht, all seine Spielsachen waren weggeräumt, und das Zimmer war leer.

Das beunruhigte mich auf eine Weise, die ich mir nicht recht erklären konnte. Selbst rückblickend weiß ich nicht, ob ich die Wahrheit zu diesem Zeitpunkt instinktiv ahnte. Ich erinnere mich jedenfalls, dass mein Herz plötzlich schneller schlug, und an das Gefühl, dass die Welt zur Seite kippte.

Ich schloss eilig die Tür und lief nach unten, weil ich gar nicht schnell genug wieder neben Ninny auf dem Sofa sitzen konnte.

Erst als ich mir später sicher war, dass Sally auf ihrem Laufband in der Garage trainierte, riskierte ich, weiter nach Callum zu suchen. Aber ich fand ihn nicht. Ich sah in jedem Zimmer des Hauses nach, bis auf Henrys Arbeitszimmer, aber Callum war nirgendwo. Er war wie vom Erdboden verschluckt.

7.

Keely hatte wieder eine Pause gemacht. An der Art, wie sie jeden Teil abrundete und auf eine Reaktion wartete, wurde offensichtlich, dass sie sich als Geschichtenerzählerin sah. Das Ganze kam Jonah bis ins Letzte inszeniert vor, und das machte das Zuhören schwerer.

Er glaubte zu wissen, worauf die Geschichte hinauslief. Sie führte zu den Murray-Watts als Tätern, so wie Keely es ihrem Sozialarbeiter geschildert hatte. Wenn er selbst eine Geschichte von Misshandlungen hätte erzählen müssen, hätte er genauso angefangen: mit beunruhigenden Andeutungen, dass etwas nicht stimmte.

Ungeachtet der Schlüsse, zu denen das Missbrauchsdezernat gekommen war, konnte die Geschichte durchaus wahr sein. Vielleicht war Keely hier, um die Misshandlungen zu schildern, die sie drei als Kinder erlitten hatten. Vielleicht hielt sie Nina gefangen, damit man ihr zuhörte.

Wie weit würde eine Person gehen, damit man ihr glaubt?, dachte er. So weit, dass sie der eigenen Schwester Leid antat?

Er wusste nicht, was er als Nächstes sagen sollte. Keely erwartete offensichtlich Fragen, doch Jonah hatte keine Lust, die naheliegenden zu stellen. Ob sie Callum am Ende gefunden hatte und was ihm passiert war. Ob Henry Murray-Watts ernsthaft gewalttätig geworden war.

Es schienen die falschen Fragen zu sein. So sehr Keely vielleicht auch gehört werden wollte, der Schlüssel zu allem lag nach wie vor darin, was sie für ihre Schwester empfand und ob sie ihnen erlauben würde, sie zu finden.

»Es hört sich an, als hättest du in dem Alter ein gutes Verhältnis zu deiner Schwester gehabt«, sagte er schließlich, als er entschieden hatte, wie er weiter vorgehen wollte.

Keely zuckte die Schultern. »Damals gab es noch keinen Grund, sie nicht zu mögen.«

»Aber später?«, fragte Jonah so vorbehaltlos wie möglich.

Keely lächelte dünn. »Ziemlich bald nach diesen Ereignissen bin ich auf eine Menge Gründe gestoßen, sie nicht zu mögen.«

»Und was empfindest du heute für sie?«

Keely schwenkte den Blick zu O'Malley und schüttelte leicht den Kopf. »Er eilt der Geschichte gern voraus, was? Dabei sollte er zuhören, wirklich zuhören, und erkennen, dass ich ihm alle Antworten liefere, eine nach der anderen.«

Jonah beobachtete sie und versuchte einzuschätzen, ob sie die Wahrheit sagte.

Oberflächlich schien Keely ihnen nur sehr wenige konkrete Informationen zu geben. Eine jahrealte Geschichte, die anscheinend nichts damit zu tun hatte, was Nina in dieser Woche passiert war.

Aber sagte Keely ihnen in Wahrheit mehr, als es den Anschein hatte? Im Moment legte sie offensichtlich eine Spur, die zu Henry Murray-Watt führte, und sie hatte ihnen bereits eröffnet, dass es drei Männer gab, die ihr Leben zerstört hatten. War das Ganze eine Art kompliziertes Spiel, um alle drei durch eine Folge von Hinweisen ihrer gerechten Strafe zuzuführen? Und wenn, konnte er es sich leisten zu warten, bis er von allen dreien gehört hatte?

»Vielleicht musst du es ihm ein bisschen leichter machen«, sagte O'Malley mit einem fröhlichen Achselzucken. »Hilf dem armen Mann.«

Keely seufzte und wandte den Blick von beiden ab, als würde sie sich mit ihnen langweilen. »Vielleicht müssen Sie sich einfach ein bisschen mehr anstrengen.«

Die Bemerkung sollte sie offensichtlich ärgern, doch Jonah ließ sie an sich abperlen und versuchte sich noch einmal alles zu vergegenwärtigen, was sie bisher gesagt hatte. Um es zu verarbeiten. Um es zu knacken.

Keely blickte zur Tür. »Ich müsste mal austreten, bitte.«

Es war eine so merkwürdig schüchterne, erwachsene Phrase, dass Jonah sich fragte, woher sie sie hatte und ob sie bewusst jemanden imitierte. Keelys häufig sonderbare Ausdrucksweise beschäftigte ihn mehr, als er zugeben wollte. Sie klang, als wäre sie vierzig oder fünfzig und nicht sechzehn.

Wo war der Slang?, fragte er sich. Wo waren die Ausdrücke und Wörter, bei denen er sich todsicher alt gefühlt hätte? Redete sie mit ihren Freundinnen auch so?

Und dann fragte er sich kurz, ob Keely überhaupt Freundinnen hatte.

»Eine kleine Toilettenpause ist in Ordnung«, sagte er nach einem Moment. Vielleicht war eine Unterbrechung zu diesem Zeitpunkt gar nicht verkehrt. Er wollte sein Team noch einmal versammeln, die Berichte durchsprechen, die seine Leute gelesen hatten, und Keelys merkwürdige Hinweise erörtern.

Beim Aufstehen blickte er zu der Uhr an der Wand, die fünf nach neun anzeigte. Heute Abend konnten sie Keely nicht mehr viel länger hierbehalten. Sie war minderjährig, hatte Rechte.

Die vorübergehend zuständige Sozialarbeiterin hätte ebenfalls mit allem Recht verlangen können, dass man Keely um zehn Uhr erlaubte zu gehen, damit sie schlafen konnte. Vielleicht konnte er das bis elf Uhr hinauszögern, aber auch bis dahin waren es nicht einmal mehr zwei Stunden. Zwei Stunden und dann eine ganze Nacht, in der sie ihr keine Fragen stellen konnten. Eine Nacht, die vielleicht das Ende für Nina bedeutete.

Mit diesem drängenden Gedanken im Kopf rief er: »Keely«, bevor sie den Raum verlassen hatte. Sie drehte sich um, die Brauen leicht hochgezogen, doch er ignorierte ihre ironische Miene. Wie kalt sie auch wirken mochte, sie war trotzdem ein menschliches Wesen. Es musste Appelle geben, die sie erreichten.

»Die Uhr läuft gegen uns«, sagte er unumwunden. Entschieden. Sie musste ihm zuhören. »Ich weiß, du bist dir sicher, dass deiner Schwester nichts zustoßen kann, aber es gibt Dinge, die zu wichtig sind, um sie aufs Spiel zu setzen.«

Keely streckte die Arme über den Kopf, um die Schultern zu dehnen, und sah ihn belustigt und herausfordernd zugleich an. »Wirklich? Was denn?«

»Zwei Leben«, antwortete Jonah offen. »Das Leben deiner Schwester und das Leben, das du dir endgültig versaust, wenn das hier schiefgeht.«

Keelys Lächeln verblasste. Sie ließ die Arme sinken und wirkte einen Moment lang beunruhigt.

Dann beugte sie sich vor und fragte leise, aber mit Nachdruck, als würde jedes Wort behutsam aus ihrem Mund geschöpft: »Und in welcher Hinsicht ist mein Leben Ihrer Meinung nach nicht schon versaut?«

O'Malley lachte kurz auf. »Na ja, du bist bisher nicht im Gefängnis«, sagte er und zuckte die Schultern, als sie ihn ansah. »Ich würde sagen, das ist ein ziemlich großes Plus.«

Keely verzog spöttisch die Lippen. »Sie haben mir überhaupt nicht zugehört, was? Das ist nicht mal eine beschissene Bedrohung.«

»Nun«, sagte Jonah, als sie in die Küche gingen, um sich frischen Kaffee zu holen. »Das war jedenfalls ein kleiner Triumph. Sie haben es endlich geschafft, sie zum Fluchen zu bringen.«

O'Malley lachte leise. »Haben Sie sich ohne Flüche nicht wohlgefühlt? Oder vermissen Sie bloß das Leben zu Hause? Ich wette, Milly flucht wie ein Bierkutscher.«

Unvermittelt spürte Jonah ein eigenartiges Stechen in der Brust. Zum ersten Mal seit Monaten hatte er es tatsächlich geschafft, die Gedanken an sein Baby beiseitezuschieben. Abgesehen von der flüchtigen Überlegung, dass er alles tun würde, damit Milly nicht im System staatlicher Jugendhilfe landete, hatte er in den letzten zwei Stunden kein einziges Mal an sie gedacht.

Er fühlte sich deshalb seltsamerweise schuldig. Immer wieder blickte er auf sein Handy, um zu sehen, ob Michelle angerufen hatte, und stellte jedes Mal erleichtert fest, dass sie nicht versucht hatte, ihn zu erreichen. Dann mokierte er sich über sich selbst. Michelle war absolut imstande, auf ihre Tochter aufzupassen. Sie hatte Milly jeden Tag, wenn er auf der Arbeit war.

Gleichzeitig musste er an ihren Gesichtsausdruck im Pub denken. War es heute anders? Hätte sie seine Hilfe gebraucht?

Aber wenn sie Hilfe *brauchte*, würde sie doch bestimmt etwas sagen. Sie konnte ihn jederzeit anrufen oder ihm eine Nachricht schicken. Ihre Kommunikation funktionierte gut.

»Fluchen kann sie noch nicht so richtig«, sagte er zu O'Malley und steckte sein Handy wieder ein, »aber ich bin mir sicher, ihre ersten Worte werden Schimpfwörter sein. So was sollten Teenager doch auch machen, finden Sie nicht? Einen gesunden Mangel an Respekt zeigen und so?«

»Oh, den hat Keely Lennox durchaus«, sagte O'Malley. »Den versprüht sie aus jeder Pore.«

»Stimmt«, sagte Jonah und dachte an ihre Provokationen. »Nehmen wir uns fünf Minuten für eine kurze Besprechung.«

Sie holten Hanson und Lightman an ihren Schreibtischen ab und gingen gemeinsam in das große Besprechungszimmer.

»Ich hätte gern eine kurze Zusammenfassung der Missbrauchsvorwürfe«, sagte Jonah, als alle Platz genommen hatten.

»Ich habe mir die Befragungen angesehen«, begann Hanson, »und es ist ziemlich klar, warum die Ermittler entschieden haben, dass die Mädchen lügen. Ninas Schilderung ist absolut identisch mit Keelys, wie Zeilen aus einem Theaterstück, das sie auswendig gelernt haben.«

»Das Missbrauchsdezernat hatte noch andere Bedenken«, bestätigte Lightman. »Da war zum einen die Beschreibung des Kellers, in den sie angeblich gesperrt worden waren, der jedoch in keinem der Grundrisse des Hauses verzeichnet ist.« Er blickte auf sein iPad. »Der Sozialarbeiter der Lennox-Schwestern war sich ebenfalls sicher, dass es keine Misshandlungen gegeben hat. Gleichwohl hätten die Ermittlungen meiner Ansicht nach gründlicher sein können. Callum Taylor wurde nur zweimal befragt und dann wieder zu den Murray-Watts entlassen. Die nachfolgende Befragung von Nina wurde in der Annahme geführt, dass ihre Schwester sie zu ihrer Aussage gedrängt hatte. Letztendlich gab Nina nach und bestätigte, dass die Vorwürfe nicht stimmten, doch es ist schwer zu sagen, ob sie damit die Wahrheit gesagt oder einfach aufgegeben hat.«

Hanson nickte leicht skeptisch. »Aber Callum Taylor hat seitdem nichts Negatives über die Pflegefamilie berichtet. In den Gesprächen mit seinem Sozialarbeiter hat er immer erklärt, dass er glücklich sei, dort zu leben. Mittlerweile haben sie ihn sogar adoptiert, mit seiner Zustimmung.« Sie lehnte sich auf ihrem Stuhl zurück. »Die Murray-Watts haben keine Vorstrafen, und es gab nicht einmal die Andeutung eines Problems, bevor die Lennox-Schwestern eingezogen sind. Um ein Kind adoptieren zu dürfen, muss man blitzsauber sein. Sie werden alle möglichen Prüfungen durchlaufen haben.«

»Und sie hätten auch die Adoption von Nina nicht beantragen können, wenn Nina nicht zugestimmt hätte«, bestätigte Jonah nickend. »Obwohl wir nicht ausschließen können, dass Nina nach wie vor empfänglich war für ihren Druck.«

»Nein«, sagte Hanson seufzend. »Das können wir nicht. Ich werde noch einmal versuchen, die Murray-Watts zu erreichen. Ich denke, es wäre nützlich, mit Ihnen zu sprechen.«

Jonah überlegte kurz. »Keely hat eben Misshandlungen angedeutet. Sie hat davon gesprochen, dass Callum verschwunden sei und dass man ihm die Nahrung verweigert habe. Ich habe mich gefragt, ob es bei alldem vielleicht nur darum geht, gehört zu werden. Wenn die Murray-Watts sie in irgendeiner, vielleicht auch milderen Form misshandelt haben, sind sie jedenfalls ungeschoren davongekommen. Womöglich dient alles, was Keely in der vergangenen Woche getan hat, nur dem Zweck, uns dazu zu zwingen, sie anzuhören.«

»Darüber habe ich auch nachgedacht«, stimmte Lightman ihm leise zu. »Wenn man seine Stimme nicht erheben darf, findet man einen anderen Weg zu schreien.«

»Es gibt noch einen weiteren Aspekt«, sagte Jonah. »In der letzten Befragung hat Keely gesagt, die Antworten seien offensichtlich aus dem, was sie gesagt habe, wir müssten nur zuhören.«

»Hmh. Ich habe angefangen, mir die Aufzeichnungen der ersten Gespräche anzuschauen, die Sie mit ihr geführt haben«, sagte Hanson nachdenklich. »Es ist durchaus möglich, dass sie uns Informationen extra auf eine Art und Weise mitteilt, bei der sie die Kontrolle behält. Wenn dem so ist – dann hat sie diese Informationen irgendwie verschleiert.«

Nach einem kurzen Moment der Stille beugte O'Malley sich vor und klatschte in die Hände. »Okay. Wir suchen also nach verborgenen Hinweisen. Irgendjemand gut in Kreuzworträtseln?«

Hanson verließ die Besprechung mit einem Gefühl der Befriedigung. O'Malley hatte vorgeschlagen, dass sie sich weiter mit der Aufzeichnung von Keelys Befragung beschäftigen und nach Hinweisen suchen sollte.

»Warum nicht du?«, hatte sie erfreut und ein wenig verlegen zurückgefragt.

»Ach, ich guck mir lieber die damals durchgeführten Ermittlungen an. Nichts wärmt mir an einem Sonntagabend so sehr das Herz, wie die Kollegen bei Fehlern zu erwischen.«

»Ich denke, wir sollten auch mit Callum Taylor sprechen«, sagte der DCI nachdenklich. »Ben, könnten Sie ihn aufspüren und vielleicht zu ihm fahren? Callum und die Murray-Watts sind im Augenblick unsere beste Chance, mehr über Nina herauszufinden. Das Entführungsdezernat braucht dringend mehr Informationen.

Wenn wir die Murray-Watts nicht ans Telefon kriegen, sollten wir sie ebenfalls persönlich aufsuchen.«

»Klar«, willigte Lightman ein. »Callum Taylor wohnt in der Waverley Road, nicht allzu weit von hier. Zu den Murray-Watts wird es ein wenig länger dauern, aber die Straßen sollten frei sein.«

Der Chief beendete das Meeting und überließ alle ihren Aufgaben. Sobald Ben wieder an seinem Platz saß, griff er nach dem Hörer und versuchte Callum Taylor zu erreichen. O'Malley hatte auf seinem chaotischen Schreibtisch ein wenig Platz geschaffen, um sein Notebook abzustellen.

Hanson setzte die Kopfhörer auf und lud die Videodatei von Keelys erster Befragung hoch. Die Perspektive der Kamera war ein wenig von oben, erfasste jedoch viel von Keelys Gesichtsausdruck. Oder von ihrer Ausdruckslosigkeit.

Die Befragung auf dem Bildschirm hatte gerade begonnen, als das Telefon des Teams klingelte. Hanson sah, wie Lightman mit dem Autoschlüssel in der Hand stehen blieb, als sie die Aufzeichnung anhielt und abnahm. Wahrscheinlich war er auf dem Sprung, um Callum Taylor und die Murray-Watts aufzusuchen.

»Entschuldigen Sie, ich hoffe, ich spreche mit der richtigen … Hier ist Sally Murray-Watt«, sagte die Frau am anderen Ende der Leitung. Hanson nickte Lightman zu und stellte das Telefon auf laut. »Eine Kollegin hat uns mehrere Nachrichten hinterlassen …«

»Danke, dass Sie zurückrufen«, sagte Hanson eilig. »Sie haben das richtige Team erreicht. Wir wollten Ihnen ein paar Fragen stellen …«

»Geht es um Nina?«, unterbrach Sally sie. »Haben Sie sie gefunden?«

Sie hatte eine dieser alterslosen Stimmen, die einem jungen Mädchen oder einer Sechzigjährigen gehören könnte. Tatsächlich war Sally Mitte vierzig, wie Hanson aus der Akte wusste.

»Wir können Ihnen noch nichts Bestimmtes mitteilen«, antwortete sie vorsichtig und war froh, dass sie ihr die komplette Situation jetzt nicht erklären musste. Es war interessant, dass Sally nur nach

Nina fragte. Hanson hatte die Nachrichten, die sie auf der Mailbox hinterlassen hatte, absichtlich vage gehalten und auch nicht mitgeteilt, dass Keely inzwischen wieder aufgetaucht war.

»Suchen Sie sie?«, fragte die alterslose Stimme.

»Das tun wir«, erklärte Hanson entschieden. »Wir behandeln den Fall jetzt als dringende Vermisstensache, und in diesem Zusammenhang wollte ich fragen, ob es auf Ihrem Grundstück Örtlichkeiten gibt, die jemandem als Versteck dienen könnten. Vielleicht ein Außengebäude? Ein Schuppen?«

»Wir haben in allen Schuppen und auch im alten Schweinestall nachgesehen, als wir von ihrem Verschwinden erfahren haben, und wir waren seitdem noch mehrmals dort«, antwortete die Frau. »Es war niemand da, und es gab auch keine Anzeichen, dass jemand dort gewesen sein könnte.«

»Das ist nützlich zu wissen«, sagte Hanson. »Aber fällt Ihnen vielleicht noch ein Platz ein, wo Nina sich verstecken könnte? Ein Ort, an dem sie sich besonders sicher fühlt?«

»Ich …« Es entstand eine Pause, und Hanson stellte sich vor, wie Sally ihre Gedanken ordnete. »Wir haben schon die ganze Woche über mögliche Orte nachgedacht. Ich habe überall in der Gegend Flugblätter von den beiden aufgehängt. Ich habe gehofft, sie würde – sie würden hierherkommen.« Sie schluckte geräuschvoll. »Aber ich bin mir nicht sicher, ob Keely einen von uns beiden besonders mag.«

»Es kann sein, dass Nina jetzt allein zu ihnen kommt«, sagte Hanson mit einem Blick zu Lightman. »Die beiden haben sich getrennt, deshalb ist es möglich, dass Nina jetzt allein entscheidet, wohin sie gehen will.«

»Sie sind nicht zusammen?« Die Frage klang scharf und ängstlich.

»Nein.«

»Woher wissen Sie das?«, fragte Sally und ließ Hanson kaum Zeit zu antworten, ehe sie fortfuhr: »Haben Sie Keely gefunden? Wissen Sie es deshalb?«

Hanson blickte erneut zu Lightman und dachte, dass Sally Murray-Watt alles andere als dumm war.

»Haben die beiden gestritten?«, fragte die Frau weiter.

»Das wissen wir leider noch nicht«, antwortete Hanson. »Aber wenn Ihnen ein Ort einfällt, der irgendeine Bedeutung für die beiden hat. Ein Ort, an dem sie sich versteckt haben könnten …«

Hanson hörte eine Männerstimme im Hintergrund, vermutlich Sallys Mann, der seine Frau rief. Es raschelte, als sie die Hand auf die Muschel legte, aber Hanson hörte sie rufen: »Entschuldige, ich bin sofort bei dir, Schatz.«

Nach einer kurzen Pause erklang Sallys Stimme wieder klar und deutlich. »An einem der Bäume neben dem Haus ist ein Ast halb abgebrochen. Wir haben versucht, ihn zu entfernen. Ich glaube, ich soll noch mal die Leiter festhalten.«

»Ich werde Sie nicht viel länger aufhalten«, sagte Hanson rasch. »Ich habe mich bloß gefragt, ob Sie glauben … sind Sie sich sicher, dass Nina glücklich darüber ist, zu Ihnen zu kommen? Und von ihrer Schwester getrennt zu werden?«

»Natürlich«, sagte Sally, und zum ersten Mal klang eine Andeutung von Härte in ihrer mädchenhaften Stimme mit. »Sie aus Keelys Bann zu lösen ist das Beste, was ihr passieren könnte.«

»Das heißt, sie ist wirklich begeistert darüber?«, bohrte Hanson nach. »Wenn ich mir ihre Akte vom Jugendamt ansehe …«

»Wenn Sie jetzt mit dem Unsinn vom Missbrauch anfangen wollen, können Sie das meinem Anwalt erzählen«, kam Sallys prompte Antwort, und in ihrer Stimme lag jetzt mehr als eine Andeutung von Härte. »Nina hat zugegeben, dass alle Vorwürfe erfunden waren.«

»Was glauben Sie, warum sie es überhaupt gesagt hat?«, fragte Hanson, die sich durch die Erwähnung von Anwälten nicht einschüchtern ließ. Sie hatte das Recht, Fragen zu stellen.

»Ich würde meinen, das ist offensichtlich«, sagte Sally ein wenig harsch. »Wenn Sie die Akte vorliegen haben, sollten Sie erkennen, dass Nina alles für ihre Schwester tun würde.« Sie atmete tief ein, wie um sich zu beruhigen. »Manchmal begegnet man Menschen, die einfach … mächtig sind. Ich weiß nicht, ob sie von Natur aus von Macht besessen sind oder diese Besessenheit erst entwickeln, weil sie erkennen, wie leicht es ist, Macht auszuüben. Aber wie auch immer, sie haben eine magnetische Anziehungskraft und bekommen in der Regel genau das, was sie wollen.«

Hanson legte mit dem Gefühl auf, dass Sally Murray-Watt ihr eine rätselhafte Aufgabe gestellt hatte. Gab es irgendetwas, das Hanson ihrer Meinung nach mittlerweile verstanden haben sollte?

Sie blickte zu Ben, der nachdenklich wirkte.

»Was meinst du?«

»Sie klang eifrig bemüht zu tun, was ihr Mann wollte«, sagte Lightman. »Und vielleicht auch so, als wollte sie uns etwas mitteilen.«

»Das habe ich auch gedacht«, bestätigte Hanson. »Die Sache mit den mächtigen Menschen. Vielleicht meinte sie nur, dass Keely jeden in ihrer Umgebung manipuliert. Aber womöglich hat sie auch verschlüsselt über ihren Mann gesprochen.«

Ben nickte. »Es wäre gut, persönlich mit ihr zu reden, ohne dass er dabei ist.«

»Ich weiß nicht, ob wir dafür noch genug Zeit haben«, sagte Hanson. »Aber ich schicke ihr eine Nachricht.«

O'Malley fügte seiner kalorienreichen Diät einen weiteren großen Haferkeks hinzu und knabberte an ihm, während er die Berichte des Missbrauchsdezernats las.

Die Grundzüge der ersten Ermittlung hatte Lightman in der Besprechung bereits skizziert. Das Missbrauchsdezernat war von Callums Sozialarbeiter eingeschaltet worden. Als Erster war DI Elliot Turner mit dem Fall betraut gewesen; er arbeitete inzwischen bei der Metropolitan Police in London, soweit O'Malley wusste.

Turners Ermittlung wirkte einigermaßen gründlich, aber nicht erschöpfend, wie Lightman gesagt hatte. Der DI hatte sämtliche Beteiligten befragt und auch persönlich mit den Verantwortlichen an den Schulen der beiden Mädchen gesprochen. Keely war zum Zeitpunkt des Zwischenfalls mit Callum Taylor in der achten Stufe der Southampton High, Nina in ihrem letzten Jahr an der Godshill Primary School. An keiner der beiden Schulen hatte man irgendeine Besorgnis über das Wohlbefinden der Mädchen geäußert, obwohl O'Malley interessiert las, dass man sich an Keelys Schule Gedanken über sie gemacht hatte.

Sie schließt nicht leicht Freundschaften, las er in der Abschrift eines Gespräches mit ihrem Klassenlehrer. *Es fällt ihr schwer, Empathie aufzubringen, und die anderen Kinder finden sie kalt und ein bisschen merkwürdig. Sie hat mehrfach eine besonders enge Beziehung zu einer bestimmten Schülerin aufgebaut, für die Keely dann eine Zeit lang ein Idol war. Aber es endete jedes Mal in einem großen Zerwürfnis.*

O'Malley seufzte leise. Dass Keely Freundschaften nur mühsam fand, glaubte er sofort. Er fragte sich, ob es sie störte, dass sie nicht mit anderen Menschen auskam, oder ob ihr das schlicht gleichgültig war. Vielleicht spielte sie zu ihrem Amüsement sogar gern mit ihnen. Auch das konnte O'Malley sich gut vorstellen.

Er machte sich ein paar Notizen und öffnete dann Keelys Akte, um zu sehen, was mit den beiden Mädchen geschehen war, nachdem ihre Beschuldigungen gegen die Murray-Watts als gegenstandslos verworfen worden waren.

Es gab kaum Informationen über die Zeit direkt danach. Eine Notiz erwähnte, dass sie in ihr altes Kinderheim in der Henley Road zurückgekehrt waren. Es gab ein paar Details über Ninas bevorstehenden Schulwechsel auf die Southampton High School sowie einen kurzen Bericht darüber, dass sie an Grippe erkrankt und zwei Tage im Krankenhaus gewesen war.

Nach fünf Monaten waren die beiden Mädchen von einer neuen Pflegefamilie aufgenommen worden, einem Paar namens Frank und Evelyn Pinder, wohnhaft in Ashurst, beide Mitte dreißig. Nachdem die Lennox-Schwestern die beiden mehrmals getroffen hatten, hatten sie ihre Zustimmung erklärt und waren im September 2011 umgezogen.

O'Malley las mit dem Gefühl weiter, nur einen kleinen Teil des Bildes zu sehen. Es gab keinerlei Hinweise darauf, dass man Keely nach dem gescheiterten Aufenthalt in ihrer ersten Pflegefamilie irgendeine Therapie angeboten hatte. Auch nichts über ihre Freundschaften an der Schule und darüber, ob die Situation sich verbessert hatte. Nur eine kurze Notiz, dass die Mädchen auf ihrer alten Schule geblieben waren und von Frank Pinder, der in der Nähe arbeitete, mit dem Wagen gebracht und abgeholt wurden.

Danach nichts mehr – bis zu einem Bericht, dass Keely nachsitzen musste, weil sie beim Rauchen auf dem Schulgelände erwischt worden war. In der Folge hatte ihr Sozialarbeiter ihr einen Routinebesuch abgestattet, bei dem ihm auffiel, dass sie sehr unkommunikativ wirkte. Er hatte die Pinders gefragt, ob Keely wieder Probleme mit Freundinnen habe, aber ihre Pflegeeltern glaubten das nicht. Sie würde eine typische Teenagerphase durchmachen, meinten sie und zeigten sich zuversichtlich, dass sich das auswachsen würde.

Und dann geschah im November 2011 etwas Unvorhergesehenes – wobei es natürlich gar nicht so unvorhergesehen gewesen war. Keely hatte um ein Treffen mit ihrem Sozialarbeiter nach der Schule gebeten und erklärt, dass sie und ihre Schwester von ihrem Pflegevater missbraucht würden.

O'Malley las die Abschrift der Befragung, in der Keely in direkten und beunruhigenden Worten beschrieb, wie Frank Pinder sein Grooming praktisch mit ihrer Ankunft in dem Haus begonnen hatte:

KEELY LENNOX: Ich dachte, er wäre so nett. Er hat mir Sachen gekauft. Also, er hat uns beiden Sachen gekauft, aber unterschiedliche. Ich bekam kurze Röcke und enge Tops. Er grinste und sagte: »Ich hab gehört, Mädchen in deinem Alter mögen so was.« Und ich war so dankbar. Wissen Sie, vorher wurde ich … also, ich wurde wegen meiner Kleidung gehänselt. Dieser ganze Country-Club-Mist. Jetzt beneideten mich alle in der Schule. Sie wollten solche Klamotten haben wie ich und waren wild auf den Alkohol, den ich verteilen durfte. Ich war zum ersten Mal cool.

MARK SLATTERWORTH: Er war nicht unfreundlich zu dir?

KL: Nein, im Gegenteil. Er war über die Maßen freundlich. Hat immer darauf geachtet, dass wir »Zeit für uns« hatten. Er hat mich zu jeder Party gefahren, versorgt mit einer Flasche Wodka oder einer Ladung Bier, hat mich am Park abgeholt, wenn ich lange ausbleiben wollte. Er war toll, dachte ich. Der bestmögliche Pflegevater. Bis dann plötzlich klarwurde, dass ich ihm etwas schuldete.

MS: Was denn?

KL: [NACH EINER PAUSE] Zuerst sollten wir nur zusammenliegen und kuscheln, weil Dads das mit ihren Töchtern so machen. Dann war es ein Kuss, weil er und Evelyn sich nicht mehr küssen würden, hat er gesagt. Und zu dem Zeitpunkt war ich … wirklich dankbar. Also habe ich es gemacht. Aber dann hat er mich plötzlich aufgefordert, ihn anzufassen, und mich gebeten, mich anfassen zu dürfen. Das wollte ich zuerst nicht. [PAUSE] Frank hat mir erklärt, es wäre okay, Angst zu haben. Aber was er für mich empfinde, sei echte Liebe, und das könne sich manchmal anfühlen wie Angst. Nervöse Aufregung, nannte er es. Wir liebten uns. Und er war so nett zu mir und hat so tolle Sachen zu mir gesagt, dass ich dachte, er hätte vielleicht recht. Also habe ich … ihn gelassen.

MS: Hast du geglaubt, dass du ihn liebst?

KL: Ich weiß nicht … Wahrscheinlich. Ich war verwirrt. Da war so was, das … Er hat mir immer wieder erklärt, wie wundervoll ich sei und dass er noch nie jemanden wie mich getroffen hätte. Und dass er einen Weg finden würde, Evelyn für mich zu verlassen, was mir natürlich bloß ein schlechtes Gewissen gemacht

hat. Aber die ganze Zeit dachte ich, es würde nur mir passieren, deshalb war es in Ordnung.
MS: Du meinst, dir war nicht klar, dass er mit deiner Schwester das Gleiche macht?
KL: Ja. Aber als sie zwölf wurde, hat er auch für sie diese Klamotten gekauft und sie zu Partys gefahren und … Und ich wusste plötzlich, dass er sie ebenfalls sexuell umwirbt. Als ich sie gefragt habe, hat sie mir alles erzählt. Es war genau das Gleiche. Er hatte ihr dieselben Dinge gesagt wie mir. Und sie hat auch geglaubt, es wäre nur sie.
MS: Er hat sie ebenfalls aufgefordert, ihn anzufassen?
KL: Ja. Und mehr.
MS: Wie viel mehr?
KL: Er hat seit Monaten Sex mit ihr. Genau wie mit mir.
MS: Kannst du dich klarer ausdrücken …?
KL: Ich meine volle Penetration, okay?

8.

Vierundzwanzig Stunden später kehrte Callum schließlich von seiner mysteriösen Abwesenheit zurück. Sally hatte Pfannkuchen für uns drei gemacht, und als sie fertig waren, drehte sie sich um und rief Callum.

Ich wollte mich gerade an den Tisch setzen und erstarrte. Hatte sie vergessen, dass er weg war? Am Abend zuvor war er nicht erschienen, deshalb hatte ich sie vor dem Schlafengehen gefragt, wo er war. Sie hatte mir kurz und sehr leise geantwortet, dass er diesen Abend Raum für sich brauche. Es war keine Antwort gewesen, doch ich hatte gesehen, wie sie kurz ein wenig verängstigt zum Flur geblickt hatte, und das hatte mir als Warnung gereicht.

Wie sich zeigte, hatte Sally gar nichts vergessen. Callum betrat schweigend und mit gesenktem Blick den Raum. Er sah blass aus und wirkte von Kopf bis Fuß gebrochen.

Sally stand mit der Pfanne in der Hand und einem Geschirrtuch über der Schulter am Tresen und lächelte ihn an, als sie ihn sah.

»Du musst einen Riesenhunger haben«, sagte sie.

Callum nahm mir gegenüber Platz und blickte auch nicht auf, als er den Stuhl hervorzog.

Hinter ihm lud Sally am Tresen drei Pfannkuchen auf einen Teller, streute drei halbierte Erdbeeren darüber und präsentierte ihm das Ganze wie ein Geschenk.

»Gieß dir ein wenig Ahornsirup drüber, Liebling«, sagte sie und betrachtete seinen Hinterkopf.

Eine Weile saß Callum vollkommen still, streckte dann die Hand aus und machte die Sirupflasche auf.

»Danke, Sally«, sagte er.

Sally streckte unvermittelt die Arme aus und zog ihn an sich. Sie küsste ihn auf den Kopf und sagte: »Siehst du. Ab jetzt wirst du ein braver Junge sein. Keine Ungezogenheiten mehr, dann wird alles gut.«

»Es tut mir leid, Sally«, sagte Callum leise.

Erst als Sally sich abgewendet hatte, um weitere Pfannkuchen zu servieren, hob Callum den Kopf. Er blickte mich direkt an, und die Vortäuschung, es täte ihm leid und sein Wille sei gebrochen, fiel von ihm ab. Sein Ausdruck war direkt, wütend und voll von etwas, das ich nicht verstand.

Ich weiß noch, dass ich entsetzt war über die Widerborstigkeit, die nach wie vor in ihm steckte. Wie konnte er, wo Sally so nett zu ihm war?

Und dann wurde ich selber wütend. Ich hatte angefangen, mir wirklich Sorgen um ihn zu machen.

Ich blickte zu Ninny, die eine Bauernhofidylle in ein Notizbuch malte. Für Sally, sagte sie.

Ninny war immer eine talentierte Künstlerin gewesen, auch wenn ihre Motive in dem Alter noch ein wenig monoton waren. Sie mochte Vögel und Schmetterlinge und malte sie bei jeder Gelegenheit in kunstvollen Schattierungen. Ich wusste, dass Sally das neue Bild lieben würde. Sie hatte bereits eine private Zeichenlehrerin für Ninny engagiert, eine rührselige, begeisterungsfähige Frau namens Daniella, die das Kunstzentrum der Dorfgemeinde leitete.

Schwere Schritte ertönten im Flur, und ich spürte, wie alle erstarrten. Offenbar wollte Henry heute mit uns frühstücken. Das gefiel mir nicht, denn seine Anwesenheit hing jedes Mal über uns wie eine dunkle Wolke, die vielleicht vorüberziehen und uns unbeschadet lassen, vielleicht aber auch ein Gewitter bringen würde.

»Dein Frühstück ist gerade fertig, Schatz«, sagte Sally und eilte zum Ofen, wo sie einen Teller für ihn warm gehalten hatte.

Henry sagte nichts. Er ging mit gerunzelter Stirn an ihr vorbei und setzte sich an den Tisch.

Ich sah, wie Sallys Gesichtszüge leicht sackten, als sie hastig einen Teller für ihn und für Ninny servierte, die sie anstrahlte und gehorsam ihren Stift weglegte. Die Pfannkuchen rochen wundervoll, wie alles, was Sally zubereitete, und mein Magen knurrte, weil ich bis so spät am Vormittag hatte warten müssen.

Der Teller stand schon vor mir, als Henrys Stimme am Kopf des Tisches ertönte.

»Ich denke nicht, Sally«, sagte er. Und obwohl er mit ihr redete, war sein Blick auf mich fixiert. »Sie muss ein wenig abnehmen. Sie kann Obst haben.«

Nach einem kurzen Moment absoluter Stille sagte Sally schnell: »Natürlich, Schatz.«

Sie nahm mir den Teller wieder weg, schob die Pfannkuchen herunter und brachte ihn mit einer Handvoll Erdbeeren zurück.

Ich kann mich noch an das schwindelnde Grauen dieses Augenblicks erinnern. Wenn ich heute versuchen würde, das jemandem als Grausamkeit zu vermitteln, würde er mich wahrscheinlich auslachen und fragen, ob Pfannkuchen eine Art Menschenrecht sind.

Das sind sie natürlich nicht. Trotzdem war das, was Henry machte, furchtbar. Er hatte absichtlich den Punkt der größten Vorfreude abgewartet, um dann mir und nur mir die Mahlzeit vor der Nase wegzuschnappen und mich damit auch noch beiläufig vor Sally, meiner Schwester und Callum zu demütigen. Zum ersten Mal in meinem Leben hatte man mir öffentlich erklärt, dass ich mich für meinen Körper und das, was ich war, schämen sollte.

Ich weiß noch, dass ich rot wurde. Vor Wut. Callum starrte weiter auf seinen Teller, doch ich stellte mir vor, dass er still triumphierte. Ich spürte Ninnys Blick auf mir. Ihrer war weich und ängstlich.

»Sie kann einen von meinen Pfannkuchen haben, Sally«, sagte sie, weil sie nicht begriffen hatte, was Henry gesagt hatte.

Sally strich ihr eilig übers Haar. »Ich weiß, du möchtest nur lieb sein, aber du hast doch gehört, was Henry gesagt hat. Es würde deiner Schwester nicht helfen. Wenn wir sie fett werden lassen und sie dann niemand mag, ist das doch gar nicht schön, oder? Um lieb zu sein, müssen wir ihr helfen abzunehmen.«

Ich überlegte aufzustehen und wegzulaufen. Die Tür meines Zimmers hinter mir zuzuknallen und nie wieder ein Wort mit einem von ihnen zu sprechen. Nur Henrys einschüchternde Gegenwart hielt mich davon ab.

Sally holte die Schüssel mit den Erdbeeren.

»Du kannst noch ein paar Erdbeeren haben, wenn du möchtest«, sagte sie, nachdem sie selbst Platz genommen hatte. »Ich denke, das wäre okay, oder, Henry?«

Henry blickte mechanisch kauend auf, starrte auf meinen Teller und sagte: »Ein paar.«

Ich sah mich außerstande, sie anzunehmen. Als könnte ich so beweisen, dass ich ohne Essen zurechtkam. Ich schüttelte den Kopf, obwohl mein Magen sich nach mehr verzehrte. »Ich brauche nichts mehr, danke«, sagte ich, den Blick auf meinen Teller gesenkt.

Weil ich so in mein eigenes Elend versunken war, bemerkte ich erst nach einer Weile, dass auch auf Sallys Teller nur ein paar Erdbeeren lagen. Keine Pfannkuchen. Kein Sirup. Und ich erkannte, dass sie die anderen drei mit einem Ausdruck beobachtete, der an Verzweiflung grenzte.

Aus irgendeinem Grund fühlte ich mich deswegen nur noch schlimmer.

Bevor Sie fragen, ich erzähle das nicht, weil es das Schlimmste war, was sie getan haben. Ich zeige Ihnen nur das Warnschild. Das erste Kribbeln, das einen mahnt, dass man sich auf einen Ameisenhaufen gesetzt hat. Ein stechender Schmerz, den man sich vielleicht nur eingebildet hat, bis das Stechen immer häufiger wird und einen allmählich überwältigt.

Wir mussten nur noch drei Tage auf die grässliche Gale Park Primary School gehen. Es ist seltsam, wie sehr es mir davor graute, wo ich mich nur ein paar Tage später verzweifelt dorthin sehnte, weil ich irgendwo anders sein wollte, nur nicht in dem Haus.

Es war kurz vor Weihnachten. An dem Montag, an dem Callum zurückgekehrt war und mir die Pfannkuchen weggenommen worden waren, versammelten wir uns alle im Wohnzimmer und spielten Uno. Alle außer Henry.

Wenn man uns in dem Moment gezeichnet oder fotografiert hätte, hätten wir perfekt ausgesehen. Der mit Lichtern geschmückte Weihnachtsbaum im Hintergrund, das passende Deckchen auf dem Kaminsims. Der verführerische Glanz einer hübschen Ausstattung und einer scheinbar vollkommenen Familie, der mich trotz meiner Bedenken wegen der letzten zwei Tage beinahe eingelullt hätte. Sogar Callum spielte brav mit.

Wir müssen geredet haben, als die Haustür geöffnet und wieder geschlossen wurde, denn ich bemerkte erst, dass Henry Murray-Watt von der Arbeit heimgekehrt war, als ich laute Schritte im Flur hörte. Ich weiß noch, dass ich angespannt hoffte, er würde zu seinem Arbeitszimmer weitergehen. Doch die Schritte bogen ab, betraten den weichen Wohnzimmerteppich, und Sally erhob sich eilig.

»Hallo, Schatz«, sagte sie und gab ihm einen Kuss auf die Wange. »Wie war dein Tag?«

Das war ihr Ritual. Der Kuss und die Frage. Aus irgendeinem Grund fragte Henry nie, wie Sallys Tag gewesen war. Er teilte ihr mit, ob sein Tag gut oder schlecht gewesen war, dann sagten Callum, Ninny und ich ihm nacheinander hallo, und er nickte uns zu und ließ den Blick über uns wandern, als wäre er nicht restlos zufrieden mit dem, was er sah.

»Warum setzt du dich nicht, und ich mache dir einen Kaffee?«, sagte Sally. Das war der andere Teil des Rituals. Sally musste irgendetwas für ihn tun. Ihm dem Mantel oder den Aktenkoffer abnehmen. Ihm etwas zu essen oder zu trinken holen. Sie hatte uns mehrfach erklärt, wie müde Henry sei, wenn er nach Hause kam, weshalb wir ihn nicht verärgern dürften.

»Danke«, sagte Henry und faltete seine schlaksige Gestalt in den Sessel.

Uns dreien war klar, dass das Spiel damit beendet war. Callum begann mit wie üblich gesenktem Kopf die Karten zusammenzusammeln. Es schien ihm besonderes Vergnügen zu bereiten, mir meine aus der Hand zu reißen, als hätte ich nicht das ganze Spiel lang versucht, sie loszuwerden.

Nachdem die Uno-Karten weggeräumt waren, gab es für uns nichts mehr zu tun. Wir wussten, dass wir in Henrys Anwesenheit nicht reden sollten. Ninny wirkte hinreichend zufrieden damit, den Weihnachtsbaum zu betrachten, doch ich konnte mich auf nichts konzentrieren, weil ich spürte, dass Henry uns beobachtete.

Irgendwann muss er Ninnys Blick zu dem Baum gefolgt sein. Denn als Sally zurückkam, hörte ich ihn sagen: »Was in Gottes Namen ist das?«

Er beugte sich vor, und mir sackte das Herz in die Hose. Er streckte die Hand aus und zupfte den Glitzerstern ab, den ich am Morgen in der Schule gebastelt und auf Anweisung der Lehrerin in unseren Baum gehängt hatte. Es hatte mir Freude bereitet, ihn zu basteln, und ich hatte mir keine Gedanken darüber gemacht, dass der Glitzer ungleichmäßig war und ich nicht besonders gut ausschneiden konnte.

Es herrschte Schweigen, als Henry erst das anstößige Objekt und dann nacheinander jeden von uns musterte.

»Es tut mir furchtbar leid, Schatz«, sagte Sally rasch. »Ich wusste nichts davon.« Mit plötzlich harscher Stimme wandte sie sich an uns. »Wer hat das da aufgehängt?«

Mir war, als würde der Boden unter meinen Füßen schwanken, als ich flüsternd antwortete: »Ich.«

Henrys Blick fiel kurz auf mich, und ich fühlte mich wie ein Insekt oder eine Raupe.

»Nimm es Henry ab, bitte«, sagte Sally leise.

Ich stand langsam auf, weil ich ihm nicht noch näher kommen wollte, und hatte plötzlich Angst, er könnte mich packen und schlagen. Doch er saß vollkommen still, als ich ihm den selbst gebastelten Stern wieder abnahm.

»Und jetzt«, sagte Henry, »wirfst du ihn in den Mülleimer, wo er hingehört.«

Mir schossen Tränen in die Augen, aber ich würde nicht weinen. Ich würde nicht weinen, *nicht* vor Callum. Also gehorchte ich wortlos und trug den Stern zu dem Abfalleimer in der Ecke. Er war leer bis auf das Zellophan des Uno-Spiels, das wir ausgepackt hatten, und mein fröhlicher kleiner Stern fiel hinein und schien mich vom Boden vorwurfsvoll anzublicken.

»Du hättest fragen sollen, oder?«, sagte Sally nicht ganz so streng wie Henry. Ich sah, wie sie ihm kurz einen Blick zuwarf, als sie hinzufügte: »Es ist schließlich nicht dein Baum, oder?«

»Nein«, flüsterte ich. »Es tut mir leid.«

»Es tut mir leid, *Henry*«, sagte Sally leise und warnend.

»Es tut mir leid, Henry«, wiederholte ich.

Henry sagte nichts, doch ich spürte den Zorn, den er ausstrahlte.

»Warum gehst du nicht hoch und räumst dein Zimmer auf?«, fragte Sally. Und auch wenn Henry wahrscheinlich annahm, das sei eine Strafe, glaube ich, sie wollte mir helfen. So konnte ich alle verlassen, mich verkriechen und weinen.

Später kam Sally und redete ernst mit mir. Darüber, dass wir es uns mit Henry nicht verderben dürften und dass er sich große Mühe gab, geduldig zu sein, aber wir müssten auch gehorsam sein.

»Und ich denke, wir sollten auch an deinen Zeichenfertigkeiten arbeiten«, sagte Sally, nachdem sie ihren Vortrag beendet hatte. »Mädchen sollten zeichnen können. Es ist eins der Dinge, die Henry am meisten an mir mochte, die schönen selbst gestalteten Geburtstags- und Weihnachtskarten. Warum buchen wir für dich nicht auch ein paar Unterrichtsstunden?«

»Das fände ich schön«, flüsterte ich.

Sally lächelte mich an. »Du hast offensichtlich nicht das Talent deiner Schwester, aber mit ein wenig Hilfe vom Kunstzentrum der Gemeinde kannst du daran arbeiten.«

Da habe ich es zum ersten Mal gespürt. Eine kurz aufflackernde Feindseligkeit gegen Ninny. Keine Eifersucht, weil sie und Callum sich gut verstanden. Kein Beschützerinstinkt. Feindseligkeit.

Es ist nicht so, als hätte ich nie zuvor lieblose Gedanken gegen meine Schwester gehegt. Manchmal hatte ich mich über sie geärgert, so wie Schwestern das nun mal tun. Und als wir beide noch mit Mummy zusammen gewesen waren, hatte ich mir oft gewünscht, sie würde uns in Frieden lassen.

Aber nie zuvor hatte ich eine solche Verbitterung empfunden. Dieser Funken von Neid war neu, heiß und unbehaglich. Und er zündete eine Flamme, die mich von innen verzehrte.

Es wurde schmerzhaft deutlich, dass ich in den Augen meiner Pflegeeltern die geringere von uns Schwestern war. Die mit Makeln behaftete. Manchmal las Henry Ninny etwas vor, und sein Gesichtsausdruck wurde auf eine Art weich, wie ich es noch nie gesehen hatte. Er lobte ihre Erscheinung und erklärte ihr, was für wunderbare Manieren sie habe. In solchen Momenten wirkte er beinahe menschlich.

Und auch wenn Sally Mitleid mit mir zu haben schien, hatte sie sich Henrys Gedanken offensichtlich zu Herzen genommen. Sie schlug beiläufig vor, ich sollte versuchen, mehr so auszusehen wie meine Schwester. Wenn ich mein Haar sorgfältiger bürsten würde, wäre es mehr wie ihres. Aber mein Haar blieb trotz allen Bürstens ein krauses Durcheinander, während Ninnys in perfekten Locken auf ihre Schultern fiel. Oder Sally wies mich darauf hin, dass Ninny im Gegensatz zu mir so nett danke sage. Dass sie so freundlich lächelte, während ich immer mürrisch wirkte.

»Das ist kein attraktiver Zug, meine Liebe«, erklärte sie mir zu mehr als einer Gelegenheit. »Wenn du eines Tages selbst einen

Mann haben willst, musst du lernen zu lächeln. Henry wird wütend, wenn ich ihn nicht fröhlich begrüße, und das mit Recht. Es ist das Mindeste, was ich tun kann, wo er uns so viel gibt.«

Einmal habe ich ein Schimpfwort in der Schule aufgeschnappt und zu Hause in ihrem Beisein fallen lassen. Ich hatte enormes Glück, dass es nicht vor Henry passiert war und Sally letztendlich entschied, ihm nicht davon zu erzählen, doch ich sah, wie entsetzt sie war.

»Du wirst nie den Respekt oder die Zuneigung von anderen Menschen gewinnen, wenn du so redest«, sagte sie. »Und ich kann dich nur warnen. Henry hätte einen Tobsuchtsanfall bekommen, wenn er es gehört hätte.« Später sollte ich miterleben, wie wütend er wurde, als Callum einmal heftig fluchte, weil er sich den Zeh gestoßen hatte.

Tatsächlich brachte Fluchen Henry dermaßen in Rage, dass ich bis heute kaum ein schmutziges Wort über die Lippen bringe. Es ist mir abtrainiert worden, deshalb ist meine Sprache trotz der dunklen Gedanken in meinem Kopf so förmlich und rein.

Aber ich wollte von Ninny erzählen, nicht wahr? Ihrer perfekten Pflegetochter. Außerdem wurde sie mir ständig als Ideal schlanker Mädchenhaftigkeit vorgehalten. Es gebe nur einen Weg, auch nur halb so ansehnlich zu werden wie Ninny, erklärten sie mir, und das sei abzunehmen.

Meine Portionen waren mittlerweile auf die Hälfte der meiner Schwester geschrumpft. Nach jedem Essen starrte ich sehnsüchtig auf Ninnys Teller, während mir das Wasser im Mund zusammenlief und mein Magen zwischen nervöser Übelkeit und Schmerzen schwankte. Manchmal versuchte Ninny mir etwas von ihrem Essen abzugeben, aber Henry erwischte sie und gab mir die Schuld. Seine verletzenden Worte waren so gemein, dass sogar Ninny weinte und es danach nie wieder versuchte.

Und dann kam der Weihnachtsmorgen. Ich war schrecklich aufgeregt, auch weil Callum erzählt hatte, dass es immer ein Tag voller Geschenke und Köstlichkeiten war. Was die Wahrheit über den Weihnachtsmann betraf, war die Katze längst aus dem Sack, deshalb überraschte es uns nicht, ihn darüber reden zu hören, was Henry und Sally in unsere Socken stecken würden. Und ich hatte beobachtet, wie Sally in der vergangenen Woche einen riesigen Weihnachtskuchen gebacken hatte.

Schon Tage vorher hatte ich Tagträume von den Leckereien, die ich essen würde. Davon, mich wieder einmal satt zu fühlen.

Wir trugen alle unsere Socken ins Wohnzimmer, und schon als wir die Treppe hinuntergingen, spürte ich, wie meine Laune sank. Callums und Ninnys Socken beulten sich förmlich vor Geschenken, während meiner schlaff und halb leer war.

Ich hatte meine vier Geschenke im Handumdrehen ausgepackt: drei Spielzeuge und ein Springseil, das »zum Training« gedacht war, wie Henry ausdrücklich erklärte. Callum und Nina hingegen öffneten Päckchen um Päckchen mit Schokolade und Süßigkeiten. Das ging so lange weiter, bis ich, noch bevor sie fertig waren, zu meinem eigenen Entsetzen vor aller Augen in Tränen ausbrach.

Ich sah, wie Henry seinen Blick auf mich heftete, und wusste, dass ich mir gerade echten Ärger eingehandelt hatte.

»Du bist unglaublich undankbar«, sagte Sally mit geröteten Wangen. »Welches andere Kind würde schmollen, nachdem es so wundervolle Geschenke bekommen hat?«

»Geh auf dein Zimmer«, befahl Henry.

»Es tut mir leid«, flehte ich verzweifelt. »Ich liebe die Geschenke. Bitte entschuldige.«

»Geh auf dein Zimmer«, wiederholte Henry, und seine Stimme dröhnte auf eine Weise in meinen Ohren, dass ich sie bis heute manchmal im Schlaf höre und dann schweißgebadet hochschrecke.

Ich lief aus dem Zimmer.

Und so verbrachte ich den Weihnachtsmorgen allein in meinem Zimmer, während die anderen mit ihren neuen Spielsachen spielten und sich mit Schokolade vollstopften und Sally auf der Stereoanlage

Weihnachtslieder abspielte. Es ist erstaunlich, wie lange man unter solchen Umständen weinen kann.

Irgendwann im Laufe des Vormittags klopfte es leise an meiner Tür. Ich ging davon aus, dass es Ninny war, die nach mir sehen wollte. Doch als die Tür einen Spalt geöffnet wurde, hörte ich Callums Stimme.

»Hier«, flüsterte er. »Das ist die Hälfte der Schokolade aus meinem Socken. Ich habe die Verpackung abgemacht, damit du nicht damit erwischt wirst.«

Ich richtete mich hastig auf. Mein Gesicht fühlte sich heiß und hässlich an, als ich mich zu ihm umdrehte, und ich traute meinen Augen kaum, als er eine Handvoll halb geschmolzener Schokotaler und Quality-Street-Bonbons in meinen Schoß fallen ließ.

»Am besten isst du alles gleich und wäschst dir Gesicht und Hände, wenn du fertig bist«, sagte er.

Ich war überwältigt von dieser freundlichen Geste und wusste nicht, was ich sagen sollte. Rückblickend glaube ich, dass ich mich auch deshalb so an meine Wut auf Callum geklammert habe, weil es eine Art war zu überleben. Und ich wusste nicht, was passieren würde, wenn ich sie losließe.

»Danke«, sagte ich schließlich. »Das hättest du nicht zu tun brauchen.«

Callum zuckte die Schultern und lächelte knapp. »Wir müssen uns umeinander kümmern.«

Als er gegangen war, aß ich die Schokolade und dachte unwillkürlich wieder an meine Schwester. Meine eigene Schwester, die nicht hochgekommen war, um ihr Essen mit mir zu teilen. Oder auch nur, um nach mir zu sehen.

Und eine kleine Scherbe meiner frei schwebenden Wut fand ein Ziel.

9.

Lightman parkte den Qashqai an der Waverley Road und ging zu dem rechteckigen Apartmentgebäude aus den siebziger Jahren, in dem Callum laut Angaben des Jugendamts seit drei Monaten wohnte.

Die Straße war relativ ruhig, zumindest an einem Sonntagabend im Sommer. Man hörte leisen Verkehrslärm vom Mountbatten Way und durch ein offenes Fenster die Tonspur eines Fernsehfilms, aber sonst fast nichts.

Alles in allem war es eine gute Adresse für jemanden, der in staatlicher Jugendhilfe aufgewachsen war. Wahrscheinlich einer der Vorteile, wenn man von einer wohlhabenden Familie adoptiert wurde, dachte Lightman. Die Waverley Road war keine teure Straße, die Häuser waren aus verschiedenen Architekturstilen zusammengewürfelt, doch sie lag nicht in einem der gefährlicheren Viertel der Stadt, sodass ein allein lebender Achtzehnjähriger sich hier einigermaßen sicher fühlen konnte.

Lightman hätte es sich trotzdem nicht vorstellen können, mit achtzehn allein zu leben, nicht einmal hier. Er hatte während seines gesamten Studiums und seines ersten Jahrs bei der Polizei immer noch eine Basis zu Hause bei seinen Eltern gehabt. Der Gedanke, ohne sie zurechtzukommen, machte ihm auch heute mit dreißig immer noch Angst. Doch jetzt, wo sein Vater an Krebs erkrankt war und es ihm zunehmend schlechter ging, wurde er schonungslos mit der Realität konfrontiert.

Er drückte lange auf Callum Taylors Klingel und blickte nach oben, um zu sehen, ob sich dort irgendetwas rührte. Als niemand reagierte, klingelte er erneut und ging dann um das Gebäude herum. Wegen der Nummer des Apartments nahm er an, dass Callum Taylor in einem der beiden Apartments im obersten Stock wohnte.

Lightman entschied, dass eine Störung der Nachbarn gerechtfertigt war, und drückte auf die Klingel, die vermutlich zu der Wohnung direkt neben Callums gehörte. Nach einer Weile meldete sich die Stimme einer älteren Dame über die Gegensprechanlage und fragte, wer dort sei.

»Ich bin Detective Sergeant Lightman«, sprach er in das Mikrofon. »Ich suche eigentlich Ihren Nachbarn Callum Taylor, aber ich hatte gehofft, dass Sie mir vielleicht weiterhelfen können.«

»Sie sind von der Polizei, sagen Sie?«, fragte die Frau. »Wären Sie so nett, Ihren Ausweis in die Kamera zu halten?«

Lightman folgte ihrer Bitte, überrascht, dass es überhaupt eine Videoanlage gab. Die Bewohnerin drückte ihm auf.

Die Eingangshalle und das Treppenhaus waren schlicht, aber sauber, kein Uringestank, und der blaue Teppich war vergleichsweise fleckenfrei.

Die Bewohnerin von Apartment Nummer vier erwartete ihn im obersten Stock. Sie war eine winzige Frau, aber drahtig und mit einem durchdringenden Blick durch eine große Brille. Weil sie erst mit einiger Verzögerung auf sein Klingeln reagiert hatte, hatte Lightman eine körperliche Beeinträchtigung vermutet, doch sie wirkte durchaus agil, als sie ihn in ein kleines Wohnzimmer führte, wo in einem kastenartigen Fernseher eine Folge von *Inspector Barnaby* angehalten worden war.

»Entschuldigen Sie, ich habe versucht, die Katze einzusperren, als Sie geklingelt haben«, erklärte sie. »Wenn jemand kommt, flüchtet sie gern ins Freie, aber sie versteckt sich irgendwo hier.«

»Ich nehme Ihre Zeit auch nur kurz in Anspruch«, sagte Lightman. »Ich wollte lediglich fragen, ob Sie wissen, wo Callum ist oder wann ich ihn vielleicht erreichen kann.«

»Darf ich zunächst fragen, warum Sie ihn suchen?«

Lightman nickte. »Er hat keinerlei Ärger mit dem Gesetz. Wir hoffen bloß, dass er uns mehr über eine Freundin von ihm erzählen kann, die vermisst wird.«

»Oh, na dann«, sagte die Frau. »Das hört sich okay an.«

»Entschuldigen Sie, ich habe Sie gar nicht nach Ihrem Namen gefragt.«

»Gaynor«, antwortete sie. »Gaynor Richardson.«

»Danke. Könnten Sie uns vielleicht helfen? Kennen Sie Ihren Nachbarn gut?«

»Einigermaßen«, sagte Gaynor, während ihr Blick durch die Wohnung schweifte, vermutlich auf der Suche nach ihrer Katze. »Er hilft mir oft, Sachen nach oben zu tragen, und er hat auch schon ein paarmal eine Tasse Tee bei mir getrunken. Er hat mir seine Handynummer gegeben. Falls ich etwas brauche.«

»Hört sich nach einem netten Burschen an«, bemerkte Lightman.

»Er ist ein guter Junge«, bestätigte Gaynor. »Ruhig, höflich und aufmerksam.«

»Wissen Sie vielleicht, wo er sich zurzeit aufhalten könnte? Hat er einen Job?«

»Sonntagsabends nicht, nein«, erwiderte Gaynor. »Er nimmt sich vor Beginn seines Studiums ein Jahr Auszeit. Meistens arbeitet er in dem großen Tesco-Supermarkt, aber der hat sonntags ab fünf geschlossen.«

Gott segne scharfsinnige Menschen mit viel Freizeit, dachte Lightman.

»Fällt Ihnen noch irgendwas ein, wo ich nachsehen könnte?«

»Wenn er nicht zu Hause ist«, sagte Gaynor nachdenklich, »ist er in der Regel mit seiner Freundin im Kino oder unternimmt etwas.«

»Verstehe«, sagte Lightman und zog sein iPad hervor, um sich Notizen zu machen. »Die Telefonnummer oder Adresse der Freundin haben Sie vermutlich nicht?«

»Nein, leider nicht«, entschuldigte Gaynor sich.

»Und Sie haben ihn heute noch nicht gesehen?«

»Nein, heute noch nicht«, bestätigte Gaynor. »Wahrscheinlich ist er direkt nach seiner Schicht ausgegangen.«

»Nun, vielen Dank. Das war sehr hilfreich«, sagte Lightman. Es stimmte zwar nicht, gehörte sich aber so.

»Keelys Aussage zu Frank Pinder war sehr detailliert«, sagte O'Malley zu Jonah, seinen Stuhl halb vom Bildschirm weggedreht und mit einem dicken Stapel Papiere auf dem Schoß. »Sie erinnert stark an eine Reihe von Grooming-Fällen, die wir kennen.«

Jonah hatte Keelys Befragung noch nicht wiederaufgenommen, weil er vorher wissen wollte, worum es bei den beiden Misshandlungsvorwürfen gegangen war. Dass die Beschuldigungen gegen ihren zweiten Pflegevater sexueller Natur waren, stimmte ihn nachdenklich.

»Und Keely hat behauptet, dass Nina ebenfalls Opfer war?«

»Ja.« O'Malley sah auf seine Notizen. »Nina hat die Aussage ihrer Schwester erneut bestätigt und ist in diesem Fall auch dabei geblieben.« O'Malley blickte zu Jonah auf. »Ich würde sagen, es könnte sich lohnen, mit Frank Pinder zu sprechen, dem Pflegevater. Wenn Keely es darauf abgesehen hat, Vergeltung, Gerechtigkeit oder was auch immer gegen die Murray-Watts auszuüben, dann will sie bei ihm vielleicht das Gleiche. Der zweite Pflegevater, der nie gerichtlich belangt wurde.«

Jonah nickte langsam. »Sehen Sie, ob Sie ihn erreichen können. Und eine kurze Zusammenfassung der damaligen Ermittlung wäre ebenfalls hilfreich. Ich wüsste gern, warum genau man damals keine Anklage erhoben hat.«

»Geht klar«, sagte O'Malley. »Ist in zehn Minuten bei Ihnen.«

Jonah kehrte in sein Büro zurück. Er war sich zunehmend unsicher, was Keely wollte. Einerseits war er geneigt, sie als Opfer zu betrachten. Er würde nicht davon ausgehen, dass Frank Pinder unschuldig war, egal was die Ermittlung ergeben hatte. Frank war höchstwahrscheinlich einer der drei Männer, von denen Keely gesprochen hatte. Einer der drei Männer, die ihre Kindheit laut ihrer Aussage de facto beendet hatten.

Und doch fragte er sich auch, ob es Keely nicht von dem Moment an, als sie die Murray-Watts angezeigt hatte, in erster Linie darum gegangen war, irgendwelche Spielchen zu spielen. Vielleicht lag die Ursache für ihr Verhalten in dem frühen Tod ihrer Mutter. Es konnte aber genauso gut sein, dass Keely unter einem emotionalen Defizit litt und noch nie in der Lage gewesen war, Mitgefühl zu empfinden. Dass sie kurz gesagt eine Soziopathin war.

Und dann war es ihr vielleicht auch egal, was mit ihrer Schwester geschah. Vielleicht war es sogar schon zu spät für Nina.

Mit jeder Minute der Videoaufzeichnung, die Hanson sich ansah, empfand sie die Dringlichkeit der Lage akuter. Es war nicht nur das bloße Verstreichen der Zeit; es war auch Keely selbst und ihre unbarmherzige Kälte. Das Gefühl von Berechnung hinter allem, was sie sagte.

Hanson hatte auf dem Block auf ihrem Schreibtisch bereits eine Liste von Orten notiert, die Keely in den verschiedenen Befragungen erwähnt hatte. Das Haus ihrer Kindheit, ihr erstes Kinderheim in der Henley Road, die Grundschule, die Schrebergärten, das Haus der Murray-Watts.

Nun hörte sie sich die Aufnahme ein weiteres Mal an und fragte sich, auf welche Weise jemand wie Keely ihnen einen versteckten Hinweis geben könnte. Am offensichtlichsten wäre die Häufigkeit, mit der sie einen Ort nannte, obwohl Hanson den starken Verdacht hatte, dass es nicht ganz so leicht sein würde. Trotzdem hatte sie begonnen mitzuzählen, wie oft Keely die verschiedenen Lokalitäten erwähnt hatte, während sie gleichzeitig nach etwas anderem suchte, einem verborgenen Hinweis, einer Geste, einem veränderten Tonfall.

Sie hatte die zweite Aufzeichnung etwa zur Hälfte abgehört und neben ihrer Zählung auch auf Keelys Hand- und Fußbewegungen geachtet, als sie plötzlich auf die Pause-Taste drückte.

»War das …?«

O'Malley blickte zu ihr, und Hanson wurde bewusst, dass sie laut gesprochen hatte. Sie warf ihm ein entschuldigendes Lächeln zu, drückte auf den Rückspulknopf und hörte sich die Stelle noch einmal an, den Blick auf Keelys Mund fixiert.

»Wie sich herausstellte, gab es Schlimmeres als das Kinderheim in der Henley Road und sogar als die grauenhafte Gate Park Primary School.

Schreckliche Orte sehen nicht immer so aus. Noch etwas, das ich gelernt habe. Sie können schön aussehen. Luxuriös. Verführerisch …«

Hanson hielt die Aufzeichnung mit einer Mischung aus Triumph und Zweifel an. Sie nahm die Kopfhörer ab und sagte zu O'Malley: »Ich glaube, ich hab da vielleicht was.«

Jonah war kurz davor, in den Vernehmungsraum zurückzukehren, als Hanson an seine Tür klopfte. Das leicht übereifrige Leuchten in ihrem Gesicht kam ihm bekannt vor.

»Was haben Sie?«

»Ich möchte es Ihnen zeigen, wenn das in Ordnung ist …«

Jonah folgte Hanson zu ihrem Schreibtisch. O'Malley hatte ebenfalls seinen Stuhl herangezogen und wartete.

»Okay«, sagte Hanson. »Hören Sie sich an, wie Keely über ihre Grundschule spricht.«

Sie ließ die Aufnahme laufen und richtete die Lautsprecher so aus, dass Keelys Stimme deutlich vernehmbar war. Jonah runzelte die Stirn.

»Hat sie die Schule mit zwei verschiedenen Namen bezeichnet?«

Hanson nickte lächelnd und stoppte die Aufnahme. »Sie hat sie fast immer ›Gale Park‹ genannt, und so heißt sie auch. Aber an dieser Stelle nennt sie sie stattdessen ›Gate Park‹.« Sie blickte wieder zum Bildschirm. »Bei jedem anderen würde ich von einem Fehler ausgehen, aber ich habe nicht den Eindruck, dass Keely Lennox Fehler macht.«

Jonah war spontan derselben Meinung. »Es ist Sonntagabend. Die Schule war wahrscheinlich für den größten Teil des Wochenendes leer.«

»Sollten wir hinfahren?«, fragte Hanson.

»Ja«, antwortete Jonah. »Und nehmen Sie ein paar Leute vom Entführungsdezernat mit.«

Das CID war leer, als Lightman zurückkam. Er checkte sein Handy und entdeckte eine Nachricht von Hanson, die ihn darüber informierte, dass sie zu Keelys Grundschule gefahren waren. Lightman zog seine Jacke aus und setzte sich, um seinen Bericht zu schreiben, wurde jedoch gleich wieder von dem klingelnden Telefon unterbrochen.

»Hier ist Mark Slatterworth«, sagte eine freundliche Stimme mit einem Edinburgher Akzent. »Ich bin der Bezugssozialarbeiter von Keely und Nina Lennox. Ich glaube, Sie wollten mich sprechen.«

»Danke, ja«, sagte Lightman und nahm einen Stift zur Hand.

»Tut mir leid, dass ich mich erst so spät zurückmelde«, sagte Slatterworth. »Ich war im Kino. *Star Wars.*« Er lachte gutmütig. »Ich hoffe, das heißt, Sie haben Fortschritte bei der Suche nach den Mädchen gemacht.«

»Ja, wir haben Keelys Aufenthaltsort ermittelt«, erwiderte Lightman unverbindlich. »Wir machen uns Sorgen darüber, wo Nina sich aufhält, und wollten Ihnen ein paar Fragen zu den beiden stellen.«

»Oh«, sagte Mark, und sein fröhlicher Ton wurde flacher. »Verstehe. Gibt es … Was ist passiert?«

»Wir haben Keely in einem Pub aufgegriffen, doch sie will uns nicht erzählen, wo ihre Schwester ist.«

Mark atmete langsam aus. »Nun, ich verstehe, dass Sie sich Sorgen machen. Es ist nicht gerade leicht, mit Keely zurande zu kommen. Aber ich glaube … Also, ich kenne sie schon eine ganze Weile, ja? Und ich habe große Empathie für sie. Der Tod ihrer Mutter hat sie sehr hart getroffen, und ich hatte immer den Verdacht, dass es noch andere Dinge gab, die es ihr schwer gemacht haben. Ich denke, sie könnte unter einer leichten Autismus-Spektrum-Störung leiden. Aber extrem intelligent, verstehen Sie?«

»Sie glauben, sie zeigt Züge von Autismus?«

»O ja, das würde ich meinen«, sagte Mark und lachte. »Manchmal reagiert sie scheinbar überhaupt nicht auf wichtige Ereignisse. Oder nicht so, wie man es erwarten würde. Dann wieder ist sie einem ungefähr zehn Schritte voraus, und man kann nur mit Mühe mithalten. Sie ist definitiv einzigartig.«

Lightman machte sich eine kurze Notiz und fragte: »Glauben Sie, dass das zu den Problemen mit ihren Pflegeeltern geführt hat?«

»Ohne Frage«, bestätigte Mark. »Es ist ihr nie leichtgefallen, mit anderen Menschen auszukommen. Ich bin mir sicher, dass der gewaltsame Verlust ihrer Mutter es ihr schwer gemacht hat, andere an sich heranzulassen. Und sie war damals dieses kleine bisschen älter als Nina und deshalb ungleich härter betroffen, auch wenn sie sich nicht mehr an viel erinnert.«

»Darf ich Sie nach den Beschuldigungen fragen, die Keely gegen die Murray-Watts erhoben hat?«, sagte Lightman. »Was für ein Gefühl hatten Sie dazu?«

Mark seufzte. »Das war alles wirklich schwierig. Ich war erst ein halbes Jahr in meinem Job und fühlte mich dem Ganzen ehrlich gesagt nicht gewachsen. Bei vielem wusste ich nicht, was ich davon zu halten hatte. Natürlich habe ich ihre Vorwürfe am Anfang ernst genommen, weil man das tun muss. Diese Kinder haben sonst niemanden, der sie beschützt. Und ihre Geschichte war absolut überzeugend.«

Er schilderte, wie er das Missbrauchsdezernat alarmiert, dann aber Verdacht geschöpft hatte, Keely könnte mit Nina einstudiert haben, was sie gegenüber der Polizei aussagen sollte. »Außerdem gab es weitere Faktoren wie etwa die Lebensumstände der Murray-Watts. Die Mädchen hatten schöne Zimmer, Kleidung, Spielsachen

… Und dieser ganze Kram über den Keller, den es nicht gab. Einmal abgesehen davon, was Callum ausgesagt hat.«

»Nämlich dass es Keely gewesen war, die ihn verprügelt hatte?«

»Ja«, bestätigte Mark. »Und darüber hinaus auch, dass er nie in seinem Zimmer eingesperrt und nie von seinen Pflegeeltern verprügelt worden sei.«

»Keely hat behauptet, sie habe die Vorwürfe erhoben, um darauf aufmerksam zu machen, dass sie auf andere Weise misshandelt wurden.«

»Ja, ich weiß«, sagte Mark und seufzte erneut. »Und das hat mich nachts nicht schlafen lassen. Wirklich. Ich bin mehrmals zu dem Haus zurückgekehrt, während Callum Taylor noch dort lebte, und habe gehofft, etwas zu bemerken, das Keelys Behauptungen logischer erscheinen lassen würde, aber da war nichts. Deshalb bin ich am Ende zu dem Schluss gekommen, dass der Tod von Keelys Mutter Spuren bei ihr hinterlassen hatte.«

Lightman notierte das und fragte dann: »Das waren nicht die einzigen Anschuldigungen, die Keely Lennox erhoben hat, oder?«

»Nein«, bestätigte Slatterworth. »Und ich gestehe Ihnen, dass mich das, was sie über Frank Pinder erzählt hat, wirklich verstört hat. Die Details waren absolut überzeugend. Es klang wie ein Fall von Grooming aus dem Lehrbuch, und ich war entsetzt.«

»Und wieso hat die Ermittlung seine Unschuld festgestellt?«

»Eigentlich war es eine Reihe von Gründen«, sagte der Sozialarbeiter. »Einige der Daten, an denen der Missbrauch laut ihren Angaben stattgefunden hatte, konnten nicht stimmen. Und Franks Frau zog andere Elemente der Geschichte in Zweifel, wie die Geschenke, die er ihr angeblich gemacht hatte. Aber ich glaube, letztendlich war es vor allem die Art, wie sie darüber gesprochen hat.«

»Inwiefern?«, fragte Lightman.

»Es war einfach alles … verkehrt«, sagte Slatterworth. »Als ich noch einmal nachgeschaut habe, wie sie das Ganze beschrieben hat, ist mir aufgefallen, dass sie tatsächlich das Wort ›Grooming‹

verwendet hat, als wäre sie sich des Prozesses bewusst gewesen. Sie konnte präzise formulieren, wie er ihre verzweifelte Sehnsucht, beliebt zu sein, ausgenutzt hatte, um sich unentbehrlich zu machen, und wie er mit ihrer Angst gespielt hatte, seine Unterstützung zu verlieren.«

Nach kurzem Überlegen fragte Lightman: »Aber warum sollte sie das tun? Welches Motiv könnte sie haben, ihren Pflegevater einer so extremen Tat zu bezichtigen?«

Mark schnaubte leise, sagte dann aber: »Vielleicht war sie einfach ein unglückliches Mädchen, das sich rächen wollte.«

»Rächen?«, fragte Lightman.

»Frank hatte kurz vor den Anschuldigungen einen Streit mit ihr«, erklärte Mark. »Einen heftigen. Er hatte herausgefunden, dass sie mit einem Jungen zusammen war, den er für einen schlechten Einfluss hielt. Er hat ein bisschen unbeholfen reagiert, wissen Sie, hat ihr verboten, sich mit ihm zu treffen. Und als sie ihm erklärte, dass ihn das nichts anginge, hat er Hausarrest verhängt.« Mark seufzte. »Er ist wirklich schlecht mit der Situation umgegangen, aber er hatte bloß Angst und hätte sich bestimmt auch wieder beruhigt. Aber Keely wurde unglaublich wütend, und ich glaube … nun ja, diese Anschuldigungen waren das Ergebnis.«

Ein öffentliches Gebäude, das abends im Dunkeln lag, hatte irgendwie etwas besonders Unheilvolles an sich, dachte Hanson. Bei Tageslicht war die Gale Park Primary School vermutlich eine vollkommen gewöhnliche und vielleicht nur leicht unheimlich aussehende Schule. Sie war offensichtlich ein ganzes Stück älter als die verwahrlosten Häuser in der Umgebung, wahrscheinlich erbaut, bevor die Stadt sich bis hierhin ausgedehnt hatte. Hanson stellte sich Schülerinnen und Schüler in viktorianischer Kleidung vor, die sich vor dem Schuleingang aufreihten, was sie wiederum an die Geschichten von Edgar Allan Poe erinnerte, die sie als Teenager verschlungen hatte, und das machte die Situation natürlich auch nicht gerade besser.

Hanson hatte ihren Nissan auf der schraffierten Fläche vor der Schule geparkt. Um diese Zeit machte sie sich keine Sorge um Halteverbote. Das breite Schultor versperrte den Weg zum Parkplatz der Schule, doch ein Fußgängerweg führte zum Eingang und offenbar einmal ganz um das Gebäude herum.

Wenig später traf Quicks stellvertretende Einsatzleiterin ein und parkte ihren Ford auf dem Bürgersteig.

Sie hatten darüber diskutiert, ob man ein Team zum gewaltsamen Aufstemmen der Türen mitbringen sollte, doch DI Quick hatte vorgeschlagen, fürs Erste nur einen Plastikkeil griffbereit zu haben und zu sehen, ob weiterer Bedarf bestand. Vielleicht mussten sie die Schule selbst gar nicht betreten. Keely hatte wahrscheinlich auch keinen Schlüssel, obwohl Hanson es ihr durchaus zutraute, sich einen beschafft zu haben.

Sie traten zu viert auf die große Rundbogentür zu. O'Malley rüttelte vergeblich an der gusseisernen Klinke. Hanson leuchtete mit einer Taschenlampe durch die Fenster, erkannte jedoch nur ein leeres Büro und einen Flur.

Wortlos teilten sie sich auf. O'Malley und Hanson gingen rechts um das Gebäude herum und landeten auf einem asphaltierten Schulhof. In einer Ecke erhoben sich auf einem Kautschukboden diverse verschwommene Umrisse. Hanson trat mit gezücktem Schlagstock darauf zu, während O'Malley weiter um das Gebäude herumging.

Von nahem erwiesen sich die Geräte als ein Klettergerüst und mehrere Balancierbalken, dazwischen lag nur Schatten. Jenseits davon erstreckte sich der Beton bis zum Zaun.

Sie hörte O'Malley leise rufen und machte kehrt. Er stand an der Tür eines kleinen, kastenartigen, moderneren Anbaus. Als sie näher kam, öffnete er die Tür.

Dahinter konnte Hanson zunächst nichts erkennen. Drinnen war es stockfinster.

Noch bevor sie ihre Taschenlampe wieder eingeschaltet hatte, ging O'Malley an ihr vorbei und drückte auf einen Schalter an der Wand, woraufhin am anderen Ende grelle Lichter aufflammten.

Es war ein Theaterraum. Die Lichter waren Scheinwerfer, die die kleine Bühne an der Stirnseite des Raumes beleuchteten. Die Kulissen waren durch dicke Vorhänge abgetrennt, und auch an der Rückwand hing ein schwarzer Vorhang von der Decke bis zum Boden.

Aber Hansons Blick schoss direkt zur Mitte der beleuchteten Bühne, angezogen von einer rothaarigen Gestalt, die zusammengesunken auf einem Stuhl saß.

Keely blickte Jonah triumphierend an, als er allein zurück in den Vernehmungsraum kam.

»Aah, noch einer auf der Strecke geblieben«, sagte sie. »Hab ich den armen Sergeant auch verschreckt?«

Jonah wollte ihr widersprechen und erklären, dass O'Malley ein Soldat gewesen war, der Dinge gesehen hatte, bei denen sie blass werden würde. Aber wenn er sich von ihren Sticheleien provozieren ließ, würde er sie einen kleinen Sieg erringen lassen.

»Absolut«, sagte er stattdessen mit einem lockeren Lächeln. »Ich muss dich wirklich bitten, damit aufzuhören, sonst bin ich am Ende der Einzige, der übrig bleibt. Und nicht dass ich hier dann tatsächlich noch richtige Arbeit erledigen muss.«

Keely kniff die Augen zusammen und wandte den Blick ab, wie Jonah mit stiller Zufriedenheit registrierte. Ein Punkt an ihn.

Er hatte darüber nachgedacht, was er als Nächstes ansprechen und vor allem ob er ihre alte Grundschule und die vier Beamten erwähnen sollte, die dorthin unterwegs waren.

Damit würde er Keely allerdings in dem Gefühl bestärken, dass sie die Kontrolle hatte und die Polizei mitspielte. Was definitive Nachteile hatte, dachte Jonah, auch wenn es sie womöglich bei Laune hielt.

Außerdem wäre es ein Fehler, davon anzufangen, solange sie nicht mit Sicherheit wussten, ob sie den Hinweis korrekt entschlüsselt hatten. Aber wenn, würde ihnen das vielleicht ein wenig Respekt von ihr einbringen.

Dieser Gedanke gab für Jonah am Ende den Ausschlag. Er sollte nicht versuchen, den Respekt einer Sechzehnjährigen zu gewinnen. Er sollte diesen Fall lösen, und das bedeutete, dass er sie so behandeln würde wie jeden anderen Verdächtigen auch.

»Nun«, sagte er möglichst freundlich, »du wolltest mir von deinem Verhältnis zu deiner Schwester erzählen, als ihr noch bei den Murray-Watts gelebt habt.«

»O ja, stimmt«, sagte Keely, und ihr Blick verlor sich kurz irgendwo in der Ferne. Sie verzog die Lippen zu einem winzigen Lächeln. »Die kleine Ninny. Was für ein Püppchen sie wurde.«

10.

Bestrafungen wurden Teil unseres Alltags, eine abgestufte Skala von Strafen, die in unregelmäßigen Abständen vollkommen beiläufig und willkürlich verhängt wurden. Ein großes Vergehen brachte einem vielleicht eine scharfe Zurechtweisung und sonst nichts ein, aber ein vergessenes »Danke« oder eine Ungeschicklichkeit konnte eine ätzende und absolut vernichtende Kritik und die Verbannung aufs Zimmer nach sich ziehen.

Ich habe die Macht, die darin lag, erst später verstanden. Rückblickend erkenne ich, dass es ein Teil dessen war, was uns unter ihrer Kontrolle gehalten hat. Die permanente Angst, etwas falsch gemacht zu haben, ohne zu wissen, was.

Und die Voreingenommenheit. Das war beinahe das Schlimmste. In jenen ersten Monaten hatten Callum und ich ständig Ärger, während Ninny offenbar über alles hinwegglitt, getragen von ihrem Status als das süße kleine Mädchen.

Ich habe versucht, für meine Schwester glücklich zu sein. Manchmal redete ich mir ein, dass alles genau so war, wie ich es wollte. Und das stimmte auch, oder nicht? Die wichtigste Person in meinem Leben wurde endlich so geschätzt, wie sie es dringend gebraucht hatte.

Aber es war unmöglich, keinen Groll zu empfinden. Sich nicht nach solcher Anerkennung zu sehnen, während man stattdessen als mürrisches, dummes Kind ohne Charme betrachtet wurde. Günstigstenfalls. Im schlimmsten Fall bezeichnete Henry mich als ein boshaftes, widerwärtiges Kind, als hässliche Göre. Sally blickte jedes Mal zu Boden und sagte nichts zu meiner Verteidigung. Manchmal ging sie sogar zu Ninny und umarmte sie, wie um sich daran zu erinnern, dass Henry zumindest eines der Kinder wertschätzte, die sie großzog.

Ich beobachtete sie mit einem Brennen im Magen. Heute frage ich mich, ob mein realer Hunger meine Feindseligkeit zusätzlich angefacht hat. Mir wurden so häufig Süßigkeiten oder sogar komplette Mahlzeiten verweigert, dass ich permanent hungrig war.

Einmal pro Woche am Sonntagabend inspizierte Henry mich, um zu entscheiden, ob ich schon dünn genug war, um wieder essen zu dürfen. Es war der schlimmste Moment der Woche. Diese Mischung aus Hoffnung, Furcht und Erniedrigung.

Das Ergebnis fiel immer gleich aus. Er verzog den Mund und erklärte Sally, dass ich immer noch zu fett sei, und Sally sah aus, als würde sie mit den Tränen kämpfen, während sie versprach, mir beim Abnehmen zu helfen.

Meine neue Schule, nach der ich mich als Zuflucht gesehnt hatte, bot nicht den erhofften Schutz. Obwohl sie im Geist der christlichen Nächstenliebe geführt wurde und dort eine fröhliche Atmosphäre herrschte, passte ich dort genauso wenig hinein wie an die Gale Park Primary.

Jeder Morgen begann mit schamvoller Verbitterung, sobald wir an der Haltestelle in der Purlieu Lane in den Bus einstiegen. Die immer lächelnde, liebenswürdige Ninny wurde sofort eingeladen, sich zu drei anderen Mädchen auf den letzten freien Platz einer Vierergruppe zu setzen. Sie lachten schon, während ich zu einem der freien Plätze ein Stück den Gang hinuntertrottete, sorgfältig darauf bedacht, die beiden Jungen und das Mädchen, die sich auf der Rückbank breit machten, nicht direkt anzusehen. Einmal hatte ich sie gefragt, ob ich bei ihnen sitzen dürfte. Die Demütigung, erklärt zu bekommen, dass der letzte Platz schon besetzt sei – obwohl er jeden Tag bis zur Schule frei blieb –, brannte so sehr, dass ich danach keinen weiteren Versuch mehr unternahm.

Im Laufe des Tages blieb es schwer für mich. Ein paar Lehrer waren so nett, darauf zu bestehen, dass einige der anderen Mädchen mir in den Pausen Gesellschaft leisteten, doch ich spürte, dass die Mädchen nur widerwillig gehorchten. Deshalb brachte ich stattdessen ein Buch mit und verbrachte die Zeit mit Lesen, eine der wenigen meiner Aktivitäten, die Henrys Anerkennung fand.

Natürlich machte dieser Rückzug in die Fiktion meine Probleme nur noch größer. Ich war ein sonderbares Mädchen, das Bücher las und nie mit jemandem redete. Die anderen gingen mir aus dem Weg und warfen mir schräge Blicke zu. Wenn nicht ein Lehrer mir eine Frage stellte, gab es ehrlich gesagt Tage, an denen ich von dem Moment, wo der Bus mich einsammelte, bis zu dem Moment, wo er mich wieder an der Haltestelle in der Pearl Lane absetzte, mit keinem Menschen sprach.

Ich gebe zu, dass ich selbst auch nichts zur Verbesserung meiner Lage beitrug. In den Unterrichtsstunden ließ ich durchblicken, dass ich alle meine Mitschüler für dumm hielt, und rächte mich so für die tausend Verletzungen, die ich ständig erlitt. Ich strengte mich auch nicht an, bei den Fernsehsendungen auf dem Laufenden zu bleiben, die die anderen schauten, selbst wenn Ninny sie guckte und mir auf dem Sofa Platz machte. Vielleicht war ich auch damals schon zu stolz.

Sally und Henry kamen mir ebenfalls nicht zu Hilfe, im Gegenteil. Damit ich mich beim Schulmittagessen nicht »vollstopfte«, schickten sie mich jeden Tag mit einer Frühstücksdose los, die selten mehr enthielt als Obst und einen Joghurt. Einmal abgesehen von meinem Heißhunger machte mich das sofort zur Außenseiterin. Denn während die anderen Schülerinnen ihre Marmeladenbrote, Chips und Schokoriegel untereinander tauschten, hielt ich mein Mittagessen auf meinem Schoß, um zu verbergen, wie mickrig es war. Ich aß ganz langsam, um so zu tun, als wäre es mehr, als es tatsächlich war. Trotzdem war ich meistens als Erste fertig und starrte sehnsüchtig auf all die Köstlichkeiten um mich herum. Ich muss ausgesehen haben wie ein verzweifelter streunender Hund.

Am Ende gewann mein Hunger die Oberhand. Ich hatte beobachtet, wie Sarah Phillips, ein lautes Mädchen aus meiner Stufe, in einer Pause einen Mars-Riegel aus ihrem Rucksack zog, und dabei gesehen, dass sie eine ganze Packung Schokoriegel dabeihatte. Sie hängte diese Tasche voller wunderbarer Reichtümer an einen Haken, als wäre es nichts, und rannte hinaus auf den Schulhof.

Ich konnte den gesamten Vormittag an fast nichts anderes denken. Meine Gedanken wanderten immer wieder zu dem Rucksack zurück, und je mehr ich daran dachte, desto hungriger wurde ich. In dem Moment kam es mir tatsächlich so vor, als müsste ich sterben, wenn ich nicht einen dieser Schokoriegel aß.

Zwangsläufig gab ich der Versuchung nach. In der Pause blieb ich zurück, angeblich um auf die Toilette zu gehen, und plünderte dann den Rucksack. In meiner Verzweiflung hätte ich am liebsten die ganze Packung genommen und mich mit allen vorrätigen Mars-Riegeln vollgestopft, doch ich wusste, dass ich nur einen nehmen durfte. Wenn nur einer fehlte, würde Sarah es vielleicht nicht bemerken. Sie könnte denken, dass sie sich verzählt hatte.

Die Glückseligkeit, diesen Mars-Riegel auszupacken und zu verzehren, war die Furcht vor Entdeckung beinahe wert. Aber die Konsequenzen, die folgen sollten, waren es nicht.

Als wir mit Sally nach Hause kamen, zogen Nina und ich artig unsere Jacken aus und hängten sie in den Schrank in der Halle.

»Was ist denn das?«, fragte Sally mich. Sie war ganz still geworden, und ich hatte das Gefühl, der Boden unter meinen Füßen würde nachgeben. Mein Herz zog sich zusammen.

»Wie bitte?«

Sie kam auf mich zu und hielt meine ein wenig zu große Aertex-Jacke am Saum hoch.

»Das ist Schokolade«, sagte sie. »Oder nicht?«

Ich brachte kein Wort heraus. Ich war wie erstarrt vor Angst. Und Scham.

»Was hast du gemacht?«

Ich versuchte mir eine Erklärung auszudenken. Alle in meiner Klasse hätten Schokolade bekommen, und ich hätte nicht nein sagen wollen. Sally starrte mich mit aufgerissenen Augen an, als ich stotternd versuchte mich zu entschuldigen.

Sie schien am Boden zerstört vor Enttäuschung. »Ich weiß, dass du essen möchtest, aber du darfst nicht, Liebling«, sagte sie. »Du darfst einfach nicht. Niemand wird dich mögen, wenn du fett bist.«

Keine Schokolade der Welt war die Scham wert, die ich empfand. Es war, als würde sie an die Oberfläche blubbern und aus mir herausströmen, auch wenn Sally sie offenbar nicht sehen konnte. Ihre normalerweise weiche und verständnisvolle Miene versteinerte.

»Es tut dir nicht einmal besonders leid, oder?«

»Doch«, beteuerte ich rasch und senkte den Kopf. »Es tut mir wirklich sehr leid.«

Aber als ich zu ihr aufblickte, sah ich Tränen in ihren Augen, und ich wusste, was das bedeutete. Ich wusste es.

»Es tut mir wirklich leid, Sally«, keuchte ich.

»Ich muss mit Henry darüber sprechen«, sagte sie.

»Bitte nicht«, flehte ich. »Es tut mir leid, wirklich! Beim nächsten Mal sage ich nein. Es tut mir leid.«

Ich sah, dass sie hin- und hergerissen war. Ein Teil von ihr wollte meine verängstigte Entschuldigung annehmen und nach vorn schauen. Aber ein anderer Teil stand zu sehr unter Henrys Bann.

»Geh auf dein Zimmer.« Ihre Stimme zitterte, doch sie wandte sich von mir ab.

Ich war eine halbe Stunde in meinem Zimmer. Ich wollte ins Bett kriechen und mich verstecken, doch ich hatte zu viel Angst, das Laken zu zerwühlen. Manchmal inspizierte Henry unsere Zimmer, und ungemachte Betten waren das schlimmste Verbrechen. Also saß ich an die Wand gelehnt auf dem Boden.

Nach einer Weile klopfte es leise, und Ninny öffnete mit einem Ausdruck von entsetztem Mitgefühl die Tür.

»Alles in Ordnung?«, flüsterte sie von der Schwelle aus.

Ich antwortete nicht. Ich wollte nicht weinen. Ich wusste, wenn ich weinte, würde Henry noch wütender werden.

Wir schwiegen beide, bis meine immer gutmütige Schwester erklärte: »Sally sagt, es ist, um dir zu helfen. Wahrscheinlich fühlt es sich im Moment schrecklich an, aber wenn du dünner wirst, werden die Leute dich lieber mögen, oder nicht? Und du wirst besser in Sport und glücklicher sein.«

Ich hatte Ninny nie zuvor gehasst, doch in diesem Augenblick hasste ich sie. Ich wollte, dass sie verschwand: aus meinem Zimmer, aus meinem Leben. Ich starrte auf einen Punkt auf dem Boden in der Nähe ihrer Füße und wartete, dass sie ging.

»Möchtest du, dass ich dich umarme?«, fragte sie nach einer halben Minute.

»Nein«, antwortete ich und zog eine kleine Genugtuung daraus, so barsch wie möglich zu ihr zu sein. »Ich möchte, dass du aus meinem Zimmer verschwindest.«

Ich blickte sie direkt an und genoss ihren verletzten Gesichtsausdruck. Ich genoss es sogar, als sie sich abwandte und die Treppe hinunterrannte. Zwar hatte ich auch Angst, sie könnte es Sally erzählen, doch irgendwie wünschte ich mir beinahe, dass sie das tat.

Zwanzig Minuten später kam Henry nach Hause. Ich wusste, dass er Callum bei sich hatte. Er hatte ihn beim Cross-Country-Training nach der Schule abgeholt. Aber ich hörte keinen Mucks von Callum. Ich hörte nur, wie Sally und Henry leise miteinander redeten.

Ich wollte nach unten rennen und weinend beteuern, dass ich es nicht so gemeint hatte. Dass es mir leidtat. Dass es nicht fair war.

Aber ich ahnte mittlerweile, dass mir nichts von alldem helfen würde. Jetzt, wo Henry beteiligt war, nicht mehr.

Ein paar Minuten später kam Sally mit aufgerissenen und tränenfeuchten Augen in mein Zimmer. Ihre Brust bebte. Ihre erkennbare Angst jagte mir einen so heftigen Schrecken ein, dass ich dachte, ich müsse mich übergeben.

»Henry wartet unten auf dich«, sagte sie.

Meine Beine zitterten, als ich ihr die Treppe hinunter folgte. Henry blickte zu Boden, trotzdem hatte ich das Gefühl, dass er mich beobachtete. Als ich auf ihn zuging, kam er mir unfassbar groß vor, deshalb versuchte ich ein Stück weit entfernt von ihm stehen zu bleiben, doch Sally schob mich weiter in seinen Schatten.

»Was hat Sally mir da von deinem Ungehorsam erzählt?«, fragte er. Ich hatte das Gefühl, der Raum würde zur Seite kippen, als er mich direkt ansah. »Darüber, dass du ein gieriges Schwein bist und die Kleider versaut hast, die wir dir gekauft haben?«

»Es tut mir sehr leid«, sagte ich. »Das wollte ich nicht.«

Die Augenbinde sah ich erst, als sie mir übergestreift wurde. Sally muss sie in der Tasche gehabt haben. Mir stockte der Atem, und ich versuchte sie abzureißen, bis Henry mich anherrschte: »Halt still.«

Meine Hand wurde gepackt, so fest, dass es wehtat. Henry zerrte mich vorwärts zu einem Ort, den ich nicht einmal sehen konnte.

»Stufen«, fauchte seine Stimme direkt vor mir, und ich zuckte zusammen, weil ich Angst hatte zu stolpern. Aber als ich den Fuß ausstreckte, tastete er ins Leere, und ich schrie laut auf, als ich spürte, wie ich nach vorn stolperte.

Die Hand zog mich unsanft hoch, bis ich schwankend wieder festen Boden unter den Füßen fand.

»Dummes Mädchen«, sagte Henry. »Geh einfach die verdammten Stufen runter.«

Die Stufen führten abwärts, nicht aufwärts. Dabei *gab* es keine Treppe, die aus dem Erdgeschoss nach unten führte.

Und trotzdem stiegen wir hinab, mit zitternden Beinen fand ich die Stufen, und die Luft wurde mit jedem Schritt kälter.

Als wir endlich stehen blieben, fühlte es sich kurz an wie ein Moment unglaublicher Erleichterung. Bis Henry sagte: »Nun musst du lernen zu tun, was man dir sagt.«

Ich hörte ein Surren und Knallen, und dann brannte auf der Rückseite meiner Beine ein Schmerz wie Feuer. Wieder und wieder.

Ich konnte an nichts anderes denken, als dass es endlich vorbei sein sollte, und flehte Henry an aufzuhören. *Bitte, bitte, nicht.*

Aber wie sich herausstellte, waren die Schläge nicht das Schlimmste. Das Schlimmste folgte nach ein paar Geräuschen, die ich nicht zu deuten vermochte, während ich mit brennenden Beinen dastand. Das Schlimmste kam, als sie mich dort unten allein ließen.

Ich begriff erst, was geschah, als ich hörte, wie die Tür geschlossen wurde. Sofort riss ich meine Augenbinde ab und versuchte verzweifelt zu erkennen, wo ich war. Aber nach einem Moment, der nur das vage Bild eines fast leeren Raums hinterließ, wurde das Licht ausgeschaltet, und ich hockte in tiefer und vollkommener Dunkelheit.

Ich kenne kein Kind auf der Welt, das sich nicht im Dunkeln fürchtet. Keins, das nicht eine Urangst davor hat. Und ich kann Ihnen sagen, dass ich einen Schrecken empfand, der tief in mich hineinfuhr. Meine Furcht und die Dunkelheit in mir, die lange still gewesen war, verbanden sich zu einem brodelnden Gemisch.

In dem kurzen Moment von Helligkeit hatte ich gesehen, dass es in dem Raum, abgesehen von ein paar gestapelten Kisten in einer Ecke, nur nackte Mauern und Spinnenweben gab. In der Nähe meiner Füße lag eine Matratze auf dem Boden, und ich tastete mich darauf zu. Ich hatte solche Angst davor, was mit mir hier unten eingesperrt sein könnte, dass ich einen leisen Schrei ausstieß, als mein Fuß sie berührte. Aber sie bewegte sich nicht. Es war wirklich nur eine Matratze und keine Ratte oder Kakerlake. Vorsichtig ließ ich mich darauf nieder.

Das Laken war kalt, aber trocken. Ich schlüpfte unter die dünne Decke und versuchte jeden Zentimeter meiner Haut zu bedecken, für den Fall, dass es hier Spinnen gab. Oder Insekten. Meine Phantasie erschuf aus jedem Geräusch ein imaginäres Grauen.

Eine endlose Weile später bewegte sich etwas über mir, und die Tür wurde geöffnet. Als das Licht angemacht wurde, fühlte es sich an, als würden die Strahlen sich in meinen Hinterkopf bohren. Ich schlug die Hände vors Gesicht, um meine Augen zu schützen.

Es war Sally. Sie schloss hastig die Tür hinter sich und drehte sich auf dem Weg nach unten immer wieder um. Ich fragte mich, ob Henry wusste, dass sie hier war.

Sie hielt ein Tablett in der Hand, und mein erster dankbarer Gedanke war, dass sie mir etwas zu essen brachte. Doch als sie näher kam und das Tablett auf dem Boden abstellte, erkannte ich, dass es nur ein Becher und eine Schüssel sowie meine Zahnbürste und Zahnpasta waren.

»Du putzt dir besser die Zähne«, sagte sie. »Und das Wasser lasse ich dir über Nacht da.«

Ich hatte das Gefühl zu zerbröseln. Sie wollte mich hier unten lassen. An diesem schrecklichen kalten Ort in vollkommener Dunkelheit. Die ganze Nacht.

»Bitte«, sagte ich mit tränenerstickter Stimme. »Ich werde es … nie wieder … tun.«

»Schluss jetzt damit«, sagte Sally und nahm den Becher von dem Tablett, ohne mich anzusehen. »Henry hat eine Entscheidung getroffen, und er nimmt diese Dinge nicht leicht. Ohne Bestrafung wirst du nicht lernen. Du wirst dich nicht bessern.«

Ich glaube nicht, dass ich mich je so von Elend überwältigt gefühlt habe. Ich konnte vor lauter Weinen kaum atmen.

Als sie mir die Zahnbürste hinhielt, putzte ich mir irgendwie die Zähne, obwohl ich dachte, ich müsse jeden Moment heulend zusammenbrechen. Nachdem ich fertig war, beugte Sally sich vor und gab mir einen flüchtigen Kuss auf den Kopf. Ich flehte sie an, mich nicht dort unten allein zu lassen, doch sie ging die Stufen hinauf und war im nächsten Moment verschwunden. Sekunden später ging das Licht aus.

Als Sally am nächsten Tag kam, um mich herauszulassen – mir erneut die Augenbinde anlegte und mich mehrmals im Kreis drehte, bevor sie mich die Treppe hinaufführte –, hatte ich mich verändert. Ich konnte es spüren, als ich auf Beinen, die sich anfühlten wie die einer Fremden, in die Küche stolperte. Es war, als hätte der weichere

Teil von mir im Dunkeln einen Kampf ausgefochten und verloren. Und als ich meine perfekte Schwester ansah, die sittsam am Tisch saß und Callum von den Reitstunden erzählte, die Sally ihr versprochen hatte, konnte ich nichts anderes empfinden als reinen und ungetrübten Hass.

11.

Im Licht der Bühnenscheinwerfer wirkte die Gestalt auf dem Stuhl am anderen Ende des Raumes irreal. Wie eine überbelichtete, künstlich aussehende Theaterrequisite. Das lag unter anderem an dem Rotton der Haare, den vor dem Hintergrund des schwarzen Vorhangs zu hell leuchtenden Locken. Hansons Beine zitterten ein wenig, als sie auf die Figur zuging. Ihre Schritte hallten übertrieben laut in dem leeren Raum wider. Als sie näher kam und die Gestalt eingehender betrachtete, bestätigte sich der Eindruck von Unwirklichkeit.

»Es ist eine Puppe«, sagte sie, bemüht, beim Klang ihrer eigenen Stimme nicht zusammenzuzucken.

Domnall trat neben sie und ließ den Blick auf der Suche nach Anzeichen von Bewegung durch den übrigen Raum und zu dem Vorhang wandern.

Direkt vor der Figur blieb Hanson stehen. Keely – oder jemand, der ihr geholfen hatte – hatte einer ganz gewöhnlichen Schaufensterpuppe Jeans und ein weißes Hoodie übergezogen und sie vornübergebeugt an den Stuhl gefesselt, sodass sie aussah wie eine Gefangene. Die ein wenig zu große Perücke war verrutscht und hing wie ein schräger Vorhang vor dem Gesicht.

Hansons Blick wanderte zu einem zweiten Farbklecks: einem roten Spritzer auf dem weißen Stoff.

»Ich glaube, das soll Blut sein«, sagte sie.

Es gab vieles, was Jonah Keely gern gefragt hätte, doch kurz nachdem sie fertig gesprochen hatte, klopfte Lightman an die Tür des Vernehmungsraums.

»Ich bin sofort zurück«, sagte Jonah und schloss die Tür hinter sich.

»Entschuldigen Sie, Chief«, sagte Lightman. »Ich dachte, Sie wollten hören, was Juliette und Domnall zu berichten haben.«

»Das will ich auch.«

»Sieht so aus, als hätte sie in der Tat gewollt, dass wir zu der Schule fahren«, sagte Lightman. »Sie hat in dem angebauten Theaterstudio eine Schaufensterpuppe drapiert.« Er lächelte knapp und trocken. »Keine Spur von Nina, aber die anderen durchsuchen noch das übrige Gebäude.«

Jonah spürte, dass er richtig wütend wurde. Keely spielte also tatsächlich Spielchen mit ihnen, und zwar nicht von der Sorte, die bei Gewinn einen Preis garantierten.

»Haben Juliette und Domnall irgendwas Spezielles über die Puppe gesagt? Irgendwas, das uns wirklich nützt?«

»Die Puppe war an einen Stuhl gefesselt arrangiert«, berichtete Lightman. »Sollte die Spurensicherung sich das ansehen?«

»Ich denke, das wäre gut«, sagte Jonah. Er wusste, dass die Suche, auf die Keely sie schickte, vermutlich sinnlos war, aber sie mussten die Spur trotzdem ernst nehmen, weil immer eine kleine Chance bestand, mehr zu finden. »Und ich hätte gern so bald wie möglich ein paar Fotos. Sagen Sie Juliette und Domnall, sie sollen welche machen.«

Lightman nickte. »Außerdem hat Keelys Sozialarbeiter mich zurückgerufen. Er hatte ein oder zwei Beobachtungen zu den Missbrauchsfällen beizusteuern und hat angeboten, bei Bedarf aufs Kommissariat zu kommen. Würden Sie ihn gern sprechen?«

»Ja«, sagte Jonah ohne Zögern. Einblicke von jemandem zu bekommen, der jahrelang mit Keely gearbeitet hatte, wäre unbezahlbar. Vielleicht würde es sich auch lohnen, ihn zu bitten, mit Keely direkt zu sprechen. Auch wenn es sie anscheinend nicht bekümmerte, mit welchen Betreuern sie es im Laufe der Jahre zu tun gehabt hatte, hatte sie vielleicht trotzdem eine besondere Bindung zu einem von ihnen aufgebaut. »Bitten Sie ihn, so bald wie möglich herzukommen.«

Als Lightman anrief, um nach Fotos zu fragen, hatte Hanson die Installation bereits aus verschiedenen Perspektiven abgelichtet. Die beiden Beamten des Entführungsdezernats waren direkt weiter ins Hauptgebäude gegangen, um die Suche nach Nina fortzusetzen, obwohl keiner von ihnen ernsthaft glaubte, dass sie das Mädchen auf dem Schulgelände finden würden. Hanson war sich sicher, dass sie nur hergeschickt worden waren, um die Puppe zu finden.

Sie trat näher an sie heran und machte eine Nahaufnahme der kleinen schwarzen Tasche auf dem Schoß der Puppe, eine billig aussehende Handtasche, wie sie Hanson als Studentin manchmal abends zum Ausgehen getragen hatte. Ein schlichtes schwarzes Rechteck mit einer Kette, gerade groß genug für Handy und Portemonnaie.

»Sollen wir auf die Spurensicherung warten oder hineinschauen?«, fragte sie O'Malley, nachdem sie die Fotos gemacht und kontrolliert hatte, dass sie scharf waren.

»Sieht es so aus, als wäre irgendwas darin?«

Hanson hob mit einer behandschuhten Hand die Lasche an und dachte dabei kurz an Sprengfallen. Was nun wirklich lächerlich war. Keely mochte eine intelligente und manipulative junge Frau sein, aber sie war kein Bomben bauendes Mastermind.

»Soweit ich erkennen kann, nein«, sagte Hanson ein wenig enttäuscht. »Vielleicht etwas Kleines.«

»Dann überlass es der Spurensicherung«, erwiderte O'Malley. »Ich bin mir sicher, wenn es etwas zu finden gibt, wird McCullough es entdecken.«

Hanson leitete sämtliche Fotos per E-Mail an Ben und den Chief weiter und trat einen Schritt zurück, um die Szene erneut zu betrachten.

»Keely hat gesagt, sie würde uns erzählen, was mit Nina passiert ist.« Ihre Stimme klang matt und spröde. »Wenn sie … wenn es das ist, was sie ihr angetan hat, wenn das Blut aus einer solchen Wunde stammt, dann müssen wir sie schnell finden, oder?«

Jonah betrachtete die Fotos so ruhig und gelassen wie möglich. Sie sollten ihn wütend machen, dachte er. Die gelegte Brotkrumenspur und ihr hohler, ärgerlicher Preis. Keely spielte mit ihnen, und sie konnten ihr Spiel nur gewinnen, wenn sie sich nicht provozieren ließen. Aber es war schwer. Beim Anblick der gefesselten Puppe mit der Bauchwunde flammte ein beschützender Zorn in ihm auf.

Er fragte sich, ob ihm so etwas als Vater einer Tochter heute näherging als früher, und musste sich eingestehen, dass ihm die Welt seit Millys Geburt erschreckender erschien. Nachrichten über Katastrophen trafen ihn härter. Bei Busunfällen oder Taifunen malte er sich aus, sie wäre unter den Vermissten, was manchmal so schlimm wurde, dass er den Fernseher ausmachte oder in einer Dienstbesprechung beim Bericht über einen schweren Verkehrsunfall auf Durchzug schaltete.

Er hatte Nina Lennox nie getroffen, doch er würde nicht aufhören, um ihr Leben zu kämpfen. Und er hatte zunehmend das Gefühl, dass er wirklich darum kämpfen musste. Die Hinweise. Die Gestalt. Das vorsätzlich geschürte Gefühl von Bedrohung. All das sagte ihm, dass er sehr große Angst um Nina haben sollte.

Er war sich nicht sicher, ob er erleichtert oder besorgt darüber war, dass man ihn angewiesen hatte, die Befragung von Keely fortzusetzen. Quicks Verhandler hatte sich die Aufzeichnungen angesehen und meinte, Jonah würde Fortschritte machen und sogar eine Beziehung zu Keely aufbauen.

Jonah wünschte, den Eindruck hätte er auch.

Nach ein paar Minuten schloss er die Datei mit den Fotos und kehrte zurück in den Vernehmungsraum. Er registrierte, wie Keely den Blick hob und knapp lächelte, als er hereinkam. Als wüsste sie, dass sie ihren Hinweis gefunden hatten.

»Machen wir weiter«, sagte er so ruhig wie möglich.

»Gerne«, erwiderte Keely und lehnte sich auf ihrem Stuhl zurück.

Jonah nahm ihr gegenüber Platz, atmete tief ein und sagte: »Erzähl mir von dem Theaterstudio.«

Keelys Lächeln wurde breiter. »Haben Sie meine kleine Installation gefunden?« Sie blickte zu der Sozialarbeiterin und fügte hinzu: »Wirklich schade, dass Sie sie nicht sehen konnten. Ich war sehr zufrieden mit der Gesamtwirkung.«

»Ja, wirklich eindrucksvoll«, sagte Jonah, ohne sich provozieren zu lassen. »Aber ich wüsste gern, was sie bedeutet.«

Keely schüttelte leicht den Kopf. »Das müssen Sie schon selbst herausfinden. Das ist schließlich Ihr Job, oder nicht, Detective Chief Inspector?«

»Na ja, eigentlich nicht«, entgegnete Jonah bemüht freundlich. »Natürlich gibt es in meinem Job Momente, wo Kombinationsgabe gefragt ist, aber du würdest staunen, wie oft man vor allem versuchen muss, bei Besprechungen mit Vorgesetzten nicht vor Langeweile zu sterben.«

Keely schüttelte immer noch lächelnd den Kopf. Jonah fragte sich kurz, ob sie wirklich amüsiert war.

»Dann tue ich Ihnen also eigentlich einen Gefallen, was?«, sagte sie mit dieser perfekten Mischung aus Kälte und Herablassung. »Ich lasse Sie mal ein wenig richtige Polizeiarbeit machen.«

»Du könntest mir einen noch viel größeren Gefallen tun«, sagte Jonah ein wenig ernster. »Du könntest mir helfen, deine Schwester zu finden.«

Keelys Lächeln verblasste, und sie seufzte. »Ich bin kein großer Fan von diesen Gesprächen, bei denen man sich nur im Kreis dreht«, sagte sie. »Ich glaube, ich könnte mal wieder eine Pause gebrauchen.«

Jonah beugte sich vor. »Wenn Nina verletzt ist«, sagte er, »so wie diese Puppe in dem Studio, dann braucht sie unsere Hilfe. Nicht in ein paar Stunden, wenn du dazu kommst, sondern sofort.«

Keely fixierte ihn wieder mit einem Blick, der so flach, durchdringend und ausdruckslos war wie eh und je. »Dann schärfen Sie besser Ihren Verstand und fangen an zuzuhören.«

Jonah war mit einem Mal sehr müde. Er hatte das Gefühl, dass alles umsonst war. Er lehnte sich wieder zurück und betrachtete seine Hände.

»Sie sehen müde aus, Detective Chief Inspector«, stellte auch Keely nach einer Weile fest.

Jonah blickte unwillkürlich auf und registrierte beunruhigt, dass ihr kleines Lächeln zurückgekehrt war.

»Hat die Kleine Sie wach gehalten?«, fragte Keely. »Sie ist ein Frechdachs, diese Milly. Ich hoffe, Michelle kriegt das allein bewältigt.«

Jonah sah sie direkt an und spürte, wie es ihm eiskalt den Rücken hinunterlief.

»Sie wusste schon, wer ich bin, bevor sie hergekommen ist«, erklärte er Lightman leise. »Sie kann weder Millys noch Michelles Namen aus einem unserer Gespräche aufgeschnappt haben. Und als ich in dem Pub mit Michelle gesprochen habe, habe ich darauf geachtet, dass sie weit genug weg stand. Sie kann es nur gewusst haben, weil sie mich schon vorher ausgeguckt hatte.«

Lightman widersprach nicht und versuchte auch nicht ihm zu erklären, er sei paranoid, wofür Jonah zutiefst dankbar war. Stattdessen fragte er: »Denken Sie, sie ist zu dem Pub gekommen, weil sie wusste, dass Sie dort sein würden?«

»Ich glaube, das ist auf jeden Fall eine realistische Möglichkeit«, erwiderte Jonah. »Warum sie es darauf angelegt hat, ausgerechnet mit mir zu sprechen, sei mal dahingestellt …«

Nach kurzem Nachdenken sagte Lightman: »Wenn sie Sie nur aus den Nachrichten kennt, was wahrscheinlich ist, dann hat sie Sie vielleicht aufgrund der schwierigen Fälle ausgesucht, die Sie bereits gelöst haben.« Er zuckte die Schultern. »Die Fälle, mit denen Sie in den Blick der Öffentlichkeit geraten sind, waren alle ziemlich kompliziert und auch ungewöhnlich. Vielleicht wollte Keely mit jemandem sprechen, von dem sie annimmt, dass er auch bereit ist, ihren Hinweisen gründlich nachzugehen.«

Jonah war dankbar für die diplomatische Formulierung seines Sergeants. Sein letzter Fall von großem öffentlichem Interesse war nach dem gewaltsamen Tod eines Schuldigen an das Independent Office for Police Conduct übergeben worden, auch wenn die Ermittlung der unabhängigen Polizeibeschwerdestelle am Ende zu seinen Gunsten ausgegangen war.

Ein Anruf von DI Quick riss ihn aus seinen selbstzerfleischenden Gedanken.

»Wollte Sie bloß auf Stand bringen«, begann Quick ohne Vorrede. »Wir konnten für keins der beiden Handys Positionsdaten ermitteln. Das heißt, entweder sie waren in einer ländlichen Umgebung oder die Mädchen wissen, wie man einer Ortung entgeht, was ich für unwahrscheinlich halte.«

Jonah widersprach nicht. Er wollte Quick gegenüber nicht klingen wie ein Verschwörungstheoretiker, aber wenn Keely Lennox gewusst hatte, wo er am Sonntagnachmittag sein würde, und alles darum geplant hatte, gab es seinem Eindruck nach keine Information, die sie sich nicht beschaffen könnte.

»Das macht es vermutlich umso wichtiger herauszubekommen, was sie im Schilde führt«, erwiderte er stattdessen.

»Ja«, sagte Quick. »Ich habe auch noch ein paar Ideen für unser weiteres Vorgehen, aber dafür hätte ich von Ihnen gern eine vollständige Liste der engen Bezugspersonen. Und es wäre schön, wenn Ihr Team mögliche Kontaktpersonen sobald wie möglich aufsuchen könnte. Wenn sie im Laufe der Woche eine von ihnen getroffen hat, können wir für diesen Tag ihren Standpunkt lokalisieren und mit diesen Daten weiterarbeiten.«

»Schon in Arbeit«, sagte Jonah.

Er beendete den Anruf und erklärte Lightman, was Quick wollte. »Wir sollten beide Pflegeelternpaare aufführen«, fügte er hinzu. »Wenn Keely auf einem Rachefeldzug ist, hat sie vielleicht im Laufe der Woche Kontakt mit einem von ihnen aufgenommen. Womöglich, um ihnen zu drohen.«

Jonah ging zurück in sein Büro und rief Hanson an, um sich auf den neuesten Stand bringen zu lassen.

»Der Rest der Schule ist leer«, berichtete sie. »McCullough ist hier. Sie sagt, es sollte nicht lange dauern.«

»Gut. Ich möchte, dass Sie und Domnall Frank Pinder aufsuchen«, sagte er. »Ich wüsste gern, ob Keely in dieser Woche bei ihm war.«

»Sie meinen, ob sie ihn bedroht hat?«, fragte Hanson.

»Ja«, sagte Jonah. »Aber vielleicht hat sie auch freundschaftliche Absichten vorgetäuscht. Bei ihr würde ich von gar nichts ausgehen.«

»Okay«, sagte Hanson. »Wir sind auf dem Weg.«

Frank und Evelyn Pinder lebten in einem der hässlichsten Häuser, die Hanson je besucht hatte. Ursprünglich war es einer von zahlreichen identischen Bungalows aus braunem Backstein in der Straße, bevor auf der rechten Seite mit anderen Steinen und Fenstern ein Anbau hinzugefügt worden war. Außerdem hatte irgendjemand aus unerfindlichen Gründen alle Fensterrahmen in einem grellen Gelb gestrichen, das überhaupt nicht zu den braunen Backsteinen passte.

»O mein Gott«, sagte Hanson, als sie ausstiegen. »Da muss man gar nicht lange überlegen. Sofort abreißen.«

O'Malley grinste, obwohl Behalten, Verkaufen oder Abreißen eigentlich nicht sein Spiel war. Juliette spielte es normalerweise mit Ben, wenn sie Zeugen oder Verdächtige besuchten, nachdem sie vor einem Jahr festgestellt hatten, dass sie beide eine Obsession für die Häuser anderer Leute hatten. Die Zahl der Objekte in der »Behalten«-Kategorie war noch einstellig, und Hanson war sich allzu bewusst, dass auch ihre eigene heruntergekommene Immobilie es vermutlich nicht dorthin schaffen würde.

Jedenfalls war Hanson sich ziemlich sicher, dass Ben ihr in diesem Fall zugestimmt hätte. Sie waren beide keine großen Fans von Bungalows, und dieser zählte wirklich zu den abscheulichsten Bungalows aller Zeiten.

Erleichtert sah sie, dass durch das Glas über der Haustür Licht schien. Obwohl niemand ans Telefon gegangen war, waren die Pinders offenbar zu Hause.

Ein Besuch von der Polizei war zweifelsohne schlimmer als ein Anruf. Es war schon nach halb elf, viel später, als sie normalerweise bei einem potenziellen Zeugen aufkreuzen würden. Aber irgendwo da draußen war eine Vierzehnjährige, deshalb würde niemand einen gemütlichen Sonntagabend haben.

Nur aus Rücksichtnahme auf die Nachbarn klopfte Hanson nicht ganz so laut wie üblich, doch die Wirkung war trotzdem prompt. Irgendwo wurde eine Tür zugeknallt, im Flur wurde ein helleres Licht angemacht, und man hörte eilige Schritte.

Hanson nahm an, dass es Frank war, der ihnen die Tür öffnete. Ein kleiner, sportlich aussehender Mann in einem Polohemd, Ende dreißig, muskulös, mit dem Teint eines Menschen, der viel Zeit im Freien verbrachte. Sie fragte sich, ob er in irgendeiner Weise körperlich arbeitete.

Frank öffnete die Tür nicht ganz und wirkte gereizt und ein wenig nervös.

»Frank Pinder?«, fragte Hanson und machte einen Schritt vor. »Ich bin DC Hanson, und das ist DS O'Malley. Entschuldigen Sie die späte Störung, aber wir müssen ziemlich dringend mit Ihnen sprechen.«

Seine Gesichtszüge spannten sich an, eine vertraute Stressreaktion auf die Anwesenheit der Polizei.

»Natürlich. Stimmt irgendwas nicht?« fragte er, erkennbar, aber vergeblich um Lockerheit bemüht.

»Wir brauchen vor allem Ihre Hilfe«, sagte Hanson. »Dürfen wir reinkommen?«

Frank zögerte und sagte dann: »Klar.«

Er führte sie durch einen Flur mit einem matt glänzenden violetten Teppich mit extrem hohem Flor. Hanson unterdrückte ein Grinsen, als sie sich vorstellte, was Ben, ein eingefleischter Hochflor-Teppich-Hasser, dazu sagen würde.

»Evelyn hat heute Nachtschicht«, erklärte Frank und ging in den hinteren Teil des Bungalows. »Sie ist Krankenschwester auf der Schlaganfall-Intensivstation.«

»Klingt hart.«

»Das ist es, aber sie tut eine Menge Gutes.«

Hanson bemerkte, wie er zu der Tür ganz auf der Rückseite des Hauses blickte, bevor er durch den einzigen offenen Durchgang nach links abbog. »Hier entlang.«

Er führte sie in ein Wohnzimmer mit einer klobigen, beigefarbenen Ledercouchgarnitur und bodenlangen geblümten Vorhängen. Das Fenster blickte wahrscheinlich in den Garten, doch die Vorhänge waren zugezogen, sodass der Raum mit seinen überdimensionierten Möbeln und der Farbenvielfalt leichte Platzangst bei Hanson auslöste.

Sie fragte sich, wie die Lennox-Schwestern sich hier gefühlt hatten. Es war offensichtlich netter als das Kinderheim, jedoch unbestreitbar ein Abstieg, verglichen mit dem hübschen Häuschen, in dem sie mit ihrer Mutter gewohnt hatten, und meilenweit entfernt von dem Landhaus der Murray-Watts, jedenfalls Keelys Beschreibungen nach.

Waren die bescheidenen Lebensbedingungen einer der Gründe für Keelys Anschuldigungen gewesen? Aus Fallstudien wusste Hanson, dass Kinder und Jugendliche ziemlich extreme Dinge tun konnten, wenn sie sich unglücklich und ohnmächtig fühlten.

Frank wies mit der Hand auf die dreiteilige Couchgarnitur, die von nahem schmuddelig und abgewetzt aussah. Er setzte sich auf den äußersten Rand der Lehne und rutschte mehrmals hin und her. Wie ein Rugbyspieler, der sich bereit machte, eine Erhöhung zu treten, dachte Hanson.

»Wir brauchen alle Informationen, die Sie uns über die Lennox-Schwestern geben können«, sagte sie und ließ sich neben O'Malley auf dem Sofa nieder. Sie beobachtete Franks Gesicht auf eine Reaktion. »Ich weiß nicht, ob Sie gehört haben, dass die beiden vermisst werden.«

Franks Miene blieb angespannt. Er nickte, als hätte er die Frage erwartet.

»Jemand hat vor einer Woche meine Frau angerufen«, sagte er. »Ich wünschte, wir hätten Ihnen weiterhelfen können. Aber es ist lange her, seit wir die beiden gesehen haben.«

»Das heißt, seit ihrem Auszug haben die Mädchen keinen Kontakt zu Ihnen aufgenommen?«, fragte O'Malley.

»Nein.« Frank rieb mit dem Daumen über seine Stirn und versuchte zu lächeln. »Das Ganze war ein ziemlicher Shitstorm, weil Keely so wütend geworden ist.«

Hanson lächelte mitfühlend und ließ O'Malley antworten. Frank war offensichtlich der Typ Mann, der sich für Domnalls Plauderton erwärmen würde.

»Ah«, sagte O'Malley. »Muss schwierig sein, eine Beziehung zu einem Teenager aufzubauen. Hatten Sie einen Streit oder so?«

Frank rieb sich wieder die Stirn und blickte von O'Malley zu Hanson und zurück. »Also, das ist ehrlich gesagt ein wenig untertrieben. Sie hat alle möglichen Sachen gesagt … wirklich schreckliche Dinge.« Er verzog das Gesicht und rutschte noch ein Stück nach vorn. »Das Schlimmste war, dass mir diese Kids wirklich am Herzen lagen. Ich hab mich wirklich, *wirklich* angestrengt, damit sie sich hier zu Hause fühlen. Und ich hab mir immer Mühe gegeben zu helfen, wenn sie Probleme in der Schule hatten.«

»Probleme mit Freundinnen?«, fragte Hanson.

»Ja. Sie haben sich nicht gut … eingepasst. Vor allem Keely nicht.«

Er seufzte. »Ich hab ihr erklärt, wie das läuft. Dass man den anderen etwas geben muss, wenn man etwas von ihnen haben will. Wahrscheinlich hätte ich sie nicht ermutigen sollen, mit den anderen Kids loszuziehen und zu trinken, aber es hat wirklich geholfen. Sie hatte plötzlich Freundinnen. Aber dann ist sie irgendwie auf den Geschmack gekommen«, er blickte O'Malley unsicher an, »und hat es ein bisschen übertrieben. Das war wahrscheinlich meine Schuld, ehrlich gesagt. Jedenfalls dachte Evelyn das.«

»Inwiefern übertrieben?«

Frank stand abrupt auf und nestelte an den Vorhängen, um einen imaginären Spalt zuzudecken.

»Sie blieb lange aus und kam total betrunken nach Hause. Sie hatte auch ein ziemlich loses Mundwerk.« Er schüttelte den Kopf. »Wahrscheinlich hätte ich ahnen müssen, dass sie sich einen Freund zugelegt hatte. Und natürlich stand sie auf einen absoluten Assi.«

Hanson zögerte und fragte dann: »Glauben Sie, dass sie mit diesem Verhalten Aufmerksamkeit erregen wollte? War es womöglich ein Schrei nach Hilfe, der mit ihren eigenen Problemen zu tun hat?«

Frank schnaubte und drehte sich wieder zu ihr um. »Nicht Keely. So ist sie nicht. Sie weiß genau, was sie tut und wie sie bekommt, was sie will. Sie hat mich um den kleinen Finger gewickelt, ehrlich gesagt. Bis ich von Dev erfahren hab, und dann hab ich einfach … also, ich hab echt rotgesehen.« Er kehrte zu seinem Sessel zurück. »Was sollte das? Mit einem dahergelaufenen Arsch rumzumachen, der Drogen nimmt? Und so womöglich ihr Leben wegzuwerfen? Ich meine, sie war vierzehn und hat mit ihm geschlafen! Sie hätte so leicht schwanger werden können …«

Es war offensichtlich, dass Frank immer noch genauso wütend war wie damals. Seine Stimme wurde lauter, und als er sich wieder setzte, waren seine Bewegungen ruckhafter.

»Haben Sie sie deshalb zur Rede gestellt?«

»Ich habe beide zur Rede gestellt, aber einzeln«, antwortete Frank und rieb sich wieder die Stirn. »Ich hab Dev gesagt, er soll sich von ihr fernhalten, und Keely hab ich verboten, ihn weiter zu treffen. Ich weiß, das war nicht unbedingt die beste Vorgehensweise. Ihr Sozialarbeiter hat gesagt, ich hätte mit ihnen darüber reden müssen. Verständnis zeigen. Aber ich sollte ja auch versuchen, ein Vater für sie zu sein, wissen Sie? Und ich wollte das Beste für sie.«

Irgendwo im Haus ertönte ein Geräusch, vielleicht das Anspringen der Zentralheizung. Franks Blick schoss zum Flur, und Hanson fragte sich, wieso er immer noch so nervös wirkte. War es die Erinnerung an jene Zeit oder eine aktuellere Sorge?

»Wie hat Keely reagiert?«, fragte O'Malley.

»Gott, sie ist ausgeflippt«, sagte Frank. »Ich meine, zuerst hat sie mich mit einem wirklich kalten Blick angesehen, als wäre sie nicht mehr menschlich. Es hat mir einen echten Schrecken eingejagt. Sie hat immer einen … leicht gestörten Eindruck gemacht, aber süß. Ein wenig überemotional, wissen Sie? Nicht wirklich kalt.«

Hanson hörte nur mit halbem Ohr zu. Sie konzentrierte sich auf weitere Geräusche aus dem hinteren Teil des Hauses, vernahm jedoch nichts.

»Vierzehn kann ein ziemlich schwieriges Alter sein«, sagte O'Malley mit einem mitfühlenden Lächeln. Hanson staunte immer wieder, wie mühelos er den Eindruck erwecken konnte, selbst Vater zu sein, obwohl er keine eigenen Kinder hatte. Er verfügte über die einzigartige Fähigkeit, Menschen das Gefühl zu vermitteln, er wäre einer von ihnen und sie würden da irgendwie zusammen drinstecken.

Frank schüttelte den Kopf. »Was sie gemacht hat, war kein normales Teenagerverhalten. Mich zu beschuldigen, ich hätte … ich … Und wissen Sie was? Ich hätte es kommen sehen und mich schützen müssen. Sie hätte so leicht mein ganzes Leben zerstören können. Sie hat es beinahe zerstört. Ich hatte bloß verdammtes Glück, dass die Polizei auf Zack war.«

»Sie glauben also, dass Keely diese Sachen aus Wut gesagt hat?«, meldete Hanson sich mit voller Aufmerksamkeit in dem Gespräch zurück.

Frank schüttelte den Kopf. »Nicht mal das. Rache, glaube ich. Nachdem ich ihr meine Standpauke gehalten hatte, ist sie aufgestanden, auf mich zugekommen und hat ganz leise gesagt: ›Wenn du das tust, mach ich dir das Leben zur Hölle.‹ Und dann hat sie mich angelächelt.« Hanson konnte den glänzenden Schweiß auf seiner Stirn erkennen. »Sie hat mich verdammt noch mal angelächelt.«

Hanson lief es eiskalt den Rücken herunter. Sie stellte sich die Szene vor und fand sie nur zu glaubhaft. Diese Kälte, diesen absoluten Glauben an die eigene Überlegenheit hatte Keely auch in den Befragungen demonstriert.

Zum zweiten Mal an diesem Abend fragte Hanson sich, ob Keely sie alle komplett zum Narren hielt. Mit den Hinweisen. Und ihrer Installation.

»Was war nach ihrem Auszug?«, fragte O'Malley. »Sie hat nicht versucht, Kontakt mit Ihnen aufzunehmen?«

»Nein«, sagte Frank steif.

»Und Sie haben auch nicht versucht, mit ihr zu sprechen?«, bohrte Hanson nach.

Frank lachte freudlos. »Man hat mir dringend davon abgeraten, und ich war ehrlich gesagt verdammt froh, nichts mehr mit ihr zu tun zu haben. Der Gedanke an die beiden hat mich bloß an die ganze Scheiße erinnert, an die vier Tage, die ich abwechselnd in einer Zelle und in einem Vernehmungsraum verbracht habe, mein Leben in Trümmern, das war …« Er schüttelte wieder den Kopf. »Es ist eine Schande, denn Nina ist ein nettes Mädchen, und ich glaube, es hat ihr hier gefallen. Es war bloß ihre Schwester. Ich weiß nicht, ob sie schon von Geburt an so ist oder ob irgendwas sie in die Richtung gestoßen hat, aber irgendwas ist wirklich, wirklich verkehrt mit Keely.«

Hanson nickte mit einem routinierten neutralen Lächeln. Keine Zustimmung, keine Ablehnung. Dann fragte sie: »Dürfte ich vielleicht mal kurz Ihre Toilette benutzen, während mein Sergeant Sie noch ein paar Sachen fragt?«

»Ich … nein, das ist … das ist kein Problem …«

Hanson stand auf, bevor Frank Pinder sie zu einem bestimmten Badezimmer dirigieren konnte. O'Malley griff das Stichwort auf und fragte: »Haben Sie diese Seite von ihr auch bei anderen Gelegenheiten gesehen? Die kalte Seite?«

Als Frank zu einer Antwort ansetzte, war Hanson schon im Flur und wandte sich nach links zum hinteren Teil des Hauses. So leise wie möglich öffnete sie die letzte Tür und fand ein Schlafzimmer, das von einem breiten Doppelbett beherrscht wurde. Eine Nachttischlampe brannte schwach, das meiste Licht spendete ein großer Fernseher an der Wand.

Hanson sah das angehaltene Bild von zwei makellos gekleideten Mädchen im Teenageralter, die sie mit peinlicher Leichtigkeit erkannte: Leighton Meester und Blake Lively in einer Folge von *Gossip Girl*.

Eine weitere Tür in dem Raum führte in ein angrenzendes Badezimmer, in dem kein Licht brannte. Kein Anzeichen dafür, dass jemand hier war.

Bevor sie sich weiter umsehen konnte, tauchte Frank Pinder in der Tür auf.

»Die Toilette ist da vorn«, sagte er und wies den Flur hinunter Richtung Haustür.

Hanson bedankte sich lächelnd, als wäre sie nicht gerade beim Schnüffeln in seinem Schlafzimmer ertappt worden.

Jonah hatte eine Weile in seinem Büro gesessen. Seine Gedanken kreisten um alles, was Keely gesagt und getan hatte. Vieles davon war reine Provokation. Die Schaufensterpuppe. Die Herablassung. Die beiläufige Erwähnung seiner Tochter und seiner Partnerin.

Offenbar hatte Keely großen Spaß daran zu sticheln, einen blank liegenden Nerv zu finden und zu treffen. Aber die Geschichte, die sie erzählte, schien nicht dazu zu passen. Es ging nicht darum, ihn und sein Team zu ärgern, sondern darum, emotionale Betroffenheit auszulösen.

Und wenn man von allem anderen absah, war es in erster Linie eine schreckliche Missbrauchsgeschichte, dachte Jonah. Eine Geschichte, die ihn immer wieder in ihren Bann geschlagen hatte.

Und daran musste er sich halten. Er musste seine Frustration beiseiteschieben und nach Hinweisen suchen. Für eine kleine Weile musste er einfach tun, worum Keely ihn gebeten hatte, und zuhören. Diese Chance gab er jedem Zeugen, und trotz allem, was sie tat, um es schwierig zu machen, wollte er auch Keely die Gelegenheit geben zu reden.

Er atmete aus und stellte sich vor, all sein Ärger und alle Dringlichkeit würden von ihm abfallen. Es funktionierte erstaunlich gut. Als Jonah aufstand und zum Vernehmungsraum zurückging, spürte er eine Ruhe, die ihm in den vergangenen Stunden abgegangen war.

Mit einem Lächeln nahm er Keely gegenüber Platz und sagte: »Ich wäre so weit, mit deiner Geschichte fortzufahren, wenn du es auch bist. Ich möchte sie hören.«

Und zum ersten Mal meinte er, vielleicht eine Spur von Überraschung in Keelys perfekt kontrollierter Miene erkannt zu haben.

12.

So schmerzhaft Sally und Henry mein Leben auch drei Jahre lang gemacht haben, schulde ich ihnen doch etwas. Die beiden haben den Bogen so weit überspannt, dass ich irgendwann ausrastete, und durch sie habe ich begonnen zu begreifen, welche Macht man über Menschen haben kann, wenn man nur bereit ist, sie einzusetzen.

Es dauerte etliche Monate, bis ich diese Lektionen wirklich kapiert hatte. Etliche Monate und sehr viel Leid. Meine anfängliche Feindseligkeit gegenüber Ninny machte mich in den Augen der Murray-Watts nur noch unattraktiver, und meine verzweifelten Bitten um Gnade – oder manchmal auch um etwas zu essen – schienen nichts weniger als Verachtung auszulösen.

Ninny hingegen wurde immer glücklicher und dankbarer. Ich konnte ihren Heiligenschein förmlich sehen. Und für sie war es auch leichter, Charme zu versprühen. Sie segelte über alle Bestrafungen hinweg; ihr künstlerisches Talent und ihr – zugegeben außergewöhnliches – Gedächtnis für Geschichten erfüllten die Murray-Watts mit weit mehr Stolz als meine brillanten Schulnoten. Und dann war da noch das Reiten, Sallys einzige wahre Liebe, worin Ninny natürlich ebenfalls ein Naturtalent war.

In diesen Monaten ertappte ich mich tatsächlich dabei, das Kinderheim in der Henley Street zu vermissen. Selbst das fadeste Essen war besser als ein permanent knurrender Magen, und die Hänseleien vor ein paar Kindern hatten nicht dieselbe Macht, mich in Verzweiflung und Schrecken zu versetzen, wie Henrys Missbilligung.

Das Einzige, was das Ganze in irgendeiner Weise erträglich

machte, war die Entdeckung, dass meine schlankere Gestalt durchaus nützlich war. Obwohl ich mich vor Hunger manchmal regelrecht schwach fühlte, blühte ich als Sportlerin auf. Zum Ende der Crosslaufsaison war ich bereits eine ernsthafte Konkurrentin, und mit Beginn der Leichtathletiksaison im Sommer gab mir mein reduziertes Körpergewicht, kombiniert mit meiner grimmigen Entschlossenheit, mich selbst zu beweisen, einen Vorsprung vor Gleichaltrigen.

Und das wiederum führte zu Beliebtheit. Unsere kleine Grundschule war sportlich sehr ambitioniert, und ich wurde eine Art Heldin, als die Kinder in meinem Team erkannten, dass ich ihnen helfen konnte, den Pokal für die beste Gesamtsaisonleistung zu erringen. Ich musste beim Mittagessen nicht mehr allein sitzen und wurde in den Pausen oft gefragt, ob ich bei einem Ballspiel mitmachen wollte.

Ich glaube, dass ich schlanker geworden bin, hat ebenfalls zu meiner Beliebtheit beigetragen. Ich war kein Pummelchen mehr, sondern so dünn und mädchenhaft, wie die anderen es für richtig hielten. Der Umgang mit anderen Menschen wurde ganz allgemein leichter für mich, und das ermutigte mich weiterzumachen. Das lachende, zarte Mädchen zu spielen.

Rückblickend ist es mir wirklich peinlich. Nicht dass ich das süße Mädchen gegeben habe, sondern dass ich so lange gebraucht habe, bis ich es kapiert habe. Bis ich erkannt habe, wie leicht es ist, Menschen zu kontrollieren, wenn man ihre Erwartungen bedient oder unerwartet unterläuft.

Das war natürlich lange, bevor die beiden anderen Männer uns so komplett geformt haben. Die beiden Männer, die klargemacht haben, dass wir nicht nur unter ihrer Kontrolle standen, sondern auch ihr Spielzeug waren. Dass wir einzig und allein existierten, um sie zu befriedigen.

Mein Verhältnis zu Ninny wurde dagegen immer schlechter. Ich konnte sie nicht mehr anschauen, ohne wütend zu werden, und erkannte schadenfroh, wie sehr sie wiederum von meinem abweisenden Verhalten verletzt war. Ich erinnere mich, wie sie eines Nachts mit blassem und verkniffenem Gesicht in mein Zimmer kam und fragte, ob sie in mein Bett kommen dürfe.

»Ich hatte einen Albtraum«, sagte sie.

»Ich versuche zu schlafen«, erwiderte ich. »Und du hast keinen Grund für Albträume.«

Sie stand da, eine Hand an der Tür. Und auch wenn ich ihr Gesicht im blassen Gegenlicht nicht erkennen konnte, wusste ich, dass ich sie gekränkt hatte. Aber anstatt zu gehen, blieb sie dort stehen und fragte schließlich: »Wie ist es? Wenn du verschwindest? Wohin gehst du?«

Ich weiß noch, dass ich mich aufgerichtet und sie entgeistert angestarrt habe. »Du meinst, sie sagen es dir nicht?«

Ninny schüttelte den Kopf. »Nein.«

»Sie schließen mich im Dunkeln ein, Ninny«, sagte ich. »Im Keller. Es ist so dunkel, dass man nichts sieht. Und man hört die Insekten um einen herum. Und man hat so viel Angst, dass man denkt, man würde sterben, aber man stirbt nicht. Es geht immer weiter und weiter.«

Ninny kam und setzte sich neben mich auf mein Bett. Ich machte ihr Platz und erinnerte mich an die Nächte, in denen wir in dem Kinderheim nachts nebeneinander gehockt hatten. Damals, als wir noch richtige Schwestern waren.

Eine Weile war es still, und dann hörte ich Ninny schniefen. Sie weinte, um meinetwillen. »Ich werde sie bitten, es nicht mehr zu tun. Das sollten sie nicht machen.«

»Du könntest es versuchen«, sagte sie. »Aber vielleicht werden sie dann wütend.«

»Auf mich werden sie nicht wütend«, sagte Ninny schlicht.

Ich spürte die bittere, stechende Wahrheit dieser Aussage. Und all die zärtlichen kleinen Gedanken, die zurückgekehrt waren, waren augenblicklich wieder verschwunden.

»Doch«, widersprach ich leise, und wünschte, es wäre wahr. »Und dann machen sie es auch mit dir.«

Ninny stand hastig auf und ging weg. »Machen sie nicht, weil ich *gut* bin«, zischte sie so laut, dass ich Angst hatte, Sally und Henry könnten sie hören.

»Nein, bist du nicht«, flüsterte ich. »Du bist hübsch. Das ist alles. Du bist nicht besser als ich. Und du bist nicht annähernd so schlau.«

Als sie aus dem Raum lief und sich auf dem Flur zu ihrem Zimmer wandte, sah ich, dass ihr Gesicht verkniffen war vor Anstrengung, die Tränen zurückzuhalten, und musste lächeln.

Mit jener Nacht war erneut jede Chance dahin, dass wir wieder richtige Schwestern werden könnten. Wenn ich im Dunkeln eingesperrt war, fing ich an, mir vorzustellen, dass Ninny statt meiner dort hockte. Dass sie es war, die weinte und wimmerte. Und das machte mich zunehmend entschlossener, stark zu sein. Nicht wie die schwache, jämmerliche Ninny.

Mit Callum war es anders. Er wurde auch bestraft, wenn auch nicht so oft wie ich. Wir wurden von Feinden zu verlegenen Genossen. Wenn einer von uns etwas zu essen hatte und der andere nicht, fanden wir einen Weg, es zu teilen. Es war gefährlich, aber es bewahrte uns vor jenem schrecklichen nagenden Hunger, der einen am Schlafen hinderte. Es bewahrte uns davor zusammenzubrechen.

Das Seltsame war, dass die gegenseitige Irritation trotzdem immer noch da war. Mit einem Wimpernschlag konnten wir von Verbündeten zu Feinden werden.

Ich fand es unmöglich, mich zu entspannen, wenn er da war. Ich war mir seiner physischen Präsenz zu sehr bewusst, zu sehr auf sie ausgerichtet. Manchmal stellte ich mir vor, ich würde meine Fingernägel in seine Haut graben oder an seinen Haaren ziehen, nur um diese Kribbeligkeit loszuwerden, und manchmal erkannte ich denselben Impuls in ihm.

Gegen Ninny hatte Callum offenbar nichts. Als wir einmal auf einem der niedrigeren Äste des Baumes hockten, erklärte ich ihm, dass ich meine Schwester hasste.

Er starrte mich an und fragte: »Warum hasst du sie?«

»Weil sie die kleine Miss Perfect ist«, sagte ich und rieb über die weichste Stelle der Rinde. Sie verströmte einen schwachen Duft nach feuchten Tagen im Herbst. »Und weil sie mich früher gerngehabt hat und jetzt nicht mehr. Und je hübscher und artiger sie dasitzt, desto wütender werden sie auf mich.«

Callum knibbelte an einem Stück Borke. Ich wusste, dass er nachdachte. Das machte er oft, bevor er etwas sagte. Deswegen hielten die Leute ihn für langsam. Dumm. Einfältig. Ich begriff allmählich, dass Callum nichts davon war. Er dachte tief nach, und manchmal – nur manchmal – verstand er Dinge besser als ich. Und wenn das passierte, war ich sowohl beeindruckt als auch wütend.

»Warum hasst du Ninny, wenn sie diejenigen sind, die dich schlecht behandeln?«, fragte er schließlich.

Meine irrationale Wut richtete sich sofort gegen ihn, weil er Zweifel an den Menschen säte, von denen ich so unbedingt geliebt werden wollte. Weil er Zweifel an Sally säte.

»Wenn Ninny nicht da wäre, würden sie mich lieben«, sagte ich. Mir schossen Tränen in die Augen, und ich wandte mich ab.

»Nein, würden sie nicht«, sagte Callum barsch. »Mich haben sie auch nicht anders behandelt, bevor ihr gekommen seid.«

Ich wollte erneut widersprechen und ihm erklären, das liege daran, dass er nicht so gut war wie ich. Er war manchmal frech oder nahm sich Dinge, die er sich nicht nehmen sollte. Ich dagegen … ich gab mir Mühe.

Aber so offen er mit mir auch redete, ich brachte es nicht über mich, es auszusprechen. Deshalb fragte ich kampflustig: »Warum bleibst du dann hier? Du könntest darum bitten, hier weggeholt zu werden.«

Callum zuckte die Schultern. »Woanders wäre es schlimmer. Für jemanden wie mich.«

»Wie meinst du das?«

Er sah mich mit einem Blick an, der aus irgendeinem Grund ein seltsames Kribbeln in mir weckte, wandte sich ab und rutschte auf dem Ast hin und her. Ich kann mich noch genau daran erinnern, was für ein Geräusch seine Jeans gemacht hat, als sie über die Rinde schubberte.

»Ich habe da, wo ich vorher war, ein paar schlimme Sachen gemacht«, sagte er. »*Gute* Pflegeeltern würden mich nicht mehr nehmen. Und man kann an ziemlich schrecklichen Orten landen. Hier bin ich zumindest auf einer guten Schule, und sie helfen mir zu lernen. So kann ich mir eine bessere Zukunft aufbauen.«

Ich beobachtete ihn und dachte, dass sich das auswendig gelernt anhörte. Rückblickend ist es offensichtlich, woher es kam. Es waren Worte, die ihm die Murray-Watts so lange eingetrichtert hatten, bis er sie glaubte. Es waren nicht die Gedanken eines problembeladenen Zwölfjährigen.

Er rutschte weiter, ließ die Beine von dem Ast baumeln und sprang auf die nackte Erde. »Vielleicht kannst du dir auch eine bessere Zukunft aufbauen«, sagte er zu mir, bevor er wegging.

13.

Um viertel vor elf gestand Jonah ihr eine weitere Pause zu. Es war frustrierend, zusätzlich Zeit zu verlieren, da um elf der Abbruch der Befragung drohte, doch er wollte noch einmal einen Blick in Keelys Jugendamtsakte werfen, um zu erfahren, was in den Jahren seit den von ihr beschriebenen Ereignissen aus ihr geworden war.

Missbrauch und traumatische Erfahrungen hinterließen einen erkennbaren Abdruck im Leben der Betroffenen. Ein Muster dysfunktionalen Verhaltens. Opfer hatten häufig starke selbstzerstörerische Neigungen. Sie taten Dinge, die es ihnen schwer machten, Beziehungen zu anderen Menschen aufzubauen, oder die dafür sorgten, dass Beziehungen zerstört wurden.

Das hatte er immer wieder bei Straftätern beobachtet und bis zu einem gewissen Maß auch am eigenen Leib erfahren. Er hatte den Absturz seiner Mutter in die Alkoholsucht miterlebt und wusste, wie es war, als Teenager alles kurz und klein schlagen zu wollen. Zum Glück hatte er irgendwann begonnen, sich für die Arbeit bei der Polizei zu interessieren. Dort hatte er ein System gefunden, an dessen Regeln er sich halten konnte, und eine Motivation, sich selbst zu beherrschen. Es war seine Rettung gewesen.

Und dann dachte er kurz an die Nacht vor nicht einmal einem Jahr, als er seine Exverlobte nach Hause begleitet hatte und im Grunde mit einer Abrissbirne auf den glücklichsten Teil seines Lebens losgegangen war. Als er sich von Jojo Magos losgerissen hatte, nur wenige Monate, nachdem er endlich in der Lage gewesen war, eine Beziehung mit ihr einzugehen.

Angesichts dessen fragte er sich, ob seine Kindheit wirklich keine Auswirkungen mehr auf sein heutiges Leben hatte.

Dafür hast du jetzt keine Zeit, ermahnte er sich und öffnete Keelys Jugendamtsakte. Konzentrier dich auf Keely. Versuch herauszufinden, wer sie ist und warum sie das macht.

Die Akte enthielt zahlreiche Hinweise auf Probleme mit Freundschaften, die zu Jonahs Überraschung jedoch aufhörten, nachdem sie sich bei ihrer zweiten Pflegefamilie, den Pinders, eingelebt hatte. Ihr Sozialarbeiter berichtete, dass sie offenbar gut zurechtkam und viele Freundinnen hatte, die sie regelrecht zu verehren schienen.

Aber Mark Slatterworth hatte auch einige Episoden notiert, bei denen Keely offensichtlich enge Freundschaften geknüpft und die betroffenen Mädchen dann wieder abserviert hatte. Mehr als einmal hatte er versucht, mit ihr darüber zu sprechen, und einige von Keelys Antworten hatten bei Jonah ein stechendes Unbehagen ausgelöst, vor allem in einer Unterhaltung, die erst vor acht Monaten stattgefunden hatte.

MARK SLATTERWORTH: Vor einer Weile warst du sehr eng mit Samantha befreundet. Aber jetzt erwähnst du sie gar nicht mehr. Gibt es dafür einen Grund?

KEELY LENNOX: Sie haben offensichtlich mit meinem Bezugsbetreuer darüber gesprochen.

MS: Ich möchte aber nicht wissen, was er denkt. Ich möchte wissen, wie es dir geht und was du empfindest.

KL: Also gut. Samantha hat sich mit Nina angefreundet. Und das konnte sie meinetwegen auch gerne machen. Aber es ist sinnlos, eine Freundin zu teilen. Ihre Loyalität aufzusplitten.

MS: Das sehe ich nicht so. Ich denke, ihr könntet auch alle drei gute Freundinnen sein.

KL: So funktioniert das nur nicht.

MS: Für dich?

KL: Für jeden, der halbwegs klar denken kann. Warum sollte man sich mit der Hälfte von jemandem zufriedengeben?

Die Unterhaltung hatte sich anderen Themen zugewandt, weil der Sozialarbeiter offenbar den Eindruck gehabt hatte, dass er nicht vorankam. Aber in Jonah hallten die Sätze nach. Er las sie nicht als die Äußerungen einer jungen Frau mit Problemen. Für Jonah klangen sie wie die Bemerkungen einer Soziopathin.

Aber dann blätterte er weiter und entdeckte etwas, das ihn seine Befürchtungen wegen Keely kurz vergessen ließ.

Der DCI rief sein Team im Besprechungsraum zusammen, sobald Hanson und O'Malley von ihrem Besuch bei Frank Pinder zurück waren. Hanson hatte den Eindruck, dass der Chief unter Druck stand und zunehmend frustriert war.

»Ich möchte kurz klären, was unsere Zeit lohnt und was nicht«, sagte er und setzte sich halb auf den Tisch. »Bisher haben wir trotz einer Menge harter Arbeit kaum Fortschritte gemacht, und wir stehen bekanntermaßen unter Zeitdruck.« Er sah Hanson und O'Malley an. »Berichten Sie mir von Frank Pinder.«

O'Malley legte nicht sofort los, deshalb begann Hanson: »Ich weiß nicht genau, was ich von ihm halten soll. Er hat einen nervösen Eindruck gemacht, und als ich in sein Schlafzimmer geschlendert bin, hat er ängstlich reagiert. Als wollte er mich dort weghaben, obwohl ich nichts entdeckt habe, was ihn konkret belastet. Interessant fand ich allerdings, dass auf dem Fernseher eine Folge von *Gossip Girl* angehalten war.« Sie blickte zu Ben und Domnall. »Natürlich wäre es jedem peinlich, dabei erwischt zu werden, sich eine Teenagerserie anzugucken, aber ich habe mich gefragt … Macht ihn das vielleicht an? Guckt er es sich an, weil er sich zu Mädchen im Teenageralter hingezogen fühlt, und war deswegen so zappelig?«

»Aber die Ermittlungen gegen Frank Pinder waren ziemlich gründlich«, entgegnete O'Malley. »Es wurden sämtliche Namen und Daten überprüft, und die meisten stimmten nicht überein. Frank und seine Frau wurden ausführlich befragt. Er wurde für die Dauer der Ermittlung von seinem Job suspendiert. Er arbeitet als Trainer für Nachwuchsmannschaften im Frauenfußball, da müsste er schon verrückt gewesen sein, wenn er es riskiert hätte, etwas mit seinen Pflegetöchtern anzufangen. Außerdem gab es zahlreiche positive Zeugenaussagen von Mädchen und Eltern aus seinem Verein.«

»Es gibt Statistiken, die nahelegen, dass es Menschen mit einer Vorliebe für junge Mädchen oder Jungen in Positionen von Autoritätspersonen drängt«, widersprach Lightman. »Ich würde außerdem alle Aussagen von Eltern und Teenagern als irrelevant aussortieren. Wenn sie sein Verhalten nicht aus nächster Nähe erlebt haben, liegen ihre Erfahrungen außerhalb des Ermittlungsgegenstands.« Er sah den DCI an. »In Anbetracht der Tatsache, dass es in Fällen sexuellen Missbrauchs nur selten zu Anklagen kommt, würde ich es statistisch für nach wie vor wahrscheinlicher halten, dass Frank Pinder schuldig war.«

Dass Ben mit so viel Nachdruck eine Meinung äußerte, überraschte Hanson. Normalerweise war er der Neutrale, derjenige, der sich sogar mehr Zeit nahm, eine konkrete Theorie zu formulieren, als der Chief, und das wollte etwas heißen.

Sie warf Ben ein Lächeln zu. »Aber man muss fairerweise sagen, dass du ihr noch nicht persönlich begegnet bist«, sagte sie. »Sonst würdest du wahrscheinlich auch zu der Ansicht kommen, dass sie alles manipuliert hat.«

Er zuckte die Schultern. »Das sagt mir nur, dass sie eine unvorteilhafte Art hat, die möglicherweise auch in der Vergangenheit gegen sie gesprochen hat. Um die Sache wirklich objektiv zu betrachten, lässt man ihre Persönlichkeit besser außen vor.«

Hanson hatte kurz das unangenehme Gefühl, dass er wütend auf sie war. Weder erwiderte er ihr Lächeln, noch unternahm er irgendeine Anstrengung, seine scharfen Worte abzumildern.

»Es gibt noch etwas, das wir berücksichtigen sollten«, sagte der Chief. »Tatsächlich hat Keely drei Missbrauchsvorwürfe erhoben, nicht nur zwei.«

»Sie hat gleich am Anfang gesagt, dass es drei Männer waren, die ihr Leben zerstört haben«, erinnerte Hanson sich und versuchte sich auf Keely zu konzentrieren, statt über Bens Reaktion nachzudenken.

»Genau«, sagte der Chief. »Und es ist durchaus plausibel, dass sie hier ist, um irgendeine Art von Vergeltung zu üben, weil diese Männer, was immer sie getan haben, ungeschoren davongekommen sind.«

Der Chief verteilte Kopien mehrerer ausgedruckter Seiten: ein Bericht von Keelys Sozialarbeiter. Hanson begann ihn zu überfliegen, hielt jedoch inne, als der DCI fortfuhr.

»Die dritte Beschuldigung liegt achtzehn Monate zurück und geschah in dem Kinderheim in der Henley Road. Das war vier Monate nach dem Zwischenfall mit Frank Pinder. Keely Lennox hatte einen Bezugsbetreuer namens Jared Boula, mit dem sie sich gut zu verstehen schien, bis sie unvermittelt um ein Gespräch mit ihrem Sozialarbeiter bat und erklärte, dass er sie sexuell attackiert habe.«

»Keely hat ihn erwähnt«, sagte Hanson. »Er war auch mal Ninas Bezugsbetreuer, oder nicht? Der, den Nina angehimmelt hat.«

»Richtig«, bestätigte der Chief. »Wobei es in diesem Fall keine Andeutung gibt, dass Nina beteiligt war.«

Hanson blätterte bis zu der Beschreibung des Angriffs. Angeblich hatte Boula Keely in eine Ecke gedrängt, sie geküsst und seine Hand unter ihren Rock geschoben.

Eine Situation, wie sie so durchaus schon mal vorgekommen ist, dachte Hanson. Sie konnte sich gut vorstellen, dass ein Mann mit Macht über ein Mädchen im Teenageralter diese auch ausnutzte. Es war deprimierend gewöhnlich.

»Nach der Befragung hat Mark Slatterworth direkt mit der Heimleiterin und anderen Zeugen dort gesprochen«, sagte der

Chief. »Offenbar hatte Jared Boula bereits seine Besorgnis bezüglich Keely geäußert. Er hatte vorgeschlagen, dass sie einen anderen Bezugsbetreuer bekommen sollte, weil sie eine Obsession für ihn entwickelt habe.« Als Hanson aufblickte, sah sie, dass der Chief sein Team eindringlich anblickte. »Nur drei Tage zuvor hat er der Heimleiterin berichtet, dass sie versucht habe, ihn zu küssen.«

Hanson seufzte. Offenbar war nichts einfach, wenn es um Keely Lennox ging. Alles hatte eine Kehrseite.

»Vermutlich war der Kussversuch nicht erfolgreich«, sagte O'Malley.

»Laut Jared Boula nicht, nein«, bestätigte Jonah. »Er hat erklärt, er habe sie entschieden zurückgewiesen und versucht, sich der Situation zu entziehen. Mark Slatterworth hat sich in seinem Bericht kritisch über die Heimleitung geäußert, weil sie nicht früher interveniert hatte. Er äußerte Bedenken, ob die Mädchen dort bleiben könnten, und hat letztendlich dafür gesorgt, dass sie in eine andere Einrichtung kamen.«

»Gibt es irgendeinen Grund anzunehmen, dass der Bezugsbetreuer gelogen hat?«

»Nichts Offensichtliches, aber Keely hat ihre Beschuldigung am Tag darauf zurückgezogen.« Er machte eine Pause. »Ich werde Mark Slatterworth trotzdem nach weiteren Informationen fragen, sobald er kommt. Sein Bericht ist ziemlich knapp, und womöglich hatte er den Eindruck, dass an ihren Behauptungen doch etwas dran sein könnte. Und natürlich würde ich auch gern mit Jared Boula persönlich sprechen.«

»Und wo stehen wir damit Ihrer Meinung nach in Bezug auf unsere Suche nach Nina?«, fragte Hanson skeptisch. »Sollten wir davon ausgehen, dass wir ihre Schwester finden, wenn wir Keelys Hinweisen folgen?«

»Das«, sagte der Chief, »ist die größte Frage. Und schwer zu entscheiden. Ich habe das Gefühl, dass Keely es sehr wohl verdient hat, angehört zu werden, aber trotzdem eigene Motive hat. Es ist durchaus möglich, dass sie mit ihrer Spur an Hinweisen absichtlich unsere Zeit verschwendet.«

Alle schwiegen. Hanson fühlte sich hin- und hergerissen. Je mehr sie über die ältere Lennox-Schwester erfuhr, desto mehr glaubte sie, dass dies kein Spiel mit guten Absichten war. Aber Keely war dennoch eine Sechzehnjährige mit einer Menge Probleme, der man zwangsläufig helfen wollte.

Schließlich brach Lightman das Schweigen. »Ich würde der Spur, die sie gelegt hat, gerne weiter folgen. Wir sollten auch anderen Hinweisen nachgehen, aber wir haben eine Zeugin, die uns auffordert, ihr so zuzuhören, wie es andere Beamte vielleicht nicht getan haben. Ich denke, wir sollten beweisen, dass wir sie ernst nehmen.«

»Selbst wenn das mehr Zeit braucht, als wir haben?«, fragte O'Malley leise.

»Also ignorieren wir jetzt die Fälle von sexuellem Missbrauch, oder was?«, schoss Lightman prompt zurück.

Selbst der Chief schien ein wenig überrascht. Es war ungewöhnlich, dass ihre Teambesprechungen auch nur ansatzweise aggressiv wurden, und es sah gerade Ben absolut nicht ähnlich, den sonst praktisch nichts aus der Ruhe bringen konnte.

Vielleicht bedrückt ihn etwas anderes, dachte Hanson und hatte sofort ein schlechtes Gewissen, weil sie seit längerem nicht mehr nach seinem Vater gefragt hatte. Bens Vater war an einem unheilbaren Magenkrebs erkrankt, konnte kaum noch Nahrung zu sich nehmen und verfiel körperlich mehr und mehr. Hanson befürchtete, dass sein Zustand sich drastisch verschlechtert haben könnte.

Ben hatte offenbar gemerkt, dass er ein wenig harsch reagiert hatte, und fügte nach einer Pause hinzu: »Also, ich meine nur … Wenn es der einzige Weg ist, wie Keely uns Nina finden lässt, und es sich um offensichtliche Fälle von Missbrauch handelt, sollten wir ihr zuhören.«

»Vielen Dank, Ihnen beiden«, sagte der DCI und fuhr höchst diplomatisch fort: »Ich bin mit Ben der Meinung, dass mindestens ein Mitglied des Teams der von Keely gelegten Spur nachgehen sollte. Wenn wir Nina nicht finden, weil wir dieser Spur nicht gefolgt sind, werden wir uns alle große Vorwürfe machen.« Er machte eine Pause. »Aber wir müssen uns auch noch intensiver damit beschäftigen, wo Nina versteckt sein könnte. Ich würde gern persönlich mit Henry Murray-Watt sprechen. Wenn er einer der drei Männer ist, die Keely zu Fall bringen will, hat Keely vielleicht in letzter Zeit Kontakt zu ihm aufgenommen, ohne dass seine Frau davon weiß.« Er trank einen Schluck. »Außerdem konnten wir Callum Taylor immer noch nicht erreichen. Zu Hause scheint er nicht zu sein.«

Hanson nickte. »Keely hat ihn ziemlich häufig erwähnt, und es klingt, als wäre ihre Beziehung kompliziert.«

»Der Analyse würde ich zustimmen«, sagte O'Malley trocken. »Sie hat ihm zwar einen Tennisschläger über den Schädel gezogen, aber es klingt trotzdem so, als wäre sie an ihm interessiert. Mich würde es jedenfalls nicht überraschen, wenn die beiden trotzdem ein Paar geworden sind. Manchen Menschen soll so was ja gefallen, hab ich gehört, insofern …«

Hanson lachte, froh darüber, dass O'Malley schon wieder blödeln konnte. Ben schien genauso zu empfinden, jedenfalls sagte er sehr viel lockerer: »Callum Taylors Nachbarin hat eine Freundin erwähnt. Vielleicht sind die beiden ja gerade zusammen.«

»Keely muss Hilfe gehabt haben«, meinte Hanson. »Sie kann nicht Auto fahren, hat es aber trotzdem bewerkstelligt, die Schaufensterpuppe in die Schule zu bringen, Nina irgendwo zu verstecken, zu dem Pub zu kommen und vermutlich noch an anderen Orten Spuren zu legen.«

»Einverstanden«, stimmte der Chief ihr zu. »Ich habe Callums Personalien schon an das Entführungsdezernat weitergeleitet, aber ich möchte auch, dass Sie es erneut in seiner Wohnung versuchen, Ben. Nehmen Sie Juliette mit, und wenn einer der Nachbarn noch wach ist, sprechen Sie mit ihm. Es ist möglich, dass irgendjemand etwas gesehen hat oder dass Callum sich dort versteckt und Nina in seiner Gewalt hat.«

»Glauben Sie, dass er das wirklich tun würde?«, fragte Hanson. »Keely hat gesagt, er wäre immer nett zu Nina gewesen. Es ist eher unwahrscheinlich, dass er ihr etwas antun will.«

Der Chief nickte. »Das würde ich auch so sehen, wenn es nur darum geht, was er getan hat. Aber nach allem, was wir von Keely gehört haben, wissen wir, dass sie extrem manipulativ sein kann. Es ist durchaus möglich, dass Callum ein Opfer davon geworden ist.«

»Okay«, sagte Lightman, der immer noch nicht ganz zufrieden klang. Doch zumindest stimmte er dem Plan des Chiefs zu.

»Wenn Sie keinen Erfolg haben«, fuhr der DCI fort, »schicken wir Ihnen Spezialkräfte zum Aufbrechen der Tür. Ich denke, das können wir mit Gefahr im Verzug rechtfertigen. Aber bevor Sie fahren, versuchen Sie Henry Murray-Watt zu erreichen und dazu zu bewegen hierherzukommen.«

Die Lagebesprechung war beendet, Hanson und Lightman gingen zurück zu ihren Schreibtischen. Sie riefen die Festnetznummer der Murray-Watts und beide Handys der Eheleute an, aber alle Anrufe wurden auf die Mailbox weitergeleitet. Hanson hinterließ Nachrichten und bat Henry, ins Kommissariat zu kommen.

»Sie sind wahrscheinlich zu Hause und gehen nicht ans Telefon«, sagte sie. »Am früheren Abend waren sie jedenfalls da. Entweder sie vermeiden den Kontakt bewusst, oder sie wollen an einem Sonntagabend schlicht nicht gestört werden.«

»Sally schien sich Sorgen um Nina zu machen«, erwiderte Ben.

»Aber Henry vielleicht nicht«, sagte Hanson. »Und es hört sich so an, als ob Henry bestimmt. Vielleicht hat Keely aber auch darüber gelogen.«

Sie verließen die Station in ungewohntem Schweigen. Hanson musste immer noch an Bens schnippische Reaktion bei der Besprechung denken und wartete, bis sie ihren kleinen Nissan Micra erreicht hatten, bevor sie fragte: »Ist alles okay bei dir im Moment?«

Ben blickte sie an, seine Miene so unergründlich wie immer. »Alles in Ordnung.«

»Ist dein Dad …?«

Es entstand eine Pause, bevor Lightman antwortete: »Er ist in keiner guten Verfassung, aber … er ist bei uns.« Als Hanson nichts sagte, fügte er hinzu: »Tut mir leid, wenn ich ein bisschen … gereizt war.«

Hanson ließ den Wagen an. »Das darfst du ruhig mal sein. Du hast eine Menge um die Ohren. Und wenn du nicht wenigstens hin und wieder knurrig wärst, würde ich mir ehrlich gesagt Sorgen machen.«

Lightman sah sie mit einem schiefen Lächeln an. »Ich produziere jederzeit gern ein bisschen schlechte Laune zu deiner Beruhigung. Sag einfach Bescheid.«

Hanson grinste zurück, spürte jedoch auch die vertraute Enttäuschung darüber, wie wenig er preisgegeben hatte. In den letzten Monaten war Ben besser darin geworden, von sich zu erzählen, aber manchmal tat er sich immer noch schwer damit. Sie wiederum fand es schwierig, nicht jedes Mal, wenn er einem Thema auswich, zu denken, es sei ihre Schuld, weil sie ihn entweder zu sehr bedrängt hatte oder er ihr nicht vertraute.

Außerdem fürchtete sie, er könnte sich erneut von ihr zurückziehen, wenn sie zu hartnäckig nachfragte. Im vergangenen Jahr war er plötzlich eine Zeit lang kalt und abweisend gewesen, was vermutlich daran lag, dass sie ihn einmal zu lange umarmt hatte, nachdem sie eine angespannte Situation überstanden hatten.

Sicher, er hatte die Umarmung erwidert, und sie hatten sich seltsam innig aneinandergeklammert, was ihr immer noch peinlich war, wenn sie daran dachte. Das Ganze war zudem kurz vor ihrer Beziehung mit Jason Walker passiert, und sie war sich nicht ganz sicher, was es eigentlich bedeutet hatte.

Und Ben hatte auch nie erklärt, warum er sich von ihr zurückgezogen hatte. Oder warum er ein paar Monate später wieder zu freundlichem Geplänkel übergegangen war. Hanson hatte ihn oft danach fragen wollen, es jedoch nicht über sich gebracht. Das ganze Thema war ihr schrecklich peinlich und hatte das Potenzial, unliebsame Wahrheiten zutage zu fördern.

Anstatt also weiter zu insistieren, verfiel auch Hanson für die Dauer der kurzen Fahrt zurück in lockeres Blödeln und Plaudern.

Als Jonah allein in seinem Büro war, checkte er sein Handy. Nach wie vor keine Nachricht von Michelle, nichts, was auf Probleme hindeutete. Seine Nachricht war als gelesen markiert, jedoch immer noch unbeantwortet, was ihn heute Abend ein wenig beunruhigte.

Wahrscheinlich lag das an dem, was er über Keely las und hörte, dachte er. Er wusste zwar immer noch nicht, was wirklich passiert war, aber er hatte zwangsläufig an seine eigene Tochter denken müssen. Genauer gesagt daran, was mit ihr geschehen würde, wenn ihm und Michelle etwas zustieße.

Die Vorstellung, Milly könnte allein auf der Welt zurückbleiben, versetzte ihm einen Stich in die Brust. Sie würde nicht mittellos dastehen wie die Lennox-Schwestern, aber ebenfalls ohne Verwandte, die einspringen und ihr helfen könnten. Michelle hatte ihre Mutter verloren und sich von ihrem Vater entfremdet, und Jonahs eigene Mutter war eine Alkoholikerin, die sich seit seinem zehnten Lebensjahr nicht mehr richtig um ihn gekümmert hatte. Ohne Michelle und ihn würde Milly niemanden haben, weder Paten noch Familie.

Von da war es kein weiter Gedankensprung zu der Vorstellung, dass bereits etwas passiert sein könnte. Er wollte sich vergewissern, dass es seiner kleinen Familie gutging. Die ausbleibende Antwort schürte eine langsam anschwellende Angst.

Und diese Angst hatte noch eine weitere Facette, die er selbst spontan als lächerlich und überdramatisch abtun wollte, doch sie nagte an ihm, ausgelöst durch Keelys beiläufige Frage nach seiner Familie.

Sie hatte also ihre Hausaufgaben gemacht. Doch deswegen stellte sie nicht automatisch eine Bedrohung für seine Partnerin oder seine Tochter dar, sagte Jonah sich. Sie hatte anderswo sorgfältig Spuren gelegt, was es eher unwahrscheinlich machte, dass sie jemanden auf Michelle und Milly angesetzt hatte. Dafür hätte sie – und wer immer ihr half – gar keine Zeit gehabt. Aber die Ungewissheit blieb. Jonah öffnete seine Anruferliste und zögerte, den Daumen über Michelles Nummer. Er wäre so leicht, einfach nachzufragen.

Aber gerade war genau die Kernzeit für Michelle, in der sie zumindest ein bisschen Schlaf bekommen konnte. Von zehn bis Mitternacht schlief Milly in der Regel gut zwei Stunden durch, die längste Zeit ohne Unterbrechung, die sie ihnen gönnte. Sie hatten beide gelernt, sich ihren Schlaf zu holen, wann immer sie konnten. Nur so waren die Nächte einigermaßen erträglich.

Wenn Jonah jetzt anrief und Michelle weckte, würde sie garantiert mit Schlafmangel zu kämpfen haben. Beziehungsweise noch mehr als sonst.

Er schloss die Anruferliste und schickte stattdessen eine weitere Nachricht, in der er sie bat, sich zurückzumelden, sobald sie wach war. Wenn sie ihr Telefon wie üblich in den Ruhemodus geschaltet hatte, würde sie die Nachricht erst sehen, wenn sie von der hungrigen Milly geweckt wurde.

Er steckte sein Handy gerade wieder weg, als O'Malley an seine Tür klopfte.

»Mark Slatterworth ist hier«, sagte der Sergeant. »Der Sozialarbeiter.«

»Führen Sie ihn herein.«

Jonah war erleichtert, dass Keelys Sozialarbeiter endlich da war. Er hatte eine Menge Fragen an ihn, sowohl über die diversen Missbrauchsvorwürfe als auch über Keely allgemein.

Mark schien eine verlässliche Quelle zu sein. Seine Berichte waren mitfühlend, aber insgesamt ausgewogen. Außerdem hatte er laut der Jugendamtsakte vor nicht einmal zwei Wochen zuletzt mit

Nina und Keely gesprochen. Wenn Keely da schon damit beschäftigt gewesen war, ihren Plan vorzubereiten, hatte sie ihm gegenüber vielleicht eine Andeutung gemacht. Insbesondere über jemanden, der ihr womöglich geholfen hatte.

Darüber hinaus war Keelys Sozialarbeiter vielleicht der einzige Mensch, der sie dazu bewegen konnte zu reden. Wenn Mark Slatterworth sie davon überzeugen könnte, mit ihren Spielchen aufzuhören und ihnen zu sagen, wo Nina war, dann konnte alles, was sie sonst noch zu sagen hatte, danach kommen.

O'Malley kam mit Slatterworth zurück, der exakt Jonahs Bild eines typischen Sozialarbeiters entsprach. Schätzungsweise Ende zwanzig mit einem runden, sehr gutmütigen Gesicht, einer Brille mit schwarzer Fassung, kariertem Hemd und Kapuzenjacke. Er hatte einen beschwingten, leicht wippenden Gang und wirkte wie jemand, der alles, was auf ihn einprasselte, mit einem Lächeln zu nehmen wusste.

»Vielen Dank, dass Sie gekommen sind, Mr Slatterworth«, begrüßte Jonah ihn, während O'Malley verschwand, um für sie eine Tasse Tee zu organisieren.

»Oh, ich bin definitiv eher ein Mark«, sagte der Sozialarbeiter lachend. »Förmlich kann ich gar nicht.«

Jonah lächelte.

»Sie waren meinem Sergeant schon am Telefon eine große Hilfe«, sagte er. »Ich habe nur noch ein paar weitere Fragen. Könnten Sie mir Ihren Eindruck von Callum Taylor schildern?«

»Von Callum?«, fragte Mark und überlegte kurz. »Also, vermutlich … ich meine, sein Bezugssozialarbeiter wird Ihnen sehr viel mehr sagen können, ich kann nur berichten, was ich gesehen habe, wenn ich Keely und Nina besucht habe.«

»Für sein Verhältnis zu Keely und Nina interessiere ich mich besonders«, erwiderte Jonah. »Aber auch für Ihren Eindruck insgesamt von ihm. Hatte er besonders schwere psychische Probleme?«

»Ich glaube schon«, sagte Mark vorsichtig, »obwohl er deutlich ruhiger geworden war. Mit neun, als er noch bei seinen Eltern wohnte, ist er mit einem Messer auf einen anderen Jungen losgegangen. Ich meine, der andere Junge hat ihn zuerst geschlagen, aber die Reaktion war schon extrem.«

»Häusliche Probleme?«, fragte Jonah.

»Ja, absolut«, bestätigte Mark. »Ein Alkoholiker-Vater, der hin und wieder auch gern die Fäuste benutzte, und eine Mutter, die sich im Prinzip abgemeldet hatte. Sehr ärmliche Verhältnisse. In eine Pflegefamilie zu kommen war das Beste, was ihm passieren konnte. Dort hat man ihm ein anderes Leben geboten, und tatsächlich hat er eine totale Kehrtwende gemacht. Einser-Schüler, ruhig und willig. Und ich glaube, das lag nicht nur an dem großen Haus und dem Porsche in der Einfahrt«, fügte der Sozialarbeiter lachend hinzu. »Seine neuen Eltern haben offensichtlich eine Menge Arbeit in ihn investiert.«

»Sie hatten also nicht den Eindruck, dass es Misshandlungen gegeben hat?«

Mark schüttelte heftig den Kopf. »Nein, hatte ich nicht. Und ich bin das Ganze so unvoreingenommen wie möglich angegangen. Aber ich habe beruflich öfter mit solchen Kindern zu tun, daher weiß ich, dass sie … Sie sind schulisch einfach nicht so erfolgreich, wenn sie zu Hause geschlagen werden.«

»Was glauben Sie, warum Keely diese Vorwürfe dann erhoben hat?«

»Weil sie durch den Tod ihrer Mutter traumatisiert und zutiefst unglücklich an ihrer Schule war«, sagte Mark. »Sie wurde gemobbt und ausgegrenzt, hat jedoch zu Hause nichts davon erzählt. Das kam erst später durch die Schule selbst heraus. Die hatte die Probleme gegenüber Sally und Henry vorher nicht angesprochen und trägt deshalb eine Mitschuld.«

Jonah ließ all das einen Moment sacken und fragte dann: »Wissen Sie, ob sie noch mit Callum Taylor befreundet ist?«

»Sie meinen Keely?«, fragte Mark. »Ah, ich weiß nicht.« Er schnalzte mit der Zunge. »Einmal dachte ich, ich hätte die beiden zusammen in der Stadt gesehen. Das muss vor einem Jahr oder so gewesen sein. Ich saß in einem Bus und habe auf dem Queensway ein Paar gesehen, das aussah wie die beiden. Aber als ich sie danach gefragt hab, hat Keely es bestritten.«

In diesem Moment kam O'Malley mit dem Tee, und Jonah ließ Mark einen Moment Zeit, ein paar Schlucke zu trinken.

»Die Ermittlung hat offenbar ergeben, dass Callum durch Keely manipuliert wurde«, fuhr Jonah fort. »Hatten Sie auch diesen Eindruck?«

»Ich halte es für durchaus möglich«, antwortete der Sozialarbeiter.

»Haben Sie eine Ahnung, was Callum jetzt macht?«, fragte Jonah.

»Nun, er müsste mittlerweile alleine wohnen, falls er sich nicht entschieden hat, bei Sally und Henry zu bleiben«, antwortete er. »Aber wenn Sie mehr darüber wissen wollen, sollten Sie wirklich mit seinem Sozialarbeiter sprechen.«

Jonah nickte. »Was war im Fall von Frank Pinder? Was ist Ihrer Meinung nach dort passiert?«

Mark trank mit nachdenklicher Miene einen weiteren Schluck Tee. »Darüber zermartere ich mir bereits den Kopf, seit Ihr Sergeant angerufen hat«, sagte er. »Und rückblickend glaube ich, dass Keely sich in ihn verknallt hat. Frank ist ein sportlicher, gut aussehender Typ. Und wirklich nett. Er hat ihr dabei geholfen, beliebter an ihrer Schule zu werden, und ich glaube, viele Mädchen in diesem Alter bringen da emotional was durcheinander.«

»Und wieso hat sie ihn dann der Vergewaltigung beschuldigt?«, fragte Jonah.

»Soweit ich das mitbekommen habe«, sagte Mark, »lief es mit Frank nicht so, wie Keely es wollte. Deshalb hat sie angefangen, mit einem Jungen an der Schule zu schlafen, um Frank eifersüchtig zu machen. Aber anstatt zu bekommen, was sie wollte, durfte sie sich eine Zeit lang mit niemandem mehr treffen. Frank ist nicht gut mit der Situation umgegangen, aber eine Menge Eltern würden sich Sorgen machen, wenn ihre Tochter mit vierzehn oder fünfzehn in der Gegend rumschläft.«

»Meinem Sergeant gegenüber haben Sie erklärt, dass Sie Keelys Zusammenfassung der Ereignisse etwas seltsam fanden«, sagte Jonah. »Sie und der ermittelnde Beamte haben beide erwähnt, dass sie sich für ein Opfer der Mechanismen des Groomings viel zu bewusst gewesen sei. Aber kann es nicht sein, dass sie es im Nachhinein recherchiert hat, um ihre Erfahrung zu verstehen?«

»Das habe ich mich auch gefragt«, gab Mark zu. »Aber das wäre für jemanden ihres Alters unglaublich selbstreflektiert. Ich hab schon ein paarmal mit Missbrauchsfällen zu tun gehabt – nie und nimmer kann ein Kind so selbstdistanziert betrachten und beschreiben, was passiert ist.«

Er sah Jonah leicht nervös an. »Aber ich möchte nicht, dass Sie denken, ich würde ihr die Schuld für all das geben. Niemand macht so etwas aus schierer Destruktivität, wie immer es aussehen mag. Keely war zutiefst unglücklich. Ihr fehlte eine Vaterfigur, sie hatte sich in jemanden verknallt, der diese väterliche Autorität für sie repräsentierte, und war zurückgewiesen worden. Außerdem hat sie ganz allgemein einfach … Probleme damit, die Konsequenzen ihrer Handlungen einzuschätzen.«

»Alles in allem«, schloss Jonah, »würden Sie also sagen, dass das Ergebnis der Ermittlung korrekt war.«

»Ja, das würde ich«, sagte Mark. »Vor allem nachdem im vergangenen Jahr die Geschichte mit ihrem Bezugsbetreuer Wellen geschlagen hat.«

»Erzählen Sie mir, was passiert ist«, sagte Jonah.

»Klar, kein Problem.« Slatterworth trank noch einen Schluck Tee. »Eine Zeit lang machte Keely einen ganz glücklichen Eindruck. Sie sagte, die Kinder in dem Heim in der Henley Road würden sie allmählich netter behandeln, und ihr Bezugsbetreuer habe sie sehr unterstützt. Es sah alles gut aus, und ich war erleichtert. Deshalb war ich auch extrem überrascht, als sie mich anrief und um ein Gespräch bat, das auf ihren ausdrücklichen Wunsch außerhalb des Heims stattfinden musste.«

»War das ungewöhnlich?«

»Ja. Und Keely wirkte ehrlich besorgt, dass jemand mithören könnte, was ebenfalls unüblich war. Richtig verlegen, was mich für sich genommen schon beinahe überzeugte. Sie berichtete, dass Jared Boula sie gegen eine Wand gedrückt und geküsst habe, bevor er seine Finger gewaltsam in … nun, ihre Genitalregion gestoßen habe.« Mark verzog das Gesicht. »Sie hat gesagt, sie habe ihn gebeten aufzuhören, was er schließlich auch getan habe, aber er habe gelacht und ihr erklärt, dass sie es offensichtlich genossen hätte. Also«, fuhr Mark fort und holte tief Luft, »habe ich ihr gesagt, dass ich direkt mit dem Heimleiter sprechen und natürlich alle Treffen der Bezugsbetreuer bis auf weiteres aussetzen würde. Und dann habe ich sie aufgefordert, sich genau zu überlegen, was sie aussagen wollte und ob sie vielleicht etwas durcheinandergebracht habe, weil sie bereits zwei Ermittlungen durchgemacht habe und vermutlich nicht grundlos in eine dritte verwickelt werden wolle.«

Jonah nickte langsam. »Sie haben also mit der Heimleitung gesprochen?«

»Ja«, bestätigte Mark. »Grand Ferris. Er ist schon eine ganze Weile in der Jugendhilfe tätig. Ein erfahrener, besonnener Typ. Von ihm habe ich eine ganz andere Geschichte gehört, wie Sie bestimmt wissen. Er sagte, Jared Boula habe ihn Tage zuvor angesprochen und seine Befürchtung geäußert, Keely könne ein romantisches Interesse an ihm entwickelt haben. Er zeigte dem Heimleiter Textnachrichten, in denen Keely ihm erklärte, dass sie davon phantasieren würde, ihn zu küssen.«

»Haben Sie diese Nachrichten gesehen?«, fragte Jonah.

»Ich habe Screenshots gesehen«, bestätigte Mark. »Und sie wirkten wie Mitteilungen von jemandem, der besessen ist. Sie hat mir wirklich leidgetan. Aber dann, na ja …« Mark stellte den Becher auf der Ecke des Schreibtischs ab und umklammerte die Sitzfläche seines Stuhls. »Wie sich herausstellte, hatte auch einer der Jungen aus dem Heim sich beim Heimleiter über Keely beschwert«, sagte er mit angespannter, verlegener Miene. »Ein Fünfzehnjähriger namens Brandon. Er hat gesagt, Keely sei aggressiv auf ihn zugekommen und habe ihm oralen Sex angeboten. Als er Angst bekommen hat, hat sie ihn ausgelacht und gedroht, ihn zu melden, wenn er es jemandem erzählen würde.«

Jonah spürte einen Knoten im Bauch, intensiver als die vorherige Unbehaglichkeit. »Das zeichnet ein etwas anderes Bild«, sagte er.

»Ja«, stimmte Slatterworth ihm zu. »Ich habe mit dem Jungen darüber gesprochen. Ihm war das Ganze höllisch peinlich, aber ich habe ihm geglaubt. Er hat ihre Kälte einfach so perfekt beschrieben. Und am Ende des Gesprächs, als ich gerade gehen wollte, hat er mich angefleht, ich dürfe nicht zulassen, dass sie das Leben eines Menschen zerstört. Er hat gesagt, er wisse, dass sie vorhabe, einem der Betreuer Probleme zu machen. Er habe beobachtet, wie sie ihre Aussage darüber vor dem Spiegel einstudiert hat.« Marks Miene wirkte gequält. »Sie hat geübt, wie man ängstlich und verlegen aussieht, und Passagen wiederholt, wenn sie es nicht überzeugend hingekriegt hatte.«

Jonah lehnte sich auf seinem Stuhl zurück. Er spürte, wie seine Zweifel endlich von ihm abfielen und einer kalten Wut wichen.

14.

Ich möchte klarstellen, dass ich mit niemandem sonst darüber gesprochen habe, was bei den Murray-Watts passiert ist, falls Sie sich das fragen. Die ganze Wahrheit habe ich nur mit Callum geteilt und auch das nur am Anfang.

Dass ich nicht früher etwas gesagt hatte, wurde mir später vorgehalten. Aber ich möchte, dass Sie verstehen, warum ich das nicht getan habe.

Jedes Kind kann manipuliert werden, und Sally und Henry waren Meister darin. Sie hatten sich verschworen, um ihre Grausamkeit zu verbergen, auch wenn Sally nur Henrys williges Werkzeug war.

Ich weiß noch genau, wie sie sich am Tag vor dem zweiten Besuch unserer Sozialarbeiterin mit mir hingesetzt hat. Das war zu der Zeit, als ich permanent hungrig war.

Inzwischen war ich zu der Ansicht gekommen, dass alles besser wäre als der Ort, an dem ich mich befand. Ich wollte Mary, unserer geduldigen, ein wenig bevormundenden Sozialarbeiterin, alles erzählen. Ich stellte mir vor, wie ich weinend vor ihr zusammenbrechen und sie bitten würde, von dort fortgebracht zu werden.

Aber daran hatte Henry natürlich gedacht. Ich hörte, wie sie in Henrys Arbeitszimmer sprachen, und wartete ängstlich auf eine Standpauke.

Stattdessen kam Sally heraus und bat mich freundlich in die Küche. Sie bedachte mich mit einem Lächeln, das gleichzeitig warmherzig und traurig war, und erklärte mir, dass sie sich Sorgen machen würde. »Henry und ich … Henry denkt, ich sollte deiner Sozialarbeiterin berichten, wie oft du ungehorsam warst«, sagte sie mit weit aufgerissenen Augen. »Das müsste ich machen, weil es Teil der Vereinbarung ist.«

Ich bekam plötzlich Angst. Auf den Gedanken, dass ich vielleicht zugeben müsste, böse Dinge getan zu haben, wenn ich unserer Sozialarbeiterin erzählte, ich sei unglücklich, war ich nicht gekommen. Und Henry schien der Ansicht zu sein, dass vieles von dem, was ich gemacht hatte, ziemlich schlimm war.

»Aber ich denke, ich würde dir alles verderben, wenn ich das tue«, fuhr Sally mit gerunzelter Stirn fort. »Kinder, die sich schlecht benehmen, kommen zu wirklich schrecklichen Pflegefamilien. Pflegeeltern, die in winzigen, schimmeligen Wohnungen leben und ihren Kindern den ganzen Tag Hausarbeit auftragen. Ich weiß, es ist nur zu ihrem eigenen Besten, aber wir haben … Henry weiß, dass das mit einigen der Kinder passiert ist, die früher bei uns gelebt haben, und das möchte ich nicht für dich.« Sie strich mir übers Haar. »Du bist trotz allem eigentlich ein gutes Mädchen. Ich weiß, dass du dich ändern kannst. Also müssen die vom Jugendamt vielleicht nichts davon erfahren. Wir können alles, was mit schlechtem Benehmen und Bestrafungen zu tun hat, geheim halten und uns nur auf die glücklichen Sachen konzentrieren, oder?«

Ich nickte unwillkürlich. Ich dachte, ich könnte mich ändern und so sein, wie sie es wollte. Wie Henry es wollte. In Tränen aufgelöst sagte ich: »Danke, Sally.«

Sie zog mich zu einer Umarmung an sich, wie sie es sonst fast nie tat, und küsste mich auf den Kopf. »Ich weiß, dass du es bald geschafft hast. Du hast ein gutes Herz. Du hattest in letzter Zeit nur viel zu kämpfen.«

Damals empfand ich eine so große Wärme für sie. Die Aussicht, *beinahe gut genug* zu sein, trug mich durch den Besuch der Sozialarbeiterin, und ich war so erbärmlich dankbar, als Sally erklärte, was für ein reizendes Mädchen ich sei, dass mir niemals eingefallen wäre, es zu ruinieren.

Natürlich war es ein Schock, als Sally am nächsten Tag zuließ, dass Henry mich wieder bestrafte, weil ich so mürrisch guckte. Ich wollte protestieren, doch die Erinnerung an ihre weiche Umarmung hallte noch nach. Ich dachte, ich könnte sie vielleicht überzeugen, mich in Zukunft zu verteidigen. Ich war zu naiv, um zu verstehen, wie gründlich Henry sie in sein Netz eingesponnen hatte und wie kräftig die Fäden waren.

Seltsamerweise begann ich zur selben Zeit, die Manipulationstechniken zu verstehen. Nicht wenn sie an mir angewandt wurden, das noch nicht. Aber wenn Callum ihnen zum Opfer fiel, war es irgendwie offensichtlich. Ich erkannte, wie Henry genau die richtigen Worte fand, um Callum runterzumachen, wenn er zu viel Unabhängigkeit demonstrierte oder zu laut und ungestüm wurde. Und wie Henry auch Sally permanent zappeln ließ, indem er Lob aussprach oder es ihr vorenthielt.

Ich beobachtete auch die unterschiedliche Reaktion von Callum und Sally auf diese Manipulationen. Callum wurde introvertiert und mürrisch, während Sally sich noch mehr anstrengte zu gefallen.

Allmählich begriff ich, dass beide Reaktionen nicht besonders gut ankamen. Und ich erkannte, wenn auch widerwillig, dass Ninny mit ihrer Art reizvoller war als Callum und sogar reizvoller als Sally. Mir ging es ja selbst so, ob ich wollte oder nicht.

Denn weil sie keine Bestrafung durch Henry fürchtete, konnte Ninny ihn offen anlächeln. Und Sally auch. Sie fragte sie, wie ihr Tag gewesen war, und hörte mit aufgerissenen Augen interessiert zu. Sie bot an, ihnen etwas zu holen, aber nicht *zu* oft. Und sie lachte über sich selbst, wenn sie einen Fehler gemacht hatte, bevor Henry wütend oder Sally enttäuscht sein konnte.

Nach und nach kapierte ich, dass ich alles falsch gemacht hatte. Nicht nur in der Schule, wo ich langsam Anerkennung fand, sondern auch zu Hause.

Das wurde überdeutlich bei einem Sportfest der Schule, einem

Gala-Event, das auf dem großen Sportplatz des Dorfes stattfand. Ich gewann die achthundert Meter, die fünfzehnhundert Meter und den Hürdenlauf.

Anstatt wie üblich Desinteresse zu zeigen, waren meine Pflegeeltern mit einem Mal entzückt von mir. Sie standen an der Seitenlinie und feuerten mich an, der Picknickkorb auf der Wiese war vergessen.

Nach dem dritten Wettbewerb holten sie mich strahlend vor Stolz ab, und ich fragte, ob ich ein Eis bekommen könnte. Ninny schienen sie kaum zu beachten. Ihre durchschnittlichen Errungenschaften waren endlich in den Schatten gestellt.

Mit geradezu berauschender Befriedigung durfte ich ganze zwei Kugeln Eis nur für mich alleine haben, während Ninny hungrig zusehen musste.

Bis dahin hatte ich mir Sorgen wegen der Sommerferien gemacht, sechs Wochen lang ohne eine Möglichkeit, meinen Pflegeeltern zu entkommen. Aber als ich das Eis aß, dämmerte mir, dass sich vielleicht auch das regeln ließ. Ich musste nur kühn sein.

Mein erster Versuch war sofort außerordentlich erfolgreich. Es war fünf Tage nach dem Sportfest, am vorletzten Schultag. Der Glanz meiner sportlichen Erfolge verblasste offensichtlich schon wieder. Henry und Sally waren unzufrieden mit mir. Weil ich nicht genug lächelte, weil ich ungeschickt und unelegant war.

Ich hatte das Ganze stundenlang geplant, seit ich um fünf Uhr aufgewacht war. Vor dem Spiegel hatte ich einstudiert, was ich sagen wollte. Und wie meine Miene aussehen sollte. Meine Gesten.

Deshalb fühlte ich mich, als würde ich eine Rolle spielen, als ich am Frühstückstisch vor meinem Teller mit Toast und Marmelade Platz nahm und lächelnd sagte: »Das sieht absolut köstlich aus, Sally. Danke.«

Ich wartete auf ihre Reaktion, beobachtete die Wirkung meiner Worte genau. Ich bemerkte das überraschte Lächeln, mit dem sie erwiderte: »Gern geschehen.«

Sie setzte sich mit ihrer Schale Obst zu uns an den Tisch, und ich fragte: »Wäre es trotzdem in Ordnung, wenn ich nur die Hälfte esse? Ich würde für das Laufen wirklich gern schlank bleiben, wenn das okay ist. Ich sollte weiter trainieren.«

Die Überraschung, die sie zuvor gezeigt hatte, war nichts verglichen mit dem Gesichtsausdruck, mit dem sie mich jetzt betrachtete. Sie strahlte mich mit offenem Mund und leuchtenden Augen an. »Aber natürlich, Liebes«, sagte sie und fügte hinzu: »Aber wenn du läufst, brauchst du vielleicht die zusätzliche Energie?«

»Können wir abwarten, wie ich mich hinterher fühle?«, fragte ich und tat so, als würde ich darüber nachdenken. »Ich möchte wirklich ein wenig schlanker werden, wenn ich kann. Das wird mir bei den Langstrecken-Zeiten echt helfen.«

Sally stimmte mir zu, und der nagende Hunger, den ich den ganzen Vormittag spürte, wurde mehr als wettgemacht von der herzlichen Umarmung, mit der sie mich zur Schule verabschiedete. Und noch viel mehr, als sie an jenem Abend kam, um zuzusehen, wie ich auf demselben Kunstrasen, auf dem ich meine Siege errungen hatte, drei Meilen lief. Hinterher überreichte sie mir ein Schinken-und-Käse-Sandwich, das sie extra für mich gemacht hatte.

Ich kann mich mit geradezu sinnlichem Genuss daran erinnern, wie gut dieses Sandwich geschmeckt hat. Wie es sich angefühlt hat, es zu verschlingen und die Krümel extravagant auf meine Kleidung und den Boden fallen zu lassen, ohne dass Sally ein tadelndes Wort sagte. Stattdessen umarmte sie mich, als ich fertig gegessen hatte.

»Gut gemacht, Liebling«, sagte sie. »Henry wird so stolz sein, wenn ich es ihm erzähle.«

Und damit begann meine Karriere im Manipulieren.

Ständig hielt ich Ausschau nach Gelegenheiten, mich einzuschmeicheln. Ich wartete, bis Henry zu Hause war, um Sally zu erklären, wie schön sie sei. Ich fragte, ob ich Henry eine Tasse Tee bringen dürfe, und stellte ihm mit vorgetäuschter Faszination Fragen über seine Arbeit. Und nach einer Weile seltsamerweise sogar mit echtem Interesse, weil ich den Gegenstand seiner Forschung schnell begriff.

Ich fragte Sally, ob sie mein Haar wie ihres frisieren und ob ich ihr beim Kochen oder Aufräumen helfen könne. Und ich lächelte und lächelte, bis meine Gesichtsmuskeln schmerzten.

Ninny wirkte aufrichtig zufrieden. Als hätte sie nur darauf gewartet, dass ich gut werde, und wäre nun entzückt, dass ich die Schwester geworden war, die sie sich wünschte.

Der Einzige, dem die Veränderung nicht gefiel, war Callum.

Es dauerte eine Weile, bis ich es erkannte. Nicht bloß, dass er meine Scharade durchschaute. Das eigentliche Problem war, dass mein neues besseres Ansehen mit einem Niedergang seines Status einherging. Plötzlich bekam Callum die meisten Bestrafungen ab, und ich sah voller Schuldgefühle zu, wie er immer wieder zu Nahrungsentzug oder Zeit im Keller verurteilt wurde.

Nach ein paar besonders schrecklichen Tagen versuchte ich mit ihm zu reden. Nachdem er aus dem Keller zurückgekehrt war, schlich ich in sein Zimmer und setzte mich neben ihm aufs Bett. Er weigerte sich, mich anzusehen.

Ich erklärte ihm, wie er sie dazu bringen könnte, auch ihn zu lieben, dass er einfach nur ihr Spiel mitspielen müsse. Mehr lächeln. Henry im Garten helfen. Er müsse nur haargenau dem Bild entsprechen, das sie von einem perfekten Jungen hatten.

»So funktioniert das nicht«, erwiderte er und rieb sich die Augen, um zu verbergen, dass er geweint hatte. »Sie brauchen immer jemanden, auf den sie wütend sein können.«

Ich hockte nur stumm da, als mir bewusst wurde, wie recht er hatte. Es fühlte sich an, als würde irgendwo in der Nähe ein Gong ertönen, wie eine Schwingung, auf die mein Körper reagierte. Die Wahrheit war unangenehm, aber nicht zu verleugnen. Sie war wie ein Weckruf.

Und in diesem Moment begriff ich, was geschehen musste. Wir könnten nur glücklich werden, wenn Ninny die Gehasste wurde.

15.

Jonah hatte gewartet, bis Keely fertig war. Aus irgendeinem Grund hatte er entschieden, ihr eine letzte Chance zu geben, sich zu öffnen und die Wahrheit zu sagen. Also hatte er zugehört und sich beinahe gewünscht, dass sie doch keine neuen Töne anschlagen würde. Wenn sie mit ihren Lügen fortfahren würde, könnte er sie später auseinandernehmen, und das wollte er mehr als alles andere.

Trotzdem kamen ihm Zweifel. Vielleicht hatte ihre Erzählung wahre Anteile. Denn im Grunde schilderte Keely, wie ein Mensch zum Psychopathen gemacht wurde. So viel war mehr als deutlich geworden.

Als sie endlich fertig war, fixierte er sie mit der gleichen nichtssagenden Eindringlichkeit, mit der sie ihn sonst ansah. Er spiegelte ganz bewusste ihren Ausdruck.

Mehrere Sekunden lang erwiderte sie seinen Blick, unbesorgt wie eh und je. Aber dann veränderte sich etwas, und es war Keely, die schließlich wegguckte.

Für Jonah war es wie ein kleiner Sieg, ein winziger Erfolg, ein feiner Riss in ihrem Panzer, mehr nicht, aber ein Riss, den er ausnutzen wollte.

»Ich möchte wissen, wo Nina ist.«

Er sagte es harsch. Nicht ausdruckslos oder beleidigt, sondern mit all der furchteinflößenden Autorität, die sein Vater ihm gegenüber oft ausgespielt hatte.

Die Strategie war riskant. Das wusste er. Die Kamera lief, und Jonah durfte auf keinen Fall den Eindruck erwecken, er habe eine

Minderjährige eingeschüchtert. Aber wenn sie Nina nicht rechtzeitig fanden, würde sein Nichthandeln weit mehr Fragen nach sich ziehen.

»Nicht nächste Woche, wenn du endlich fertig bist«, fügte er hinzu. »Ich will jetzt sofort wissen, wo sie ist.«

Keely wirkte unbeeindruckt. Sie bedachte ihn mit ihrem aufreizenden Lächeln und sagte: »Ja, klar wollen Sie das.«

»Wir haben uns alles, was du zu sagen hast, geduldig angehört, und jetzt wüssten wir gern, was mit deiner Schwester passiert ist.«

Keely seufzte. »Aber Sie haben nicht zugehört, oder? Wenn Sie zugehört hätten, hätten Sie sie mittlerweile gefunden.«

»Oh, das glaube ich nicht«, entgegnete Jonah. »Ich glaube, wir hätten nur nach deiner Pfeife getanzt und dein Spiel gespielt, damit du dich ganz toll fühlen kannst. Und wir wären keinen Schritt näher dran, Nina zu finden.«

Keelys Lächeln verblasste im Zeitlupentempo. Der Blick, mit dem sie ihn bedachte, war wieder ausdruckslos. Es war, als würde er ihre echsenartige Seite betrachten, die Seite, die die meisten Menschen höflicherweise verbargen.

»Du hast mich in diesem Pub gezielt aufgesucht«, sagte Jonah und lächelte seinerseits. »Du hast doch sicher gewusst, was das bedeutet? Ich habe einen Ruf, und zwar nicht den, die Leute mit Samthandschuhen anzufassen. Du hättest irgendeine Form von Verhör erwarten müssen.«

Nach einer Pause fragte Keely: »Wer sagt, dass ich Sie wollte? Sie haben ein ganzes Team von Polizisten um sich herum, die wahrscheinlich der einzige Grund dafür sind, dass Sie überhaupt irgendeinen Fall gelöst kriegen.«

Jonah hätte beinahe gelacht, so kindisch war ihr Versuch zurückzuschlagen. So viel weniger intelligent und kontrolliert als ihre üblichen Erwiderungen.

Und das bedeutete, dass er ihr endlich zusetzte.

Er lehnte sich zurück. »Also gut.« Er öffnete ihre Akte und legte sie in seinen Schoß. »Sprechen wir über deine Geschichte, so wie du es möchtest. Gibt es vielleicht irgendetwas, das du revidieren möchtest? Ein paar kleinere Korrekturen?«

»Warum sollte ich irgendwas ändern wollen?«

»Nun, mir fallen da ein paar Gründe ein«, sagte Jonah mit einem humorlosen Lächeln. »Einer wäre, dass du denkst, du hättest vielleicht etwas ausgelassen. Ein anderer, dass du dir die ganze Geschichte ausgedacht hast.«

Keely reagierte erst gar nicht und schüttelte dann langsam den Kopf. »Ich dachte, gerade Sie würden verstehen, dass das Fehlen von Beweisen nicht zwangsläufig bedeutet, dass etwas nicht geschehen ist.«

»Meine Kollegen haben große Anstrengungen unternommen, Beweise zu finden«, sagte Jonah. »Zu deiner ersten Geschichte haben sie Callum Taylor befragt, der ausgesagt hat, das Ganze wäre ein Plan gewesen, um von den Murray-Watts wegzukommen. Dann deine Schwester, die schließlich ebenfalls zugegeben hat, dass nichts von alldem geschehen war. Man hat keinen Keller gefunden und keine Anzeichen entbehrungsreicher Lebensbedingungen. Und als du dann neue Anschuldigungen gegen deinen zweiten Pflegevater Frank Pinder erhoben hast, wurde eine gründliche Ermittlung eingeleitet. In beiden Fällen war deine Geschichte überzeugend. Sie passte bloß nicht zu dem, was alle anderen erzählt haben.«

Keely sagte nichts, sondern betrachtete ihn bloß weiter mit ihrem direkten bohrenden Blick. Jonah ließ sich davon nicht beirren.

»Und das waren nicht die einzigen Vorwürfe, die du erhoben hast, nicht wahr? Du hast noch einen Versuch unternommen. Du wolltest alle davon überzeugen, dass dein Bezugsbetreuer dich sexuell bedrängt hat. Ein Mitarbeiter in dem Kinderheim in der Henley Road. Übergriffe, die er bestreitet. Dagegen bist du seltsamerweise offenbar selbst in gleicher Weise übergriffig gegenüber einem anderen Jungen geworden.«

Er blickte zu ihr auf, wartete auf eine Reaktion. Aber Keely hätte ebenso gut aus Marmor sein können. Sie war vollkommen still und vollkommen furchtlos, da war er sich sicher.

»Es ist sonderbar, wie diese Art von Missbrauch dir zu folgen scheint – und nur dir«, sagte er. »Findest du nicht auch? Deine jüngere Schwester wurde in ihren Aussagen über Frank Pinder offensichtlich von dir beeinflusst. Und dann warst du es, nur du, die behauptet hat, ein Bezugsbetreuer namens Jared Boula habe dich sexuell belästigt.«

Wieder entstand eine Pause. Jonah blickte zu der Sozialarbeiterin und fürchtete beinahe, dass sie einschreiten würde. Er wusste, dass er die Grenzen des Erlaubten strapazierte. Keely hatte trotz allem das Recht, wie ein Kind behandelt zu werden, egal wie unkindlich sie sich verhielt. Aber die Sozialarbeiterin schien sich für den Abend abgemeldet zu haben. Sie saß mit verschränkten Armen zurückgelehnt auf ihrem Stuhl und starrte auf ihre Schuhe.

Als er wieder Keely ansah, erwiderte sie seinen Blick immer noch ausdruckslos, und er spürte, wie sein Blut weiter in Wallung geriet. Zum Teil, weil er das Gefühl hatte, zum Narren gehalten worden zu sein. Er hatte angefangen, Keelys Geschichte zu glauben, und das war ihm peinlich.

Aber er wusste, die Kamera würde alles aufnehmen. Er musste dem Mädchen die Chance geben, etwas zu erwidern.

»Hast du dazu irgendetwas zu sagen?«, fragte er leiser.

Keely legte ganz langsam den Kopf zur Seite. »Sonderbar ist, wie sicher sich mittlerweile alle sind, was mit uns geschehen ist.« Sie blickte zu der teilnahmslosen Sozialarbeiterin. »Das Jugendamt, die Polizei, unsere Bezugsbetreuer.« Sie wandte ihren Blick wieder Jonah zu. »Jetzt heißt es: ›Aber diesen Vorwurf hast du doch schon einmal erhoben, und er stimmte nicht.‹ Oder: ›Wir erkennen ein Muster. Das ist destruktives Verhalten, und du musst damit aufhören.‹ Die brutale Ironie der Geschichte ist, dass sie zu einem Vorstrafenregister geworden sind, das jetzt *ich* mit mir herumschleppe.«

Jonah schwieg, mit einem Unbehagen, das seine Frustration nicht minderte.

»Wissen Sie«, fügte Keely hinzu, »es müsste schreiend offensichtlich sein, und ich hatte gehofft, Sie wären intelligent genug, das zu erkennen: Bloß weil es mehrere Anschuldigungen gibt, sind sie deshalb nicht alle unwahr.«

Sie blickte ihn weiter eindringlich an. So lange, bis Jonahs Frustration neuer Unsicherheit wich. Dann senkte sie den Blick und sagte: »Ich möchte jetzt schlafen gehen.«

Die Waverley Road war absolut still, als Lightman und Hanson eintrafen, mit Ausnahme einer schwarzweißen Katze, die sich davonstahl, als sie aus dem Nissan Micra stiegen. Selbst der unaufhörliche Verkehr auf dem Mountbatten Way schien für die Nacht eine Pause eingelegt zu haben.

Das Apartmentgebäude war bis auf ein abgedecktes Sicherheitslicht über der Tür dunkel, und Hanson seufzte, als sie die Klingelanlage sah.

»Welche Etage?«, fragte sie Lightman leise.

»Ganz oben leider«, antwortete er und folgte ihr zur Haustür. »Und es sieht nicht so aus, als wäre in den anderen Wohnungen noch jemand wach.«

Hanson blickte an den Fenstern nach oben und nickte. Wenn sie Pech hatten, mussten sie auf die Spezialkräfte zum Aufbrechen der Tür warten, und die Klingelanlage würde alles zusätzlich komplizieren.

Sie drückte trotzdem auf Callum Taylors Klingel und zuckte zusammen, als sie das Geräusch bis ins Erdgeschoss hörte.

Niemand reagierte, also ging Hanson ums Haus. Auf der Rückseite gab es eine Feuerleiter, eine hässliche Metallkonstruktion, die an der Außenmauer befestigt war und von oben bis in den ersten Stock führte. Von dort gab es eine Leiter, die sich wahrscheinlich nur mit einem Schlüssel herunterfahren ließ.

Lightman war ihr wortlos gefolgt. Sie grinste ihn an und fragte: »Kannst du Räuberleiter für mich machen?«

Für den Augenblick hatte Jonah nichts Dringendes zu erledigen. Er hatte DI Quick auf den neuesten Stand zu den Berichten über Keely gebracht und ihm die Namen von Jared Boula und Frank Pinder weitergeleitet, so unwahrscheinlich es auch war, dass einer der beiden sich in Ninas Nähe aufhielt. Außerdem hatte er Jared Boula eine Nachricht hinterlassen und gebeten, ins Kommissariat zu kommen. O'Malley kümmerte sich darum, Keely zu ihrem Quartier zu bringen und die nötigen Anrufe beim Jugendamt und beim Kinderheim zu machen. Die Sozialarbeiterin in Bereitschaft hatte das Gebäude schon verlassen.

Also hatte Jonah unvermutet Zeit, in Ruhe nachzudenken. Zeit, Zusammenhänge herzustellen, zu analysieren und zu planen, wie er sein Team am effektivsten einsetzen würde. Darauf legte er immer großen Wert. Er wusste, dass diese Fähigkeit, sämtliche Aspekte eines Falles im Kopf zu behalten und von allen Seiten zu betrachten, ihn zu einem guten DCI machte.

Und sie war bei der Suche nach Nina offensichtlich vonnöten. Es gab so vieles abzuwägen, und sie mussten irgendwie weiterkommen, auch wenn Keely ihnen für die nächsten acht bis zehn Stunden nicht zur Verfügung stand.

Aber Jonah konnte sich nicht konzentrieren. Unruhig blickte er immer wieder auf sein Handy, um zu sehen, ob Michelle sich inzwischen gemeldet hatte. Eine solche Ablenkung durch sein Privatleben hatte er sich bisher im Job noch nie erlaubt.

In seinem erschöpften Zustand kam es ihm beinahe vor, als habe Keely einen Weg gefunden, seine Gedanken zu vergiften und Zweifel an seiner Partnerin zu säen.

Das war natürlich lächerlich. Unter anderem, weil Keely unmöglich wissen konnte, dass er und Michelle überhaupt Probleme hatten. Das wusste fast niemand.

Genau genommen waren die einzigen Menschen, denen gegenüber er sich diesbezüglich geöffnet hatte, Roy und Sophie. Er hatte sie etwa drei Wochen nach Millys Geburt besucht, nachdem er mit Michelle ausgemacht hatte, dass sie beide sich jeweils einen freien Abend nehmen sollten. Er hatte es nur schwer ertragen, von Milly getrennt zu sein, doch er hatte unbedingt mit jemandem reden müssen.

Also hatte er Roy erzählt, wie die Dinge zwischen ihm und Michelle standen. Er hatte ihm von ihren häufig gereizten Wortwechseln berichtet; davon, dass Michelle ihm meistens einfach aus dem Weg ging, wenn sie beide zu Hause waren, und dass er irgendwie erleichtert darüber war.

Roy hatte Mitgefühl gezeigt. »Ich glaube, das Ausmaß an Schlafmangel würde jedem zusetzen. Und das sage ich als jemand, der selbst Kinder haben will. Ich kann mir echt gut vorstellen, dass man reizbar wird und alles schwierig findet. Und dass man sich nicht wie ein Partner, sondern wie ein Kinderbetreuer vorkommt.«

»Ja«, hatte Jonah lächelnd bestätigt. »Ziemlich genau so fühlt es sich an.«

Doch dann hatte Roys fröhliche, aber extrem direkte Frau Sophie gefragt: »Glaubst du nicht, es könnte auch daran liegen, dass du dich nur halbherzig auf die Sache eingelassen hast? Ich meine, buchstäblich mit halbem Herzen. Während die andere Hälfte noch an Jojo hängt.«

Diese Worte hatten durch seine Haut geschnitten wie ein Skalpell und ausgerechnet jenen Teil von ihm offengelegt, den zu verdrängen er sich so viel Mühe gegeben hatte.

»Ich … ich weiß nicht«, hatte er geantwortet. »Ich versuche … nicht an sie zu denken. Ich möchte Milly wirklich ein guter Vater und Michelle ein guter Partner sein.« Er sah Sophie in die Augen. »Und ich glaube … Es kommt mir vor, als würde die Distanz zu großen Teilen von Michelle ausgehen. Vielleicht spürt sie ja auch etwas, ich weiß es nicht genau.«

Sophie legte den Kopf zur Seite und fragte: »Hat Michelle auch eine Jojo im Hintergrund? Jemanden, mit dem sie zusammen war?«

»Eigentlich nicht. Nur so ein Typ, mit dem sie ein paar Dates hatte.« Er zuckte die Schultern. »Ich glaube nicht, dass das das Problem ist. Vielleicht eher … dass sie immer noch von mir enttäuscht ist. Davon, wie ich früher war. Vielleicht wartet sie nur darauf, dass ich mich ihr gegenüber wieder wie ein Arschloch benehme.«

»Küsst ihr euch denn? Fasst ihr euch an? Kuschelt ihr, wenn ihr zusammen im Bett liegt?«

Jonah war verlegen auf seinem Platz herumgerutscht. »Na ja, also … Es gibt kaum Gelegenheit dazu … noch nicht jedenfalls.«

»Dann müsst ihr die Gelegenheit finden«, hatte Sophie entschieden erklärt. »Sonst werdet ihr euch nie wie ein Paar fühlen. Aus dieser Art von körperlichem Kontakt entsteht Nähe.«

Jonah hatte gegenüber Sophie nicht zugeben wollen, dass sie nicht einmal im selben Bett schliefen. Aber er wusste, sie hatte vollkommen recht. Ohne Berührung fühlte sich niemand wie ein echtes Paar. Deshalb hatte er sich am darauffolgenden Tag bemüht, Michelle so oft wie möglich zu berühren. Sie zu küssen.

Michelle hatte es über sich ergehen lassen, als wäre er ein lästiger Verwandter, die Zärtlichkeiten jedoch nicht erwidert. Und als er einmal versucht hatte, sie von hinten in eine Umarmung zu ziehen und seine Nase an ihrem Ohr zu reiben, wie er es früher getan hatte, hatte sie sich aus seinen Armen gelöst und war aus dem Zimmer gegangen.

Das war vor drei Wochen gewesen, und alle Versuche seitdem waren auf eine ähnliche Reaktion gestoßen. Sie hatten erst anderthalb Monate Elternzeit hinter sich, erinnerte er sich. Es würde leichter werden. Sie würden etwas zurückgewinnen.

Aber in den späten Stunden eines Sonntagabends, an dem er eigentlich über Keely und Nina Lennox nachdenken sollte, fragte er sich unwillkürlich, ob er vielleicht nie wieder mehr an Beziehung erleben würde als das, was er zurzeit hatte.

Die Feuertreppe zu erklimmen, war sehr viel mühsamer gewesen, als Hanson erwartet hatte. Am Ende hatte sie auf Bens Schultern gestanden und sich flüsternd entschuldigt, dass er sie tragen musste, während sie sich gefragt hatte, ob er wohl ihr Gewicht anhand des Drucks auf seinen Schultern abschätzen konnte. Aber nur in dieser Position hatte sie die Arme so weit ausstrecken können, dass sie das Geländer der Feuertreppe packen und unglaublich ungeschickt einen Fuß auf die unterste Stufe setzen konnte.

Nachdem sie sich schließlich über das Geländer gehangelt und aufgerichtet hatte, war sie schweißnass, und ihre Beine zitterten. Aber sie hatte es geschafft. Und der Weg nach unten sollte theoretisch leichter werden. Wenn sie die Leiter gelöst bekam, würde zumindest die Schwerkraft auf ihrer Seite sein.

Beim Klettern war sie ein paarmal scheppernd gegen das Metall gestoßen und hatte befürchtet, dass in einer Wohnung das Licht angehen würde. Als alles ruhig blieb, beugte sie sich über das Geländer und präsentierte Ben ihren erhobenen Daumen. Seine Miene war in der Dunkelheit schwer auszumachen, doch er blickte kopfschüttelnd zu ihr hoch, und sie stellte sich sein Grinsen vor. So leise wie möglich stieg sie die Treppe hinauf bis zu Callums Wohnung im obersten Stockwerk. Vor einem der Fenster blieb sie stehen und zückte ihren Schlagstock, bevor sie weiterging.

Sie hatte eine Gänsehaut, als sie vor die gardinenlosen Fenster trat. Die Wohnung war stockfinster, sodass sie im Licht des Mondes und der Straßenlaternen für jeden, der sich drinnen aufhielt, sofort sichtbar war.

Sie legte die Stirn an die Scheibe und blickte hinein. Keins der Fenster war geöffnet, was an einem heißen Septemberabend merkwürdig war. Entweder Callum war nicht zu Hause, oder die Fenster waren aus irgendeinem anderen Grund geschlossen.

Als sie länger hineinspähte, erkannte sie allmählich die Details eines karg möblierten Wohnzimmers: eine helle Couch, einen Fernseher, sonst nichts.

Hanson beschloss, davon auszugehen, dass niemand zu Hause war. Es hatte keinen Zweck, sich wegen Dingen zu sorgen, die man nicht ändern konnte, wie der DCI häufig sagte.

Sie spürte, wie ihre Nerven sich erneut anspannten, als sie sich dem Fenster des nächsten Raumes näherte, der jedoch ebenfalls leer war. Ein Schlafzimmer mit einem kleinen Doppelbett, einer Reihe billig aussehender lackierter Kleiderschränke und einem Schreibtisch.

Immerhin gab es in diesem Raum ein wenig mehr Dekoration. Auf dem Nachttisch entdeckte Hanson ein Foto und erkannte im Strahl ihrer Taschenlampe ein Paar, das in die Kamera blickte. Die Gestalt auf der linken Seite hatte lockiges rotes Haar.

Keely, dachte sie mit einer gewissen Befriedigung. Callum und Keely waren wie vermutet ein Paar.

Hanson ließ den Strahl der Taschenlampe weiterwandern. An der Wand hing eine große Landkarte. Sie versuchte angestrengt Details zu erkennen, als plötzlich helles Licht aus dem Flur in das Schlafzimmer fiel.

Jemand hatte die Wohnung betreten.

Keelys Abfahrt erwies sich als kompliziert. Die Leiterin ihres Heims weigerte sich rundweg, sie aufzunehmen. Nachdem O'Malley nicht weitergekommen war, übernahm Jonah, der wissen wollte, was ihre konkreten Befürchtungen waren.

»Es tut mir leid«, sagte Magda. »Ich möchte keins der Kinder in meiner Obhut im Stich lassen, aber solange wir nicht wissen, was mit Nina geschehen ist, würde ich mich extrem unwohl dabei fühlen, Keely wieder in meinem Heim aufzunehmen.«

»Hat sie je zuvor eine Bedrohung für eins der anderen Kinder dargestellt?«, fragte Jonah sie leise.

»Ich habe nicht … So hätte ich das nicht ausgedrückt. Aber sie ist …« Magda gab ein leicht frustriertes Geräusch von sich. »Es fällt ihr extrem leicht, andere Menschen zu manipulieren. Es hat schon vorher Anlässe gegeben, wo … also, wir haben hier Kinder, die sich leicht beeindrucken lassen, und einige von ihnen sind schon mal ihrem Bann erlegen.«

»Wollen Sie sagen, sie hätte sie überredet, böse Dinge zu tun?«, fragte Jonah und wartete reglos auf ihre Antwort.

»Manchmal«, bestätigte Magda. »Eins der Mädchen hier hat Keely offensichtlich angehimmelt und wurde dann dabei erwischt, wie sie den Wagen von Keelys ehemaligem Pflegevater mutwillig beschädigt hat. Sie hat behauptet, aus eigenem Antrieb gehandelt zu haben, aber es war Keely, die einen Groll gegen den Mann hegte.«

»War das der Wagen von Henry Murray-Watt?«, fragte Jonah aus Interesse.

»Nein. Es ging um die zweite Familie, die die Mädchen aufgenommen hatte. Die Pinders.«

Jonah überlegte. »Ist das Mädchen noch bei Ihnen?«

»Ja«, sagte Magda vorsichtig. »Aber sie ist … Ihr Kollege hat bereits mit ihr gesprochen, und ich glaube nicht, dass sie etwas weiß, was Ihnen weiterhelfen könnte.«

»Dürfte ich trotzdem ihren Namen erfahren?«, fragte Jonah. »Es ist wahrscheinlich nicht wichtig, doch er sollte notiert werden.«

Magda seufzte. »Samantha Wild. Und hören Sie, sie hat sich am Ende mit Keely zerstritten. Stattdessen hat sie angefangen, mehr Zeit mit Nina zu verbringen, und ich glaube nicht, dass Keely das gefallen hat.«

Jonah erinnerte sich an Mark Slatterworths Notizen über eine Samantha. Daran, dass Keely den Kontakt zu ihr abgebrochen hatte, weil sie ihr nicht ungeteilt ergeben war.

Er hätte gern gewusst, wie tief Keelys Groll gegen Nina geworden war. Sogar in ihren allem Anschein nach erfundenen Geschichten gab es eine Konstante: ihr größer werdender Hass gegen ihre jüngere Schwester.

Mit einem Mal war er der ganzen Unterhaltung überdrüssig und sagte: »Okay. Wir schicken Keely heute Abend nicht zurück.«

»Danke.«

»Aber vielleicht wäre es nützlich, wenn wir morgen mit Samantha und den anderen sprechen könnten, falls wir bis dahin noch nichts haben.«

»Ich bin mir sicher, das lässt sich einrichten«, sagte Magda, hörbar erleichtert, dass die Frage von Keelys Unterbringung vom Tisch war.

Nach kurzem Zögern sagte Jonah: »Einige von Keelys Schilderungen waren … ziemlich überzeugend. Ich habe mich gefragt, ob Sie je irgendwelche Zweifel hatten.«

»Als die Mädchen zu uns kamen, habe ich genauso empfunden«, antwortete Magda seufzend. »Ich habe Keely nach der Wahrheit gefragt, und sie hat mir mehr oder weniger dieselbe Geschichte erzählt wie Ihnen vermutlich auch. Und ich habe ihr geglaubt. Die beiden haben mir leidgetan.« Magda machte eine kurze Pause und wirkte müde resigniert, als sie fortfuhr: »Aber es gab einfach zu vieles, was nicht zusammenpasste.«

»Sie meinen, weil Nina und Callum ihre Aussagen wieder zurückgezogen haben?«, fragte Jonah. »Glauben Sie nicht, die beiden könnten zu stark unter dem Bann ihrer Pflegeeltern gestanden habe?« Es war ein letzter verzweifelter Versuch, etwas von Keely zu retten. Und vielleicht auch etwas von seinem Stolz. »Es wäre nicht ungewöhnlich, dass Missbrauchsopfer Loyalität gegenüber den Tätern zeigen. Und selbst Brandon, der Junge aus dem Heim in der Henley Road … Er könnte auch von dem Bezugsbetreuer beeinflusst worden sein.«

»Ja, ich weiß«, sagte Magda ein wenig ungeduldig. »Aber ich habe gesehen, wie Keely wirklich ist, hinter ihrer Fassade. Im Alltag. Ich habe ihren Gesichtsausdruck gesehen, wenn sie nicht bekommt, was sie will. Es ist … Jeder Anschein von Menschlichkeit fällt dann einfach von ihr ab. Und es ist sonnenklar, dass sie auf Rache sinnt.«

Jonah schwieg einen Moment und erinnerte sich an Keelys Bemerkung über den Schatten in ihr. Wie er durch ihr Leid zum Vorschein gekommen war. Und diese Mädchen hatten weiß Gott gelitten. Von dem Moment an, in dem ihre Mutter gestorben war, hatten sie Not und Entbehrung durchgemacht.

Wenn Sie zugehört hätten, hätten Sie sie mittlerweile gefunden …

Jonah spürte ein Stechen im Magen. Er hoffte fieberhaft, dass Keelys Erzählung nicht auf eine Geschichte der Vergeltung gegen ihre jüngere Schwester hinauslief. Doch er hatte immer stärker das Gefühl, dass es genau so sein könnte.

Hanson duckte sich unter den Fensterrahmen. Ihr Herz pochte. Vielleicht war sie bereits bemerkt worden. Wer immer Callums Wohnung betreten hatte, würde sie gesehen haben, wenn er einen Blick ins Schlafzimmer geworfen hatte. Die Feuertreppe wurde plötzlich von einem hellen Rechteck erleuchtet, als das Licht im Schlafzimmer angemacht wurde. Hanson fürchtete schon, dass das Fenster aufgerissen werden und ein Paar Hände sie packen und hereinzerren würde. Aber sie hörte nur das leise Rufen einer zittrigen Stimme.

»Poppy! Poppy, bist du hier irgendwo?«

Hanson kam sich ein bisschen albern vor, als sie sich vorsichtig so weit aufrichtete, dass sie über das Fenstersims spähen konnte. Und dann seufzte sie.

Der Eindringling in die Wohnung war eine ältere Frau, die sich gerade ungelenk unter das Bett beugte.

Hanson wartete, bis sie den Raum wieder verlassen und das Licht ausgemacht hatte, bevor sie sich über den Rand der Feuertreppe beugte und leise rief: »Ben. Versuch noch mal die Klingel. Ich glaube, wir könnten doch reingelassen werden.«

O'Malley begann sich die Aufzeichnungen ihrer Befragungen anzusehen. Er rechnete damit, dass die Suche nach weiteren Hinweisen langatmig und frustrierend werden würde. Keely kam ihm nicht vor wie jemand, der einem irgendetwas leicht machte.

Hanson hatte in der zweiten Vernehmung einen Widerspruch bemerkt, und O'Malley hatte sich das Prinzip notiert: ein scheinbarer Irrtum, der sich als vorsätzlich herausgestellt hatte.

In diesem Teil der Geschichte waren keinem von ihnen weitere Unstimmigkeiten aufgefallen, und O'Malley vermutete, dass es dafür einen Grund gab. Keely rundete jeden Teil ihrer Geschichte so überlegt ab, als hätte sie ihn einstudiert, als wäre alles eine geplante Aneinanderreihung von Episoden.

Deshalb kehrte O'Malley zu den allerersten Aufzeichnungen zurück, weil er dort ebenfalls einen Hinweis vermutete, der hoffentlich ein wenig signifikanter sein würde als der zweite.

Er musste die Aufzeichnung nur ein zweites Mal anhören, um es zu entdecken.

… bis zu den Schnittblumen, die sie in unser idyllisches einstöckiges Häuschen brachte … im Wohnzimmer nebenan …

Er ließ das Band weiterlaufen und lächelte, als er Keely sagen hörte:

Ich schlich nach unten …

Er machte sich auf die Suche nach dem Chief.

Das Auftauchen von zwei Polizeibeamten, von denen eine wegen der Anstrengung, über die Feuertreppe wieder nach unten zu klettern, noch ganz rot im Gesicht war, schien Gaynor nicht weiter zu beeindrucken. Sie ließ sie in Callums Wohnung, für die sie einen Schlüssel hatte.

»Er meinte, es könnte nützlich sein, falls er sich mal ausschließt«, erklärte sie und führte sie in Callums Wohnung, als wäre es ihre eigene. »Ich bin ja fast immer zu Hause, deshalb schien es eine gute Idee zu sein. Dann habe ich heute Abend ein Geräusch gehört und gedacht, Poppy hätte sich hier reingeschlichen. Aber ich habe keine Spur von ihr entdeckt.«

Hanson lächelte. »Katzen sind wirklich schrecklich, ständig laufen sie weg, was? Ist sie eine Hauskatze?«

»Ja«, bestätigte Gaynor. »Obwohl sie in letzter Zeit ganz wild darauf ist rauszukommen. Letzte Woche ist sie auf das Geländer der Feuertreppe gesprungen, abgerutscht und runtergefallen. Mir ist fast das Herz stehengeblieben. Glücklicherweise ist ihr nichts passiert.«

Hanson nickte und ging weiter ins Schlafzimmer. Vor der Pinnwand blieb sie stehen und betrachtete die Landkarte, die Callum aufgehängt hatte.

Sie zeigte Southampton und den New Forest in einem Maßstab, der zu groß für Details war. Die Stadt war nicht mehr als ein hellbrauner Umriss, in dem ein paar Hauptstraßen verzeichnet waren. Es gab weder Markierungen noch Stecknadeln, die Karte war offenbar reine Dekoration.

Seufzend blickte Hanson zum Wohnzimmer, wo Gaynor Ben von Callums Job im Supermarkt und seinem Plan erzählte, Jura zu studieren.

»Natürlich wird es schwer für ihn«, sagte sie. »Ohne eine Familie, die ihm finanziell unter die Arme greifen könnte. Aber er hat ein ausgezeichnetes Abitur gemacht und er arbeitet hart.«

Callum war gegenüber Gaynor also nicht ganz ehrlich gewesen. Er hatte die Tatsache geheim gehalten, dass er jetzt Adoptiveltern besaß, die er um alle Unterstützung der Welt bitten konnte. Sie fragte sich, warum er das Gefühl hatte, lügen zu müssen, und warum er sich zum Arbeiten ein Jahr Auszeit genommen hatte. Wollte er seine Pflegeeltern nicht um Hilfe bitten? Oder waren die nicht bereit gewesen, sie ihm zu gewähren?

Gaynor sah sie lächelnd an und betrat ebenfalls Callums Schlafzimmer.

»Ich nehme an, er übernachtet heute bei seiner Freundin«, sagte sie.

Hanson wies mit dem Kopf auf das Foto auf dem Nachttisch. Das feuerrote Haar war einer der wenigen Farbtupfer in dem Zimmer. »Ist das seine Freundin?«

»Ja, das ist Nina«, antwortete Gaynor.

Hanson starrte Callums Nachbarin unwillkürlich an. »Seine Freundin heißt Nina?«

»Ja, genau«, sagte Gaynor. »Sie ist ein süßes Mädchen. Sie scheint wirklich das Beste in ihm zum Vorschein zu bringen. Er hat mir erzählt, dass sie sich schon seit Jahren kennen.«

Hanson nahm das Foto, betrachtete es näher und gab es dann Ben, der hinter Gaynor auf der Schwelle des Zimmers aufgetaucht war und sie um Kopflänge überragte.

Gaynor hatte zweifelsohne recht. Die strahlende Gestalt neben Callum war Nina Lennox. Ihr vermisstes Mädchen.

Gaynor redete weiter. Sie erzählte, dass Nina und Callum für sie das Staubsaugen übernahmen und Nina ihr manchmal sogar Blumen mitbrachte.

Hanson hörte nur mit halbem Ohr zu. Sie versuchte immer noch das Gesehene und Gehörte zu begreifen. Sie war sich so sicher gewesen, dass Callum mit Keely zusammengekommen war. Darauf hatten auch Keelys Aussagen stark hingedeutet.

Wie um alles in der Welt waren dann Callum und Nina ein Paar geworden?

Sie betrachtete das Foto mit einem eigenartigen Gefühl. Es war eine Nahaufnahme, die mehr von Ninas Freundlichkeit und Selbstsicherheit einfing als ihr Foto in der Vermisstenanzeige. Und mit einem Mal wirkte das Mädchen irgendwie vertraut.

Hanson wandte den Blick ab und wieder zurück und fragte sich, ob das, was sie zu sehen glaubte, nur die Ähnlichkeit mit ihrer Schwester war. Aber je länger sie hinschaute, desto mehr hatte sie das Gefühl, dieses Gesicht zu kennen. Sie hatte Nina Lennox irgendwo schon einmal getroffen.

O'Malley fand Jonah, als der gerade das Telefonat mit dem Jugendamt beendete. Sie hatten endlich eine Lösung für Keelys Unterbringung gefunden.

»Ich glaube, wir müssen zum Haus der Lennox-Familie fahren«, sagte der Sergeant mit einem knappen Lächeln. »Keely beschreibt es erst als einstöckiges Haus mit einem Wohnzimmer neben dem Kinderzimmer und behauptet dann später, dass sie an dem Morgen, als sie ihre Mutter tot aufgefunden hat, eine Treppe runtergegangen ist.«

Jonah hörte nickend zu. »Wie weit ist es von hier?«

»Gar nicht weit«, sagte O'Malley munter. »In der Furzley Lane.«

Jonah bemühte sich um eine neutrale Miene. Von der bloßen Erwähnung eines Straßennamens würde er sich nicht erschüttern lassen, bloß weil Jojos Haus in derselben Straße lag. Und er sollte definitiv nicht daran denken, wie gerne er selbst dorthin fahren würde, nur um am Haus seiner Exfreundin vorbeizukommen. Nichts von alldem war fair gegenüber irgendjemandem, am wenigsten gegenüber Michelle.

»Wir können überlegen, wer dort hinfährt, sobald Keely auf dem Weg zu ihrem Quartier ist«, sagte er, als wäre nichts geschehen. »Ich möchte, dass Sie mitkommen, wenn ich ihr die Situation erkläre.«

O'Malley ließ sich in keiner Weise anmerken, ob er Jonahs Gedanken erahnte oder sich auch nur daran erinnerte, wo genau Jojo wohnte. Er folgte ihm in gelassenem Schweigen zum Vernehmungsraum.

Sie blieben in der Tür von Raum eins stehen, um deutlich zu machen, dass sie die Befragung nicht wieder aufnehmen wollten. Was immer Jonah gegenüber Keely empfinden mochte, er würde alles korrekt handhaben. Wenn Nina das Schlimmste zugestoßen war und das Ganze auf eine Anklage ihrer Schwester hinauslief, würde ihre Verteidigung nichts Kritikwürdiges an seinem Verhalten finden. Nichts, was eine Verurteilung verhindern würde.

Er erklärte Keely, dass sie für die Nacht nicht in ihr Kinderheim zurückkehren könne. Sie wirkte leicht apathisch, beinahe so, als wäre sie enttäuscht. Es war die gleiche Veränderung, die Jonah in ihrem Ausdruck wahrgenommen hatte, als er aufgehört hatte, sie über Frank Pinder zu befragen, und stattdessen versucht hatte, Fragen zu ihrer Schwester zu stellen.

Schwer zu sagen, was davon zu halten war und ob auch das zu ihrem Spiel gehörte. Aber er musste darauf reagieren, als würde er es für bare Münze nehmen.

»Keely«, begann er und nahm doch noch einmal Platz. »Wenn du uns einfach erzählen könntest, was mit Nina ist. Wo sie ist und was passiert ist ...« Er beobachtete, wie sie den Blick auf ihre Hände senkte. »Ich kann einen anderen Sozialarbeiter kommen lassen, und du kannst es uns erzählen. Du müsstest nicht irgendwohin verfrachtet werden. Du könntest in dein eigenes Zimmer zurückkehren. In dein eigenes Bett.«

Nach einer Weile blickte Keely auf. Sie sah müde aus, zum ersten Mal erkannte er bei ihr Spuren von Erschöpfung.

»Sie können aufhören, sich wegen Nina Sorgen zu machen«, sagte sie. »Im Moment braucht sie nichts. Okay?«

»Wann hast du sie zum letzten Mal gesehen?«

Keely stieß einen langen Seufzer aus. »Heute Mittag. Sie braucht nichts.« Sie klang gelangweilt von der Unterhaltung. »Ich schlafe, wo immer ich schlafen muss. Es ist mir egal.«

Jonah nickte. »Das Jugendamt hat eine sichere Wohnung angeboten. Jemand wird im Nebenzimmer übernachten, falls du etwas brauchst.« Er wartete auf eine Reaktion. »Hier gibt es auch Betten, aber ich glaube nicht, dass du dich hier wohlfühlen würdest.«

»Eine sichere Wohnung ist in Ordnung«, sagte Keely. Sie wandte den Blick ab und wartete offensichtlich darauf, dass er ging.

O'Malley kehrte beinahe vorfreudig wieder an seinen Computer zurück. Ob sie Keely Lennox damit in die Hände spielten oder nicht:

Es hatte etwas unbestreitbar Befriedigendes, nach den Hinweisen zu suchen, die sie gestreut hatte.

O'Malley war alles andere als ein Mann für Details, aber in diesem Spiel ging es eigentlich auch nicht um Details. Man musste den intuitiven Teil des Gehirns auf Bereitschaft schalten und einen Fehler bemerken, wenn man darüber stolperte. Die Aufgabe bestand vor allem darin, Muster zu erkennen, und darin war O'Malley gut.

Er hatte bis zu der dritten Befragung vorgespult, in der Keely die langsame Zunahme von Misshandlungen und ihre seltsame Beziehung zu Callum Taylor beschrieben hatte. Er lauschte, wie sie beschrieb, einen Fußball über die Gartenmauer geschossen zu haben, und grinste unwillkürlich.

»So langsam hab ich's kapiert«, sagte er sich.

Es war beinahe Mitternacht, als die Mitarbeiterin des Jugendamts eintraf, um Keely zu der sicheren Wohnung zu bringen. Keely klagte zwar nicht über Müdigkeit, wirkte jedoch blass und distanziert.

Jonah bat die kleine Frau mit den grau melierten Haaren, Keely um neun Uhr wieder ins Kommissariat zu bringen, doch Keely unterbrach ihn: »Wir können um sieben wieder anfangen. Ich brauche nicht viel Schlaf, und schließlich wollen wir Nina nicht zu lange warten lassen.«

Sie lächelte knapp, als er sich zu ihr umdrehte. Er ahnte, dass sie an ihn und seine Leute dachte, die bis in die frühen Morgenstunden weiterarbeiten und ihrem Kalkül nach müde und in der Defensive sein würden.

Aber der Witz ging auf ihre Kosten, dachte er. Milly ließ ihn sowieso nie länger als bis um sechs schlafen. Dann war sie hellwach, gurgelte und machte sprachähnliche Geräusche, die rasch in Geschrei übergingen, wenn sie nicht schnell genug aus ihrem Kinderbett gehoben wurde.

Jonah erwiderte das Lächeln knapp. »Sieben ist in Ordnung. Ich bin sowieso meistens gegen sechs Uhr wach.«

»Das kann ich mir denken«, erwiderte sie. »Ich hoffe, Sie kriegen ein paar Stunden Schlaf.« Sie wandte sich zum Gehen, blieb jedoch in der Tür des CID noch einmal stehen, um ihm ein letztes kaltes Lächeln zuzuwerfen.

16.

»Chief.« O'Malley stand in der Tür. Jonah hatte den Eindruck, dass er vielleicht schon geklopft hatte, ohne dass er ihn gehört hatte. Er hatte vor sich hin gegrübelt, seine müden Gedanken waren um alles gekreist, was Keely gesagt hatte, und um Hansons Entdeckung, dass Nina mit Callum zusammen war. »Jared Boula ist hier«, meldete O'Malley.

Jonah nickte und bemühte sich, nicht zu seufzen. Es würde sicherlich nützlich sein, mit Keelys ehemaligem Bezugsbetreuer zu sprechen, vor allem weil er eine der Personen war, die sie des Missbrauchs bezichtigt hatte. Es war bloß schwierig, so spät am Abend die nötige Energie aufzubringen.

Jared Boula war ein schlanker, sportlicher Mann mit mediterranem Aussehen. Dunkle Haare, dunkle Augen, gebräunter Teint. Er trug ein legeres olivgrünes T-Shirt und um den Hals einen steinernen Anhänger an einem Lederband.

Im Gegensatz zu Keelys Sozialarbeiter wirkte er verlegen und erwiderte Jonahs Lächeln zur Begrüßung nicht.

»Ich hoffe, das geht hier schnell«, sagte er. »Ich habe Ihre Nachricht auf der Rückfahrt von einem Wochenendausflug erhalten und bin direkt zu Ihnen gekommen. Ich hab die letzten drei Stunden am Steuer gesessen.«

Jared Boula sprach mit einem fast reinen Southamptoner Akzent, nur in den Vokalen schwang eine französische Betonung mit.

»Sehr freundlich von Ihnen, dass Sie gekommen sind«, sagte Jonah. »Ich wollte Sie nur ein paar Dinge über Keely Lennox fragen.«

»Ich habe sie seit Urzeiten nicht gesehen«, sagte Jared rasch. »Sie ist in ein anderes Heim verlegt worden. Ich weiß nicht mal, wo sie jetzt ist.«

»Ja, das ist uns bekannt«, erklärte Jonah. »Aber wir interessieren uns dafür, wie sie in der Zeit war, als Sie ihr Bezugsbetreuer waren.«

Boula stieß ein eigenartiges Lachen aus. »Das war ziemlich heftig, wie Sie bestimmt wissen.« Er räusperte sich. »Sie war irgendwie besessen von mir und ist total ausgeflippt, als ich sie abgewiesen habe.«

»Wie hat sich diese Besessenheit gezeigt?«, fragte Jonah.

»Sie hat mir ständig Textnachrichten geschickt«, erwiderte Boula. »Entweder, um mit mir zu flirten, oder ohne erkennbaren Grund.«

»Wenn Sie sagen, sie hat mit Ihnen geflirtet, können Sie mir da ein Beispiel nennen?«

»Na ja, sie … Kurz bevor sie versucht hat mich zu küssen, hat sie geschrieben, dass sie nicht aufhören könne, an mich zu denken«, sagte Boula. »Und dass sie von mir träumen würde. Ich habe die Nachrichten dem Heimleiter und ihrem Sozialarbeiter gezeigt.«

Jonah nickte. »Und dem Jungen, der gesagt hat, Keely hätte ihm gegenüber Annäherungsversuche unternommen«, bemerkte er in einem Tonfall irgendwo zwischen Aussage und Frage.

Jared Boula rutschte auf seinem Stuhl hin und her. »Ich … ja. Also, nicht diese Nachrichten.«

»Was haben Sie ihm denn gezeigt?«

»Die Nachrichten, die ich ihm gezeigt habe, waren … aggressiver«, erklärte Boula. »Ziemlich offen sexueller Natur.«

»Keely hat Ihnen sexuelle Gefälligkeiten angeboten?«, fragte Jonah.

»Ja«, sagte Boula. »Genau.«

Jonah nickte und blickte auf die Ausdrucke von Keelys Akte, als würde er dort irgendwelche Antworten finden. »Und in welchem Zusammenhang haben Sie diese Nachrichten einem fünfzehnjährigen Jungen gezeigt?«

Es entstand eine Pause, bevor Boula sagte: »Ich … also, er hatte mich angesprochen, weil Keely … Keely hatte ihm gegenüber Andeutungen gemacht. Und ich habe versucht … ihn zu beruhigen und ihm zu erklären, dass sie einfach so war, weil sie Probleme hat.«

Jonah schwieg einen Augenblick und spürte, dass Jared Boula immer nervöser wurde.

»Ihre Reaktion darauf, dass eine problembeladene junge Frau Annäherungsversuche gegenüber einem fünfzehnjährigen Jungen gemacht hatte, war also, absolut persönliche Details mit ihm zu teilen, durch die sie potenziell gedemütigt werden konnte, anstatt sofort den Leiter des Kinderheims darauf anzusprechen?«, fragte er.

Jared wandte den Blick ab und bemühte sich um leicht belustigte Empörung. »Kommen Sie, das war nicht … Ich wollte helfen. Vielleicht … vielleicht habe ich es nicht ganz richtig gehandhabt, aber es war auch für mich eine neue Situation.«

»Was ist mit diesen Nachrichten geschehen?«, fragte Jonah. »Den sexuell eindeutigen?«

»Ich hab sie gelöscht«, sagte Boula. »Ist ja klar. Ich wollte nicht, dass jemand sie sieht.«

»Bis auf Brandon«, erwiderte Jonah. Jared Boula antwortete nicht, doch seine Miene verfinsterte sich zusehends. »Nun, ich bin mir sicher, diese Nachrichten sind in Keelys Telefondaten zu finden«, fügte Jonah hinzu.

Jared rutschte auf seinem Stuhl hin und her, seine Gesichtszüge wurden noch härter. »Ich bin hergekommen, um bei der Suche nach Keelys Schwester zu helfen. Wenn Sie mich jetzt über diesen ganzen Mist ausfragen wollen, kann ich auch meinen Anwalt hinzuziehen.«

Jonah lächelte knapp. »Sie dürfen sehr gern Ihren Anwalt anrufen, aber ich habe nur noch ein paar Fragen. Es geht um das Verhältnis von Nina und Keely.«

Jared entspannte sich ein wenig. »Das ist nicht allzu schwer zu beantworten. Keely war eifersüchtig auf ihre Schwester. Wirklich eifersüchtig.«

»Hat sie Ihnen das gesagt?«, fragte Jonah.

»Das musste sie nicht«, erwiderte Jared. »Sie konnte kaum über sie sprechen, ohne wütend zu werden, und als sie herausgefunden hat, dass ihre jüngere Schwester mit dem Typen zusammen war, den Keely gut fand, hat sie sie in einen Schuppen am Ende des Gartens eingesperrt.«

»Handelt es sich dabei zufällig um Callum Taylor? Ihren früheren Pflegebruder?«

»Genau«, sagte Boula. »Ein Arschloch mit Motorrad.«

Jonah nickte und zeigte bewusst keine Reaktion auf die Art, wie Boula über Callum sprach. »War Nina aufgewühlt darüber, dass sie eingesperrt worden war?«

»Natürlich«, sagte Boula. »Es war arschkalt. Keely war es egal, ob ihre Schwester erfriert. Aber Nina hat es nicht gemeldet. Sie hat immer wieder gesagt, es wäre ihre eigene Schuld gewesen.«

»Das ist sehr interessant. Vielen Dank, Mr Boula«, sagte Jonah und machte Anstalten aufzustehen. »Oh, nur rein interessehalber, woher wussten Sie, dass wir nach Nina suchen?«

Nach kurzem Schweigen sagte Jared Boula: »Sie haben es in Ihrer Nachricht gesagt.«

»Ich habe Ihnen erklärt, dass es um eine Vermisstensache im Zusammenhang mit zwei Mädchen geht«, erwiderte Jonah. »Deswegen frage ich mich, wie Sie darauf gekommen sind, dass nur Nina vermisst wird.«

Es entstand eine Pause, in der Jared mit einem seltsamen angespannten Gesichtsausdruck seine Hände betrachtete. »Keine Ahnung«, sagte er. »Wahrscheinlich hatte ich vergessen, dass beide verschwunden sind.«

Jonah begleitete Boula zur Tür. Die Richtung, in die seine Gedanken zunehmend steuerten, behagte ihm ganz und gar nicht.

»Und was halten wir davon?«

Der Chief lehnte sich im großen Besprechungsraum mit erwartungsvoller Miene an den Tisch. Er hatte die Befragung von Jared Boula knapp zusammengefasst, einschließlich der beunruhigenden Geschichte über den Schuppen.

»Es überrascht mich, dass man nicht weiter gegen Jared ermittelt hat«, fuhr er fort. »Sein Verhalten scheint mir teilweise offen gesagt unentschuldbar. Einem Teenager sexuell eindeutige Nachrichten zu zeigen. Dann seine offensichtliche Abneigung gegen Keely. Und interessanterweise offenbar eine ähnlich starke Abneigung gegen Callum Taylor.« Er schüttelte den Kopf. »Ich würde davon ausgehen, dass er einiges verbirgt. So ergeben seine Handlungen keinen Sinn.«

»Einem Jungen im Teenageralter sexuell eindeutige Nachrichten zu zeigen, um ›ihm zu helfen‹, klingt sehr befremdlich«, sagte Hanson. Sie und Ben waren von der Waverley Road sowie einem frustrierenden Ausflug nach Godshill zurück, wo die Murray-Watts offensichtlich entweder nicht zu Hause oder schon im Bett gewesen waren und das Pochen an ihrer Tür ignoriert hatten. »Ich würde eher denken, dass sie sich abgesprochen haben, um Keely reinzureißen«, fuhr Hanson fort, die sich dabei ertappte, plötzlich sehr viel mehr auf Keelys Seite zu stehen.

»Vielleicht hat er auch nur geprahlt«, warf Lightman ein. »Was den Verdacht einer möglichen Absprache in keiner Weise entkräftet, aber dass ein junger Betreuer vor seinen Jungs cool rüberkommen will, ist durchaus plausibel.«

Hanson verzog das Gesicht. Es war absolut plausibel.

»Unser Problem ist«, sagte der Chief, »dass wir nicht gegen Jared Boula ermitteln. Wenn Keely sich an ihm rächen will, kann man darüber diskutieren, ob sich weitere Nachforschungen wirklich lohnen. Vielleicht war er ihr gegenüber sexuell übergriffig, vielleicht auch nicht, aber er bringt uns Nina keinen Schritt näher. Ich finde allerdings ein wenig beunruhigend«, fügte er zögernd hinzu, »dass er bei seinen Aussagen offenbar davon ausgegangen ist, dass nur Nina vermisst wird.«

»Glauben Sie, im Jugendamt wurde ein bisschen zu viel gequatscht?«, fragte O'Malley. »Das wäre die naheliegende Antwort. Wir gehen doch nicht davon aus, dass er etwas mit ihrem Verschwinden zu tun hat, oder?«

»Das ist die wahrscheinlichste Erklärung«, stimmte der Chief ihm zu. »Aber er könnte auch irgendwie in die Sache verwickelt sein. Die Frage ist, ob wir ihm höhere Priorität einräumen.«

»Könnte es nicht sein, dass Keely ihre Schwester erst freilässt, wenn die Menschen, die ihr unrecht getan haben, zur Verantwortung gezogen worden sind?«, überlegte Lightman.

»Ja«, pflichtete der DCI ihm bei, »aber das Wissen, um wen es sich bei den dreien wahrscheinlich handelt, hilft uns kurzfristig nicht weiter. Keely ist für die nächsten acht Stunden unerreichbar für uns, sodass wir ihr nicht mitteilen können, dass wir unsere Arbeit machen.«

»Es sei denn, Callum oder jemand anderes beobachtet unsere Fortschritte«, bemerkte Hanson. »Wenn sie wissen, wo die Hinweise versteckt sind, haben sie vielleicht persönlich oder mit technischen Hilfsmitteln ein Auge darauf.«

Der DCI schwieg, und die anderen drei warteten, bis er zu einem Schluss gekommen war. Schließlich nickte er. »Wir müssen noch einmal mit den Murray-Watts sprechen. Henry haben wir noch gar nicht befragt, und vielleicht können die beiden uns ja auch helfen, Callum Taylor zu finden. Das Entführungsdezernat hat festgestellt, dass es seit Dienstag kein Signal mehr von Callums Handy gibt, was für sich genommen schon merkwürdig ist. Wenn jemand Keely hilft, dann wahrscheinlich er, auch wenn er angeblich Ninas Freund ist.« Er machte eine Pause. »Und Sie haben einen weiteren Ort entdeckt, den wir uns ansehen sollten, O'Malley?«

»Zwei«, sagte O'Malley leise. »Der erste ist das Haus, in dem die Lennox-Schwestern aufgewachsen sind. Sie beschreibt es einmal als einstöckig, erzählt später aber von einer Treppe in den ersten Stock. Der zweite sind die Schrebergärten neben dem Haus der Murray-Watts. Keely erzählt einmal, dass sie einen Ball über die Gartenmauer in das Gelände geschossen hat, aber später berichtet sie, dass sie zum anderen Ende des Dorfes fahren mussten, um dorthin zu kommen.«

Darüber dachte der DCI wieder eine Weile nach. »Gut«, sagte er dann, »ich denke, wir sollten diesen Spuren erst mal nachgehen und hoffen, dass Keely über unsere Fortschritte auf dem Laufenden gehalten wird. Domnall, Sie können mit Juliette zu den Schrebergärten fahren. Ich möchte, dass Sie das mit einem weiteren Besuch bei den Murray-Watts verbinden. Wenn sie sich zu Hause verkrochen haben, müssen sie doch irgendwann die Tür aufmachen, wenn wir nur hartnäckig genug ihre Ruhe stören. Ich fahre mit Ben zum Haus der Lennox'. Ich weiß, es ist spät, aber seit Keelys Auftauchen sind acht Stunden verstrichen, und wir müssen Nina dringender finden denn je.«

Hanson stand auf und konnte die Worte, die er nicht sagte, beinahe hören.

Wenn es nicht schon zu spät ist.

Anschließend brachte Jonah das Entführungsdezernat auf den neuesten Stand der Entwicklungen und ließ sich über die Fortschritte der Kollegen informieren. Sie hatten Zugriff auf Keelys Telefondaten und waren sich sicher, dass sie aktuell mit niemandem in Kontakt stand. Sie überwachten alle ein- und ausgehenden Anrufe. Quick hoffte herauszufinden, mit wem sie zusammenarbeitete, sobald Keely sich in der Wohnung des Jugendamts sicher wähnte.

Das setzte natürlich voraus, dass Keely dumm genug war, ihr eigenes Telefon zur Kontaktaufnahme zu benutzen.

Jonah nahm seine Wagenschlüssel. Er hatte ein seltsam schlechtes Gewissen, dass er sich für den Hinweis in der Furzley Lane und nicht für die Schrebergärten in Godshill entschieden hatte. Aber im

Grunde spielte es keine Rolle, ob er mitten in der Nacht an Jojos Haus vorbeifuhr. Sie würde fest schlafen und außer Sicht sein.

Wie um sein Gewissen zu piksen, ging in diesem Moment eine Nachricht von Michelle auf seinem Handy ein.

Alles gut. Milly wach. Versuche sie zu beruhigen. Weißt du schon, wann du ungefähr nach Hause kommst?

Seine Nervosität legte sich ein wenig. Aber als er die Nachricht ein zweites Mal las und sich vorstellte, wie Michelle sie geschrieben hatte, machte er sich erneut Sorgen. Es waren Worte, wie sie eine Person schreiben würde, die zu kämpfen hatte. Die darauf wartete, dass der Partner kam und sie rettete.

Er schrieb zurück, dass er hoffe, in etwa einer Stunde zu Hause zu sein, und steckte das Handy entschlossen wieder ein.

Keely folgte ihrer Begleiterin vom Jugendamt schweigend. Veronica war offenbar entschlossen, mit ihr eine Besichtigung der Wohnung zu absolvieren, in der sie übernachten würden, obwohl das vollkommen unnötig war. Es gab zwei Schlafzimmer, eine Wohnküche und ein Bad, sodass man sich kaum verirren konnte.

Ihr Schlafzimmer lag im hinteren Teil der Wohnung neben dem Wohnzimmer und hatte eine angemessene Größe. Die Möbel sahen neuer aus als die zerschlissene Einrichtung des Wohnzimmers. Vielleicht war das Bett genauso bequem.

Die Frau vom Jugendamt überreichte ihr eine Reisetasche.

»Die ist von Magda. Hygieneartikel und Kleidung für ein paar Tage. Sie hat versucht, deine Lieblingssachen einzupacken.« Keely nahm sie entgegen, betrachtete sie und ließ sie an dem Nylongurt baumeln.

»Ich bin in dem Zimmer neben der Tür«, sagte Veronica unnötigerweise und strich ihre Bluse glatt. Sie war eine Bluse-und-gemusterte-Hosen-Frau. Keely hätte gewettet, dass sie eine ganze

Palette dieser Hosen hatte, alle mit grellen Mustern, ihr Markenzeichen.

Keely hatte das kleine Schlafzimmer neben dem noch kleineren Bad schon gesehen und war froh, dass Veronica darin schlafen würde. Aber natürlich hatte sie dieses Zimmer gewählt. Sie wollte zwischen Keely und der Wohnungstür sein.

»Brauchst du noch irgendwas?«, fragte Veronica mit entschlossen freundlicher Miene. Es war beeindruckend, wie munter sie bleiben konnte, obwohl Keely nichts sagte und keinerlei Reaktion zeigte. »Im Kühlschrank sind Brot und Butter, aber ich kann auch etwas bestellen, wenn du Hunger hast.«

»Nein, danke«, gab Keely schließlich nach und schenkte ihr ein knappes Lächeln. »Ich brauche nur Schlaf. Sonst nichts.«

»Okay, klingt gut.« Veronica blieb im Flur stehen. »Aber … vielleicht möchtest du dich vorher waschen?«

Einen Moment lang wusste Keely nicht, was sie meinte. Sie hatte sich so daran gewöhnt, mit Blut beschmiert zu sein, dass sie es vollkommen vergessen hatte. Sie betrachtete ihre Arme und zuckte die Schultern. »Ja, vielleicht.«

»Gut«, sagte Veronica. »Du kannst das Bad so lange benutzen, wie du möchtest.« Nach einer Pause fügte sie hinzu: »Es sollte nicht allzu laut sein hier. Hoffen wir, dass du gut schläfst, und ich sehe dich dann um viertel nach sechs zum Frühstück.«

Keely duschte, bis die letzten kleinen roten Rinnsale im Abfluss verschwunden waren, und fragte sich, ob sie etwas empfinden sollte. Doch sie fühlte nichts. Sie trocknete sich mit einem Handtuch ab, das gefaltet auf ihrem Bett gelegen hatte, und zog einen Schlafanzug an. Dann nahm sie ein kleines Handy aus ihrer schmutzigen Jeans und schob es in eine ihrer frischen Socken, bevor sie in ihr Zimmer zurückkehrte und unter Veronicas besorgtem Blick die Tür schloss.

Sie machte das Deckenlicht aus und setzte sich auf das Bett. Die Vorhänge ließ sie offen. Sie befanden sich im vierten Stock eines einzelnen Blocks, der alle anderen Gebäude in der Nachbarschaft überragte, sodass sie bis zum südwestlichen Teil der Stadt blicken konnte, wo sich ein Haufen Einzelhandelsgeschäfte und irgendwo dazwischen das glänzende Gebäude der Polizeizentrale drängten.

Sie zog ihr Handy aus der Tasche und das Wegwerfhandy aus ihrer Socke.

Sie schaltete es ein, rief ihre Nachrichten ab, las ein paar Minuten lang eine Reihe von Mitteilungen von einer nicht gespeicherten Nummer und begann dann zu tippen.

Sicher in einer Jugendamtswohnung. Schreit sie immer noch um Hilfe?

Nach nur zehn Sekunden traf die Antwort ein.

Um zehn hat sie Ruhe gegeben. Habe noch nicht beobachtet, dass sie gegen irgendwen vorgehen. Irgendwas bei dir?

Keely schickte eine Antwort.

Nein. Aber vielleicht solltest du besser verschwinden. Nur für alle Fälle.

Die Erwiderung kam beinahe ebenso schnell.

Mach ich. Sei vorsichtig.

Keely lächelte und tippte ihre letzte Antwort.

Bin ich doch immer.

Jonah kannte die Strecke zur Furzley Lane fast im Schlaf, so oft war er in den Monaten, die er mit Jojo verbracht hatte, nach der Arbeit dorthin gefahren.

So sehr er sich vorgenommen hatte, nicht an sie zu denken, kehrte sein erschöpfter Verstand doch immer wieder zu ihr zurück, bevor er schuldbewusst zu Milly und Michelle sprang.

Lightman war auf der Fahrt gewohnt still, und Jonah war dankbar dafür. So blieb ihm Zeit, seine Gedanken unter Kontrolle zu bekommen und sich wieder auf die Lennox-Schwestern zu konzentrieren.

Dass Keely das Kommissariat verlassen hatte und fürs Erste nicht mehr greifbar war, beschäftigte ihn nach wie vor. Eigentlich beschäftigte ihn alles. Aber die größte Sorge bereitete ihm die Frage, wie klug es war, Keelys Spiel mitzuspielen. Wohin er auch blickte, gab es Zweifel. Über Keelys Verhältnis zu Nina, darüber, was Callum Taylor mit alldem zu tun haben könnte, und darüber, warum genau sie ihre langatmige Geschichte erzählen wollte.

Nachdem er zu dem Schluss gekommen war, dass sie eine manipulative Psychopathin war, die versucht hatte, jeden zur Strecke zu bringen, der sich ihr in den Weg gestellt hatte, ertappte er sich bei neuen Zweifeln.

Als sie die lang gezogene Furzley Lane erreichten, war er das alles ein gutes Dutzend Mal durchgegangen. Kurz vor Jojos Auffahrt ertappte er sich dabei, wie er automatisch abbremste, versuchte jedoch es zu überspielen, indem er Lightman fragte, wie weit es noch bis zu dem Haus war.

»Noch ein ganzes Stück weiter«, antwortete sein Sergeant. »Ich sag Bescheid, wenn wir da sind.«

Jonah nickte und ließ den Blick kurz zu dem kleinen Haus schweifen, bevor er wieder beschleunigte. Zu dem perfekt angelegten Garten, dem Jeep in der Einfahrt, der tiefen Dachtraufe. Aber selbst mit einem flüchtigen Blick erkannte er, dass das Haus vollkommen dunkel war. Alle Vorhänge waren zugezogen, keine Bewegungen auszumachen. Jojo lag wahrscheinlich schon seit Stunden im Bett.

Er bemühte sich, seine aufwallende Enttäuschung so gut wie möglich zu unterdrücken, und fragte sich, was er überhaupt gewollt hatte. Sie sehen? Einen kurzen Blick auf die Frau erhaschen, die er hatte verlassen müssen? Auf die Frau, die vielleicht immer noch wütend auf ihn war oder, noch schlimmer, vielleicht auch nicht mehr?

Du bist ein Idiot, sagte er sich. Ein Schluss, zu dem er in den letzten Monaten ziemlich oft gekommen war.

Er folgte der Straße, bis Lightman ihn aufforderte anzuhalten. Sie parkten vor einem weiteren kleinen Haus, dieses allerdings überwuchert und in erkennbar baufälligem Zustand. Als das Licht der Scheinwerfer auf die weißen Mauern fiel, erkannte Jonah Moos und einen großen Flecken unter einer Regenrinne.

O'Malley hatte ein paar interessante Fakten zu dem Haus herausgefunden. Jane Lennox hatte es vor achtzehn Jahren mit dem Geld gekauft, das ihr Vater ihr hinterlassen hatte. Zwei Jahre vor ihrem Tod war es an einen Southamptoner Banker und nach Janes Tod dann an einen lokalen Bauunternehmer verkauft worden, offenbar mit der Absicht, auf dem insgesamt gut viertausend Quadratmeter großen Grundstück mehrere Einfamilienhäuser zu errichten und sie mit Gewinn zu verkaufen.

Es hatte sich jedoch als schwierig erwiesen, eine Baugenehmigung zu bekommen, und das Projekt war allem Anschein nach zum Erliegen gekommen. Das Haus selbst stand seit sieben Jahren leer.

Jonah stieg aus dem Wagen und ließ die Autoscheinwerfer an, während er das Haus musterte. Kein Zeichen von Leben, nirgendwo. Kein Lichtschein im Fenster oder Spuren von gewaltsamem Eindringen. Die Vorhänge waren zurückgezogen, die Fenster leer.

Ein zweites Geschoss gab es offensichtlich nicht. Keine Dachfenster oder Ähnliches. Keine Treppe, die Keely hätte herunterkommen können.

Er machte die Scheinwerfer aus und ging mit Lightman durch den verwilderten Vorgarten, wo die Steinplatten bis zur Haustür kaum noch sichtbar waren. Trotzdem könnte hier jemand wohnen. Jonah hatte Menschen schon in kaputteren Ruinen leben sehen.

Er klopfte, wartete dreißig Sekunden und drückte dann auf die Klinke. Die Tür ließ sich ohne Mühe öffnen.

Er blickte zu Lightman, der bereits seinen Schlagstock gezückt hatte. Sie betraten das Haus und landeten direkt in einem Wohnzimmer, das selbst in dem schwachen Licht, das durch die Fenster fiel, genauso heruntergekommen wirkte wie das Äußere des Hauses. Ein dunkelblaues Sofa und die hellen Kissen darauf waren blass vor Staub. Auf einem TV-Schrank stand ein klobiger Fernseher, der offensichtlich lange vor dem Erscheinen von Flachbildschirmen angeschafft worden war. In einer Ecke war eine Kinderküche aus Holz aufgebaut, in einer anderen stand ein mit Romanen, Bilderbüchern und Nachschlagewerken vollgestopftes Bücherregal.

Nichts an dem Raum wirkte bewohnt. Trotzdem war die Haustür nicht abgeschlossen gewesen. Jemand war hier gewesen.

Die weiteren Räume waren noch dunkler. Eine Tür führte vom Wohnzimmer in ein kleines Zimmer, in dem nur ein Bett stand, eine zweite auf der gegenüberliegenden Seite in einen Flur. Jonah hörte Lightmans leise Schritte hinter sich, als er ihn hinunterging.

Die Küche am Ende des Flures war fast vollkommen dunkel. Auf die Gefahr hin, zu einem möglichen Ziel zu werden, zog Jonah sein Handy aus der Tasche und schaltete die Taschenlampe ein. Wenn jemand in der Nähe war, hatte er sie ohnehin erwartet. Das Motorengeräusch und die Autoscheinwerfer wären ausreichend Warnung gewesen.

Der Strahl fiel in eine Küche, die bemerkenswert ordentlich und staubfrei war. Alle Oberflächen und der Fliesenboden glänzten. In einer Ecke machte Jonah ein schwaches grünes Licht aus, das Lämpchen eines Ladekabels. Es gehörte zu einem iPad, das in eine Wandsteckdose gestöpselt war.

Als er näher kam, sah er, dass auf dem iPad ein handbeschriebenes Post-it klebte.

Bitte sehr, Detective. Drücken Sie einfach auf Play.

Godshill wirkte ruhig und beschaulich, als Hanson den Nissan zum Haus der Murray-Watts lenkte. Es war immer noch dunkel, bis auf ein gelbliches Licht, das in der Vorhalle brannte. Sie klopften viermal laut an die Tür – so laut, dass im Haus gegenüber die Vorhänge beiseitegeschoben wurden –, doch niemand öffnete.

Hanson seufzte. »Sieht so aus, als würde es Zeit, das Entführungsdezernat nach ihnen suchen zu lassen.«

Sie machten einen kurzen Anruf bei Quick und stiegen wieder in den Wagen, um zu den verlassenen Schrebergärten zu fahren. Sie lagen, wie Keely es zunächst beschrieben hatte, gleich neben dem Haus, von der Straße abgeschirmt durch wild wuchernde Weißdornhecken. Hanson lenkte den Nissan in einen Feldweg, und bald fanden sie sich auf einem offenen Feld mit hüfthohen Gräsern wieder. Außer einer Baumgruppe und ein paar Büschen zur Rechten waren keine markanten Punkte auszumachen, aber der Mond war bereits untergegangen und die Scheinwerfer beleuchteten nur den Feldweg. Viel war so nicht zu erkennen.

Der Wagen holperte über die ausgehärteten Furchen und schüttelte sie unsanft durch. Nach einem kurzen Stück hielt Hanson an. Sie war froh, dass sie die Tour nicht im Winter machen musste.

O'Malley, der die Fahrt über locker geplaudert hatte, blickte zu den Bäumen.

»Dir ist sicher bewusst, dass jeder uns hat kommen sehen und hören«, sagte er. »Und er wird nicht so nachtblind sein wie wir. Es ist möglich, dass Nina allein ist, hier oder sonst wo, aber vielleicht lässt Keely sie auch von jemandem bewachen.«

Hanson musste unwillkürlich lächeln. Domnall ließ nur selten anklingen, dass er einmal Soldat gewesen war, doch wenn, veränderte es ihn komplett. Die leise humorlose Stimme. Die Art, wie er die Umgebung musterte, als würde er planen, dort zu kämpfen – und zu gewinnen.

»Ich nehm die Taschenlampe mit«, sagte Hanson. »Fluch und Segen, aber immerhin sehen wir damit ein paar Meter weit.«

»Einverstanden«, erwiderte O'Malley und stieg aus dem Wagen. Trotz seiner schweren Gestalt war er flinker auf den Beinen als sie.

Eine leichte Brise streifte über das trockene Gras, und Hanson zögerte kurz, weil sie meinte, noch etwas anderes gehört zu haben. Aber als der Wind abflaute, war es still.

Sie nahm die Taschenlampe, schloss den Wagen ab und vergewisserte sich, dass sie die Schlüssel sicher eingesteckt hatte. Es wäre ein denkbar schlechter Zeitpunkt, im dunklen Gestrüpp nach ihnen suchen zu müssen. Erst dann schaltete sie die Taschenlampe ein und achtete darauf, sie auf den Boden zu richten, als sie O'Malley langsam auf eine Gruppe von Büschen zuführte.

Sie war sich sicher, dass sie dort suchen sollten. Wegen Keelys Geschichte über Nina und Callum auf dem Baum und weil es die einzige Stelle war, die ein wenig Schutz bot.

Im Licht der Taschenlampe war das Gras vor ihnen in ein fahles dramatisches Weiß getaucht, durchzogen von Furchen eines Pfluges, die den Boden in seinem ausgetrockneten Zustand tückisch machten.

Plötzlich flatterte eine Motte in den Strahl der Taschenlampe. Hanson zuckte zusammen und hatte eine intensive Erinnerung an Campingurlaube mit ihrer Familie, als ihr Vater noch bei ihnen gelebt hatte. Mit einem Gefühl von Unwirklichkeit ging sie langsam weiter.

»Keely hat einen alten Apfelbaum erwähnt, oder?«, fragte sie Domnall leise, um den Bann ein wenig zu brechen. »Der müsste hier irgendwo sein.«

Als sie näher kamen, konnte Hanson einen Baum ausmachen, der alle anderen überragte. Der Pfad schien direkt auf ihn zuzuführen.

Sie folgten ihm durch einen Abschnitt mit dichtem Gestrüpp aus hohen Nesseln und Brombeersträuchern auf beiden Seiten. Hanson richtete die Taschenlampe immer noch auf den Boden, sodass die dornigen Ranken oft erst im letzten Moment vor ihr auftauchten. Manchmal verhakten sie sich in ihrer Kleidung, und sie musste sie mühsam lösen. Als eine Ranke zurückpeitschte und ihren Handrücken traf, unterdrückte Hanson einen Schrei. O'Malley bewegte sich hinter ihr scheinbar mühelos, was entweder an seiner Ausbildung lag oder daran, dass er aus ihren Fehlern lernte.

Sie versuchte sich auf den Weg vor ihr zu konzentrieren. Hörte sie Geräusche? Zwei Äste, die aneinander rieben? Jemand, der atmete?

Der Pfad stieß unvermittelt auf eine kleine Lichtung, und Hanson blieb abrupt stehen. Zum Glück war Domnall auf Zack und stoppte ebenfalls früh genug.

Hanson atmete tief ein und richtete den Strahl direkt auf die Lichtung. In der Mitte der Lichtung waren die Reste eines Lagerfeuers zu sehen, keine drei Meter entfernt, und daneben ein kleiner Rucksack.

Aber keine Menschen. Keine Nina. Niemand, der gefesselt am Boden lag.

Hanson machte einen Schritt nach vorn, und ihr Herz setzte einen Schlag lang aus, als sie spürte, dass sich unter ihrem Fuß etwas bewegte. Sie richtete den Strahl der Taschenlampe auf den Boden und sah, dass es nur ein Stück gewelltes Plastik war. Moosbedeckt, uralt. Überreste eines Gewächshauses. Keine Falle.

Sie ging in die Hocke und hielt die Hand über die Asche des Lagerfeuers. »Noch warm«, sagte sie zu O'Malley. »Wir müssen die Gegend absuchen.«

17.

Hanson hatte eine Gänsehaut, als sie so leise wie möglich durch das hohe Gras stapfte, immer in dem Bewusstsein, dass jemand in der Nähe sein könnte. Vielleicht lag er auf der Lauer, um sie mit einer Waffe niederzuschlagen oder sich auf sie zu stürzen.

Vielleicht hat hier auch nur jemand gezeltet, dachte sie, als sie dem überwucherten Pfad folgte. Sich bei ausgeschalteter Taschenlampe einen Weg zwischen Obstbäumen und Büschen zu bahnen, war mühselig, und bei jedem Geräusch, das sie beide machten, stockte ihr das Herz. *Vielleicht waren es nur ein paar Teenager, die längst wieder zu Hause sind.*

Aber Hanson war sich ziemlich sicher, dass das Ganze Keelys Werk war. Sie hatten ihren Hinweis gefunden, und dieses Wissen machte jeden Schatten und jedes Rascheln bedrohlich. Als würde Keelys ausdrucksloser Blick ihnen irgendwie folgen.

Deshalb war sie unwillkürlich erleichtert, als sie wieder auf die offene Wiese kamen. Im Licht der Sterne war es zwar alles andere als hell, aber immer noch besser als die tiefen Schatten und das dichte Gestrüpp.

Als sie den Blick über das Feld streifen ließ, raste ihr Herz plötzlich los. Ein Stück entfernt stand eine ganz in Schwarz gekleidete Gestalt, ihr Gesicht ein blasser Streifen zwischen dunkler Kleidung und Kopfbedeckung.

»Domnall«, alarmierte sie ihren Kollegen. Und im selben Moment rannte die Gestalt los.

Hanson nahm sofort die Verfolgung auf, aber auf dem harten, unebenen Pfad ließ sich kaum laufen. Schon mit dem dritten Schritt landete sie halb in einer Furche, verdrehte sich den Fuß und konnte einen Sturz nur knapp vermeiden. Der Knöchel würde ihr später garantiert Probleme machen. Trotzdem lief sie weiter.

Die Gestalt vor ihr blieb plötzlich stehen, und auch Hanson zögerte, beschleunigte ihre Schritte dann aber wieder. Irgendwo hinter sich hörte sie O'Malleys schwere Schritte, was ihr ein Gefühl von Sicherheit gab, das ihr sonst vielleicht abgegangen wäre.

In diesem Moment übertönte das Aufheulen eines Motors ihren keuchenden Atem, und ein heller weißer Lichtstrahl erfasste die Spitzen der Gräser. Erst als die Gestalt sich bewegte, begriff Hanson, was passiert war.

»Scheiße«, sagte sie. »Er hat ein Motorrad!«

Sie rannte blind los, um ihm auf dem Weg am Rand der Wiese den Weg abzuschneiden, und stolperte, gepeitscht von Brombeerranken, über den unebenen Boden unter dem hohen Gras.

Was sie getan hätte, wenn sie den Weg rechtzeitig erreicht hätte, wusste Hanson selbst nicht, doch es war ohnehin aussichtslos. Der Motorradfahrer schoss, im Sattel stehend und die Arme auf den Lenker gestemmt, an ihr vorbei.

Er war so schnell, dass sie nur einen flüchtigen Blick auf blasse Haut unter dem hochgeklappten Visier eines Helms erhaschte. Taumelnd erreichte sie den Feldweg und zückte ihr Handy. Sie brauchte nur eine scharfe Aufnahme des Nummernschildes.

Aber es gab kein Nummernschild, nur eine leere Halterung. Und im nächsten Moment war das Motorrad weg vom Haus der Murray-Watts in Richtung New Forest verschwunden.

Jonah hockte vor dem iPad und dachte flüchtig an *Alice im Wunderland*, einen Keks mit der Aufschrift *Iss mich* und eine komplizierte Falle, die ausgelöst werden würde, wenn er auf den Knopf drückte.

Er hatte das Arrangement einschließlich der Notiz fotografiert, während Lightman die übrigen Räume des Hauses überprüft hatte.

Sein Sergeant hatte nicht lange gebraucht. Zwei weitere Schlafzimmer und das Bad am Flur.

»Filmen Sie?«, fragte Jonah ihn.

Ben nickte. Er wollte das Video beim ersten Anschauen mit dem Handy abfilmen, für den Fall, dass man Keelys Nachricht nur einmal abspielen konnte. Was sie zu sehen bekommen würden, ließ sich anhand der verschwommenen weißen, gelben und grauen Umrisse auf dem Thumbnail nicht erkennen.

»Okay«, sagte Jonah und drückte auf Play.

Die verschwommenen Umrisse bewegten sich und wurden schärfer, man sah eine dunkle Straße und die Rücklichter eines Wagens am linken Straßenrand. Auf dem Bürgersteig ging eine Figur, hellweißer Oberkörper, graugelber Unterkörper. Ein Mädchen in einer Schuluniform, wie deutlich wurde, als die Kamera ein wenig schwenkte.

»Sieht aus, als wäre es von einem Motorrad aus gefilmt«, murmelte Jonah, als er erkannte, dass die filmende Person ebenfalls auf der Straße war, und er im Hintergrund einen Motor leise schnurren hörte. Kurz darauf verstummte das Geräusch, und man hörte, wie der Fahrer des Motorrads abstieg.

Ansonsten war niemand zu sehen. Nur Vorgärten, Einfahrten und dahinter Häuser, die im nächtlichen Dunkel lagen.

Nach einer Weile wurde klar, dass der Fahrer des Wagens im Schritttempo neben dem Mädchen herfuhr und das Mädchen äußerst beunruhigt darüber war. Die Kamera schloss ein Stück auf, der hektische Gang des Mädchens wurde deutlicher. Es bemühte sich, stur geradeaus zu gucken, warf jedoch immer wieder Seitenblicke zu dem Wagen.

Jonah konzentrierte sich auf das Heck des Wagens. Aber es gab keine Nummernschildbeleuchtung, und das Kennzeichen war schlammverschmiert, aus Nachlässigkeit oder um es vorsätzlich unleserlich zu machen. Die niedrige, leicht kastige Kontur der Karosserie passte zu verschiedenen Fabrikaten. Jonah dachte an Henry

Murray-Watts Jaguar und Frank Pinders Escort und verwarf beide Möglichkeiten.

Der Betrachter kam noch ein Stück näher, sodass Jonah jetzt eine männliche Stimme aus dem Wagenfenster hören konnte.

»Ich hab gesagt, du hast schöne Beine in dem Rock. Das ist ein Kompliment, Süße. Warum bedankst du dich nicht?«

Diesmal wendete das Mädchen den Kopf in Richtung des Fahrers. Im Widerschein der Autoscheinwerfer war sein Gesicht sehr weiß, und Jonah sah, dass sie wirklich Angst hatte.

»Ich gehe bloß nach Hause«, sagte sie mit hoher, gepresster Stimme.

»Ich hab dich nicht gefragt, wohin du gehst«, rief die Männerstimme. »Ich hab dich gefragt, warum du nicht danke sagst.«

Das Mädchen kramte in ihrer Tasche und beugte sich ein wenig vor. Offensichtlich hatte sie ein Handy herausgezogen.

»Willst du Hilfe rufen? Ich könnte aussteigen und dich in den Wagen zerren, bevor du auch nur den Anrufknopf gedrückt hast. Du bist ganz allein, Schätzchen.«

Das Bild wackelte plötzlich, als die filmende Person loslief.

»Verzeihung!«

Der Ruf kam von dem Filmenden. Die Stimme eines jungen Mannes mit einem aufgesetzten osteuropäischen Akzent.

Jonah wusste nicht genau, warum er sich sicher war, dass es sich um Callum Taylor handelte. Aber er war sich sicher.

Das Mädchen fuhr hektisch herum.

»Entschuldigung, bitte«, sagte die Stimme, von der Jonah annahm, dass es Callums war. »Sie wissen, wo Nummer siebenundachtzig ist? Sie mir zeigen?«

Als die Kamera noch näher kam, dachte Jonah, er würde vielleicht den Mann in dem Auto sehen. Aber bevor der Filmende das Fenster erreicht hatte, beschleunigte der Wagen plötzlich. Jonah starrte auf ein Paar Rücklichter, kurz danach brach die Aufnahme ab.

Es gab keine klare Identifizierung. Keine Aufnahme vom Gesicht des Fahrers, nicht einmal einen klaren Blick auf das Opfer. Aber eins hatte Jonah an dem Motorengeräusch des beschleunigenden Wagens doch erkannt. Es war ein markanter Klang, den er kannte. Es war ein alter Volvo, so wie sein Vater einen gefahren hatte, als Jonah klein war. Und wahrscheinlich gehörte er dem dritten Mann, auf den Keely sie aufmerksam machen wollte.

Hanson war immer noch auf Adrenalin, als sie und O'Malley sich auf den Rückweg zu dem erloschenen Lagerfeuer machten. Ihr Nacken fing an zu kribbeln, sobald sie sich von dem offenen Feld abwandte.

In ihrem Kopf vermischten sich Bilder möglicher Komplizen mit Bildern von Wildkatzen, die zusammengerollt in Savannen lauerten. Auf O'Malleys Vorschlag kehrten sie zu der Lichtung zurück und nahmen den Rucksack mit zu dem Nissan, wo sie mehr Licht hatten. Während O'Malley die Umgebung beobachtete, streifte Hanson Handschuhe über und griff hinein.

Erst nach einigem Tasten bekam sie eine schlanke Wasserflasche aus Metall zu fassen und zog sie heraus. Andere Objekte waren leichter zu greifen. Ein Müsliriegel. Ein Apfel. Eine Schachtel Streichhölzer.

Und ganz unten ein Portemonnaie mit einer Bankkarte und drei oder vier Fünfpfundscheinen.

Sie klappte die Lasche weiter auf und entdeckte ein gefaltetes Stück Papier, das sie vorsichtig herausfischte.

Es war ein Brief in einer großen, leicht schluderigen Handschrift.

»Kann ich die Taschenlampe haben?«, fragte sie O'Malley.

Sie nahm sie mit der linken Hand entgegen und begann zu lesen.

G-Girl,
ich vermisse dich immer noch. Ich sehne mich immer noch verzweifelt nach der Berührung deiner Hände und Lippen. Es ist viel zu lange her, verdammt.

Aber ich werde einen Weg finden, mit dir zusammen zu sein. Scheiß drauf, was alle anderen sagen. Du und ich – wir sind das einzig Richtige in dieser Welt. Es ist mir egal, was ich tun muss, um es möglich zu machen. Wem ich wehtun muss. Alles.

Ich liebe dich, und ich weiß, dass du mich liebst. Es zieht dich genauso stark zu mir zurück wie mich zu dir.

Ich finde dich bald.

C x

»Irgendwelche Ideen?«, fragte sie O'Malley, als sie fertig gelesen hatte.

»Buchstäblich keine«, antwortete er. »Und ich glaube, das könnte der Punkt sein.«

Jonah und Lightman hatten beinahe schon das Ende der Furzley Lane erreicht, als die Scheinwerfer des Mondeo eine Gestalt erfassten, die ihnen am Straßenrand entgegenkam. In dem Licht sah ihr kurzes blondes Haar beinahe weiß aus.

Jonah hatte schon auf Schritttempo abgebremst, ehe er sich bewusst entschied zu halten.

»Haben Sie …?«, sagte er zu Lightman und brach ab. »Das könnte einen Moment dauern.«

Lightman sah ihn an und blickte zu der Gestalt. »Kein Problem.« Er zog sein iPad hervor und begann zu scrollen.

Jonah stoppte, stieg aus und fragte sich, ob Jojo ihn erkannt hatte. Sie schirmte die Augen mit den Händen ab, und er beugte sich rasch in den Wagen, um die kräftigen LED-Scheinwerfer auf Standlicht herunterzuschalten. Er bemerkte ihren spöttischen Gesichtsausdruck, als sie auf die Straße trat und ihm entgegenging.

»Wenn ich geröntgt werden wollte, hätte ich einen Termin gemacht, Bulle Sheens«, sagte sie.

Das war so typisch für ihr flapsiges Geplänkel in der Zeit, bevor er von Michelles Schwangerschaft erfahren hatte, dass er spontan loslachte. Trotz des Schmerzes, der sein Herz zusammendrückte, und der eigenartigen Mischung von Unwohlsein und kribbelnder Aufregung in seinem Magen.

»Ist notiert«, sagte er und schloss die Wagentür, als er an Lightman auf dem Beifahrersitz dachte. »Bei dir alles in Ordnung?«

Jojo blickte ihn mit zusammengekniffenen Augen an und zuckte ungelenk die Schultern. Sie war betrunken, wie er erkannte. Was einerseits erklärte, warum sie um ein Uhr morgens in einem silbernen Trägertop eine leere Straße hinunterlief, andererseits aber auch nicht. Sie hatte anscheinend weder eine Tasche noch etwas Warmes zum Überziehen dabei.

»Mir geht es gut. Ich weiß gar nicht, wieso du fragst.« Sie zog eine Braue hoch.

Er nickte und fand es schwer, sie nicht anzulächeln. Und genauso schwer, ihr nicht zu sagen, wie sehr er sie vermisste.

Er war versucht, ihr zu erzählen, dass er seit Monaten in jeder kurzhaarigen Frau sie zu erkennen glaubte und jedes Mal stehen blieb, um ihr nachzusehen, manchmal kurz davor, ihren Namen zu rufen, bis ihm klarwurde, dass es gar nicht Jojo war.

Diesmal hatte er gewusst, dass sie es war. Es hatte etwas Unvermeidliches, in einer Nacht, in der er beruflich an ihrem Haus vorbeikam und Jojo nicht wie üblich längst im Bett lag, sondern sich unerklärlicherweise auf den einsamen Straßen des New Forest herumtrieb.

»Bist du auf dem Nachhauseweg?«, fragte er, obwohl es viele weit wichtigere Dinge zu besprechen gegeben hätte.

»Im Ernst jetzt? Ganz schön brillant, dieser Bulle. Was für 'ne Deduktionsgabe«, erwiderte Jojo.

»Bist du mit dem Wagen liegen geblieben …?«

Jojo schnalzte mit der Zunge, als würde es sie ärgern, darüber sprechen zu müssen. »Ich hatte bloß nicht genug Geld für das Taxi.

Also hab ich dem Fahrer gesagt, er soll mich absetzen, bevor es zu teuer geworden ist. Außerdem hab ich echt nicht besonders viel Bock, mit dir zu reden.« Sie setzte sich wieder in Bewegung.

»Es tut mir leid«, sagte er. Wie oft hatte er das schon zu ihr gesagt und trotzdem immer noch das Gefühl, dass es bei weitem nicht ausreichte.

Jojo ging in einem Bogen um ihn herum, und er fragte sich, ob er sie ziehen lassen sollte. Stattdessen folgte er ihr unwillkürlich.

»Du musst nicht mit mir reden«, sagte er. »Ich würde mich bloß gern vergewissern, dass du sicher nach Hause kommst.«

»Ach, leck mich doch«, sagte Jojo und drehte sich zu ihm um. »Du hast seit einem halben Jahr nichts von mir gesehen, und plötzlich musst du auf mich aufpassen? Mir geht es *gut*«, sagte sie laut und wies mit dem Kinn in seine Richtung. »Mir geht es immer gut.«

»Ich weiß«, sagte Jonah.

Er war sich nicht sicher, ob er erleichtert sein sollte, dass sie endlich wütend auf ihn war. Ein Teil von ihm hatte sich gewünscht, dass sie ihn anschreien und ihm erklären würde, wie sehr seine Entscheidung sie verletzte. Vielleicht hätte es ihm einen guten Grund geliefert, das Falsche zu tun.

Aber jetzt war es zu spät. Und vielleicht wäre er trotzdem hart genug gewesen zu tun, was er getan hatte. Nur dass es noch verletzender gewesen wäre und er noch stärker das Gefühl gehabt hätte, dass es sie beide zerriss.

Jojo marschierte wieder los, drehte sich dann aber noch mal um und fragte: »Wieso bist du nicht zu Hause? Und kümmerst dich um Milly?«

»Ich suche ein Mädchen im Teenageralter«, sagte er und fügte mit einem dünnen Lächeln hinzu: »Ich stalke dich nicht, Ehrenwort. Das Haus, in dem das Mädchen als Kind gewohnt hat, ist ein Stück die Straße runter.«

Jojo sah ihn stirnrunzelnd an. »Welches?«

»Das kleine, von Rosen überwucherte«, antwortete Jonah ohne Zögern. »Es steht leer. Früher gehörte es der Familie Lennox.«

»Das Haus, in dem die Frau gestorben ist«, sagte Jojo nickend. »Zwei rothaarige kleine Mädchen.«

Seltsam, wie sich Berufs- und Privatleben kreuzen, dachte er, obwohl ihn das eigentlich nicht wundern sollte. Jojo lebte seit fünfundzwanzig Jahren hier und ging gern zu Fuß. Natürlich kannte sie ihre Nachbarn.

»Du hast in letzter Zeit niemanden dort gesehen, oder?«

Jojo überlegte und schüttelte den Kopf. »Nein. Es scheint immer noch leer zu stehen.«

Jonah nickte und beschloss, als sie weiterging, im Gleichschritt neben ihr herzulaufen. Bis zu ihrem Haus waren es nur noch ein paar Meter, und er hatte den elenden Wunsch, der Weg würde nicht enden. Egal wie dringend er Nina finden musste und wie groß sein Betrug war. Nichts von alldem war fair gegenüber Michelle. Nichts.

Jojo drehte sich in einer erneuten Aufwallung von Wut noch einmal zu ihm um. »Du musst mich jetzt allein lassen. Geh zurück und kuschle mit Michelle. Du hast dich für sie entschieden.«

Jonah nickte, blickte zu dem Haus und zurück zu seinem Mondeo. »Gut«, sagte er.

Er trottete bereits zu seinem Wagen zurück, als Jojo ihm hinterherrief: »Warum hast du dich für sie entschieden, Sheens? Ich verstehe es immer noch nicht.«

Jonah drehte sich zu ihr um. Der Alkohol, die Uhrzeit oder auch nur ihre Wut ließen sie ein wenig schwanken. Sie sah wunderbar aus.

»Ich habe mich nicht für sie entschieden«, sagte er. »Ich habe mich bloß … für die Folgen meiner Dummheit entschieden. Für das Richtige.«

»Du hast dich entschieden, unglücklich zu sein«, sagte Jojo und verschränkte die Arme vor dem Bauch. »Du hast dich für die Selbstgeißelung entschieden, indem du wieder mit dieser humorlosen

Idiotin zusammengekommen bist, mit der du dich aus irgendeinem Grund verlobt hattest.«

Jonah schüttelte den Kopf. Erneut empfand er ein schreckliches Gefühl von Verrat. »Bitte sei nicht wütend auf Michelle. Nichts von alldem ist ihre Schuld.«

Jojos Kopf schnellte hoch, als hätte er sie geschlagen. »Ich bin so wütend, wie ich will, verdammt noch mal, Jonah!« Umgekehrt fühlte es sich beinahe wie ein Schlag an, dass sie seinen richtigen Namen benutzte. »Du kannst nicht verlangen, dass ich nicht wütend bin, wenn sie alles hat, was ich will. *Alles*, was ich haben will und nicht haben kann.«

Jojo wandte sich ab und ging hastig zum Tor. Er wartete auf der Straße, bis er sah, dass das Licht in ihrem Haus anging, während er zu verarbeiten versuchte, was sie gesagt hatte.

Lightman schwieg, als Jonah wieder in den Mondeo stieg. Er nickte bloß und steckte das iPad weg. Ruhig und unvoreingenommen wie immer.

Als sie zurück in der Zentrale waren, war Jonah sich immer noch nicht sicher, was Jojo gemeint hatte. Er hatte den starken Verdacht, dass sie sich selbst Kinder gewünscht hatte, jedoch keine bekommen konnte. In ihrer kurzen Beziehung hatten sie nie über Kinder gesprochen. Irgendwie hatte er geglaubt, dafür sei sie zu unabhängig.

Er hatte auch geglaubt, sie sei zu unabhängig, um lange verletzt zu sein. Er hatte angenommen, sie würde weiterziehen, sich einen anderen Partner suchen oder auch nicht und so oder so glücklich sein.

Aber sie betrunken und wütend zu sehen, hatte all das unterminiert. Es hatte ihn mit dem Gefühl zurückgelassen, dass er nicht der Einzige war, der eine Leere empfand, seit er sie verlassen hatte. Und er fragte sich, ob das, was er schlussendlich getan hatte, nicht zutiefst grausam gewesen war.

Im Kommissariat versammelten sie sich wieder um den großen Tisch im Besprechungszimmer, der mittlerweile mit Bechern und Tellern übersät war. Hanson hatte den Eindruck, als würde sogar Ben ein wenig schwächeln.

Der Chief sah hingegen besser aus, als man hätte erwarten können. Er wirkte nachdenklich, womöglich sogar besorgt, aber nicht erschöpft. Angesichts der Tatsache, dass er ohnehin zu wenig Schlaf bekam, hätte sie gedacht, er müsste inzwischen im Stehen einnicken, aber vielleicht hatte er sich einfach an den chronischen Schlafmangel gewöhnt.

»Also«, begann er. »Unsere beiden Puzzlestücke.«

Er drückte auf die Fernbedienung des Projektors und warf ein Standbild des Videos von Keelys iPad an die Wand. Er hatte das Video bereits geteilt und sie gebeten, es sich ganz anzuschauen.

Das Bild auf der Leinwand zeigte das Heck des Volvos in all seiner schmuddeligen Pracht.

»Die erste und offensichtlichste Frage lautet: Wer ist das?«, sagte er. »Wir wissen, dass der Fahrer männlich ist, einen Volvo besitzt und eine Vorliebe dafür hat, junge Mädchen zu erschrecken. Möglicherweise auch dafür, ihnen etwas anzutun, nach dem zu urteilen, was er zu dem Opfer sagt.«

»Es gibt keinen Hinweis, dass Henry Murray-Watt je einen Volvo gefahren hat«, bemerkte Lightman. »Sein letzter Wagen war ein Porsche. Frank und Evelyn Pinder haben einen Escort und einen Polo, die seit sechs beziehungsweise acht Jahren auf sie zugelassen sind.«

»Und Jared Boula hat einen Golf«, sagte Hanson. »Davor hat er einen uralten BMW gefahren, bis er schrottreif war. Ich meine, Autos kann man auch mieten oder leihen, aber für einen Mietwagen sieht er zu alt aus, sodass der Fahrer ihn nur von Freunden oder Verwandten haben kann, vorausgesetzt, er ist einer der drei, die wir im Blick haben.«

»Das Video hat einen Timecode«, sagte O'Malley. »Es ist vier Monate alt. Sie kommen an einem Umspannwerk vorbei. Ich könnte versuchen herauszufinden, wo das ist, und nachprüfen, ob es Überwachungskameras gibt. Obwohl in einer Wohngegend …«

Der DCI nickte. »Es gibt also keinen leichten Weg, den Fahrer zu identifizieren. Ich denke auch, dass er den Wagen geliehen haben könnte, aber vielleicht ist der Fahrer auch der Besitzer. Im Lichte dessen müssen wir über die drei Männer nachdenken, von denen Keely gesprochen hat. Sie hat drei Männern Missbrauch vorgeworfen, aber sind es dieselben, deren Schuld sie jetzt offenbar beweisen will? Oder sind es vielleicht andere Männer?«

»Ich denke, wir können davon ausgehen, dass Henry Murray-Watt einer von ihnen ist«, sagte Lightman. »Keely hat sich viel Zeit genommen, die Wirkung zu beschreiben, die er auf ihr Leben hatte. Er und seine Frau sind im Augenblick auch mysteriöserweise abgetaucht. Laut Quicks Leuten senden ihre Handys im Moment kein Signal und haben sich zum letzten Mal vor ein paar Tagen eingepingt.«

»Hoffen wir, dass wir sie irgendwie anders aufspüren können«, sagte der DCI.

»Ich würde außerdem vermuten, dass Frank Pinder der zweite Mann war«, fuhr Lightman fort. »Das ist noch nicht definitiv, doch die Schwere der Vorwürfe weist in die Richtung. Aber vielleicht ist Jared Boula nicht der dritte Mann. Uns gegenüber hat sie keine Vorwürfe gegen ihn erhoben, und seinerzeit hat sie ihre Anschuldigungen zurückgezogen.« Er wies mit dem Kopf auf den Bildschirm. »Womöglich ist das der dritte Mann auf ihrer Liste, und das Video ist eine Aufforderung, ihn zu finden.«

»Es gibt bequemere Methoden, uns dazu zu bringen, gegen jemanden zu ermitteln, als ein Video von einem Auto ohne Nummernschild«, wandte O'Malley ein. »Sie hätte das iPad mitbringen und uns einfach erklären können, wer er ist.«

»Als sie das zuletzt versucht hat, hat ihr keiner geglaubt«, entgegnete Lightman so ungewohnt heftig, dass Hanson verlegen wurde. Auch O'Malley war offensichtlich überrascht.

»Vielleicht glaubt sie, die Suche macht uns Spaß«, bemühte Hanson sich, die Situation aufzulockern.

Der DCI lächelte knapp. »Stimmt. Ich denke, wir wissen immer noch nicht, wie viel unserer Zeit das wert ist, aber wir dürfen es offensichtlich nicht ignorieren.«

Er drückte erneut auf den Knopf des Projektors. Das Bild wechselte zu einem Foto des Briefes, den sie in dem Rucksack entdeckt hatten.

»Der Brief ist genauso rätselhaft«, fuhr der Chief fort. »Die einzige uns bekannte Person mit dem Anfangsbuchstaben C ist Callum Taylor. Aber der Inhalt passt nicht zu einem Brief, den Callum seiner Freundin schreiben würde. Soweit wir wissen, wollte niemand verhindern, dass die beiden sich sehen. Außerdem wäre ›G-Girl‹ eine merkwürdige Anrede für Nina.«

Hanson betrachtete die Worte und erkannte plötzlich einen Sinn darin.

»Was, wenn er sie ›Gossip-Girl‹ genannt hat?«, fragte sie langsam. »Ein vertraulicher Kosename, falls jemand die Briefe finden sollte. In der Serie heißt Blairs große Liebe Chuck.« Sie grinste den Chief an. »Fragen Sie mich nicht, woher ich das weiß.«

»Das heißt, es ist nicht Callum Taylor«, sagte O'Malley sofort, »sondern Frank Pinder.«

Hanson nickte und sah den Chief an. »Als ich heute Abend sein Schlafzimmer betreten habe, war auf dem Fernseher ein Standbild von *Gossip Girl*, und Frank hat ziemlich nervös reagiert. Vielleicht hat Nina sich im Badezimmer versteckt, und Keely hat gar nichts mit ihrem Verschwinden zu tun.«

Der DCI blickte zu dem Brief auf der Leinwand und zurück zu Hanson.

»Ich denke, wir sollten hinfahren.«

Im selben Moment summte sein Handy. Er zog es heraus und stellte es sofort auf laut.

»Ich möchte, dass jemand aus Ihrem Team sich bereit macht, meine Einheit zu begleiten«, sagte Quick. »Wir haben ein Signal von Nina Lennox' Telefon. Es ist eingeschaltet worden und sendet aus der Straße, in der Frank Pinder wohnt.«

Hanson war bereits aufgesprungen, als der DCI sagte: »Schon unterwegs.«

18.

Im Haus der Pinders brannte – kaum überraschend – kein Licht mehr. Es war nach zwei Uhr am frühen Montagmorgen.

Als Hanson und der DCI aus dem Mondeo stiegen und den vier Beamten des Entführungsdezernats zunickten, die vor dem Haus auf sie warteten, war es immer noch ungewöhnlich warm. Einsatzleiter war Murray Quick, Stellvertreter sein DC. Beide trugen dunkle Arbeitsanzüge.

Die beiden anderen Beamten waren schwarz gekleidet und bewaffnet. Alle waren leise eingetroffen, ohne Sirenen und Motorengeheul.

Hanson hatte noch nie an einer richtigen Razzia teilgenommen. Alles wirkte eigenartig übertrieben.

Sie versammelten sich außer Sichtweite des Hauses. Der Chief nickte Quick zu, ein klares Zeichen, dass Quick bei diesem Einsatz das Sagen hatte.

»DC Hanson und DCI Sheens werden klopfen und erneut versuchen, normalen Zugang zu dem Haus zu bekommen«, sagte Quick flüsternd, obwohl sie ein gutes Stück vom Haus entfernt standen. »Wissen Sie, ob es nach hinten heraus Ausgänge gibt?«

»Ja«, antwortete Hanson. »Es gibt eine Terrassentür in den Garten und vermutlich auf der anderen Seite des Hauses auch eine Hintertür.«

»In Ordnung«, sagte Quick. »Casho, Mark und Finlay übernehmen die Rückseite des Hauses.«

Einer der schwarz gekleideten Beamten nickte. Die beiläufige Art, in der er sich eine Maschinenpistole über die Schulter gehängt hatte, kam Hanson ziemlich surreal vor. Ohne ein weiteres Wort gingen die drei um das Haus und verschmolzen mit den Schatten.

Hanson ging neben dem Chief, der gelassen und selbstbewusst wirkte, was beruhigend war.

Er nickte ihr zu, bevor er auf die Klingel drückte und dann in Polizeimanier laut und unnachgiebig klopfte.

Irgendwo auf der Rückseite des Hauses hörte man ein Geräusch. Hanson blickte zu Quick, der weiter die Haustür fixierte.

Nach einer langen angespannten Minute ging ein Licht im Flur an. Hanson spürte eine stechende Angst, dass sie alles falsch verstanden hatten und Nina nicht hier war.

Dann hörte sie jemanden aus dem Haus rufen: »Wir haben hier ein junges Mädchen!«

Im Handumdrehen hatte der Chief die Tür aufgebrochen, und Hanson rannte vor ihm ins Haus. Sie sah das Doppelbett in Franks Schlafzimmer und daneben kaum sichtbar ein Paar nackte Füße.

Sie bekam kaum mit, wie der Constable dem Chief erklärte, dass Frank Pinder geflohen war, vermutlich durch das offene Tor auf der Rückseite des Gartens. Sie ging eilig ins Schlafzimmer zu einer kleinen Gestalt, die auf der Bettkante hockte. Sie war in Decken gewickelt, die sie vorne zusammenhielt, und es war klar, dass sie darunter nackt war. Schon wegen der Klamotten, die auf dem Boden lagen: ein Rock, Leggins, ein Top mit silbernem Logo.

Das Mädchen hob den Kopf, und Hanson registrierte auf einen Blick das honigblonde Haar, die haselnussbraunen Augen und die flachen Wangenknochen.

Es war nicht Nina.

»Sie hat Angst, uns zu erzählen, was passiert ist«, erklärte Hanson dem DCI leise.

Sarah Mallard, das Mädchen, das sie in Frank Pinders Bett gefunden hatten, saß jetzt mit einer Beamtin vom Police Community Support in einem speziellen Gesprächszimmer für Opfer sexualisierter und anderer Gewalt, das so wenig wie möglich an einen Vernehmungsraum erinnerte. Es gab keinen angrenzenden Observationsraum, doch Hanson hatte ein lebhaftes Bild des panischen Mädchens vor Augen.

Wie viele Grooming-Opfer war Sarah völlig verwirrt. Sie glaubte, dass sie verliebt war, dachte gleichzeitig, dass das, was sie getan hatte, krank und verkehrt war, und forderte, dass man ihren Missbraucher in Frieden lassen sollte.

Bisher hatten sie ihr lediglich entlockt, dass Frank kurz vor dem Eintreffen der Polizei nach draußen gegangen war, weil er ein Summen gehört hatte. Er war nicht zurückgekommen, und ehe Sarah sich's versah, waren bewaffnete Polizisten durch die Hintertür gestürmt, die er offen gelassen hatte.

Frank Pinder hatte offenbar keinen Tipp erhalten. Vielmehr hatte Ninas vor dem Haus abgelegtes Handy sich eingeloggt und in dem instabilen Netz außerhalb des Hauses stoßweise Textnachrichten empfangen.

Das Handy hatte so nahe an Frank Pinders offenem Schlafzimmerfenster gelegen, dass er das Summen gehört und nachgesehen hatte, woher es kam. Dabei hatte er vermutlich das Eintreffen der Polizei bemerkt, weil sie bei aller Anstrengung nicht leise genug gewesen war, und war durch das hintere Gartentor entkommen.

Obwohl nicht geklärt war, wer das Handy dort abgelegt hatte, waren der Chief und sein Team sich sicher, dass es Keelys Werk war. Sie hatte sie zu Frank geführt, damit sie ihn festnahmen, und ihr Plan war nur durch einen warmen Sommerabend und ein offenes Fenster vereitelt worden.

Zu ihrer aller Frustration war Frank weiterhin flüchtig. Er hatte sein Handy zurückgelassen und war in einem Gewirr von Gartenwegen verschwunden. Trotz aller Anstrengungen des Entführungsdezernats hatte man ihn bisher nicht ergreifen können, und er war von keiner der wenigen Überwachungskameras in Ashurst erfasst worden.

Evelyn Pinder hatte den ganzen Abend im Krankenhaus gearbeitet und ihrem Mann erwiesenermaßen nicht bei seiner Flucht geholfen. Sie war jetzt ebenfalls auf dem Weg in die Polizeistation, verwirrt und alarmiert, weil ihr Mann verschwunden sein sollte. Hanson hoffte, dass sie nicht diejenige sein würde, die ihr beibringen musste, dass er mit einem Mädchen im Teenageralter geschlafen hatte.

Wobei Sarah Mallard noch nicht ausdrücklich bestätigt hatte, dass sie miteinander geschlafen hatten. Sie weigerte sich zu beantworten, ob er sie berührt und was sie überhaupt in seinem Haus gemacht hatte.

»Die größte Angst hat sie offenbar davor, dass ihre Eltern es erfahren«, erklärte Hanson dem Chief. »Sie sind auf dem Weg hierher. Sie dachten, ihre Tochter sei zusammen mit anderen Spitzenspielerinnen in einem Trainingslager.« Sie schüttelte den Kopf. Sie musste nicht aussprechen, wie schlimm es war, dass Frank Pinder als Trainer Zugang zu diesem und vielen anderen Mädchen hatte. »Vielleicht sollten wir vorschlagen, dass ein anderer Erwachsener bei dem Gespräch dabei ist, nicht ihre Eltern. Vielleicht traut sie sich dann eher, offen zu sprechen.«

Nach einem kurzen Zögern sagte der Chief: »Lassen Sie es uns versuchen, wenn sie einwilligt. Und bitten Sie ihre Eltern, noch eine Weile zu warten. Ich glaube, es wäre besser für Sarah, wenn sie es sich von der Seele reden kann, bevor sie ihnen gegenübertritt. Wahrscheinlich müssen wir alle weitergehenden Ermittlungen in diesem Fall abgeben, aber ich hätte gern eine erste Aussage.«

Hanson nickte enttäuscht. Ihr war bewusst, dass sie zu dünn besetzt waren und sich vordringlich um Nina kümmern mussten. Trotzdem wollte sie daran mitwirken, Frank Pinder seiner gerechten Strafe zuzuführen. Nachdem sie die Angst und die Scham in Sarahs Gesicht gesehen hatte, wollte sie ihn unbedingt zur Strecke bringen.

»Das ändert die Lage, oder?«, fragte sie nach einer Weile. »Wenn Frank Pinder mit einem jungen Mädchen geschlafen hat, macht das alles, was Keely über ihn gesagt hat, plausibler. Und wenn sie über ihn die Wahrheit sagt, dann hat sie wahrscheinlich auch über die Murray-Watts und Jared Boula die Wahrheit gesagt.«

»Das scheint nun zumindest durchaus möglich«, stimmte der DCI ihr leise zu.

Um zehn nach drei trafen Sarahs Eltern ein. Von Frank Pinder fehlte nach wie vor jede Spur, obwohl sie die Aufnahmen der Überwachungskameras in der Umgebung angefordert hatten.

Als ihre Eltern in das spezielle Befragungszimmer geführt wurden, hatte das Mädchen zugegeben, dass es nicht das erste Mal gewesen war, dass Frank und sie miteinander geschlafen hatten. Während der überaus sanften Befragung durch eine Kollegin vom Missbrauchsdezernat hatte sie auch erklärt, dass sie all ihre Textnachrichten gelöscht hatte. Frank hatte es verlangt, und sie hatte gehorcht.

Hanson hatte an der Befragung teilgenommen und gesehen, wie hin- und hergerissen Sarah gewesen war. Sie hatte offensichtlich das Gefühl, ihn zu verraten.

Anschließend hatte Sarah eingewilligt, ihre Eltern zu treffen. Kurz bevor sie hereinkamen, rannte Sarah in das angrenzende Bad, und sie hörten selbst durch die dicke Holztür, wie sie sich übergab.

In diesem Moment ertappte Hanson sich dabei, Frank Pinder zu hassen. Abgrundtief zu hassen.

»Ich denke, wir machen für heute Schluss«, erklärte Jonah seinem Team, sobald Hanson ins CID zurückgekehrt war. »Bisher weist in Keelys Hinweisen nichts in Ninas Richtung, und nachdem nun einiges darauf hindeutet, dass Keely bei manchen ihrer Missbrauchsvorwürfe die Wahrheit gesagt hat, erscheint es zweifelhaft, dass Frank Pinder daran beteiligt war, Nina festzuhalten. Es kann durchaus sein, dass Keely in guter Absicht handelt und wir uns für den Moment keine Sorgen um Nina zu machen brauchen.« Er hielt kurz inne. »Es sei denn, jemand hat noch eine heiße Spur.«

Nach einer Minute allgemeinen Schweigens sagte Lightman: »Ich konnte nur bestätigen, dass Callum Taylor ein Motorrad besitzt. Er könnte also der Motorradfahrer in den Schrebergärten gewesen sein. Ich habe sein Kennzeichen zur Nachverfolgung bei der automatischen Nummernschilderkennung angegeben, aber er ist seit vergangener Woche nicht mehr von einer Kamera erfasst worden. Und bei dem Motorrad, das ihr gesehen habt, war das Nummernschild abmontiert, oder? Da kommen wir also fürs Erste nicht weiter.«

»Zu dem Volvo hab ich auch nichts«, ergänzte O'Malley. »Auch wenn ich das Umspannwerk auf dem Video gefunden habe. Es ist in Totton, aber dort gibt es keine einzige Überwachungskamera, und ohne Kennzeichen hilft uns die automatische Nummernschilderkennung natürlich auch nicht weiter.«

Jonah nickte, insgeheim erleichtert. Nach dem Energieschub bei der Razzia im Haus der Pinders fühlte er sich ausgelaugt und brauchte dringend Schlaf. Die Enthüllung von Frank Pinders Schuld hatte vieles von dem, was er dachte, auf den Kopf gestellt, trotzdem war er sich nicht sicher, ob sie Keely deswegen vollkommen vertrauen konnten. Der Wunsch, sich an ihrem ehemaligen Pflegevater zu rächen, war nicht zwingend ein Indiz für eine gesunde Geistesverfassung.

Sie mussten ihre Arbeit gut und gewissenhaft machen – selbst wenn das bedeutete, sich ein paar Stunden Pause zu nehmen. Aber noch während er das dachte, spürte er, wie sein Magen sich aus Sorge um Nina zusammenzog.

Halb vier. Nicht die beste Uhrzeit, um in ein leeres Haus zurückzukehren, dachte Hanson. Jedenfalls nicht, wenn Damian offensichtlich glaubte, er hätte nichts mehr zu verlieren.

»Soll ich dich zu Hause absetzen?«, fragte Ben, als sie ihre Handtasche über die Schulter hängte.

Hanson wandte sich grinsend um, weil ihr klarwurde, dass er ihre

Stimmung richtig gedeutet hatte, ohne dass sie irgendetwas hatte sagen müssen. Sie machte einen halbherzigen Versuch zu widersprechen. »Dann kommst du ja noch später ins Bett. Du wirst jede Minute brauchen.«

Lightman zuckte die Schultern. »Du vergisst, dass ich ein Roboter bin. Ich brauche eigentlich keinen Schlaf.«

»Stimmt. Also, wenn du dir sicher bist … Wahrscheinlich traue ich deinen Fahrkünsten im Moment mehr als meinen.«

»Ich kann morgen früh einen Schlenker machen und dich auch wieder abholen«, bot er an. »Um die Zeit ist eh kein Verkehr.«

Sie folgte ihm zum Qashqai und fragte sich, ob es ihn stören würde, wenn sie auf der Fahrt eindöste. Aber als sie es sich auf dem Sitz gemütlich gemacht hatte, dachte sie erneut daran, wie viel reizbarer als sonst Ben den ganzen Tag über gewirkt hatte. Sobald er den Motor angelassen hatte, fragte sie ihn deshalb: »Alles so weit okay mit dir?«

Ben schwieg einen Moment, bevor er sagte: »Schätze schon. Es ist alles ein bisschen …«

Er brach ab und seufzte laut auf. Hanson blickte ihn von der Seite an und sah, dass seine Augen ungewohnt glänzten.

Er rieb sich übers Gesicht, und Hanson wandte den Blick wieder auf die Straße. Sie wusste, wie demütigend es für ihn war, so emotional zu werden.

»Tut mir leid. Ich bin ziemlich erledigt.«

»Schon okay«, sagte sie.

Ben schüttelte den Kopf. »Jetzt ist nicht der richtige Zeitpunkt. Lass uns irgendwann in den nächsten Tagen darüber reden.«

»Klar«, sagte Hanson und hatte kurz das Gefühl, ins Leere zu fallen. Offenbar konnte oder wollte er nicht mit ihr darüber sprechen, oder sie und die anderen hatten einen schweren Fauxpas begangen. »Aber ich rede immer gerne. Wenn du willst. Selbst frühmorgens.«

Sie blickte ihn an und sah sein angedeutetes Lächeln.

»Ich weiß«, sagte er.

Sie fuhren schweigend bis zu Hansons Haus, aber ihr war nicht mehr zum Dösen zumute. Sie ging im Kopf noch einmal den Tag durch und versuchte zu verstehen, was passiert war.

Als der Qashqai vor dem Haus hielt, sagte Ben sehr viel entspannter: »Ich bring morgen früh Pasteten mit. Ich hab noch ein paar im Gefrierschrank.«

»Wie kann jemand nur so gut organisiert sein?« Sie löste den Sicherheitsgurt und bemühte sich ihrerseits um einen lockeren Ton. »Auf einen neuen Tag auf Zucker-Highs. Aber erzähl meiner Mum nichts davon.«

»Macht sie sich Sorgen um dich?«

»Sie befürchtet, dass meine Ernährung in einer diabetischen Katastrophe enden könnte«, antwortete Hanson mit einem leicht gezwungenen Lächeln.

»Gott, bitte mach jetzt keine Diät«, erwiderte Ben. »Ich glaube nicht, dass wir es überleben würden, wenn du müde, überarbeitet *und* auf Zuckerentzug bist.«

Hanson lachte. »Hast du etwa Angst, ich könnte schlechte Laune bekommen?«, fragte sie. »Oder komplett ausrasten, wie ein Gremlin, wenn man ihm Wasser gibt?«

»Gremlin«, sagte Ben. »Definitiv Gremlin.«

Bei seiner Rückkehr fand Jonah Michelle schlafend auf dem Sofa vor, Milly war in ihrem Tragebettchen daneben weggenickt. Beides war kein gutes Zeichen, und Jonah hatte erdrückende Schuldgefühle, weil Michelle sich wahrscheinlich mit Milly abgemüht hatte, während er mit Jojo geplaudert hatte. Er hatte zwar selbst auch nicht geschlafen, aber ein Kind zu betreuen, das nicht einschlafen wollte, hatte etwas ganz besonders Erschöpfendes, genauso wie ständig wieder geweckt zu werden, wenn Milly unruhig schlief. Das schlauchte auf jeden Fall mehr als Überstunden.

Er schrieb Michelle eine Notiz und nahm Milly mit ins Schlafzimmer, auch wenn er fürchtete, sie könnte die wenigen Stunden

Schlaf stören, die ihm selbst blieben. Aber Michelle zu wecken und sie dann den nächsten Tag mit Milly allein zu lassen wäre noch schlimmer.

Sie brauchten einen Babysitter, dachte er. Wahrscheinlich würde er heute Abend wieder lange arbeiten, egal was bei der Befragung von Keely Lennox herauskam. Es gab zu viele Strippen zu ziehen, zu viele Dinge zu organisieren.

Da Milly schon auf Zwiemilch umgestellt war, sollte es nicht allzu schwer sein, jemanden zu finden, der sie gelegentlich übernahm. Selbst ohne vorherige Erfahrung fand Jonah es ziemlich leicht, ihr das Fläschchen zu geben.

Aber sie verfügten weder über ein in der Nähe wohnendes (vernünftiges) Elternteil noch über ein Netzwerk junger Mädchen, die sich ein Taschengeld verdienen wollten. Es gab niemanden, den sie einfach so um Hilfe bitten konnten. Vielleicht waren Sophie und Roy bereit einzuspringen. Es wäre schließlich ein gutes Training für den eigenen Nachwuchs.

So leise er konnte, zog er sich aus und legte sich ins Bett. Trotz bester Vorsätze döste er mit dem Bild vor Augen ein, wie die Scheinwerfer seines Wagens Jojos blondes Haar erfasst hatten.

19.

Keely war lange vor Veronica wach. Sie ging leise ins Bad, wusch sich mit möglichst wenig laufendem Wasser, bürstete sich das Haar und steckte es vor dem Spiegel zu einem Dutt hoch, bevor sie in ihr Zimmer zurückkehrte. Sie verstaute das Waschzeug, das man ihr aus dem Heim geschickt hatte, wieder in die Tasche. Wenn alles nach Plan lief, würde sie nicht noch eine Nacht hier schlafen.

Sie zog ihr mit Pailletten besetztes Superdry-T-Shirt und Jeans an und ging, als Veronica eine Weile wach war, in die Küche, um mit ihr zu frühstücken. Mit einem knappen Lächeln registrierte sie, dass die Sozialarbeiterin eine große Portion Rührei gemacht und den Tisch mit Marmelade, Toast und warmen knusprigen Brötchen gedeckt hatte, als gälte es sechs Leute satt zu kriegen und nicht nur sie beide.

Sie nahm eine Scheibe Toast und erlaubte Veronica, sie mit Rührei zu beladen. Sie aß langsam und lauschte höflich dem Geplapper der Sozialarbeiterin, bevor sie in ihr Zimmer ging, um die Reisetasche zu holen und ihre Steppjacke überzuziehen. Als sie fertig war, schickte sie eine weitere Nachricht.

Zeit für Runde zwei. Ich hoffe, du hast es bequem.

Veronica klopfte an die Tür, bevor eine Antwort eingegangen war. »Der Wagen ist da«, sagte sie.

Keely hängte die Tasche über die Schulter und trat in den Flur.

Hansons Wecker hatte viel zu früh geklingelt. Es kam ihr vor, als hätte sie sich gerade erst in die Decke gekuschelt und höchstens eine Handvoll Schlaf abbekommen. Aber immerhin hatte sie nicht wie befürchtet stundenlang über Bens Worte nachgegrübelt.

Heute Morgen blieb auch nicht viel Zeit, um über irgendwas nachzudenken, was wahrscheinlich ein Segen war. Sie hatte sich gerade angezogen, halbwegs präsentabel gemacht und mit einem Isolierbecher Kaffee bewaffnet, als sie den Motor von Bens Qashqai hörte.

Ben sah natürlich perfekt gekleidet und ausgeruht aus, kein Zeichen von Anspannung. Er lachte, als sie mit ihrem Kaffee zu ihm in den Wagen stieg.

»Ich werde zuletzt lachen«, erklärte sie ihm. »Ich werde heute Mittag einen Notfall in der Familie vortäuschen und wieder ins Bett gehen.«

Ben überlegte. »Ich habe meinen Notfall in der Familie schon auf Abruf, deshalb bin ich vielleicht schneller.«

»Das ist nicht fair. Du kannst nicht meine Idee klauen.«

Ben grinste sie an. »Alles ist fair, wenn man nur drei Stunden geschlafen hat.«

Milly hatte durchgeschlafen, und um kurz vor sechs legte Jonah sie wieder neben Michelle im Wohnzimmer ab. Seine Partnerin schlief noch immer auf dem Sofa, das Gesicht halb verdeckt von ihrem dunklen Haar, die Beine wie zur Abwehr angezogen.

Aus Sorge, Michelle oder Milly zu wecken, beschloss er, auf den morgendlichen Kaffee zu verzichten. Stattdessen schrieb er eine kurze Nachricht und versprach, sich noch heute um eine Kinderbetreuung zu kümmern.

Er wusste nicht genau, warum er sich plötzlich so sicher war, dass Michelle Probleme hatte. Es war nur eine Reihe von Eindrücken gewesen: ihre Panik in dem Pub, die knappe Antwort auf seine Nachricht, das Sofa und sein schlechtes Gewissen, so spät nach Hause zu kommen.

Aber vielleicht hatte die Erkenntnis auch etwas mit Keely Lennox zu tun. Konfrontiert mit ihrer Geschichte, hatte er viel darüber nachgedacht, was es bedeutete, Eltern zu sein. Und es waren nicht nur angenehme Gedanken gewesen.

Bevor er das Haus verließ, schlich er in den ersten Stock, um sich im Bad zu waschen und umzuziehen. Er hätte viel für eine heiße Dusche gegeben, aber die Rohre im Haus waren uralt, sodass er Michelle und Milly garantiert gestört hätte. Also wusch er sich mit einem Lappen am Waschbecken und richtete sich auf, um sich im Spiegel zu betrachten.

Während er sein Haar zurechtstrich, ertappte er sich bei dem Gedanken, dass Keely in diesem Moment vielleicht auch vor dem Spiegel stand und übte, was sie über Jared Boula sagen wollte.

Mit einem Mal sah er keine manipulative Soziopathin mehr, sondern eine junge Frau, der schon zweimal nicht geglaubt worden war. Eine junge Frau, die zumindest über einen ihrer Missbraucher die Wahrheit gesagt hatte. Und er erkannte, dass alles, was sie getan hatte, ein Kampf darum gewesen war, Gehör zu finden. Vertrauen. Schutz.

Irgendwie war es absolut erwartbar, dass in diesem Moment sein Handy summte und Linda McCulloughs Nummer auf dem Display aufleuchtete. Und es überraschte auch nicht, dass sie um sechs Uhr morgens schon bei der Arbeit war. Die Chefin der Spurensicherung war unbestreitbar ein Workaholic.

Er nahm das Gespräch so schnell wie möglich an und murmelte eine Begrüßung.

»Ich bin froh, dass Sie schon auf sind«, sagte Linda gewohnt forsch und trocken. »Ich habe mir die in der Schule gesicherten Beweismittel noch einmal angesehen und sehr viel mehr entdeckt, als auf den ersten Blick ersichtlich war.«

»Das überrascht mich nicht«, sagte Jonah.

»In der Handtasche der Schaufensterpuppe waren Fotos«, sagte sie. »Auf einigen sieht man einen unbekannten Desktop-Computer, dann einen Zoom auf einen bestimmten Ordner. Und die übrigen zeigen den Inhalt dieses Ordners, und es ist … nun ja, es ist bestimmt kein schöner Anblick. Pornographische, brutale Bilder mit Kindern.«

Jonah wurde erst wütend und dann traurig wegen Keely, weil er ihr nicht geglaubt hatte.

Er versprach McCullough, bald im Kommissariat zu sein, und verließ das Haus. Als er in seinen Mondeo stieg, merkte er, dass er sich geradezu darauf freute, mit Keely zu reden. Als Erstes würde er ihr sagen, dass er ihr helfen wollte.

Um halb sechs war es auf der Straße vor der sicheren Wohnung noch still. Nur aus der Ferne hörte Veronica Verkehrsrauschen, und am Straßenrand wartete auch kein Wagen. Nur ein Geländewagen ein Stück weiter die Straße hinauf, und ein Lieferant auf einem Motorrad, der auf der anderen Straßenseite telefonierte.

»Er hat geschrieben, er sei hier«, sagte sie zu Keely und blickte die Straße hinunter. »Vielleicht hat er um die Ecke geparkt.«

Veronica schickte dem Fahrer eine Nachricht und fragte ihn, wo er war. Als diese nach einer Weile immer noch als ungelesen markiert war, ging sie bis zur nächsten Seitenstraße. Sie fühlte sich langsam und schwer. Ihre Hüfte, die angeblich erst in ein paar Monaten operiert werden musste, tat weh und wurde immer steifer. An manchen Morgen fragte sie sich, ob sie ihr Gewicht überhaupt noch tragen würde, aber im Laufe des Tages lockerte sie sich meistens ein wenig, um abends dann wieder schlimmer zu werden.

Sie blickte erneut auf ihr Handy. Der Fahrer hatte ihr geschrieben. Sie ging ein paar Schritte die Straße hinunter, als sie Wortfetzen aufschnappte und meinte, Keely sprechen zu hören. Irgendwo hinter ihr startete ein Motor. Als sie sich umdrehte, war der Geländewagen schon angefahren, noch bevor dessen hintere Tür ganz zugeschlagen worden war.

Er gab Gas, fuhr, unmittelbar gefolgt von dem Deliveroo-Fahrer, an ihr vorbei und ließ eine leere Straße zurück.

Veronica rief Keelys Namen, obwohl sie schon wusste, dass das Mädchen verschwunden war.

Jonah hatte das CID gerade betreten, als das Handy in seiner Tasche vibrierte. Er erkannte die Nummer auf dem Display nicht, nahm das Gespräch jedoch trotzdem an.

»DCI Sheens.«

»Hier ist Veronica vom Jugendamt«, sagte eine Frauenstimme. Im Hintergrund hörte man Straßenlärm. Die Frau klang panisch. Kurz vor den Tränen. »Keely ist verschwunden. Sie ist zu irgendjemandem in den Wagen gestiegen. Ich glaube, es war geplant.«

Und Jonah fragte sich, wieso er das nicht erwartet hatte.

Veronica traf ein, während er noch dabei war, den Detective Chief Superintendent darüber zu informieren, dass ihre Zeugin verschwunden war. Der DCS nahm es mit gewohnter Gelassenheit, trotzdem hatte Jonah nach dem Telefonat das Gefühl, ein Totalversager zu sein.

Lightman führte die Sozialarbeiterin in Jonahs Büro. Die Frau mittleren Alters blickte ihn so schamerfüllt an, dass Jonah sich gedrängt fühlte, sie zu trösten.

»Es tut mir wirklich sehr leid«, sagte er. »Ich glaube nicht, dass Sie sich in irgendeiner Weise verantwortlich fühlen sollten. Wenn jemand es hätte vorhersehen können, dann ich.«

Veronica verzog das Gesicht. »Aber sie waren nicht vor Ort und haben sich weglocken lassen.«

Er lächelte so mitfühlend, wie er nur konnte. »Sie sagten, Sie haben eine Textnachricht bekommen?«

»Ja.« Veronica zog ihr Handy aus der Tasche. »Sie lautete: ›Ich parke vor der Tür.‹ Von einer Nummer, die ich nicht kannte, deshalb habe ich angenommen, dass es das Taxi war, das ich gebucht hatte.«

»Sie wissen nicht, wie jemand an Ihre Nummer gekommen sein könnte?«

»Nein«, sagte Veronica und fügte dann hinzu: »Aber … Keely wusste, dass wir ein Taxi nehmen wollten, und sie hatte gestern Abend reichlich Gelegenheit, mein Telefon in die Hände zu bekommen und meine Nummer herauszukriegen.« Sie zuckte verlegen die Schultern. »Ich dachte nicht, dass ich es vor ihr schützen muss.«

»Dazu hat Sie auch niemand aufgefordert«, stimmte Jonah ihr mit einem knappen Lächeln zu. Er nahm das Handy und notierte die Nummer. »Haben Sie rückblickend den Eindruck, Keely könnte das Ganze geplant haben?«

»Ich weiß nicht«, sagte Veronica mit besorgter Miene. »Ich meine, sie könnte auch entführt worden sein. Aber ich frage mich schon, wie sie uns gefunden haben, wenn Keely es ihnen nicht erzählt hat. Natürlich könnte uns gestern Abend jemand aus dem Kommissariat gefolgt sein … Aber woher sollten sie meine Nummer haben?«

»Gab es Geräusche eines Kampfes?«, führte Jonah sie zu der Ausgangsfrage zurück.

Veronica seufzte. »Es ging alles sehr schnell. Mir war, als hätte ich sie etwas sagen hören, aber es gab kein Geschrei. Keine Konfrontation. Vielleicht hat sie einfach die Tür aufgemacht und ist eingestiegen. Sie könnte aber auch von mehreren Personen in den Wagen gezerrt worden sein.«

Jonah nickte. Er konnte sich gut vorstellen, wie Keely zügig einen wohlüberlegten Plan ausgeführt hatte, doch er war sich auch bewusst, dass sie für die drei Männer, deren Verurteilung sie mit allen Mitteln erreichen wollte, eine Bedrohung darstellte. Sie durften nicht einfach so davon ausgehen, dass sie aus freien Stücken verschwunden war.

»Wir werden natürlich überprüfen, ob es Aufnahmen von Überwachungskameras gibt«, sagte er zu Veronica. »Ist Ihnen an dem Fahrzeug, in dem Keely weggefahren ist, irgendetwas aufgefallen?«

Veronica schürzte die Lippen. »Es war ein Geländewagen. Ein

Land Rover oder so. Er sah schon ein bisschen älter aus und hatte wie gesagt keine Nummernschilder. Tut mir leid, ich … ich weiß, dass Ihnen das überhaupt nicht weiterhilft.«

»Konnten Sie einen Blick auf den Fahrer werfen?«

Veronica seufzte. »Flüchtig. Ich denke, es war ein Mann. Kurzes Haar. Schwarze Jacke, glaube ich. Aber ich hatte nicht viel Zeit …« Sie schüttelte den Kopf. »Ich weiß nicht … Sonst war da nur noch dieser Typ vom Lieferdienst. Während wir gewartet haben, hat er telefoniert und ist dann direkt nach dem Geländewagen losgefahren. Ich bin mir natürlich nicht sicher, aber ich hatte den Eindruck, er gehört dazu.«

»Hatte er einen Wagen?«, fragte Jonah.

»Nein«, sagte Veronica. »Ein Motorrad.«

Jonah sah sie scharf an. »Und wie alt war der Fahrer?«

»Ich … ich weiß nicht. Aber er war ziemlich schlank, hatte helle Haut. Vermutlich eher jung.«

Jonah nickte. Sollte es Aufnahmen von Überwachungskameras geben, würden sie das natürlich überprüfen, aber das hörte sich sehr nach Callum Taylor an, der wahrscheinlich als Verstärkung oder zur Ablenkung vor Ort gewesen war, falls Veronica sich nicht lange genug abgewandt hätte.

Und wenn es sich um Callum Taylor gehandelt hatte, dann hatte jemand anderes den Geländewagen gefahren. Wenn Keely das alles tatsächlich geplant haben sollte, dann hatte sie mehr als eine Person auf ihrer Seite.

»Wir stehen demnach vor einer neuen Situation«, sagte Jonah und hockte sich auf den Tisch des kleineren Besprechungszimmers. Sie waren aus ihrem bevorzugten Raum gedrängt worden, um Platz für das Treffen der leitenden Beamten um acht Uhr zu schaffen. Normalerweise hätte Jonah daran teilgenommen und die Woche mit der Zuteilung von Fällen, Haushaltsentscheidungen und Personalfragen begonnen. Aber der DCS hatte ihn entschuldigt, was für Jonah der bisher größte Gewinn dieses Vormittags war. Er war lieber hier bei seinem Team.

»Keelys Verschwinden ist beunruhigend, weil wir erstens nicht wissen, ob es freiwillig geschehen ist. Selbst wenn ich ihr absolut zutraue, das Ganze geplant zu haben, ist sie wegen der Männer, deren Freiheit sie bedroht, auch ein potenzielles Opfer.« Er blickte jedes Mitglied seines Teams an. »Wir dürfen nicht vergessen, dass Frank Pinder nach wie vor flüchtig ist und wir im Moment nicht mit Sicherheit wissen, wo sich Henry Murray-Watt aufhält.«

»Und was heißt das für uns?«, fragte Hanson. »Konzentrieren wir uns jetzt auf die Suche nach Keely?«

»Es versetzt uns leider in die Lage, dass wir jetzt dringend nicht nur ein, sondern zwei Mädchen finden müssen.« Jonah trank einen Schluck Kaffee. »Dass es Nina gutgeht, ist nach Keelys Verschwinden noch fraglicher als zuvor. Keely steht uns nicht mehr als potenzielle Zeugin zur Verfügung, so wenig sie uns bisher auch geholfen hat. Dass sie höchstwahrscheinlich ein Missbrauchsopfer ist, schließt die Möglichkeit nicht aus, dass sie ihre Schwester in Gefahr gebracht hat. Und schlimmer noch: Wenn sie nicht freiwillig verschwunden ist, dann ist jetzt niemand mehr da, der Nina freilassen oder sie mit Nahrung und Wasser versorgen und aufpassen kann, dass sie nicht verblutet.«

Alle schwiegen, doch die Zeit tickte unerbittlich weiter, das spürten sie schmerzhaft.

»Wenn wir für einen Moment annehmen, dass Keely freiwillig eingestiegen ist«, sagte Hanson schließlich, »und die Tatsache außer Acht lassen, dass Sie Spekulationen hassen … Wenn Keely wirklich eine Spur gelegt hat, die am Ende zu Nina führt, würde das nicht heißen, dass sie uns genug Material geliefert hat, um damit zu arbeiten?«

»Wenn sie freiwillig gegangen ist, ja«, stimmte Jonah ihr zu. »Aber vielleicht führt die Spur auch nur zu den drei Männern, und sie lässt Nina erst frei, wenn wir sie verhaftet haben.«

»Keelys Telefon ist vermutlich ausgeschaltet«, meldete Lightman sich zu Wort.

»Ja. Kein Signal, seit sie in den Geländewagen gestiegen ist«, sagte Jonah.

»Betrachtet Quicks Team ihr Verschwinden als Entführungsfall?«, fragte Lightman.

»Ich glaube, sie sind in alle Richtungen offen«, erwiderte Jonah.

Er erkannte, dass Ben mit der Antwort unzufrieden war, doch bevor er ihn darauf ansprechen konnte, fragte Hanson: »Sagt uns der kennzeichenlose Geländewagen irgendwas?«

»Sally Murray-Watt besitzt einen grünen Range Rover«, bemerkte Lightman. »Erstzulassung achtundneunzig. Wenn sie die Nummernschilder abmontiert hat, würde er wahrscheinlich Veronicas Beschreibung entsprechen.«

»Du guckst nicht mal in deine Notizen, du Oberstreber«, sagte O'Malley.

»Wer braucht schon Notizen?«, fragte Lightman mit einem dünnen Lächeln.

»Glauben wir, Sally Murray-Watt hilft ihr, oder glauben wir, sie und ihr Mann haben sie gemeinsam entführt?«

Nach einem kurzen Schweigen sagte Jonah: »Ich denke, wir müssen den Murray-Watts dringend einen Besuch abstatten. Wer meldet sich freiwillig?«

Hanson räusperte sich. »Ich würde gerne weiter nach Hinweisen suchen, die Keely hinterlassen haben könnte, wenn das für alle okay ist.«

»Das ist das Gegenteil von sich freiwillig melden«, sagte O'Malley lachend. »Aber ich mache gern eine Spazierfahrt durch die schöne Natur. Willst du mitkommen, Ben?«

»Von mir aus«, erwiderte Lightman nach einem winzigen Zögern. Jonah fragte sich, ob das an der Spannung zwischen ihm und O'Malley lag, die scheinbar aus dem Nichts gekommen war. Seine beiden Sergeants waren normalerweise dicke Freunde und großartige Kollegen. Er konnte sich nicht erinnern, dass sie sich schon einmal gestritten hatten.

Die Veränderung war offensichtlich von Lightman ausgegangen. Der sonst so ruhige und emotionslose jüngere Sergeant reagierte plötzlich aggressiv auf vieles, was O'Malley zu sagen hatte. Jonah war nicht entgangen, dass es meistens um die Frage ging, ob man Keely Lennox' Anschuldigungen Glauben schenken sollte, aber er wusste aus Erfahrung, dass oft etwas ganz anderes dahintersteckte als der vermeintliche Anlass. Wenn man sich eine Zeit lang über eine Sache geärgert hatte, konnte man leicht wegen einer anderen ausflippen.

Er und Jojo hatten einen Ausdruck dafür gehabt, nach einem Kunden, der wegen Geranien-Hybriden in einem von ihr gestalteten Garten ausgerastet war. Später hatte er zugegeben, dass seine Mutter von Geranien-Hybriden besessen und sein Wutausbruch die Folge einer zutiefst dysfunktionalen Beziehung zu besagter Mutter gewesen war.

»Geranien-Hybride« war ihr Codewort für einen Streit gewesen, der auf unausgesprochenem Stress beruhte. Er hatte es sich bewusst abgewöhnt, den Begriff Michelle gegenüber zu benutzen, weil sich das illoyal angefühlt hätte.

Schwierig war jetzt bloß zu entscheiden, ob Lightman einen Geranien-Hybride-Moment hatte oder ob er in dieser speziellen Ermittlung einfach nur besonders emotional war, ein weiterer Faden in einem ohnehin komplexen Gewirr.

»Ich denke«, sagte Jonah schließlich, als ihm bewusst wurde, dass er eine Weile geschwiegen hatte, »im Moment ist es für uns entscheidend, die Identität der drei Männer, die Keely hinter Gitter bringen will, zweifelsfrei zu ermitteln. Wenn sie freiwillig verschwunden ist und will, dass wir ihrer Spur folgen, müssen wir wissen, mit wem wir es zu tun haben. Und wenn sie entführt wurde, stecken diese Männer wahrscheinlich ebenfalls dahinter.«

»Ich denke, wir können mittlerweile ziemlich sicher davon ausgehen, dass die ersten beiden Männer Frank Pinder und Henry Murray-Watt sind«, sagte O'Malley.

Jonah nickte. »Frank Pinder ist gesetzt. Ihre Hinweise haben uns direkt zu ihm geführt. Und wie Ben gestern Abend gesagt hat, macht sie Henry für einen großen Teil ihres Leidens verantwortlich, auch wenn wir bisher noch keine Beweise dafür gefunden haben. Stimmt irgendjemand mit dieser Analyse nicht überein?«

Nach einem kurzen Schweigen fragte Hanson: »Und was ist mit dem dritten Mann? Der wahrscheinlich unser Volvo-Fahrer ist. Ich glaube nicht, dass das Jared Boula in dem Video ist. Er hat keine Verwandten in Großbritannien und offenbar nur wenig Freunde. Keiner seiner Kollegen fährt einen Volvo, das haben wir überprüft, und seine Freundin besitzt überhaupt kein Auto.« Sie blickte zu Jonah auf. »Bis jetzt bin ich auch in Keelys Befragungen auf niemanden gestoßen, der der Rolle entsprechen könnte. Sie erwähnt weder einen bestimmten Lehrer noch sonst jemanden in einer Machtposition. Dabei hat sie deutlich gemacht, dass diese drei Männer alle Macht über sie hatten. Also, auf wen trifft das zu?«

»Was ist mit ihrem Sozialarbeiter?«, fragte Lightman. »Mark Slatterworth. Er war erst seit einem halben Jahr für sie zuständig, als sie die Murray-Watts verlassen haben.«

Jonah nickte langsam. »Er hätte auf jeden Fall Zugang zu ihnen haben können, obwohl er sie laut ihrer Jugendamtsakte kaum gesehen hat. Aber er spricht mit einem ganz anderen Akzent. Der Volvo-Fahrer klingt, als wäre er aus der Gegend – falls der Akzent nicht aufgesetzt ist.«

»Slatterworth wirkte nicht im Geringsten nervös, als er zu uns gekommen ist«, sagte O'Malley. »Und ausgehend von den Leuten, mit denen wir es sonst zu tun haben, ist er so weit entfernt vom Typ des Missbrauchers, wie man es sich nur vorstellen kann.«

»Es gibt keinen ›Typ des Missbrauchers‹«, schoss Lightman zurück. »Das ist doch der ganze Zweck einer Ermittlung.«

Da war es wieder, dachte Jonah. Derselbe wunde Punkt. Aber O'Malley beschwichtigte sofort: »Ah, da hast du recht.« Und Ben entspannte sich wieder.

»Also«, sagte Jonah. »Wir ermitteln und suchen nach Beweisen. Wo fangen wir an?«

»Ich schätze, wir halten uns am besten an die objektiven Fakten«, sagte O'Malley und blickte Ben an. »Die in ihrer Jugendamtsakte verzeichneten Kontakte …«

Lightman stieß ein kurzes Lachen aus. »Ich glaube, ihre Jugendamtsakte als ›objektiv‹ zu bezeichnen, ist ziemlich kurz gedacht.«

O'Malley warf Jonah einen hilflosen Blick zu. Er war überhaupt kein streitlustiger Typ und umschiffte eine Konfrontation, wenn es irgendwie ging, lieber mit ein paar scherzhaften Bemerkungen. Aber Lightmans aggressives Auftreten setzte ihm sichtlich zu.

»Okay, Ben«, sagte Jonah leise. »Wie sollten wir Ihrer Meinung nach vorgehen?«

»Ich denke, wir sollten aufhören, alles in Zweifel zu ziehen, was Keely uns erzählt hat, und ihr vertrauen«, sagte Lightman mit ungewöhnlich heiserer Stimme. »Ich sehe die Lennox-Schwestern nicht als die beiden manipulativen Teenager, für die ihr sie offenbar alle bereitwillig haltet. Überhaupt nicht. Ich sehe zwei junge Mädchen, die vom System drastisch im Stich gelassen worden sind und von denen eine offensichtlich in echter Gefahr schwebt. Also hören wir auf, uns in Zweifeln zu verzetteln, und benutzen wir das, was Keely uns gegeben hat, um die beiden zu finden.«

Es entstand ein ebenso unbehagliches wie mitfühlendes Schweigen. Die emotionale Reaktion ihres sonst so distanzierten Kollegen machte alle verlegen.

»Ich stimme Ihnen zu, dass man die Mädchen im Stich gelassen hat«, sagte Jonah schließlich so behutsam wie möglich. »Man muss jedem Jugendlichen, der solche Anschuldigungen erhebt, erst mal glauben. Aber das bedeutet nicht, dass wir die Sache nicht trotzdem von allen Seiten betrachten sollten. Es ist nach wie vor möglich, dass Keely sich mit Absicht entfernt hat und weiter ihre Spielchen spielt, und sei es aus den edelsten Motiven.«

Er wusste nicht, wie er den Einwand noch weniger konfrontativ hätte formulieren können, und war deshalb mehr als überrascht, als Ben abrupt aufstand, den Raum verließ und die Tür fest hinter sich schloss.

Nach seinem Abgang herrschte tiefes Schweigen. Darauf war keiner von ihnen vorbereitet gewesen. Jonah musste irgendwie mit der Situation umgehen und dafür sorgen, dass sein Team vernünftig arbeitete.

»Entschuldigen Sie«, sagte er schließlich. »Wir haben alle zu wenig geschlafen, und ich habe das nicht sonderlich gut gehandhabt.«

»Ach, es war bestimmt meine Schuld«, sagte O'Malley. »Ich hab ja gemerkt, dass er anderer Meinung war als ich. Ich hätte einfach den Mund halten sollen. Und eigentlich bin ich auch gar nicht anderer Meinung. Ich will bloß sichergehen, dass wir nicht hinters Licht geführt werden.«

»Sie müssen uns immer sagen, was Sie über einen Fall denken«, erwiderte Jonah entschieden. »Ohne Rücksicht auf Konsequenzen.«

O'Malley nickte, sichtlich erleichtert.

»Aber … Ben hat schon recht«, sagte Hanson. »Wir haben zwar keine Ahnung, ob Keely freiwillig verschwunden ist oder nicht, doch wir wissen, dass sie die Wahrheit gesagt hat.«

»Sollten wir nicht die ein- und ausgehenden Anrufe von ihrem Handy überprüfen?«, schlug O'Malley vor. »Wenn sie ihre Flucht geplant hat, muss sie das per Handy gemacht haben. Und wenn sie entführt wurde, hat man sie vielleicht genauso getäuscht wie Veronica. Womöglich hat sie eine Nachricht erhalten, dass sie in den Wagen steigen soll.«

»Ein guter Punkt«, sagte Jonah. »Das sollten wir uns ansehen.« Er blickte zu O'Malley. »Wäre es Ihnen lieber, wenn Juliette mit Ihnen zu den Murray-Watts fährt?«

»Ach, nein. Ich vertrag mich schon wieder mit Ben«, sagte der

Sergeant, und seine gewohnte Fröhlichkeit kehrte zurück. »Egal wie genervt er von mir ist, er ist bestimmt nicht lange sauer, wenn ich ihm Donuts kaufe.«

Hanson kehrte an ihren Schreibtisch zurück. Was um alles in der Welt war nur mit Ben los?, dachte sie. Er war nirgendwo zu sehen und hatte auch keine Nachricht hinterlassen.

Sie war eigenartig frustriert von ihm, was wahrscheinlich auch am Schlafmangel lag. Warum konnte er ihr nicht einfach sagen, was er auf dem Herzen hatte? Es war so schwer, ihm zu helfen, wenn er nicht bereit war, sich zu öffnen.

Sie zog ihren Stuhl zurück, setzte sich und sah, wie O'Malley seine Schlüssel nahm, wahrscheinlich, um die Friedensangebots-Donuts zu besorgen.

Sie zog ihr Handy aus der Tasche und schaffte es nach drei Anläufen, Ben eine kurze Nachricht zu schicken. Sie hoffe, es gehe ihm gut, schrieb sie, und es tue ihr leid, dass sie keine große Hilfe gewesen sei.

Erst als sie die Nachricht abgeschickt hatte, bemerkte sie das Paket auf ihrem Tisch, ein kleines Hermes-Päckchen mit ihrem Namen und der Adresse der Polizeistation.

Sie betrachtete es mit gerunzelter Stirn und versuchte sich zu erinnern, was sie in letzter Zeit bestellt hatte. Normalerweise achtete sie darauf, Sendungen, die nichts mit der Arbeit zu tun hatten, zu sich nach Hause schicken zu lassen. Die Benachrichtigung über eine nicht erfolgte Zustellung machte in der Regel weniger Stress als die Sicherheitskontrolle durch die Kollegen am Empfang. Diese Sendung hatte man jedoch offensichtlich für korrekt befunden, und sie riss erwartungsvoll die Verpackung auf.

Das Päckchen enthielt eine kleine schlichte Schachtel. Hanson nahm den Deckel ab und sah einen mit Styropor gepolsterten Memory-Stick mit einem violetten Geschenkanhänger. Sie drehte ihn um und las:

Für DC Juliette Hanson. Von Keely xxx

Sie starrte einen Moment lang regungslos auf den Stick, bevor sie ihren Laptop nahm und ihn vom WLAN trennte, wie es das IT-Team ihr eingetrichtert hatte. Sie würde bestimmt keinen ungeprüften Datenträger in einen Rechner mit Zugang zu polizeilichen Datenbanken stecken. Viren und Trojaner wurden fast immer durch menschliches Fehlverhalten verbreitet, hatte das IT-Team gesagt.

Sie klickten den Flash-Speicher an, der in der Tool-Bar angezeigt wurde, und entdeckte fünfzehn Videos im MP4-Format. Die Thumbnails zeigten alle Keelys Gesicht.

Ihr fröstelte, als sie ihre Kopfhörer einstöpselte und das erste Video startete.

»*Hallo, Detective Constable*«, sagte Keely mit belustigter Miene, doch ihr Blick war direkt und unnachgiebig wie eh und je. »*Ich hoffe, das Geschenk gefällt Ihnen. Es ist eigentlich auch nur für alle Fälle. Ich wollte nicht, dass Sie meine Geschichte verpassen, egal was passiert. Hier ist sie also. Eine Sicherungskopie für Sie.*« Nach einer Pause begann sie: »*Man kann sich seine Geschichte nicht aussuchen. Das habe ich wirklich gründlich gelernt …*«

Hanson starrte auf den Bildschirm, bis die Erkenntnis sackte. Das war die Geschichte, die Keely ihnen erzählt hatte. Von Anfang an. Jeder Teil, Wort für Wort.

20.

Es war leichter als gedacht, Ninny zum Bösewicht zu machen. Und ich meine das in jeder Bedeutung des Wortes »leichter«. Es bedurfte erstaunlich geringer Anstrengung, um ein Gefühl echter Befriedigung zu erlangen, und ich hatte deswegen absolut keine Schuldgefühle. Nicht das leiseste Zucken.

Sie hinterfragten es nicht einmal, als Ninny plötzlich anfing, ungezogen zu sein. Als sie Sallys charakteristischen Burnt-Orange-Lippenstift stahl und ihr weißes Sommerkleid mit Flecken ruinierte. Als sie Schlammspuren auf dem feinen Wohnzimmerteppich hinterließ. Als sie irgendwie die Kette verlor, die Henry für ihren Geburtstag ausgesucht hatte.

Jedes dieser Vergehen war darauf angelegt, Henry möglichst wütend zu machen, indem es seine heftige Abneigung gegen Unordnung im Haus und eine nachlässige Erscheinung der darin lebenden Frauen provozierte.

Sie hätten Ninny zumindest einen Vertrauensbonus einräumen müssen, wenn sie darüber nachgedacht hätten. Ninny hatte nie etwas unbedingt haben wollen, war nie besonders unordentlich gewesen. Sie war gehorsam, pflichtbewusst und gut organisiert. Tatsächlich war ihr Gedächtnis für Dinge genauso hervorragend wie ihr Gedächtnis für Worte. Sie verlor nie etwas.

Aber ich ließ alles ziemlich überzeugend aussehen. Die Flecken auf ihrem Kleid als Beweis für den Diebstahl des Lippenstifts. Die Tatsache, dass ich Ninnys Schuhe benutzt hatte, um damit die Schlammspuren auf dem Teppich zu hinterlassen. Und dann die schöne fließende Kette mit dem Pferdeanhänger, für die sie so viel

Geld ausgegeben hatten und die ich in die Recyclingtonne eines Nachbarn geworfen hatte. Sie würde nie wieder auftauchen, egal wie intensiv Ninny danach suchte.

Sie verstand nicht, wie irgendwas von alldem passiert war. Mich zu verdächtigen fiel ihr nicht ein. Sie konnte sich einfach nicht vorstellen, dass ihre Schwester ihr jemals ein Leid antun würde, jedenfalls damals noch nicht.

In einer eigenartig befriedigenden, aber extrem unfairen Wendung der Ereignisse wurde sie irgendwann wütend auf Callum und warf ihm vor, ihr all diese Vergehen in die Schuhe zu schieben, um ihr Leben zu zerstören. Sie ging im Garten auf ihn los und trommelte mit den Fäusten auf ihn ein. Ich wartete, dass er zurückschlagen würde, dass der gewalttätige Junge zum Vorschein kommen würde, der aus seinem vorherigen Zuhause geworfen worden war.

Aber dieser Junge zeigte sich nie. Callum versuchte bloß weiter sie zu beruhigen. Er ermahnte sie, leiser zu sein, weil man sie sonst hören und sie Ärger bekommen würde.

Vergeblich. Nina wütete immer weiter, und als Henry kam und sie wegzerrte, stand Callum da und sah sie mit so viel Mitleid an, dass ich mich ebenfalls auf ihn stürzen und ihn schlagen wollte. Aber stattdessen blickte ich ihn schockiert an und fragte ihn flüsternd, was sie mit ihr machen würden.

Damals dachte er, ich hätte Angst um sie. Er ahnte nicht, dass ich von prickelnder Vorfreude erfüllt war.

Sie hätten Ninnys Gesicht sehen sollen, als sie zum ersten Mal bestraft wurde. Es war ein Ausdruck, den ich seither bei vielen Menschen gesehen habe. Bei Menschen, die überzeugt davon waren, dass ihr Leben wundervoll ist, weil sie es *verdient* haben. Die denken, dass ihnen niemals etwas Schlimmes widerfahren wird.

Nun, Ninny sollte ihre Lektion lernen. Wie sehr sie auch schluchzte und flehte, es tat nichts zur Sache, genauso wenig wie es das bei mir getan hatte. Die Bestrafung erfolgte trotzdem.

Als sie zum ersten Mal im Dunkeln eingesperrt wurde, schlich ich, als alle schliefen, nach unten, tappte mit klopfendem Herzen und gespitzten Ohren durch die Zimmer und versuchte ihr Wimmern zu hören. Aber nach fast einer Stunde musste ich mir meine Niederlage eingestehen und ins Bett zurückkehren.

Danach begann sie ihre Privilegien zu verlieren. Sie durfte zwei Wochen nicht zum Reitunterricht, und anschließend erklärte man ihr, dass sie selbst zusehen müsse, wie sie dorthin und wieder nach Hause kam. Sally habe zu viel zu tun. Dabei verbrachte Sally den größten Teil ihrer Zeit zu Hause, und der Reitstall war zwei Meilen außerhalb von Godshill.

Sie schöpften auch deshalb keinen Verdacht, weil ich mich bemühte, für Ninny einzutreten. Ich tat sehr viel mehr, als Ninny für mich getan hatte, müssen Sie wissen. Ich betonte Sally gegenüber, dass Ninny doch nur einen einzigen Fehler gemacht habe. Ich weiß noch, wie Sally mich unter Tränen anlächelte und mir sagte, was für eine gute Schwester ich sei. Wie erwachsen ich geworden sei.

Außerdem bot ich Ninny jeden Samstag an, sie auf ihrem Fußmarsch zu den Ställen zu begleiten, wo ich während ihrer Reitstunde Trainingsrunden um die Weide drehte. Hinterher bestand ich darauf, sie von meinem Taschengeld zu einem heißen Kakao einzuladen, wenn wir zurück bis nach Godshill gewandert waren.

Beim dritten Mal fing Ninny an zu weinen, als sie den Becher in den Händen hielt.

»Ich weiß nicht, was ich machen soll«, sagte sie. »Ich strenge mich so an.«

»Es wird schon wieder gut«, versicherte ich ihr, als wäre ich auf ihrer Seite und nicht der Grund für ihren Sturz.

»Das muss es auch, wirklich. Ich halte es nicht länger aus, mich so zu fühlen«, erklärte sie mir.

Ich versuchte meine nagenden Schuldgefühle zu ignorieren, als wir durch die hübschen kleinen Straßen von Godshill nach Hause stapften, Straßen, die an diesem Tag irgendwie trostloser wirkten als sonst, egal wie oft ich mir sagte, dass meine Schwester all das verdient hatte.

Callums Behauptung, es müsse immer einen Bösen geben, war hundertprozentig bewiesen worden. Je häufiger Nina bestraft wurde, desto öfter konnten wir beide schwierige Situationen umschiffen. Callum wurde nicht mehr mit Nahrungsentzug bestraft und nahm entsprechend zu, und mir erging es sogar noch besser. Ich war plötzlich ihr perfektes Kind: die fleißige, schlanke kleine Sportlerin, die affektiert lächelte und ihnen Komplimente machte. Und erwähnte ich schon, wie beliebt ich war? Jeder in der Schule suchte jetzt meine Nähe, und keiner begriff, dass ich sie alle zappeln und für mich tanzen ließ wie Marionetten, weil ich endlich die Fäden entdeckt hatte. Es war eine goldene Saison.

Welch Ironie, dass sie das Produkt absoluter Finsternis war.

Den einzigen wirklichen Augenblick von Zweifel, an den ich mich erinnern kann, erlebte ich, als Callum schließlich dahinterkam, was los war. Ich hatte mich schon gefragt, ob er nicht irgendwann misstrauisch werden müsste, weil die vielen Missgeschicke und das angebliche schlechte Benehmen nicht zu Ninny passten. Und tatsächlich tauchte er eines Nachmittags, als ich glaubte, ich sei allein und könne ungestört Chaos anrichten, aus irgendeinem Grund plötzlich auf.

Mein Plan für diesen Tag war einfach. Ich hatte beobachtet, wie Ninny über den Zaun mit dem Hund des Nachbarn gespielt und ihn ermutigt hatte hochzuspringen. Ich sah, dass sie sich nach seiner Gesellschaft sehnte, ein Wesen, das sie knuddeln und streicheln konnte. Rückblickend denke ich, dass sie vielleicht auch den Gedanken an Rebellion genossen hat.

Aber der Hund war zu klein und zu fett, um es über den Zaun zu schaffen, sodass Ninny schließlich in den Garten schlenderte. Ich erkannte die Gelegenheit und sah ihr lächelnd nach.

Dann schob ich die Terrassentür zum Wohnzimmer auf und ging zu dem Couchtisch in der Ecke, auf dem zwei von Sallys kostbaren japanischen Lampen standen, ein perfektes Paar, riesige lackierte Teile mit beigefarbenen Schirmen. Sie hatte sie ein Jahr zuvor bei Marquis Antiques in Lyndhurst gekauft und vorher viel Überredungskünste aufbieten müssen, um Henry davon zu überzeugen, dass sie ihren Preis wert waren.

Seitdem war Sally wie besessen von den Lampen. Sie polierte sie mindestens einmal pro Woche und ließ keinen von uns in ihre Nähe, selbst wenn wir mit Putzen beauftragt waren.

Ich hatte sie schon seit Wochen im Auge, und nun wusste ich, was ich zu tun hatte. Ich würde eine von ihnen zerbrechen, dann in den Garten und durch die Küche zurück ins Haus laufen, um Sally zu berichten, dass ein Hund im Haus gewesen wäre.

Und was hat ein Hund bitteschön im Haus zu suchen?, würde Sally fragen. Wenn sie den Schaden bis dahin noch nicht bemerkt hatte, würde sie ihn später entdecken. Und wissen wollen, warum die Terrassentür offen gestanden hatte.

Und Ninny, die nie lügen oder etwas verheimlichen konnte, würde sich selbst beschuldigen. Sie würde tatsächlich glauben, es wäre ihre Schuld gewesen.

Ich hatte den Fuß der Lampe schon gepackt, als Callum fragte: »Was machst du da?«

Ich erstarrte und sah zu ihm auf, ängstlich und wütend zugleich.

Callum wirkte schockiert. Selbst wenn er den Verdacht gehabt hatte, dass ich hinter Ninnys Missgeschicken steckte, hatte er es nicht glauben können, bis er es mit eigenen Augen sah. So viel war klar.

»Geh weg«, zischte ich ihn an.

»Nein«, sagte er. »Das werde ich nicht tun. Du willst sie zerbrechen, oder? Und dann wirst du ihr die Schuld in die Schuhe schieben …«

»Sie hat es verdient«, erwiderte ich.

»Nein, hat sie nicht.« Er sprach leise, aber drängend. Rau. »Sie ist ein guter Mensch, und du hast ihr schon genug Kummer bereitet. Wie kannst du ihr noch mehr zumuten wollen? Sie ist deine *Schwester.*«

Ich schnaubte. »Hat sie sich vielleicht um mich gesorgt, als die beiden mich bestraft haben?«

»Sie hat bloß versucht den Kopf einzuziehen«, sagte Callum. »Genau wie wir alle.« Er schüttelte den Kopf. »Ich habe nicht geglaubt ... Ich dachte, du wärst ...«

Er konnte den Satz offenbar nicht zu Ende bringen, und ich spürte eine brennende Hitze im Gesicht.

»Nun, vielleicht bin ich nicht die, für die du mich gehalten hast. Du kannst also anfangen, mich zu hassen, okay? Falls du mich nicht sowieso schon gehasst hast.«

Ich ließ meine Hand sinken, aber ein Teil von mir wollte die Lampe immer noch zerschlagen, sie nicht auf den Boden, sondern auf Callum werfen. Mir war es fast egal, erwischt zu werden.

»Das kannst du nicht machen«, sagte er. »Du weißt, wie heftig Henry sich dagegen gewehrt hat, das Geld auszugeben. Ich war dabei und habe eine halbe Stunde in diesem bescheuerten Laden in Lyndhurst gestanden, während sie ihn beschwatzt hat. Er würde total ausrasten.« Er schluckte und sagte dann: »Wenn du das machst, sag ich ihm die Wahrheit.«

Mir stockte der Atem. Ich wusste, was zu tun war. Ich musste ihn beruhigen, mich bei ihm einschmeicheln und ihn davon überzeugen, dass ich nicht der Mensch war, den er endlich zu Gesicht bekommen hatte. Ich musste ihn manipulieren, so wie ich alle anderen manipuliert hatte.

Aber irgendwie konnte ich das nicht. Ich konnte nur dastehen, zitternd vor Wut und brennender Scham.

»Vielleicht mach ich es doch nicht«, sagte ich schließlich.

Callum nickte und schien endlich wieder zu atmen.

»Aber wenn du es irgendjemandem erzählst«, sagte ich und beugte mich vor, bis mein Gesicht nur noch wenige Zentimeter von seinem entfernt war, »dann sorge ich dafür, dass du hier rausfliegst, das schwöre ich dir. Und du weißt, dass ich es kann.«

Ich sah, wie sich seine Miene veränderte. Die Wut, der Schock, die Erleichterung … alles war wie weggewischt. Er sah nur noch resigniert aus. Als hätte ich mich als so furchtbar erwiesen, wie er es schon lange vermutet hatte.

Ich grub meine Fingernägel in meine Arme und biss die Zähne zusammen, um nicht zu weinen.

Sei nicht so verdammt jämmerlich, sagte ich mir. Er ist bloß ein dummer, naiver Junge.

Aber selbst beim Gedanken daran, wie ich Ninny das nächste Mal wehtun würde, fühlte ich mich nicht besser.

Im Laufe von sieben langen Monaten der Manipulation habe ich mich selbst wirklich kennengelernt. Ich habe erkannt, dass es nicht nur ums Überleben geht, sondern darum, das eigene Glück über das von anderen zu stellen.

Unser zweites Weihnachten war beinahe eine Umkehrung unseres ersten. Ninny bekam praktisch nichts von Wert, während ich dieses Mal mit Geschenken überhäuft wurde. Nur Callum blieb eine Konstante: der Junge in der Mitte, der nie so gut und auch nie so schlecht sein konnte wie einer von uns beiden.

In der Schule wurde ich immer erfolgreicher und populärer, während Ninnys Stern sank. Sie tat sich schwer mit Freundschaften und blieb immer häufiger als Außenseiterin allein. Sie lächelte weniger und war missgünstiger gegen die Menschen um sie herum. Manchmal war sie jähzornig, dann wieder kalt. Distanziert. Ein bisschen wie ich, aber das erkannte ich nur sehr allmählich.

Sie bekam jetzt auch öfter Ärger, was ihr das Leben zu Hause noch schwerer machte. Sie wurde zur Direktorin geschickt, weil sie sich geweigert hatte, die Anweisung einer Lehrerin zu befolgen, oder weil sie Widerworte gegeben hatte. Eines Abends hörte ich, wie Sally Henry erklärte, dass Ninny hatte nachsitzen müssen, weil sie die Arbeit eines anderen Mädchens zerstört und sich rundweg geweigert hatte, sich dafür zu entschuldigen.

Das machte mir meine Aufgabe viel leichter. Immer wenn Sally in die Schule zitiert wurde, um mit der Lehrerin oder, noch besser, der Direktorin über etwas zu sprechen, was Ninny wirklich angestellt hatte, konnte ich ein paar Tage Pause einlegen.

Callum verbrachte jetzt sehr viel mehr Zeit mit meiner Schwester. Er bot ihr Nahrung und Hilfe an, so wie er es früher für mich getan hatte.

Es war klar, dass meine Beziehung zu meinem Pflegebruder zerbrochen war, aber es war kein glatter Bruch. Ein Teil von uns war immer noch auf unangenehme, sinnlose Weise mit dem anderen verbunden. Deshalb gingen wir von Zeit zu Zeit aufeinander zu und redeten reizbar und widerwillig miteinander.

Tatsächlich bestand Callums einziges verbliebenes Interesse an mir darin, mich daran zu erinnern, wie grausam ich war. Er ließ mich nicht vergessen, dass er meine oberflächlichen Schichten offengelegt und die Wahrheit darunter gesehen hatte. Und er wollte diese dunkle Seite von mir offenbar piksen und reizen. Immer wieder fragte er mich nach meinen Untaten, bis ich begriff, dass er fasziniert davon war. Ich glaube, er erkannte in sich selbst einen ähnlichen Hang zum Dunklen und spürte eine Seelenverwandtschaft, wegen der er mich hasste.

Aber zu Ninny war er einfach nur gütig, und ich sah, dass sie zunehmend abhängig von ihm wurde. Er hatte ihr winzige Taschenlampen geschenkt, die sie am Körper tragen konnte, damit sie in dem Keller etwas sehen konnte. Angeblich hatte er sie von einem Freund an seiner Schule, dessen Dad ein E-Bay-Unternehmen führte.

Immer wenn ich die beiden zusammen sah, verspürte ich eine kranke Wut, und kurz nach jenem zweiten Weihnachten beschloss ich, etwas dagegen zu unternehmen.

Ich wusste, dass ich diese Sabotage subtil einfädeln musste. Callum hatte mich durchschaut, und Ninny war … Nun, sie schien mir gegenüber zunehmend abgehärtet. Wenn ich sie dabei ertappte, wie sie mich ansah, spürte ich manchmal einen seltsamen Gleichklang. Als würde mir meine Dunkelheit zurückgespiegelt.

Wenn das geschah, wandte ich mich jedes Mal rasch ab. Ich wollte es nicht sehen. In den schlimmsten Zügen meines Wesens wollte ich einzigartig sein. Unerreicht.

Ich begriff, dass der leichteste Weg, die beiden auseinanderzutreiben, über andere führte. Ich kannte genug Schüler mit Schwestern in Ninas Klasse, um das Gift zu streuen. Gerüchte mussten nicht wahr sein, um sich zu verbreiten. Und ein paar Gleichaltrige hatten auch Geschwister in Callums Stufe der weiterführenden Schule.

Ich träufelte mein Gift in kleinen Dosen. In Callums Stufe ging das Gerücht um, dass Ninny ihren Pflegebruder für einen Sonderling hielt, der nie eine Freundin haben würde. Ich schmückte das Ganze ein wenig aus, indem ich erzählte, er sei offensichtlich in sie verknallt, was widerlich war, weil er viel älter war als sie. Aber vielleicht sei er ja verzweifelt.

Und in Ninnys Stufe streute ich, dass Callum sie eine hässliche Schlampe genannt habe. Das waren ziemlich krasse Worte, aber ich wusste, dass sie sich schneller verbreiten würden, je grober sie waren. Diese Mädchen hatten Spaß daran, sich gegenseitig schlimme Worte zu sagen, und noch viel mehr, sie der einst so beliebten Ninny entgegenzuschleudern.

In jener Woche beobachtete ich Ninny aufmerksam und wartete auf eine Reaktion. Mein Herz hüpfte jedes Mal erwartungsvoll, wenn ich sie sah. Ich fragte mich, ob es offensichtlich sein würde, wenn sie es gehört hatte. Ob ich sie weinen sehen würde. Ob ich so tun sollte, als wolle ich sie trösten.

Als es schließlich passierte, erwischte mich ihre Reaktion ein wenig unvorbereitet. An dem Freitag, einem der Tage, an dem wir gemeinsam mit dem Bus fuhren, traf ich sie nach der Schule. Ihr Gesicht war nicht fleckig und verheult, sondern kalkweiß. Sie biss die Zähne zusammen, und ihr Blick loderte. Es war ein wenig einschüchternd.

Zum ersten Mal, seit ich mich erinnern konnte, ignorierte sie mich komplett, als ich sie ansprach. Sie stolzierte an mir vorbei in den Bus, ging auch vorbei an den Mädchen, die immer häufiger über sie statt mit ihr sprachen, und setzte sich allein auf einen Platz. Auf den Sitz neben sich stellte sie ihre Tasche, damit ich mich nicht zu ihr setzen konnte, wandte sich ab und starrte aus dem Fenster.

Ich erinnere mich an mein Unbehagen. Ich hatte sie verletzen wollen, nicht ihre schmallippige Wut provozieren.

Auf den anderthalb Meilen bis zu unserer Haltestelle beobachtete ich sie mit wachsender Sorge. Ahnte sie, dass ich hinter alldem steckte? Würde sie etwas Irrationales tun?

Ich folgte ihr von der Bushaltestelle bis zu dem leeren Haus. Freitags kam Sally erst um viertel vor fünf zurück, weil sie nach ihrem Pilateskurs meist noch einen Kaffee mit einigen der anderen Teilnehmerinnen trank. Bis zu ihrer Rückkehr machten wir normalerweise Hausaufgaben. Sally gefiel es, uns mit unseren Büchern still in der Küche anzutreffen, für den Fall, dass Henry ohne Vorwarnung früher nach Hause kam. Das Abbild zweier perfekter fleißiger Mädchen.

Aber Ninny ging nicht in die Küche. Sie ging den Flur hinunter ins Wohnzimmer. Ich folgte ihr, so wie sie sonst mir folgte, und beobachtete, wie sie im Raum auf und ab lief. Dann packte sie mit einer brachialen Bewegung, die ich meiner Schwester nie zugetraut hätte, eine von Sallys kostbaren japanischen Lampen und schleuderte sie gegen die Wand.

Seltsamerweise wurde ich von Furcht erfasst. Meine perfekte Schwester hatte gerade mit wutverzerrtem Gesicht eine Lampe in Scherben zertrümmert.

Praktisch im selben Moment hörte man das unverkennbare Geräusch von Sallys Schlüssel im Schloss, gut eine halbe Stunde zu früh.

Ich begriff, was geschehen würde. Ninny war bereits der perfekte Bösewicht, und jetzt hatte sie etwas Unverzeihliches getan. Etwas Monströses.

Und ihre Bestrafung würde genauso monströs ausfallen.

Ich weiß noch, dass ich den Blick nicht von ihrem Gesicht abwenden konnte, als Sally fröhlich rief: »Wo seid ihr, Mädchen?«

Bevor ich reagieren konnte, rief Ninny: »Im Wohnzimmer.«

Sie starrte mich direkt an, ihre Wangen waren gerötet, und sie zitterte am ganzen Körper. Aber sie schien es nicht zu bereuen. Es war beinahe, als wolle sie mich herausfordern, sie zu verpetzen. Als wolle sie Sally herausfordern, bei Henry eine Bestrafung für sie zu verlangen.

Wir sahen uns immer noch in die Augen, als Sally hereinkam und vergnügt fragte: »Was macht ihr beiden hier?«

Ich wandte mich als Erste zu ihr um und erklärte, bevor Ninny irgendwas sagen konnte: »Es tut mir schrecklich leid, Sally. Ich habe deine Lieblingslampe zerbrochen. Ich habe eine Tanzbewegung vorgeführt und bin aus Versehen dagegengetreten.«

Ich drehte mich nicht zu meiner Schwester um, sondern beobachtete, wie Sallys Ausdruck sich veränderte. Statt der Enttäuschung oder Sorge, die unsere Pflegemutter sonst zeigte, wenn wir etwas falsch gemacht hatten, sah sie wütend aus. Wirklich, ehrlich wütend.

»Du widerwärtiges Kind!«, rief sie, hob den Lampenschirm auf und begann hektisch, die Scherben einzusammeln. »Wie konntest du nur so dumm sein?«

»Es tut mir schrecklich leid«, wiederholte ich. »Ich *war* dumm.«

Nach einer Minute ging sie wieder auf mich los, diesmal hatte sie Tränen in den Augen. Tränen der Wut und Verletzung.

»Geh in dein Zimmer«, sagte sie. »Wenn Henry zurückkommst, wirst du die wahre Bedeutung des Wortes ›leidtun‹ lernen.«

Ich wusste genau, warum sie so wütend war. Es ging nicht nur um ihren kostbaren Besitz; es würde Henry auch einen erneuten Vorwand liefern, sie zu kritisieren und ihr zu erklären, dass sie niemals so viel Geld hätte ausgeben sollen.

Ich nickte ihr zu, weil sie mir fast leidtat. Erst als sie sich wieder abgewandt hatte, blickte ich zu meiner Schwester.

Ninny sah mich mit blankem Entsetzen an. Ihr Mund stand offen, und sie schüttelte langsam den Kopf. Sie konnte nicht begreifen, was ich tat.

Ich wusste, was mich erwartete. Aber als ich die Treppe hinauf in mein Zimmer ging, als ich später die Augenbinde und die Schläge ertrug und auch in den langen, dunklen, einsamen Tagen in dem Keller, ohne Callums Taschenlampen, spürte ich die ganze Zeit eine brennende Wärme.

Sie werden meiner Schwester nicht mehr wehtun, dachte ich. Nie wieder.

21.

Obwohl Hanson sich Sorgen um Bens Gemütsverfassung gemacht hatte, bemerkte sie nicht sofort, dass er zurückgekommen war, von wo auch immer. Nachdem sie den DCI sofort über den Memory-Stick informiert hatte, hatte sie angefangen, sich durch die Videos zu klicken, gleichermaßen beunruhigt wie beeindruckt von der wortgetreuen Übereinstimmung mit der Geschichte, die Keely ihnen persönlich erzählt hatte.

Als Ben an seinem Schreibtisch Platz nahm, sah sie auf und hielt das Video an. Er wirkte wieder ruhiger, aber auch sichtlich beschämt.

»Hey«, begann sie und merkte, dass sie um Worte verlegen war.

Nach einem quälenden Moment des Schweigens sagte Ben, ohne ihr in die Augen zu blicken: »Also, das Rausstürmen eben. Das Extravaganteste, was ich je gemacht habe: Ja oder nein?«

Hanson musste lachen. »Ich meine, die Latte lag nicht besonders hoch …«

»Also ja«, sagte er und fügte hinzu. »Tut mir leid. Schätze, ich sollte mich auch bei Domnall und dem Chief entschuldigen.«

Hanson zuckte knapp die Schultern. »Ich glaube, Domnall ist sogar losgefahren, um Donuts für dich zu kaufen. Ich überlege schon, ob ich auch mal aus einem Meeting stürme.«

»Ich sag ja, extravagant«, erwiderte Ben mit einem dünnen Lächeln.

Sie grinste zurück und sah im selben Moment Jason Walker durch das CID Richtung Küche gehen. Offenbar hatte er sie beobachtet, und seine Gesichtszüge sackten, als würde es ihn verletzen, dass sie einen anderen Mann anlächelte.

Hanson bemühte sich um ein freundliches Lächeln, doch Jason nickte nur und ging weiter.

»Meinst du, sie würden es in Erwägung ziehen, die Küche zu verlegen?«, murmelte sie. Aber als Ben fragte, was sie gesagt hatte, fügte sie eilig ein »Nichts« hinzu und widmete sich wieder Keelys Videos.

Jonah hatte nur selten Gelegenheit, sich richtig in die Ermittlungsarbeit zu knien, so sehr er es auch genoss. Es gab immer zu viele Meetings, zu viele arbeitsorganisatorische Fragen oder andere Schwierigkeiten, die er für sein Team klären musste. Er konnte sich schon äußerst glücklich schätzen, selbst Vernehmungen durchzuführen, doch manchmal vermisste er die Knochenarbeit der Ermittlung, den Hunger und das Gefühl von Dringlichkeit bei der Suche nach Zusammenhängen und Verdächtigen.

Linda McCullough hatte mit den Fotos aus dem Theaterstudio aufgetrumpft. Sie hatte ihm eine Vergrößerung des Computerbildschirms geschickt, von dem die Bilder stammten. Der Bildschirmhintergrund zeigte eine junge Frau, die allem Anschein nach auf einem Berg in Thailand stand und in die Kamera lächelte.

Bisher wusste er nur, dass sie keine Prominente war, weil sie in keiner umgekehrten Bildersuche auftauchte. Wenn es sich bei dem Foto nicht um ein Selfie handelte, was unwahrscheinlich war, musste sie also eine Verwandte, Freundin oder Partnerin des Computerbesitzers sein.

Onlinerecherchen fühlten sich an, als würde man einen Sport oder ein Instrument nach einer Pause wieder aufgreifen. Die Muskeln waren ein bisschen untrainiert, aber noch vorhanden. Er wusste immer noch, wie man schnell und effektiv eine Liste infrage kommender Personen erstellte oder ergänzte, wenn man auf weitere Namen stieß.

Bis jetzt hatte er die Liste der Betreuerinnen und Betreuer in dem Heim abgearbeitet. Alle hatten irgendwann mit Keely und Nina gearbeitet, also suchte er auf ihren Social-Media-Profilen nach

Freundinnen und Bekannten. Als er keine Übereinstimmung mit dem Bildschirmfoto feststellen konnte, arbeitete er mit Lightmans Vorschlag weiter und nahm den Sozialarbeiter Mark Slatterworth unter die Lupe. Slatterworth hatte eine Verlobte, die jedoch überhaupt nicht aussah wie die Frau auf dem Foto und überdies mit ihm zusammenlebte, was es unwahrscheinlich machte, dass der Rechner ihm gehörte.

Er überprüfte Keelys und Ninas Lehrer und dann auch die Eltern der Schülerinnen und Schüler an ihrer Schule. Als das zu zeitaufwendig wurde, konzentrierte er sich auf die Eltern ihrer Klassenkameraden, weil Keely und Nina mit den anderen kaum Kontakt gehabt haben konnten.

Zu seiner Erleichterung wurde er irgendwann von einem Klopfen gestört. Es war Lightman, der mit reuiger Miene in der Tür stand.

»Ben«, sagte Jonah. »Kommen Sie rein.«

Lightman betrat den Raum, nahm jedoch, obwohl er die Tür hinter sich schloss, nicht gegenüber Jonah Platz.

»Es tut mir leid, dass ich so …« Lightman schluckte. »Ich hätte nicht so aus dem Zimmer stürmen dürfen. Ich habe mich schon bei Domnall entschuldigt.«

Jonah zuckte die Schultern und deutete ein Lächeln an. »Jeder muss hin und wieder mal von irgendwas weggehen. Und im Moment stehen wir alle unter großem Druck. Obwohl ich lieber über Dinge spreche, die ich verstehe.« Er machte eine kleine Pause und fragte sich, ob Ben noch mehr sagen würde, bevor er hinzufügte: »Also, wenn es irgendwas gibt, worüber Sie reden möchten, dann wissen Sie, dass Sie das können, oder? Ich werde unvoreingenommen zuhören.« Grinsend fügte er hinzu: »Außer natürlich, Sie sagen mir, dass ich einen beschissenen Job mache. Und selbst dann werde ich mir alle Mühe geben, so zu tun, als ob.«

Lightman lächelte knapp. »Ist notiert, Sir – ich werde versuchen, mich in Zukunft nicht mehr so von allem fertigmachen zu lassen. War nur ein kurzer Aussetzer.«

Es entstand eine weitere Pause, in der Jonah keine Anstalten machte, etwas zu sagen. Manchmal war es besser, Menschen Raum zum Reden zu geben, auch wenn sie nicht sofort dazu bereit waren.

Aber als Ben das Schweigen brach, sagte er nur: »Ansonsten gibt es keine Antwort von den Murray-Watts. Auf dem Festnetz nimmt niemand ab, und beide Handys sind ausgeschaltet. Domnall und ich wollen hinfahren und irgendwie ins Haus kommen, wenn es geht.«

Jonah blickte auf die Uhr auf seinem Computer. Es war fast viertel vor neun. Immer noch so früh, dass Henry und Sally vielleicht einfach nur ausschliefen. Oder sie machten ohne ihre Handys Sport, oder Henry war auf dem Weg zur Arbeit. Viele durchaus plausible Gründe, nicht sofort abzunehmen.

Aber irgendetwas an dieser Funkstille bereitete ihm Unbehagen. Die Murray-Watts hatten ihrer Sorge um Nina Ausdruck verliehen, vor allem nachdem sie begriffen hatten, dass Keely wieder aufgetaucht war. Sie würden bestimmt darauf achten, erreichbar zu sein, falls es Neuigkeiten gab.

»Nehmen Sie ein paar Spezialkräfte zum Aufbrechen der Tür mit«, sagte er. »Wenn Sie irgendetwas sehen, was darauf hindeutet, dass die Lennox-Schwestern im Haus sind, oder es diesbezügliche Hinweise der Nachbarn gibt, gehen Sie rein. Wenn nicht, lassen Sie es; dann müssen wir es auf dem langsamen Weg machen.«

Der langsame Weg bedeutete, einen gerichtlichen Durchsuchungsbeschluss zu erwirken. Dafür müssten sie genug Erkenntnisse präsentieren, die nahelegten, dass eine Durchsuchung des Hauses kriminelle Aktivitäten beweisen würde. Stattdessen hoffte Jonah auf genug Indizien für eine Rechtfertigung nach Section 17, also eine Gefahr für Leib und Leben, die, wenn die Murray-Watts eins der beiden Mädchen gewaltsam festhielten, auch begründbar war.

Nachdem Lightman wieder verschwunden war, checkte Jonah mit einem akut schlechten Gewissen seine Nachrichten. Er hatte sich vorgenommen, sich heute als Erstes um Hilfe für Michelle zu kümmern, und bis jetzt nicht an sie gedacht. Aber wahrscheinlich war es auch noch zu früh, um jemanden anzurufen und um Hilfe bei der Kinderbetreuung zu bitten.

Er stellte sich den Handywecker auf neun Uhr dreißig, damit er es nicht noch einmal vergaß, und konzentrierte sich wieder auf seine Recherche.

Seine Gedanken kehrten zu Jared Boula zurück. Sie hatten ihn nur deshalb fürs Erste als Verdächtigen ausgeschlossen, weil er offenbar keinen Volvo fuhr. Trotzdem war es durchaus möglich, dass Keely ihn hinter Gitter bringen wollte, und noch wahrscheinlicher, dass sie eine Bedrohung für ihn darstellte.

Die Frau auf dem Bildschirmfoto sah auch etwa gleich alt aus wie Keelys ehemaliger Bezugsbetreuer, und obwohl Jonah in den sozialen Medien bereits nach Jared und einer möglichen Freundin gesucht hatte, kehrte er zu dessen Facebook-Seite zurück.

Er scrollte in der Timeline weiter zurück, bis er eine Änderung des Beziehungsstatus zwei Jahre zuvor entdeckte, die bekannt machte, dass Jared nicht mehr in einer Beziehung war. Mehrere Freunde hatten mit Mitgefühl reagiert. Jonah verzog das Gesicht und fragte sich, was Menschen bewog, den Stand ihrer Beziehungen publik zu machen.

Und als er noch ein Stück weiter nach unten scrollte, blickte er auf ein Bild desselben blonden Mädchens, dessen Foto als Bildschirmhintergrund des Desktop-Computers diente. Des Computers, auf dem ein riesiger Katalog von brutaler Kinderpornographie gespeichert war.

Der Streifenwagen fuhr leise vor dem Haus der Murray-Watts vor. Es war immer noch erst halb zehn und deutlich kühler als am Abend zuvor. Bei heruntergelassenen Fenstern war es in O'Malleys Toyota schnell ungemütlich geworden. Aber trotz der kalten Luft war es hell und sonnig, und das Haus war ein Abbild wohlhabender Gediegenheit, inklusive des glänzenden Jaguars in der Auffahrt.

Als die uniformierten Constables auftauchten, stieg Lightman aus und bereitete sich auf eine Reihe möglicher Szenarien vor, darunter auch, dass die Murray-Watts zu Hause waren und mit Empörung reagieren würden.

O'Malley winkte ihm zu und fuhr wieder los. Er war vom Chief zu Jared Boulas Haus beordert worden, wo er einige weitere uniformierte Kollegen treffen würde. Angesichts der Tatsache, dass sie Boula wegen des Besitzes von Kinderpornographie befragen wollten, war es durchaus möglich, dass er versuchen würde, sich der Festnahme zu entziehen.

Ben blickte zu den Spezialkräften, die ein Stück die Straße hinunter vor einer Hecke parkten. Er hatte sie gebeten, sich außer Sichtweite zu halten, bis er herausgefunden hatte, ob sie gebraucht wurden.

In Begleitung der beiden Constables aus dem Streifenwagen ging er durch den Vorgarten vorbei an ordentlichen Blumenrabatten. Der Garten war makellos. Gepflegt. Welten entfernt von der Gewalt, die Keely beschrieben hatte. Was natürlich nichts zu bedeuten hatte. Lightman wusste nur zu gut, dass Missbrauch viele verschiedene Gesichter hatte.

Er drückte auf die Klingel. Als er keinen Laut aus dem Haus vernahm, klopfte er heftig. Nach einer weiteren Minute schickte er die Constables zur Rückseite des Hauses, die durch den Garten leicht zugänglich war.

Als die Constables zurückkehrten, signalisierten sie ihm, dass sie kein Anzeichen dafür entdeckt hatten, dass jemand im Haus war. Ohne Zeichen eines Kampfes gab es aktuell keine Rechtfertigung für ein gewaltsames Eindringen.

Er wollte gerade an die Türen der Nachbarn klopfen, als er von der Straße eine Frauenstimme hörte. Er drehte sich abrupt um, weil er kurz glaubte, Sally Murray-Watt hätte doch nur den Hund der Nachbarin ausgeführt und wäre gerade zurückgekommen.

Aber die Frau auf dem Bürgersteig hatte blondes Haar, trug ein Businesskostüm und hielt ein Baby auf der Hüfte. Sie trat ungeduldig von einem Fuß auf den anderen und war offensichtlich im Begriff aufzubrechen.

»Entschuldigen Sie, ich muss los, aber ich wollte Ihnen bloß sagen, dass sie heute am frühen Morgen weggefahren sind. Ich bin von dem Motor geweckt worden.«

»Sind Sie eine Nachbarin?«, fragte Lightman und ging ein Stück auf sie zu. Das Baby, ein beinahe kugelförmiges Geschöpf, starrte ihn stumm an.

»Ja, ich wohne gegenüber«, sagte die Mutter.

»Haben Sie gesehen, wer im Wagen gesessen hat?«

»Nein, als ich die Vorhänge aufgezogen habe, habe ich den Wagen nur noch die Straße hinunter verschwinden sehen. Aber falls es Ihnen weiterhilft: Ich vermute, dass Henry gefahren ist. Katastrophales Schalten, das konnte ich sogar von gegenüber hören. Normalerweise fährt Sally den Range Rover und sie ist ziemlich kompetent.«

»Wissen Sie, um wie viel Uhr das war?«

»Früh«, antwortete die Frau. »Es war gerade erst hell. Also wahrscheinlich sechs oder ein bisschen später. Ich habe versucht wieder einzuschlafen und um kurz nach sieben schließlich aufgegeben.«

»Und Sie sagen, dass sie es eilig hatten«, fragte Lightman. »Wie kommen Sie darauf?«

»Nun, es war völlig untypisch, sonst fahren sie immer sehr gesittet«, sagte sie. »Im Allgemeinen sind sie wirklich sehr ruhig. Rücksichtsvoll. Aber diesmal sind sie so rasant losgefahren, dass Schotter aufgespritzt ist, und haben noch mal richtig Gas gegeben, sobald sie auf der Straße waren.«

Lightman nickte, während er im Kopf versuchte sich ein Bild der Ereignisse zu machen. »Haben Sie sie in letzter Zeit häufig gesehen?«

Die Frau überlegte. »Nicht oft. Aber ich habe auch komische Arbeitszeiten.«

»Irgendwelche Besucher? Ihre Pflegekinder …«

»Na ja, der Junge – Callum, glaube ich – geht ein und aus. In letzter Zeit nicht mehr so häufig. Ich glaube, er hat einen Job. Aber letzte Woche habe ich eins der Mädchen gesehen.«

Lightman blinzelte sie an. »Welche Mädchen?«

»Die Rothaarigen«, sagte sie und verlagerte das Baby auf der Hüfte. »Sally hat gesagt, eine von beiden würde wieder einziehen.«

Lightman nickte erneut, als hätte er das erwartet. »Wann war das?«

Sie seufzte kurz. »Also … Mittwoch, glaube ich. Spät. Der verdammte Hund ist ausgebüxt und war zu ihrem Haus gerannt, dem einzigen Grundstück, das nicht eingezäunt ist. Ein Hundehimmel frischer Gerüche.« Sie verlagerte erneut ihr Gewicht wie jemand, dem gerade die fortgeschrittene Uhrzeit eingefallen ist. »Jedenfalls dachte ich, dass alle schon schliefen, weil kein Licht brannte. Also bin ich ums Haus gegangen, um den Hund zu suchen. Als ich ihn angeleint und mich wieder aufgerichtet hatte, stand ich plötzlich dem Mädchen gegenüber. Es war ziemlich peinlich.«

»Sie war im Garten?«, fragte Lightman.

»Nein, im Haus«, sagte die Frau. »Sie stand im Wohnzimmer und hat rausgeguckt.«

Lightman nickte wieder. »Und wie sah sie aus?«

»Oh, bloß ein bisschen entsetzt.« Die Frau lachte. »Ich glaube, ich hab ihr einen gewaltigen Schrecken eingejagt.«

Jonah war nicht überrascht, als O'Malley anrief und berichtete, dass Jared Boula spurlos verschwunden war. Ein Mann mit einem Computer voller Kinderpornographie war wahrscheinlich durch die polizeiliche Vernehmung aufgeschreckt worden. Jonah hatte den deprimierenden Verdacht, dass Boula genau wie Frank Pinder die Flucht ergriffen hatte.

Und Henry Murray-Watt wahrscheinlich auch, dachte er, nach dem, was Lightman geschildert hatte. Vielleicht war Sally Murray-Watt aber auch diejenige gewesen, die Keely abgeholt hatte, und half ihr in Wahrheit.

Jonah gab O'Malley das Okay für ein gewaltsames Aufbrechen von Jared Boulas Haus und legte auf. Dann kam ihm ein Gedanke, und er sah noch einmal die Notizen seiner Leute durch. Es war Sally, mit der sie am Tag zuvor gesprochen hatten. Und es war auch Sally gewesen, die Anfang der Woche im Zusammenhang mit der Vermisstenmeldung befragt worden war.

Hatte seit dem Verschwinden der Mädchen irgendjemand tatsächlich etwas von Henry gesehen oder gehört?

22.

Sally und Henry sperrten mich fast zwei Tage lang im Keller ein, länger als je zuvor. Es war mein Pech, dass Ninny sich entschlossen hatte, die Lampe an einem Freitag zu zertrümmern, sodass sie zwei volle Tage Zeit hatten, mich zu bestrafen, ohne dass ich in der Schule fehlen musste.

Für mich hatte sich alles verändert. Nicht erst in jenen zwei langen Tagen, sondern bereits in dem Moment, in dem ich die Schuld meiner Schwester auf mich genommen hatte. Es war, als hätte ich plötzlich erkannt, was aus mir geworden war. Und was ich stattdessen sein konnte.

Und zum ersten Mal erkannte ich auch Henry Murray-Watt als das, was er war. Kein Torwächter des Guten oder der Vater, dem ich verzweifelt zu gefallen suchte. Er war der Feind. Ein jämmerlicher Tyrann, der Sallys Leben beinahe so elend machte wie unseres.

Sally wirkte sogar ein wenig nervös, als sie mich herausließ. Als wäre sie sich nicht sicher, ob das alles nicht zu weit gegangen war. Als sie mich nach oben führte, damit ich mich bei Henry entschuldigte, fragte sie mich, ob alles in Ordnung sei.

»Mir geht es gut, Sally, danke«, erwiderte ich, den Kopf voller Gedanken an die Wut meiner Schwester und alles, was ich getan hatte, um sie zu verursachen. »Mach dir meinetwegen keine Sorgen.«

Aber ich sah, dass sie sich Sorgen machte. Und Henry wirkte noch beunruhigter, als er erkannte, dass ich nicht zitternd, in Tränen aufgelöst und mit gebrochenem Willen vor ihm stand. Ich hatte meine Strafe selbst gewählt und bereitwillig angenommen.

»Tut es dir leid, was du getan hast?«, fragte Henry.

»Unbedingt«, sagte ich. »Ich werde beim nächsten Mal vorsichtiger sein.«

Ich sagte es nicht aufmüpfig, doch ich sagte es mit erhobenem Haupt und eifriger Miene, und Henry wusste offensichtlich nicht genau, was er machen sollte. Er blickte tatsächlich kurz zu Sally, die sagte: »Vielleicht sollte sie dann zu den anderen ins Wohnzimmer gehen?«

»Ja«, sagte Henry. »Das hört sich gut an.«

Einerseits wollte ich Callum und meine Schwester unbedingt sehen, andererseits war ich schrecklich nervös. Der Weg ins Wohnzimmer kam mir sehr weit vor. Ich erinnere mich noch an meine nackten Füße auf den Dielen im Flur und an das Hungergefühl im Magen.

Ich weiß nicht, wovor ich Angst hatte. Vielleicht davor, dass sie das, was ich getan hatte, zurückweisen und es als Trick oder Manipulationsversuch deuten würden. Womöglich ignorierten sie es auch einfach, und mein Opfer würde sich nutzlos anfühlen.

Das ist egal, sagte ich mir. Du hast es nicht getan, um gelobt zu werden.

Und das war ein fremder machtvoller Gedanke.

Beide erstarrten, als ich hereinkam. Sie spielten Monopoly; Ninny hatte einen bunten Packen Geldscheine in der Hand, Callum wollte gerade ziehen. Zum ersten Mal seit einiger Zeit hatte ich einen Moment Muße, meine Schwester wirklich zu betrachten. Zu sehen, wie hart und verschlossen ihre Miene geworden war. Das Licht in ihr schien erloschen. Und ich wusste, dass das ebenso mein Werk gewesen war wie Henrys.

Ich vergewisserte mich, dass Henry und Sally noch im Arbeitszimmer waren, und sagte dann leise: »Es tut mir so leid, Ninny. Alles, was ich getan habe. Ich werde dich nie wieder reinreißen. Ich werde dich beschützen.« Ich nickte Callum zu. »Und dich auch. Selbst wenn es dir nicht gefällt.«

Meine Schwester blinzelte mich mit leerem Blick an. Dann stand sie auf, stürzte sich auf mich und umarmte mich so heftig, dass ich spürte, wie sich das Monopoly-Geld in meinen ungewaschenen Haaren verfing.

»Ich rieche wahrscheinlich schrecklich«, sagte ich lachend.

»Stimmt. Aber das ist mir egal.«

Dank unserer Angewohnheit, nie gleich schnell zu wachsen, war sie mittlerweile fast genauso groß wie ich, und es war ein wohliges Gefühl, die Arme um sie zu schlingen.

Über ihre Schulter sah ich, wie Callum mir zunickte und sich dann mit einem Gefühl im Gesicht abwandte, das zu stark war, um es zu zeigen.

Schließlich ließ Ninny mich los, und ich blickte erneut zum Flur, bevor ich flüsterte: »Du hattest recht, Callum. Wir sollten sie hassen. Und wir sollten ihnen das Leben schwer machen. Wir sollten sie für alles leiden lassen, was sie uns antun.«

Callum stand da, den Blick immer noch abgewandt, und stellte seine Figur vorsichtig auf die Oxford Street. Ich spürte, dass Ninny mich anstarrte. Aber während sie früher entsetzt über diesen Satz gewesen wäre, wirkte sie jetzt begeistert. Entschlossen.

»Wir haben nur keine Macht, oder?«, murmelte Callum. »Ich meine, was können wir schon tun? Jedenfalls nicht es ihnen mit gleicher Münze heimzahlen. Wir können sie nicht einschließen und ihnen das Essen entziehen.«

»Nein«, sagte ich, »wir können etwas Schlimmeres machen. Wir können sie gegeneinander aufhetzen, noch mehr, als sie es mit uns gemacht haben. Wir können sie zweifeln und toben lassen.« Ich lächelte ihn an. »Und vielleicht erkennt Sally ja sogar durch uns, dass sie sich gegen ihn auflehnen muss. Ich hätte früher begreifen müssen, was für ein Monster Henry ist. Jetzt verstehe ich es, und das werden wir gegen ihn benutzen. Alles.«

Und aus dieser kurzen Rede folgte der Beginn von allem Weiteren.

Die Rache, die wir an Henry nahmen, war subtil, aufrührerisch und glorreich. Die meisten Ideen stammten von mir, was Sie wahrscheinlich nicht überrascht. Ich habe offenbar ein Talent für das entsprechende Denken. Für geduldige, verschlagene Manipulation. Und ich habe es voll zum Einsatz gebracht.

Mein erster Vorstoß richtete sich eigentlich gegen Sally. Auf den Computern in der Schule bastelte ich eine Quittung für eine abenteuerlich teure neue Reitausrüstung, die ich auf dem Fußboden in der Halle ablegte. Mir war aufgefallen, wie genau Henry auf Sallys Ausgaben für das Reiten achtete, die Kosten von allem überprüfte, was sie vorschlug, und manchmal in ein Schweigen verfiel, das Sally nervös machte.

Es funktionierte wunderbar. Sally beteuerte, dass sie keine neue Ausrüstung gekauft habe und der Betrag für irgendetwas anderes in der Reitschule in Rechnung gestellt worden sein müsse. Henry wurde immer stiller. Bedrohlich still.

Später spielte Ninny ihre Rolle wunderbar, indem sie Sally tröstete und ihr erklärte, dass Henry ihr glauben solle. Sie gehe immer so sorgsam mit ihrem Geld um. Sally wirkte gerührt und auch ein wenig nachdenklich. Es war der erste wundervolle Keil, den wir zwischen sie getrieben hatten, und für uns drei war es berauschend wie Opium.

Der nächste Plan war noch kühner. Sally war in vielerlei Hinsicht unsicher, was ihr Aussehen betraf. Wenn sie Henry in einem Punkt misstrauen würde, dann waren es andere Frauen, obwohl es ihm komplett an Charme mangelte. Also spannen wir ein kompliziertes Netz von weiblichen Anrufern, die sofort wieder auflegten, wenn Sally abnahm. Wir erwähnten beiläufig eine Klassenkameradin, deren Vater eine Affäre gehabt hatte, und erkundigten uns gelegentlich, wie lange Henry arbeiten müsse.

Und der Zauber begann zu wirken. Sally reagierte, indem sie weniger aß, bizarr dicke Schichten von Lippenstift auftrug und sich im Beisein ihres Mannes launisch verhielt. Sie schwankte zwischen scheuem Lächeln und plötzlichen Wutausbrüchen. Der Höhepunkt kam ganze zwei Monate später, als Callum einen einzelnen Ohrring (Teil eines von Ninnys Lohn als Zeitungsausträgerin teuer erworbenen Paars) im Fußraum von Henrys Wagen deponierte. Wir warteten tagelang, dass Sally ihn finden würde, und als es geschah, mussten wir uns anstrengen, nicht laut loszulachen.

Es führte zu dem ersten Streit zwischen den beiden, den wir je mitbekommen hatten; zum ersten Mal machte Sally ihrem Mann wütende Vorhaltungen statt umgekehrt. Wir hockten zusammen in Callums Zimmer und lauschten mit vor Schadenfreude leuchtenden Gesichtern.

Und wir heizten den Konflikt natürlich weiter an. Wir trampelten von der Hintertür der Garage, wo Henry gern an seinen Heimwerkerprojekten bastelte, einen Pfad quer durch Sallys prachtvolle Akeleien. Das war riskant, weil auch wir hätten beschuldigt werden können, aber da niemand außer Henry tatsächlich in den Schuppen ging, machte Sally offensichtlich ihn verantwortlich und kochte still vor sich hin. Ein weiteres Häkchen in der Spalte von Henrys mangelnder Liebe für sie.

Und dann gingen wir an dem Tag, an dem Sally in der Garage sauber gemacht hatte, dorthin und versteckten das Werkzeug, das Henry am meisten benutzte, unter einem sorgfältig gefalteten Staubtuch in einer Schublade. Henry war mittlerweile so gereizt, dass er sie deswegen hart ins Verhör nahm und brüllte, bis sie weinte.

Natürlich verhinderte nichts von alldem die Strafen, mit denen wir bedacht wurden. Weder diese subtilen Sabotageakte noch die vielen, die folgen sollten. Aber das hatten wir auch nicht erwartet. Das gegenseitige Misstrauen der beiden machte sie wenn überhaupt noch reizbarer. Und in Henrys Fall noch entschlossener, die Kontrolle auszuüben.

Aber diese willkürlichen Bestrafungen erschienen uns nicht mehr so schmerzhaft. Die Hilfe, die wir drei uns gegenseitig leisteten, und der Gedanke an die glorreiche Rache waren wie ein Schutz. Wir schafften es, Nahrungsmittel und kleine Polster in unserer Kleidung zu verstecken, wenn der Keller drohte. Callum schmuggelte drei oder vier Minitaschenlampen nach unten und versteckte sie geschickt, sodass wir nie wieder im Dunkeln hockten. Ich schaffte es, ein Exemplar von *Das Magische Messer* in den Keller zu bringen, das jeder von uns am Ende zehn- oder fünfzehnmal las.

Aber es blieb mein ultimatives Ziel, uns alle dort rauszuholen. Ich wollte, dass wir uns keine Sorgen mehr wegen dieser Dinge machen mussten. Dass wir frei waren zu leben.

Callum stellte jedoch ein Problem dar. Er hatte schreckliche Angst, von uns getrennt zu werden, und noch mehr Angst davor, in einem von Armut geplagten Haushalt und an einer Schule zu landen, wo er durchfallen würde. Außerdem vermutete er, dass man uns nicht glauben würde, was ich (ironischerweise) abtat. Callum erklärte uns, wir sollten tun, was wir tun müssten, um von dort wegzukommen, und uns seinetwegen keine Sorgen machen. Wir hätten einen uns wohlgesinnten Sozialarbeiter, sagte er. Uns würde nichts passieren.

»Ich möchte, dass du mit uns kommst«, erklärte ich ihm. »Und ihnen sagst, dass wir alle drei davon betroffen sind.«

Aber Callum weigerte sich, und ohne seine Zustimmung würde ich nichts unternehmen. Ich hatte die beiden in der Vergangenheit genug leiden lassen. Ich würde ihn nicht dort zurücklassen.

Ein ganzes Jahr lang blieb es dabei. Ein ganzes Jahr, in dem Sally und Henry sich gegenseitig fertigmachten und uns auch. In der Schule blühten wir alle drei weiter auf, obwohl Ninny sich immer noch schwertat, Freundschaften zu schließen und zu halten. Sie hatte die Unbeschwertheit verloren, die sie so beliebt gemacht hatte, und brachte es offenbar nicht über sich, sie vorzutäuschen. Ich hingegen begann, Freundinnen als Belanglosigkeiten zu betrachten. Sie waren bloß Marionetten, die ich dazu bringen konnte zu tun, was ich wollte. Dumme Versuchskaninchen. Die einzigen Menschen, an denen mir etwas lag, waren Callum und meine Schwester.

Da sowohl Callum als auch ich zu stur waren, um nachzugeben, wären die Dinge vielleicht so weitergegangen, wenn nicht eins unserer Verstecke in dem Keller entdeckt worden wäre. Vermutlich hatten wir damit gerechnet. Es hatte nur für eine begrenzte Zeit gutgehen können, irgendwann mussten sie anfangen dort unten herumzuwühlen und unsere Vorräte finden. Aber als Sally zwei volle Beutel mit Süßigkeiten entdeckte, die Callum in der Tasche seines Hoodies nach unten geschmuggelt hatte, verloren sie und Henry jedes Maß.

Ohne dass es ihnen jemand sagen musste, schienen sie zu wissen, dass es Callum gewesen war. Ich versuchte die Schuld auf mich zu nehmen, doch sie durchschauten es ausnahmsweise. Also wurde Callum nach unten gebracht. Sally schrie ihn tatsächlich zum ersten Mal an, er sei ein verdorbener, habsüchtiger Dieb, und Henrys Gesicht war vor Wut verzerrt. Beides erfüllte mich mit Furcht.

Wir sahen Callum drei volle Tage nicht wieder, und ich glaube, es waren die längsten Tage meines Lebens. Ich konnte mich auf nichts konzentrieren und erfand immer neue Vorwände, im Haus herumzustreifen, um den verborgenen Keller zu finden.

Nachdem ich so oft mit Augenbinde dorthin geführt worden war, war ich mir sicher, dass der Eingang zum Keller in Henrys Arbeitszimmer liegen musste. Er schloss es immer ab, sobald er es verließ. Das Betreten war natürlich strengstens verboten, sodass ich bei den seltenen Gelegenheiten, an denen ich den Raum unabgeschlossen vorfand, häufig den Rückzug antreten musste, weil Sally in der Nähe war. Wenn sie schon wegen des Süßigkeitenschmuggels so wütend geworden waren, würden sie vollkommen ausrasten, wenn sie mich dabei ertappten, wie ich in Henrys Heiligtum schlich.

In der zweiten Nacht lag ich wach, malte mir aus, wie Callum an seinen Verletzungen verblutete, und träumte von seinem Geist. Ich wachte so blass auf, als hätte ich die Nacht mit ihm im Keller verbracht, und erst als ich ihn zum Abendessen endlich wiedersah, fühlte ich mich ein wenig besser.

Er war nicht verblutet, aber er konnte kaum gehen. Er humpelte mit einem furchtbar leichenblassen Gesicht herein und nahm vorsichtig auf dem Küchenstuhl Platz.

Ich erwartete, dass Sally besorgt aussehen würde, wie so oft, wenn wir aus dem Keller entlassen wurden. Aber als ich ihr Gesicht beobachtete, erkannte ich mit Übelkeit erregendem Grauem, dass sie völlig unbekümmert war. Sie war zufrieden. Sie war froh, dass Callum so schlimm geschlagen worden war.

An jenem Abend trafen wir uns. Es war ein Risiko, aber eins, das sich meiner Ansicht nach einzugehen lohnte. Wir versammelten uns in meinem Zimmer, weil es am weitesten vom Elternschlafzimmer entfernt war, und sprachen noch leiser als flüsternd.

»Ich werde nicht zulassen, dass sie so weitermachen«, erklärte ich Callum. Ich konnte ihn weder anzischen noch laut sprechen, also drückte ich mit Blicken aus, wie ernst es mir war. »Egal ob du uns unterstützt oder nicht, ich werde ihnen Ärger machen.«

»Also gut«, sagte Callum nach einem kurzen Zögern, und ich hätte ihn am liebsten fest umarmt.

»Okay, wir müssen dafür sorgen, dass unsere Sozialarbeiter sehen, wie schlimm es ist«, sagte ich. »Es reicht nicht, es ihnen zu erzählen. Ihr wisst, wie leicht es Henry fallen wird, Sally zu benutzen. Sie wird alles machen, was er sagt, und ihr wird man glauben. Wir brauchen Beweise.«

»Callum hat Spuren an den Beinen«, sagte Ninny.

Aber Callum schüttelte verbittert den Kopf. »Sally hat in der Schule schon erklärt, ich wäre die Treppe runtergefallen und hart gelandet. Deswegen habe ich heute auch angeblich gefehlt. Es ist so raffiniert. Genauso sehen die Blutergüsse aus.«

Wäre Sally in diesem Moment anwesend gewesen, ich wäre vielleicht mit den Fingernägeln auf sie losgegangen. Obwohl ich wusste, dass Henry die Ursache von allem war. Obwohl sie auch nur ein Opfer war.

»Wir könnten sie dabei filmen, wie sie irgendwas machen«,

schlug ich vor. »Unser Sozialarbeiter würde bestimmt gerne sehen wollen, wie sie uns tyrannisieren. Ich glaube, der interessiert sich wirklich für uns.«

Seit wir zu den Murray-Watts gekommen waren, hatte es einen Personalwechsel gegeben. Das komme häufig vor, erklärte man uns, doch man würde versuchen darauf zu achten, dass wir unseren neuen Sozialarbeiter so lange wie möglich behielten. Ich mochte den neuen Typen, Mark. Er hatte so eine aufgeschlossene, verständnisvolle Art, und man konnte gut mit ihm reden. Ich war mir sicher, dass er unsere Seite einnehmen würde.

»Aber die Schikanen sind wirklich schwer zu beschreiben, oder?«, wandte Callum ein. »Ich habe viel darüber nachgedacht. Man könnte eins dieser Gespräche schildern, die uns völlig fertigmachen, und für Außenstehende würde es sich anhören, als wären sie bloß ein wenig strenge Eltern. Der Rest passiert immer im Keller.«

»Den wir nicht mal finden können«, sagte ich bedrückt.

Wir schwiegen, und dann sagte Ninny zu meiner Überraschung: »Wir brauchen Verletzungen. Offensichtliche. Danach halten sie bei misshandelten Kindern Ausschau. In der Schule gab es mal einen Vortrag darüber. Wie man auf seine Freunde achtet.«

Callum wirkte skeptisch, doch ich erkannte die Logik in Ninnys Gedanken sofort. »Sie hat recht. Einer von uns muss Verletzungen aufweisen, die sich nicht anders erklären lassen.« Ich blickte Callum entschlossen an. »Ich sollte es sein. Du kannst mich schlagen.«

»Auf keinen Fall«, sagte Callum, und ich war überrascht über seine grimmige Miene und die Entschlossenheit in seinem Beinahe-Flüstern. »Ich werde es sein. Ist mir egal, wie oft ihr mich bittet, ich werde keinem von euch beiden wehtun und auch nicht zulassen, dass ihr euch gegenseitig verletzt. Ich muss es sein.«

Ich seufzte. »Es geht nicht darum, dass du ein Junge bist …«

»Nein«, erwiderte er barsch. »Es geht darum, dass ich ein älterer Bruder bin.«

Was ich auch sagte, Callum beharrte darauf. Und deshalb gewann er am Ende.

Den Ausgang kennen Sie wahrscheinlich: Callum wurde mit einem Tennisschläger geschlagen. Vorher hatten wir zwei Tage lang alles gemeinsam vorbereitet und einstudiert.

Ich machte mir nicht allzu viele Sorgen darüber, was ich sagen würde. Ich war zuversichtlich, dass ich unserem Sozialarbeiter und der Polizei überzeugend schildern konnte, was passiert war. Bei Ninny war das etwas anderes.

»Ich werde es vermasseln«, jammerte sie, ihr Blick voller Furcht. »Erklär mir bitte, was ich sagen soll.«

Also studierte ich es mit ihr ein, trug ihr vor, was sie sagen musste. Sogar zweimal, obwohl einmal gereicht hätte.

Ich weiß noch, dass ich damals immens dankbar für das außergewöhnliche Gedächtnis meiner Schwester war. Es würde uns helfen, dachte ich. Sie würde wissen, was sie sagen musste.

Der Gedanke, dass ihre Gabe gegen uns gewendet werden könnte, kam mir gar nicht. Dass man ihre Worte für unwahr halten würde, weil sie meinen zu ähnlich waren. Wie clever ich auch sein mochte, ich hatte noch viel zu lernen.

Wie dem auch sei, nach zwei Tagen waren wir bereit, Callum zu schlagen. Was Sie nicht wissen können, ist, dass ich die Absicht hatte, es auf jeden Fall selbst zu tun. Aber als es so weit war, konnte ich nicht. Den Schläger gepackt und die Zähne so fest aufeinandergebissen, dass es schmerzte, brachte ich es nicht über mich auszuholen und zuzuschlagen. Ich versuchte es, doch ich zuckte immer wieder zurück und ließ den Schläger sinken.

Ninny steckte die Hand aus und sagte leise: »Ich mach es. Auf lange Sicht wird es ihm helfen. Ich mach es.«

Als ich ihr den Schläger gab, glaubte ich eigentlich nicht, dass sie dazu in der Lage sein würde. Aber dann holte sie aus und schlug so hart zu, dass ich schockiert den Arm ausstreckte, um sie aufzuhalten.

Callum machte nur einen winzigen Mucks, als der Schläger sein Gesicht traf. Es erstaunt mich bis heute, dass er keine Miene verzog. Ich weiß nicht, wie er so stark sein konnte.

Einen Moment stand er mit feuchten Augen und verzerrtem Mund da. Dann hielt er die Hände vor sein Gesicht und fing das Blut auf, das aus seiner Nase strömte.

Ninny hatte Tränen in den Augen, als sie die Hand auf seine Schulter legte.

»Es tut mir leid«, flüsterte sie.

Aber Callum schüttelte den Kopf.

»Du musst noch mal zuschlagen«, sagte er. »Auf die Wange.«

23.

Hanson war wieder in Keelys Videos vertieft und achtete aufmerksam auf Widersprüche. Sie wusste, dass sie irgendwann zu den ersten Aufnahmen zurückkehren musste. Bisher hatten sie nur drei von sieben möglichen Hinweisen entdeckt, falls sich wirklich in jedem Clip ein Hinweis verbarg.

Aber sie war gefesselt von dem, was die ältere der beiden Lennox-Schwestern erzählte. Von der grundlegenden Veränderung, nachdem sie eingeschritten war, um Nina zu retten, und von den Plänen, die die drei Kinder geschmiedet hatten, um ihre Pflegeeltern loszuwerden.

Und sie merkte, dass ihr Keely nun auch endlich sympathisch war und es ihr leichter fiel, sie ehrlich zu mögen, statt ständig zwischen Verdacht und Frustration zu schwanken.

So bizarr das Ganze am Anfang gewirkt hatte, es war klar, dass es bei allem um Gerechtigkeit ging. Und wenn diese drei Jugendlichen ihr Manipulationstalent dafür genutzt hatten, ein Beweisstück nach dem anderen gegen die Schuldigen zusammenzutragen, konnte Hanson sie nur bewundern.

Als sie ein Detail aus einem früheren Video überprüfte, stolperte sie über etwas, das sie alle komplett übersehen hatten.

Keely hatte beschrieben, wie sie zusammen mit ihrer Schwester mit dem Bus zur Schule und zurück gefahren war. Die Haltestelle war in der Purlieu Lane, hatte sie gesagt. Und als Hanson das Video vorspulte, fand sie es.

»*Pearl Lane*«, murmelte sie.

Der Hinweis war selbst bei Keelys deutlicher Artikulation schwer zu entdecken gewesen, aber Hanson war sich sicher. Sie hatte die Straße Pearl Lane genannt, nur ein Mal.

Triumphierend zog sie den Kopfhörer aus dem Computer und stand auf, um es dem Chief zu melden.

Lightman war fasziniert, das Haus der Murray-Watts endlich zu betreten. Auf das Gebäude losgelassen, hatten die Spezialkräfte kurzen Prozess mit der Tür gemacht. Ihre »Polizei! Polizei!«-Rufe waren auf Schweigen gestoßen, und Lightman war ihnen ins Haus gefolgt.

Der Flur war genauso geräumig und stilvoll eingerichtet, wie Lightman es sich vorgestellt hatte. Er erstreckte sich beinahe über die gesamte Breite des Hauses. Eichendielen und ein paar teuer aussehende Teppiche, cremefarbene Wände, Deckenfluter und sorgfältig platzierte Kunstdrucke.

Die uniformierten Beamten schwärmten im Haus aus. Lightman überlegte ins Wohnzimmer zu gehen, wo Keely oder ihre Schwester gesehen worden war. Die Lennox-Schwestern hatten bestimmt irgendwelche Beweise zusammengetragen, die er wahrscheinlich nur noch finden musste.

Doch er ging am Wohnzimmer vorbei und suchte nach Henry Murray-Watts Arbeitszimmer. Er erinnerte sich an Keelys Bericht. Sie war sich sicher gewesen, dass der Zugang zum Keller sich in dem einzigen abgeschlossenen Zimmer des Hauses befinden musste.

Er ging den Flur hinunter bis zu einer verriegelten Tür an dessen Ende. Die herbeigerufenen Spezialkräfte brachten ihre Ramme so heftig zum Einsatz, dass der Türrahmen splitterte, und traten dann einen Schritt zurück, um Lightman den Vortritt zu lassen. Er bedauerte die Zerstörung, aber der Chief Superintendent hatte die Durchsuchung genehmigt.

Es war ein großer, klassisch möblierter Raum im Stil einer Bibliothek. Er erstreckte sich von der Vorder- bis zur Rückseite des Hauses und wurde von einem riesigen Eichen-und-Leder-Schreibtisch beherrscht, der die einzigen Spuren von Unordnung aufwies, die Lightman bisher im Haus gesehen hatte. Auf der Platte waren Notizbücher, Papiere und naturwissenschaftliche Fachzeitschriften verstreut. Lightman ließ den Blick schweifen und versuchte sich zu erinnern, was genau Henrys Spezialgebiet war. Irgendwas mit Biologie, dachte er. Wahrscheinlich ein gut bezahlter Posten, obwohl Henrys Reichtum natürlich auch geerbt sein konnte.

Alle Wände wurden von ebenfalls leicht unaufgeräumten Bücherregalen eingenommen. Lücken gab es nur für ein Fenster zum Garten, einen Ganzkörperspiegel und eine Tür auf der Rückseite des Hauses. Lightman ging sofort darauf zu, entdeckte dahinter jedoch keinen Keller, sondern nur ein Badezimmer, dem Aussehen nach ein Anbau aus jüngerer Zeit, ein veritabler Palast mit Kacheln in Marmoroptik, frei stehender Badewanne und Dusche.

Im Arbeitszimmer musterte Lightman die Regale an den Wänden, dann einzelne Bücher. Er dachte an all die Kriminalromane mit Geheimgängen hinter Bücherregalen. Glaubte er, einen solchen zu entdecken, wenn er das richtige Buch griff?

In diesem Moment kam einer der Constables ins Zimmer.

»Sir? Allem Anschein nach hält sich niemand im Haus auf.«

Lightman fragte sich, ob er sie um Hilfe bei der Suche nach dem Keller bitten sollte. Der hastige Aufbruch der Murray-Watts am frühen Morgen ließ zwar vermuten, dass sie dort niemanden finden würden, doch sollte er nicht endlich beweisen, dass Keely recht hatte?

Er wollte gerade eine entsprechende Anweisung geben, als sein Handy beharrlich zu summen begann.

»Wir haben eine weitere Örtlichkeit, die Keely als Indiz genannt hat«, sagte der DCI. »Es ist gleich in Ihrer Nähe. Die Bushaltestelle in der Purlieu Lane.«

O'Malley mochte Razzien noch aus seinen Jahren bei der Armee. Alles daran war vertraut. Die klare Hierarchie. Die routinierten Bewegungsabläufe. Das Gefühl, eine Maschine zu sein, die tat, was sie am besten konnte.

Es hatte eine kurze Zeit in seiner polizeilichen Laufbahn gegeben, als Erinnerungen wie diese schmerzhaft gewesen waren. Ganz am Anfang, als seine Entlassung aus der Armee noch mit einem Gefühl von Scham besetzt gewesen war, hatte sich alles, was Gedanken an diese Zeit wachgerufen hatte, wie ein Stich mit einem scharfen Gegenstand angefühlt. Es hatte ein paar Jahre gedauert, bis er zu dem Schluss gekommen war, dass er als Polizist sehr viel besser war, als er es als Fußsoldat je gewesen war, und dass er dieses Leben weit mehr genoss.

Die Razzia war offiziell ein Einsatz des Entführungsdezernats unter Leitung von DI Quick mit zwei seiner Constables. Quick erinnerte O'Malley stark an einen Hauptmann, unter dem er gedient hatte. Sein Hauptcharakterzug war seine Humorlosigkeit, die jedoch offenbar nicht mit irgendeinem erkennbaren Ego gepaart war. Als sie so weit waren, ließ Quick O'Malley bereitwillig den Vortritt.

Domnall hatte sich für den Anlass seine Stichschutzweste angelegt und fühlte sich arg eingezwängt. Die Weste war peinlicherweise viel enger als früher, und er fragte sich, wie viel er aktuell auf die Waage brachte. Normalerweise nahm er im Sommer ab und legte im Winter wieder zu. Schon im September so füllig zu sein war ein wenig beunruhigend.

»Boulas Handy ist zurzeit ausgeschaltet«, hatte Quick erklärt, als sie sich ein Stück die Straße hinunter getroffen hatten. »Es hat seit fünf Uhr heute Morgen keinen Mast mehr angepingt, was an sich schon eine interessante Zeit ist, um auf und unterwegs zu sein.«

»Wo war das?«, fragte O'Malley.

»Hier«, hatte der DI gesagt und den Reißverschluss seiner Weste hochgezogen.

»Hoffen wir, dass er nicht nur friedlich eine Runde joggen war und sein Akku leer ist«, sagte O'Malley grinsend.

»Wenn, müsste er mittlerweile nach Hause zurückgekehrt sein

und sein Telefon aufgeladen haben«, sagte Quick, der O'Malleys Bemerkung vollkommen ernst genommen hatte. O'Malley nahm sich vor, auf alle weiteren Versuche zu verzichten, die Situation durch Humor aufzulockern.

Niemand reagierte auf ihr Klingeln und Klopfen. DI Quick hob die große rote Handramme an und platzierte einen harten Stoß knapp neben das Schloss. Die Tür ging erstaunlich leicht auf, was wahrscheinlich eher Quicks Geschick als ihrer mangelnden Festigkeit zuzuschreiben war.

»Polizei!«, rief O'Malley und betrat den Flur.

Es war kein besonders großes Haus, was bei einem Mitarbeiter der Jugendhilfe nicht überraschte. Als alle vier Beamte eingetreten waren, wirkte es voll.

O'Malley ging auf der Suche nach Anzeichen dafür, dass kürzlich jemand hier gewesen war, weiter ins Wohnzimmer. Von oben ertönte der Ruf, dass sich niemand im Haus aufhielt. O'Malley starrte auf den leeren Schreibtisch und bemerkte drei verschieden große rechteckige Umrisse in dem Staub auf der Platte und einen leeren 4-Port-VGA-Umschalter darunter.

»Er hat den Computer mitgenommen«, sagte er zu Quick, als der DI sich zu ihm gesellte. »Damit können wir unsere leichte Verurteilung vergessen.«

Die Bushaltestelle am Ende der Purlieu Lane war leer, das kleine Haltestellenhäuschen grenzte an ein Gebüsch, lag jedoch so, dass man einen Blick über die Felder auf der gegenüberliegenden Straßenseite hatte. Die ruhige zweispurige Straße führte zu einem Naturschutzgebiet, das als Godshill Inclosure bekannt war.

Es war ein durch und durch ländliches Idyll, das mit dem traditionellen Pub ein Stück die Straße hinunter noch malerischer wirkte. An den Straßenrändern wucherten Wildblumen, und die Bushaltestelle sah aus, als würde sie von den Büschen dahinter zurückerobert.

Lightman hatte auf seinem Handy recherchiert, dass der Bus, den Keely und Nina zur Schule genommen hatten, an dieser Stelle kurz von der Hauptstraße abfuhr und an einem kleinen begrünten Dreieck am Ende der Purlieu Lane wendete.

In dem Häuschen der Bushaltestelle war nichts zu sehen, was Lightman auch nicht erwartet hatte. Da Keely nicht gewusst hatte, wann jemand vom Dezernat eintreffen würde, hatte sie ihren Beweis bestimmt außer Sichtweite deponiert.

Er blickte die Straße hinunter zu dem Pub, der noch geschlossen war, und ging um das Häuschen herum. Das Gebüsch war bis an die Rückwand gewachsen und bot ein gutes Versteck.

Er schob einige Zweige beiseite und stieß schnell auf die Stacheln einer Akazie, die in der Mitte des Gebüschs stand. Aber als er die aus dem Weg gedrängt hatte, entdeckte er die kleine Pappschachtel, die hinter dem Haltestellenhäuschen auf dem Boden stand.

Die Schachtel zu bergen, ohne sich das Gesicht zu zerkratzen, war ein heikles Manöver, doch Lightman schaffte es unverletzt, sie aus dem Gebüsch zu ziehen. Sie war sehr leicht, und er fragte sich flüchtig, ob es nur eine leere Verpackung war, doch bei näherem Hinsehen entdeckte er ein Etikett mit Juliettes Namen, was interessant war.

Er trug die Schachtel zum Wagen, streifte Handschuhe über, stellte sie auf die Kühlerhaube und nahm den Deckel ab. Sofort erkannte er, warum sie so leicht war. Sie enthielt nur eine Lage Styropor, auf der mehrere Hochglanzfotos lagen.

Lightman drehte den Kopf und sah Text. Es waren Screenshots einer Whatsapp-Unterhaltung zwischen jemandem ohne Foto, der sich Chuck nannte, und einer gewissen Sarah. Die erste Nachricht von Chuck an Sarah lautete:

> Ich kann es nicht erwarten, dich wiederzusehen. Ich will mich in dir vergraben und ganz dir gehören.

Lightman versuchte seine Übelkeit zu unterdrücken. Er spürte, wie sein Herz schneller schlug, und atmete ein paarmal tief durch, um sich wieder zu beruhigen.

Das war gut. Jetzt hatten sie einen echten harten Beweis. Denn es stand außer Frage, dass es sich um Nachrichten zwischen Frank Pinder und Sarah Mallard handelte, die der letzte Nagel im Sarg des Typen sein würden, sobald sie ihn gefunden hatten.

24.

Ich konnte Callum seine Aussage gegenüber der Polizei nicht verübeln. Anfangs fühlte ich mich verraten, aber das überwältigende Gefühl war das von Unvermeidlichkeit. Ich hatte gewusst, wie sehr er sich davor fürchtete, das Haus verlassen zu müssen. Ich hatte bloß nicht begriffen, wie empfänglich er für ihre Manipulation war. Außerdem hatte ich seinen Wunsch unterschätzt, Sally zu gefallen, die kein schlechter Mensch war und ihn wahrscheinlich wirklich liebte.

Ich hatte auch nicht vorhergesehen, wie leicht seine Ehrlichkeit sich gegen ihn benutzen ließ. Ich glaube, ich bin ein großes Stück erwachsener geworden, als mir der Teil klarwurde.

Wie hart wir dafür gekämpft haben, dass die Murray-Watts angeklagt wurden, muss ich Ihnen nicht erzählen. Auch unser Scheitern hatte etwas Unvermeidliches. Obwohl ich manchmal gedacht habe, dass es mit unserer alten Sozialarbeiterin vielleicht anders gelaufen wäre. Sie hatte Ninny noch mit ihrer unschuldigen Ausstrahlung gekannt und war ganz entzückt von mir gewesen, anstatt nur den Charme von Henry und Sally zu sehen. Mir war klar, dass unser neuer Sozialarbeiter uns zuhörte, als wäre wir Phantasten, und das machte mich wütend, was wohl auch nicht geholfen hat.

Aber wie dem auch sei. Weiter mit dem, was zählt. Vielleicht hatten wir unseren Kampf um Gerechtigkeit verloren, aber wir waren frei von den Murray-Watts.

Für mehrere Monate lebten wir wieder in dem Kinderheim in der Henley Road und warteten ab, welche Pflegeeltern das System für uns ausspucken würde. Und so gesichtslos und schäbig der Ort immer noch war, so gemein einige der anderen Kids zu sein schienen, es fühlte sich zumindest sicher an.

Und die Gemeinheiten waren jetzt auch nicht mehr so schlimm. Ninny und ich waren dagegen abgehärtet, und wir hatten viel darüber gelernt, wie man Angriffe ablenkt und andere einschüchtert. Meistens ließen sie uns in Ruhe. Dennoch beobachtete ich, dass Ninny sich immer noch schwertat mit ihren Schulfreundinnen und ihnen wehmütig nachsah, wenn sie zusammen herumtobten.

Dass ihr Lieblingsbezugsbetreuer Jared sich auf Reisen befand, war eine weitere Enttäuschung für sie. Sie hatte keine Verbündeten unter den Betreuern und keine engen Freundinnen. Und so fand ich mich hin- und hergerissen zwischen meiner alten Rolle als ihre Verteidigerin und der instinktiven Einsicht, dass sie ihren eigenen Weg finden musste. Vielleicht war es auch weniger meine Sorge um ihre Selbstständigkeit als vielmehr ein Gefühl von müdem Zynismus und Traurigkeit bei dem Gedanken daran, wie ich sie im Stich gelassen hatte.

An einem Nachmittag ein paar Wochen nach unserer Ankunft, nachdem klargeworden war, dass Henry und Sally einer Anklage entgehen würden, fand ich Ninny weinend in ihrem Zimmer. Ich setzte mich neben sie aufs Bett und fragte mich, ob sie in letzter Zeit oft geweint hatte. Weil wir jetzt älter waren, hatten wir eigene Zimmer, und manchmal vermisste ich die Nähe unseres engen Doppelbetts.

Ich saß eine Weile neben ihr, bis ihr Tränenfluss stockte und sie sagte: »Glaubst du, wir werden ihn je wiedersehen?«

Ich musste nicht fragen, wen sie meinte, und die Gewissheit, dass sie Callum meinte, weckte ein seltsam besitzergreifendes Gefühl in mir.

»Ich weiß nicht«, antwortete ich. Ich hätte sie irgendwie trösten sollen. Ich wollte auch etwas in der Richtung sagen, doch stattdessen hörte ich mich erklären: »Vielleicht darf er nicht mit uns sprechen. Selbst wenn er will.«

Das löste eine neue Tränenflut aus, und ich fühlte mich schuldig. Und schrecklich.

»Aber das ist nur für den Augenblick«, sagte ich. »Irgendwann darf er es bestimmt. Trotzdem müssen wir vielleicht andere Freunde finden.«

Eine Minute lang weinte sie weiter heftig und sagte dann: »Ich weiß nicht, wie man Freundinnen oder Freunde findet.«

»Doch«, widersprach ich ihr. »Du warst sehr gut darin, bevor Henry dafür gesorgt hat, dass du dich elend fühlst. Du musst dich einfach wieder daran erinnern, wie du früher warst.« Ich drückte ihre Schulter. »Ich helfe dir.«

Aber am Ende war nicht ich diejenige, die ihr geholfen hat. Das blieb bei seiner Rückkehr Jared Boula überlassen, und später Frank Pinder. Die Männer, die uns Akzeptanz geschenkt haben, bevor sie sehr viel mehr genommen haben, als eine von uns je angeboten hatte.

Jared kehrte nur wenige Wochen nach uns zurück. Er hatte sich verändert, seit wir ihn zum letzten Mal gesehen hatten. Ich fand damals, dass er erwachsener wirkte. Zurückhaltend. Selbstbewusster.

Auch körperlich war er männlicher geworden. Der Teenagerspeck war verschwunden und einer schlanken Stärke gewichen, und nach Monaten auf Reisen war er braun gebrannt. Rauer. Attraktiv.

Ich weiß noch, wie ich einmal nach dem Abendessen mit ihm abgewaschen habe und seltsam verlegen war, mit ihm reden zu müssen. Er hatte jetzt etwas von dem beliebtesten Jungen an der Schule.

Ich erinnere mich, dass er irgendwann den Arm um mich legte und lachte, als ich rot wurde. Ich erkannte ein Flackern von etwas, das Grausamkeit sein könnte, als er sagte: »Ah, stehst du etwa auf mich? Wirst du deswegen rot?«

Ich weiß noch, dass ich es heftig geleugnet habe, noch röter geworden bin und dann, so schnell ich konnte, aus der Küche gerannt bin, um meine Verwirrung vor ihm zu verbergen.

Später sollte ich herausfinden, dass vieles geschehen war, das Jared verändert hatte. Dass er nicht nur ins Ausland gereist war, sondern auch Zeit in England verbracht hatte, und das hatte ihn geformt. Verhärtet.

Aber mit Ninny war er wieder der reinste Sonnenschein. Er hellte ihr Leben auf und ließ sie strahlen.

Anfangs beobachtete ich die beiden aufmerksam, suchte Vorwände, mich dort aufzuhalten, wo sie waren, weil ich seiner Freundlichkeit nicht ganz traute. Vermutlich hatte ich genug von mir selbst in ihm wiedererkannt, um misstrauisch zu sein. Ich hatte die Dunkelheit gesehen und war nicht mehr von dem Licht geblendet.

Aber ich muss zugeben, dass er zu ihr gütig war. Geduldig. Warmherzig. Verständnisvoll. Und dass er ihr unendlich guttat.

Am Ende sah ich mich jedoch gezwungen, meine Spionage aufzugeben, denn Jared war sich ihrer bewusster, als ich geahnt hatte.

An einem Samstag folgte ich den beiden zu dem Zeitungsladen an der Ecke. Sie wollten für alle Eiscreme kaufen, und der kleine Laden war der einzige Ort, zu dem wir unbegleitet gehen durften.

Es war ein schlichter Kiosk für den alltäglichen Bedarf mit einem hässlich grellen Schild:

EXPRESS – SIEBEN TAGE GEÖFFNET

Die Hälfte der Süßigkeiten war jenseits des Haltbarkeitsdatums, aber die Kids stopften sich trotzdem damit voll und sparten dafür, was sie hatten.

Ich war die Einzige, die nur selten dorthin ging. Für mich war es eine Höhle der Wunder, doch ich fürchtete mich auch davor. Ich hatte Angst, ich könnte wirklich so gierig sein, wie Henry immer behauptet hatte. Ich malte mir aus, wie ich die Kontrolle verlieren würde, sobald ich den Laden betrat, und mich mit Mars-Riegeln und Maltesers-Schokokugeln vollstopfte, bis ich nach draußen gezerrt werden müsste.

Am schlimmsten war jedoch, wie sehr allein die schiere Möglichkeit, dorthin zu gehen, mir zusetzte. Sechs Tage die Woche spürte ich die Versuchung und musste ihr widerstehen. Ich stellte mich vor den Spiegel und musterte mich von oben bis unten, wie Henry es getan hätte, sah jedes Fettpölsterchen und ermahnte mich, es loszuwerden.

Nur an Sonntagen fühlte mich frei. Ohne die Versuchung verschwand die Furcht vor mir selbst, und ich genoss vierundzwanzig herrliche Stunden der Ruhe.

Aber nachdem Ninny und Jared zu dem Laden aufgebrochen waren, blieb mir nichts anderes übrig, als ihnen zu folgen. Ich musste sehen, was sie machten, und Wache halten, bis das wahre Wesen ihrer Freundschaft ans Licht kommen würde.

Ich wartete, bis sie den Laden betreten und der Tür den Rücken zugewandt hatten, um in die große bunte Gefriertruhe zu greifen, und schlüpfte dann ebenfalls hinein, huschte einen der Gänge hinunter.

Ich konnte bis zum anderen Ende des Ladens gehen und trotzdem die ganze Zeit sehen, was sie machten. Ich glaubte mich hinter einem Ständer mit Postkarten hinreichend verdeckt; die beiden waren offenkundig beschäftigt damit, für alle Eis auszusuchen.

Aber Jared, der, wie mir heute klar ist, sehr viel mehr über Tarnung wusste, als ich ahnte, blickte plötzlich zu mir auf. Als er den Kopf schüttelte, wurde offensichtlich, dass er erwartet hatte, mich dort zu sehen. Dass er es immer gewusst hatte. Lachend wandte er sich an Ninny und fragte, ob ich eifersüchtig sei.

»Folgt sie dir eigentlich überallhin? Oder ist sie von *mir* besessen?«

Die Demütigung brannte wie Hölle. Ohne länger auf meine Würde zu achten, rannte ich den Gang hinunter und zur Tür hinaus. Ninnys Lachen folgte mir bis auf die Straße.

Als ich zum Heim zurückkehrte, fühlte ich mich ohnmächtig, voller Groll und wieder einmal zurückgewiesen, und dieses Gefühl meißelte an dem Schloss, hinter dem ich meine schlimmsten Emotionen verriegelt hatte, die die Murray-Watts so meisterhaft geschürt hatten.

Ich hatte geglaubt, gegen all das geschützt zu sein. Ich hatte gedacht, ich würde verstehen, wie Manipulation funktioniert. Aber das Aufflackern von Begehren, das Jared in mir entzünden konnte, hatte alles durcheinandergebracht. Es war, als könnte selbst die winzigste Andeutung von Sexualität jedes rationale Denken ausschalten.

Ist es nicht traurig, wie leicht man uns kontrollieren kann? Wie einfach es für einen der drei war, uns wieder auseinanderzudividieren? Und wie erbärmlich schnell ich mein Gelöbnis vergaß, meine Schwester unter allen Umständen zu beschützen?

25.

Hanson wollte Keelys Geschichte unbedingt weiterhören. Sie wollte die Wahrheit über Jared Boula und Frank Pinder erfahren. Gleichzeitig war sie nach wie vor auf Widersprüche in der Erzählung konzentriert. Auf die Spur, der sie nach Keelys Willen folgen sollte.

Also hörte sie den Abschnitt erneut auf mögliche Hinweise ab. Und diesmal war es leicht zu erkennen. Keely hatte von einem Express-Shop erzählt, der sieben Tage die Woche geöffnet und trotzdem am Sonntag geschlossen war.

Nach dieser Entdeckung konnte sie unmöglich still sitzen bleiben. Sie wollte sich in Bewegung setzen und die nächste Etappe der Spur finden.

Sie ging eilig zum Büro des Chiefs und klopfte an seine Tür. Er war so in den Computer vertieft, dass sie ein zweites Mal lauter klopfen musste, bevor er reagierte.

»Ich glaube, Keely hat etwas in einem Zeitungsladen in der Henley Road für uns hinterlassen«, erklärte sie. »Ich würde gern hinfahren, um zu sehen, was es ist. Ich bin jedoch sicher, dass auch ihre Geschichte selbst uns noch mehr verraten wird. Ich denke, es ist wichtig, dass wir sie uns anhören.«

»Ich übernehme die Videos«, sagte der DCI grinsend. »Es ist Stunden her, seit ich meinen Verstand zuletzt mit dem von Keely Lennox gemessen und verloren habe.«

»Danke, Chief«, sagte Hanson, zögerte einen Moment und fragte dann: »Glauben Sie, wir sollten eine Suchmeldung für die beiden Mädchen veröffentlichen? In der Presse und den sozialen Medien?

Vielleicht noch rechtzeitig für die Mittagsnachrichten? Es ist schon sehr viel Zeit vergangen seit Ninas Verschwinden …«

Die Miene des DCI wurde ernst. »Darüber habe ich auch schon nachgedacht. Daran beunruhigt mich nur, dass die drei Männer es auch mitkriegen werden. Es verrät ihnen, dass die Mädchen irgendwo da draußen sind – wenn sie nicht ohnehin schon eins von ihnen in ihrer Gewalt haben. Aber ich denke, es lohnt das Risiko. Wir müssen die Öffentlichkeit einschalten. Wenn Sie der Presseabteilung etwas schicken könnten, sorge ich dafür, dass es verbreitet wird.«

»Danke«, sagte Hanson erleichtert. Es tat gut zu wissen, dass auch andere außer ihrem Team und Quicks Leuten vom Entführungsdezernat nach den Schwestern suchen würden.

Sie wollte gerade gehen, als der DCI plötzlich fragte: »Sie kennen nicht zufällig irgendeinen Babysitter, oder? Jemanden, der Kinder betreuen kann und eventuell tagsüber frei hat?« Er lächelte ein wenig verlegen. »Ich weiß, nicht sehr wahrscheinlich, aber …«

Hanson wollte die Frage gerade verneinen, als ihr einfiel, was Ben vor ein paar Wochen von seiner Schwester erzählt hatte.

»Sie sollten Ben fragen«, sagte sie. »Seine Schwester Sammy ist selbst Mutter. Sie liebt Kinder, aber ihre eigenen sind jetzt in der Schule, und sie hat die Rückkehr in ihren Job aufgeschoben, um mehr für ihren Dad da zu sein.«

»Danke«, sagte der Chief. »Hoffen wir, dass sie mich retten kann.«

Sammy erweis sich als genau die Person, die Jonah brauchte. Sie war ehrlich begeistert von der Idee, Milly zu nehmen, obwohl sie sie noch nie getroffen hatte. Und noch wichtiger, sie war bereit, Milly zu Hause abzuholen.

»Ich kann sie bis zum Abend nehmen«, sagte sie. »Ich vermisse die Babyphase. Ich meine, damals habe ich es natürlich gehasst und wollte unbedingt wieder anfangen zu arbeiten. Aber nachdem ich nun hier sitze, bin ich schon ein bisschen wehmütig. Ein Baby zur Miete klingt super.«

Als Michelle das Telefon abnahm, konnte man die Tränen in ihrer Stimme hören.

»Sie hat keinen guten Vormittag«, sagte sie. Jonah hörte Milly im Hintergrund schreien und hatte Mitleid mit Michelle.

»Die Schwester meines DS übernimmt sie für den Rest des Tages, wenn du möchtest«, sagte er. »Damit du mal Zeit für dich hast.«

Es war kurz still in der Leitung, dann sagte Michelle mit belegter Stimme: »Danke. Das ist … Du bist phantastisch.«

Es war der erste ehrlich positive Satz, den Michelle seit langer Zeit zu ihm gesagt hatte, dachte Jonah. Als er auflegte, fühlte er sich sehr viel besser und sehr viel schlechter. Es war offensichtlich, dass er ihr mehr helfen musste. Michelles negative Haltung gegenüber allem war wahrscheinlich eine Folge ihrer Überforderung. Und das machte seine Gedanken an Jojo noch unverzeihlicher.

Aber um seinen privaten Schlamassel musste er sich später kümmern. In dem Wissen, dass Sammy übernehmen würde, konnte er sich wieder darauf konzentrieren, Nina Lennox zu finden.

Seine Hoffnung, dass Nina in Sicherheit war, war durch Keelys Verschwinden ebenso erschüttert worden wie Hansons. Wenn Keely wirklich geflohen war, hatte sie das in genau jenem Moment getan, in dem sie ihnen einfach alles hätte erklären können. Damit blieb ihnen nur, das von ihr inszenierte Spiel weiterzuspielen und zu tanzen, wenn sie sagte: »Tanz.« Und es beließ Nina weiterhin in der Lage, in der Keely beschlossen hatte, sie zurückzulassen.

Und wenn sie all das wirklich geplant hatte: War es bloß ein Versuch, Macht auszuüben, oder steckte mehr dahinter? Gab es etwas, wofür sie Zeit brauchte? Mussten sie irgendetwas herausfinden?

Oder hatte sie die Videoaufnahmen hinterlassen, weil sie wusste, dass jemand kommen würde, um sie zu holen?

Hanson war auf halbem Weg zur Henley Road und überquerte gerade eine von offener Landschaft umgebene Straßenkreuzung im Bevois Valley, als ein Motorrad an ihr vorbeiraste. Sie erwartete, es in der Ferne verschwinden zu sehen, sodass sie beinahe nicht schnell genug gebremst hätte, als das Motorrad direkt vor ihr plötzlich langsamer wurde.

Fluchend beobachtete sie, wie es in Schlangenlinien fuhr und schließlich diagonal stehen blieb und ihre Spur versperrte.

Hanson hielt ebenfalls an, Adrenalin pulste durch ihre Adern. Sie ging die letzten paar Minuten der Fahrt noch einmal durch und fragte sich, ob sie irgendetwas gemacht hatte, um den Motorradfahrer zu verärgern.

Immerhin wirkte er nicht allzu groß. Die etwas klobige Motorradjacke verdeckte eine schlanke Gestalt. Aber an seinem Rücken klebte etwas, das aussah wie ein Stück Pappe, und sein gesamtes Verhalten wirkte ein wenig irre.

Sie beobachtete, wie der Motorradfahrer die Arme zu seinem Helm hob, und fragte sich, ob sie einfach abhauen sollte. Hinter ihr waren keine Fahrzeuge, und in der Gegenrichtung herrschte auch kaum Verkehr. Sie konnte um das Motorrad herumfahren und einer Konfrontation aus dem Weg gehen.

Doch dann zog der Motorradfahrer den Helm vom Kopf und entblößte eine Mähne von langem rotem Haar.

Einen kurzen Moment glaubte Hanson, Keely hätte ihre Rückkehr inszeniert, doch dann fiel ihr die etwas andere Form des Kinnes, die zartere Gestalt und die wärmere Augenfarbe auf.

Das Mädchen auf dem Motorrad war Nina.

Keelys Schwester blickte sie einen Moment lang fest an und hob, als Hanson die Wagentür öffnen wollte, eine Hand.

Mit der anderen griff sie hinter sich, zog die Pappe von ihrem Rücken und hielt sie vor ihren Körper.

Darauf stand in großen fetten Blockbuchstaben:

UND JETZT FINDEN SIE
MEINE SCHWESTER!

Hanson blieb gerade genug Zeit, das Schild zu lesen und Nina wieder anzusehen, bevor diese die Pappe fallen ließ, den Helm wieder aufsetzte und mit dem Motorrad direkt den Hang hinaufraste, der sich neben der Straße erstreckte. Kurz darauf war sie zwischen den Bäumen verschwunden.

Hanson wusste, dass sie versuchen sollte, die Verfolgung aufzunehmen, und hinter ihr hupte jetzt auch laut ein Auto, aber einen Moment lang war sie unfähig, sich zu rühren. Denn ihr war endlich eingefallen, wo sie Nina schon einmal gesehen hatte.

Lightman war nur noch ein paar Minuten von der Auffahrt auf die A31 entfernt, als ihn ein Anruf auf seinem Handy erreichte. Die Nummer auf dem Display war eine Nummer von Southampton Central, sodass Lightman nicht überrascht war, als sich die Stimme von Murray Quick meldete.

»Ihr Chief sagt, Sie sind gerade in der Gegend des New Forest unterwegs«, begann er ohne Vorrede.

»Ja, richtig«, sagte Lightman und bremste, als er vor sich eine Haltebucht sah. »Brauchen Sie mich für irgendwas?«

»Wenn's geht«, sagte Quick. »Mein Team hat gerade den Wagen aufgespürt, mit dem Keely Lennox abgeholt wurde. Er steht verlassen auf einem Parkplatz im Wildpark Deerleap Lane. Ihr Chief würde gern überprüft haben, ob er Sally Murray-Watt gehört.«

Lightman beschleunigte wieder. »Schon unterwegs«, sagte er.

Die Aufnahmen der Überwachungskamera vor der sicheren Wohnung des Jugendamts landeten deutlich früher in Jonahs Posteingang, als er erwartet hatte. Aus jahrelanger Berufserfahrung war er eigentlich an endlose Verzögerungen bei der Beschaffung von Überwachungsvideos gewöhnt.

Er klickte die Datei sofort an und stellte dankbar fest, dass der Kollege, der das Video geschickt hatte, die Aufnahmen auf den Zeitpunkt von Keelys Verschwinden zusammengeschnitten hatte.

Keely tauchte unvermittelt auf dem Bildschirm auf und trat neben Veronica. Die Kamera war ein Stück die Straße hinunter und hatte eine gute Perspektive, aus der man genau sehen würde, was in den Augenblicken vor Keelys Wegfahren passiert war.

Die ganze Aktion dauerte nur wenige Sekunden, wie Veronica beschrieben hatte. Die Sozialarbeiterin ging, ihr Handy in der Hand, langsam von der Kamera weg die Straße hinunter. Kurz darauf drehte Keely sich zu dem Geländewagen um. Nach kurzem Zögern machte sie vier schnelle Schritte, öffnete die Tür und stieg in den Wagen, der bereits angefahren war, als sie die Tür hinter sich zuzog.

Seufzend klickte Jonah auf den Anfang und schaute sich das Video noch einmal an. In Keelys Gesicht konnte er keine Spur von Panik erkennen, kein Gefühl von Bedrohung. Es sah so aus, als wäre Veronicas Eindruck richtig gewesen und Keely hätte das Ganze inszeniert.

Er hielt den Clip an und starrte immer noch ins Leere, als ein Anruf von Hanson einging. Er hörte den Stress in ihrer Stimme, als sie sagte: »Ich habe gerade Nina Lennox gesehen. Und ich glaube, das Ganze könnte meine Schuld sein.«

26.

Das verwirrende Durcheinander von Verlangen, Misstrauen, Neid und Einsamkeit, das ich jedes Mal verspürte, wenn Ninny und Jared zusammen waren, machte es mir erneut beinahe unmöglich, die Gegenwart meiner Schwester zu ertragen.

Ich weiß noch, wie sie an einem Donnerstagabend zu mir kam. Ich hatte mich in Schularbeiten vergraben, wie es zunehmend meine Gewohnheit geworden war, obwohl ich meinen Klassenkameraden ohnehin schon meilenweit voraus war.

Ninny klopfte und kam herein, bevor ich antworten konnte. Auch davon, dass ich an meinem Schreibtisch an einem Essay über Bismarck saß, ließ sie sich nicht abschrecken, sondern lümmelte sich hinter mir auf mein Bett.

»Können wir was zusammen machen?«, fragte sie. »Ich hab das Gefühl, ich seh dich gar nicht mehr.«

»Du hattest offensichtlich andere Dinge zu tun«, sagte ich, ohne sie anzublicken.

Nach einer Pause sagte sie: »Aber dich will ich auch sehen. Ich vermisse dich.«

Ich schwieg. Dabei wäre es eine großartige Gelegenheit gewesen, richtig mit ihr zu reden, über meine Einsamkeit und über meine Bedenken wegen Jared. Ich hätte ihr erklären können, dass es weniger Eifersucht als vielmehr Sorge war.

Aber ich dachte nur daran, dass sie mich erst jetzt sehen wollte, wo ihr Liebling nicht da war. Es war wie eine Schwellung im Hals, die nur bestimmte Wörter vorbeiließ.

»Also, im Moment lerne ich für die Schule«, erklärte ich ihr.

»Warum gehst du nicht und redest mit deinem Bezugsbetreuer, anstatt permanent den von anderen zu klauen?«

Es war absichtlich schroff. Ich wusste, dass Ninny sich darüber manchmal Sorgen machte: über die beiden Jungen, die eigentlich in Jared Boulas Hauptverantwortung waren. Keiner von beiden hatte eine Chance, aber der Heimleiter war offenbar ahnungslos. Er übersah die Situation, so wie Jared diese beiden Jungen übersah.

Meine Schwester schwieg. Ich überlegte mich umzudrehen, um Ninnys Gesichtsausdruck zu sehen, aber ich brachte es nicht über mich, ihr in die Augen zu blicken.

Das Schweigen dauerte an, bis meine Schwester aufstand und ging.

Eine Weile saß ich da und starrte auf meinen halbfertigen Essay. Aus irgendeinem Grund stellte ich mir vor, dass Jared, wenn er am nächsten Tag zurückkehrte, mit *mir* sprechen würde statt mit ihr. Dass er seine Hand ausstrecken würde, um meine zu berühren. Und bei der Vorstellung empfand ich eine seltsame Mischung aus Furcht und Verlangen.

Danach zog ich mich noch weiter von ihr zurück. Und ich merkte, dass ich mich unwillkürlich auch von anderen zurückzog. Von den Freundinnen, die ich mir in der Schule gesucht hatte. Von den Lehrern, die von meiner Intelligenz und Lernbereitschaft begeistert gewesen waren. Ich verbrachte mehr und mehr Zeit in meinem eigenen Kopf und malte mir alternative Versionen meines Lebens aus. Versionen, in denen Callum zu uns gehalten hatte oder in denen er mich aufsuchte und mir erklärte, wie sehr er sich geirrt hatte.

Ich versank in einer Phantasiewelt und wurde, um es abzukürzen, das perfekte Opfer für die Tricks eines Frank Pinder.

Als wir in unsere neue Pflegeunterkunft kamen, schien es, als hätte das Universum mir endlich etwas Gutes beschert. Ein attraktiver, sportlicher, lässig cooler Mann war plötzlich Teil unseres Lebens und erklärte uns, dass er uns liebte. Dass er *mich* liebte.

Ich erinnere mich noch an unseren ersten Besuch bei ihm und Evelyn an einem sonnigen Feiertagswochenende im Mai. Frank hatte Stühle und Tische im Garten aufgestellt und auf der Terrasse eine Wanne mit eisgekühlten Getränken und ein Glas mit Lutschern. Er lief uns die ganze Zeit hinterher und brachte uns mit seinem ununterbrochenen Plappern und Blödeln zum Lachen; so normal und entspannt hatte ich mich seit Jahren nicht mehr gefühlt.

Ich sah, dass Ninny hin- und hergerissen war, als Mark, unser Sozialarbeiter, uns fragte, ob wir bei den Pinders leben wollten. Sie war offensichtlich genauso bezaubert von unserem potenziellen Pflegevater wie ich, aber ein Umzug würde bedeuten, Jared zu verlassen, ihren besten Kumpel. Ihren Beinahe-Freund.

Ich war diejenige, die sie dazu überredet hat. Ist das nicht der Hammer? Wir hätten sonst eine Chance gehabt, zumindest einem der drei Männer auszuweichen, die uns unsere Zukunft geraubt haben.

Ich erklärte ihr, dass wir irgendwann aus dem Heim ausziehen mussten und Jared wahrscheinlich auch bald weiterziehen würde. Und dann müssten wir nehmen, was man gerade für uns fand – statt eines Ortes, wo wir Spaß haben konnten, der sich wie ein Zuhause anfühlte.

Und so packten wir an einem Nachmittag im September unsere Sachen und zogen aus der Henley Road in den hässlichen kleinen Bungalow der Pinders, der gerade wegen seiner Gewöhnlichkeit so beruhigend wirkte; er war Welten entfernt von der reichen Strenge der Murray-Watts-Villa.

Lange Zeit dachte ich, wir hätten die richtige Entscheidung getroffen. Frank war wunderbar. Witzig, großzügig und endlos geduldig. Er wurde nie wütend, wenn wir zu spät kamen, und schimpfte nicht, wenn wir fluchten. Tatsächlich ermutigte er uns – zum amüsierten Entsetzen von Evelyn – sogar, ein bisschen frecher zu sein.

Er erkannte die vielen Aspekte meiner Persönlichkeit, die es mir schwer machten, mich einzupassen, und er half mir, sie zu überwinden. Er brachte mir Slang bei, ermutigte mich, bei der Fußballmannschaft mitzumachen, die er trainierte, und verlieh mir selbst dort einen Glanz der Popularität. Ich sah, wie die anderen Mädchen mich beneideten, sogar die hochnäsige reiche Rhiannon, die offensichtlich in ihn verknallt war.

Das hatte eine tiefgreifende Wirkung auf mich. Ich hörte auf, immer alles zu kontrollieren, und fing an, bessere Freundschaften zu schließen. Ich hatte das Gefühl, wirklich gemocht zu werden, und fand sogar einen Freund. Ein netter ernsthafter Streber, der meine Intelligenz liebte. Ninny hatte natürlich einen cooleren Freund, ein Jahr älter als sie und umwerfend attraktiv.

Aber von meiner Schwester übertroffen zu werden machte mir jetzt nicht mehr so viel aus. Ich hatte eine neue Version von mir übergestreift: eine Version, die es lernte, etwas *lit* statt toll zu finden, die andere nicht beleidigte, sondern *disste*, und alles, was erwidert wurde, *savage* nannte. Die ihren Freundinnen erklärte, dass sie *geslayt* hatten, wenn sie etwas geschafft hatten, und darüber diskutierte, wie *cray cray* einige der Mädchen waren.

Tatsächlich klang ich so wenig wie der Liebling der Murray-Watts wie nur möglich. Aber so sehr ich auch vorgab, diese Person zu sein, wusste ich schon damals, dass es nur oberflächlich war, dass mir eigentlich nichts an ihren *lit* Partys und ihren *sick* Frisuren lag. Manchmal stellte ich mir vor, dass ich einfach alle stehen lassen und ihnen erklären würde, wie wenig mich ihre Dramen kümmerten. *Savage*, was?

Aber eine Zeit lang war ich durchaus zufrieden damit. Außerdem mochte ich Evelyn wirklich. Sie war eine schreckliche Köchin und hoffnungslos unorganisiert, aber auch unglaublich gütig. Und das machte es noch verwirrender, als Frank plötzlich anfing, mich zu berühren, zu küssen und zu erklären, dass er mich liebte.

Ich denke, ich muss nicht zu sehr ins Detail dessen gehen, was passiert ist, oder? Meine Aussagen darüber liegen Ihnen vor. Und auch die meiner Schwester. Vielleicht glauben Sie uns mittlerweile sogar.

Ich möchte mich nur auf die schreiend offensichtliche Tatsache konzentrieren, dass er das alles geplant hatte. Dass er es ganz klar nicht zum ersten Mal machte. Von der Ermutigung, Alkohol zu trinken, über die körperliche Zuneigung bis hin zur allmählichen Aufweichung von Grenzen.

An dem Abend, als er mich zum ersten Mal vergewaltigt hat – denn es war eine Vergewaltigung, egal wie man es betrachtet und wie sehr ich vielleicht geglaubt habe, es sei einvernehmlich –, an jenem ersten Abend war Ninny mit Evelyn bei einem Springreitturnier. Und ich war glücklich, ihn ganz für mich allein zu haben. Und noch glücklicher, als er Pizza bestellen und mit mir *Gossip Girl* gucken wollte, obwohl er dafür doch bestimmt zu erwachsen war.

Damals bin ich natürlich nicht auf den Gedanken gekommen, dass die TV-Serie sorgfältig ausgewählt war. Es war die Folge, in der die junge Blair ihre Jungfräulichkeit an einen Mann verliert, der nicht ihr Freund ist.

Während dieser Szene begann Frank, mein Bein zu streicheln.

Vielleicht interessieren Sie sich für die genauen Gefühle, die mich dazu verleitet haben mitzumachen. Da war erstens Stolz, dass dieser attraktive Mann sich für mich interessierte. Nicht für meine Schwester wie Jared oder für eins der umwerfend schönen Mädchen aus der Fußballmannschaft.

Und da war auch Erregung. Die unmittelbare Reaktion auf eine unvertraute und lang ersehnte Berührung.

Und zuletzt Schuld. Das Gefühl, ihn nicht zurückweisen zu können, ohne ungerecht zu sein. Ohne ihn zu enttäuschen.

Es kam mir vor, als würde ich mitgerissen werden, und obwohl ich schreckliche Angst hatte vor dem, was da passierte, hatte ich doch das Gefühl, es nicht aufhalten zu können.

Hinterher sagte er, wie lange er sich schon danach gesehnt habe und dass das, was wir getan hatten, absolut richtig gewesen sei, weil wir uns liebten, und ich solle mir von niemandem etwas anderes einreden lassen. Und natürlich erklärte er mir, dass ich es keinem erzählen dürfe. Sonst würde ich rausgeworfen.

In diesem Moment verspürte ich einen Anflug von Zweifel. Denn es klang genau wie das, was die Murray-Watts uns gesagt hatten. Es klang plötzlich nach Manipulation, und ich wandte mich von ihm ab.

Ich glaube, Frank hat das in meiner Miene erkannt, denn er fasste behutsam mein Kinn, drehte meinen Kopf, bis ich ihm wieder in die Augen sah, und fügte hinzu: »Aber das würde ich nie zulassen. Ich würde nicht zulassen, dass du mir weggenommen wirst. Selbst wenn ich alles verliere.«

Ich war dumm genug, darauf hereinzufallen. Und so ging unsere Beziehung weiter, gebaut auf heimlichen Gelegenheiten, uns nahe zu sein. Wenn Evelyn Nachtschicht hatte, wartete ich, dass er mir sagte, ob ich zu ihm kommen solle. Oft bat er mich, um Punkt ein Uhr in sein Zimmer zu schleichen und Ninny möglichst nicht zu wecken. Bei anderen Gelegenheiten erklärte er mir vertraulich, dass wir es in dieser Nacht nicht riskieren sollten oder dass er zu müde war. Ich weiß noch, dass ich dann jedes Mal halb erleichtert und halb enttäuscht war.

Ein paar Wochen, nachdem ich angefangen hatte mit Frank zu schlafen, sah ich endlich Callum wieder. Er wartete vor dem Schultor auf mich. Also, er wartete auf uns. Auf mich und Ninny. Ich war bloß diejenige, die als Erste rauskam.

Es war unser erstes Wiedersehen seit dem Zerwürfnis bei den Murray-Watts, und ich erinnere mich noch, wie beschämt er wirkte. Und wie seine Scham wie ein Spiegel meiner eigenen war.

Auge in Auge mit meinem früheren Pflegebruder fühlte ich mich auf einmal schmutzig. Ich stellte mir vor, dass er Franks Berührungen an mir erkennen und zurückweichen würde.

Aber es war auch eine Erleichterung, ihn wiederzusehen. Er sah gut aus. Keine Ringe unter den Augen. Und er wirkte älter. Er war jetzt fast sechzehn und gut dreißig Zentimeter gewachsen. Er sah allmählich aus wie ein Mann.

»Ich wollte bloß …« Er stockte und suchte offensichtlich nach Worten, sich zu entschuldigen.

»Um Verzeihung bitten?«, fragte ich, um ihm zu helfen. Aber es kam irgendwie falsch heraus, vielleicht weil ich es gewöhnt war, wütend auf ihn zu sein. Es klang sarkastisch. Harsch.

Seine Miene verfinsterte sich, die alte Streitlust flackerte auf. »Erklären, was passiert ist. Das hätte ich schon früher tun sollen, aber es … Ich war noch nicht bereit.« Er schüttelte den Kopf und wandte den Blick ab. »Ich wollte bloß … Ihr sollt wissen, dass ich das Gefühl hatte, keine andere Wahl zu haben. Ich möchte, dass ihr beiden versteht, wie schwer es war. Ihr musstet noch nie … ihr musstet nie vor Sally lügen.«

»Außer jedes Mal, wenn ich behauptet habe, dass du es nicht warst, wenn du etwas angestellt hattest«, fauchte ich. »Jedes Mal, wenn ich angedeutet habe, dass Henry sie betrügt oder wütend auf sie war oder …«

»Das ist nicht dasselbe«, sagte er laut und rau.

Zwei Mädchen aus meiner Stufe blieben im Vorbeigehen kurz stehen, wechselten Blicke und gingen weiter. Sie drehten sich noch einmal um, offensichtlich unsicher, ob sie wegen dieses älteren Jungen beeindruckt oder besorgt sein sollten.

Meine Wangen brannten. Ich hatte nicht mit ihm streiten wollen. Ich wollte ihm sagen, dass ich ihn verstand und ihm verzieh. Aber ich konnte nur dastehen und wütend zurückstarren.

Irgendwo hinter mir rief jemand Callums Namen, so warm und freundlich, wie ich es offenbar nie hinkriegte.

Callum blickte an mir vorbei, und ich sah ihn endlich lächeln.

Plötzlich war Ninny da, umarmte ihn und fragte ihn, wie es ihm ginge. Ob alles in Ordnung sei. Sie strahlte übers ganze Gesicht, und ich konnte den Widerschein dieses Lichts auch bei Callum erkennen. In meinem Innern wand sich etwas.

»Mir geht es gut«, erklärte Callum ihr. »Alles okay.«

»Was ist passiert, nachdem wir ausgezogen sind?«, fragte Ninny, löste sich aus der Umarmung und sah ihn wach und durchdringend an. »Haben sie dich bestraft?«

»Nein«, sagte er und fügte verlegen hinzu: »Für ein paar Monate war es sogar ziemlich gut. Sie haben sich tadellos benommen, für den Fall, dass das Jugendamt noch einmal kommen würde. Ich glaube, das Ganze hat Henry einen Höllenschrecken eingejagt. Er hat mich tatsächlich in Ruhe gelassen.« Er machte eine Pause und fügte sehr viel leiser hinzu: »Und sie wollten natürlich auch beide sichergehen, dass ich wieder richtig in ihrem beschissenen Netz zappelte.«

Einen Moment lang wirkte er so wütend auf sich selbst, dass ich den seltsamen Impuls verspürte, ihn zu umarmen. Aber wenn das schon schwer gewesen war, als wir uns kennengelernt hatten, dann war es jetzt unmöglich. Ich konnte noch Franks Liebkosungen auf meiner Haut spüren, und es kam mir vor wie eine Art von Infekt, den ich weitergeben könnte.

»Es ist also wieder schlimmer geworden?«, sagte ich, bemüht, es wie eine schlichte Frage und nicht wie einen Vorwurf klingen zu lassen. Nicht so, als wollte ich betonen, dass ich die ganze Zeit recht gehabt hatte.

»Eine Weile«, sagte er, sah mich an und wandte den Blick wieder ab. »Im Moment ist es … ganz okay. Ich bin jetzt fast so groß wie Henry. Ich habe angefangen, in der Schule zu trainieren … und ich mache Liegestütze und Kniebeugen, wenn sie mich im Keller einsperren. Ihnen ist klargeworden, dass sie mich nicht mehr überwältigen können.« Er lächelte dünn. »Sie sagen immer noch ein paar verdammt hässliche Sachen. Und verweigern mir das Essen. Aber ich habe jetzt einen richtigen Wochenendjob in dem Pub. Im *Cuttings.* Es wird immer noch von Pa Rewzi geführt.«

Ich schüttelte den Kopf, sonderbar berührt von der Erinnerung an das Dorf. »Pa Rewzi muss mittlerweile mindestens hundertfünf sein?«

»Mindestens«, sagte er und hätte beinahe gelächelt. »Es bedeutet jedenfalls Freiheit. Wenn ich Hunger habe, kaufe ich mir einfach was zu essen.« Er zögerte. »Sie wollen mich adoptieren, und ich … Könnte sein, dass ich es mache. Ich könnte noch ein paar Jahre mit ihnen durchhalten, bis ich volljährig bin und dann … dann bin ich ihr gesetzlicher Erbe. Und kriege alles, wenn sie nicht mehr sind.«

Mein Magen drehte sich. »Callum, nein!«, sagte ich unwillkürlich. »Sie werden dir diese Erbschaft für den Rest ihres Lebens vor die Nase halten und sie dazu benutzen, dass du weiter tust, was sie wollen. Vielleicht leben sie noch Jahrzehnte und hinterlassen dann alles einer wohltätigen Einrichtung. Du wirst ihr Gefangener …«

»Ich bin kein Kind mehr«, sagte er und wandte sich mir zu. »Sie können mich nicht mehr so kontrollieren wie früher.«

»Es ist okay«, sagte Ninny und legte eine Hand auf seinen Arm. »Du musst tun, was das Beste für dich ist.«

Callums Miene entspannte sich, als er sie ansah. Er nickte. »Ja, genau. Ich muss an die Zukunft denken.«

»Wir dürfen unseren Bus nicht verpassen«, sagte Ninny. »Aber gib uns deine Nummer. Du kannst auch meine haben.«

Callum blickte zu mir, und ich zuckte die Schultern.

Ich sah zu, wie sie ihre Nummern austauschten, und fragte mich, ob ich mein Handy auch herausholen sollte. Dafür, dass ich mittlerweile so routiniert darin war, von Menschen zu bekommen, was ich wollte, fühlte ich mich bei Callum seltsam ohnmächtig. Aber vielleicht lag das auch daran, dass ich nicht wusste, was ich wollte.

Immerhin wusste ich jetzt, wo ich ihn finden konnte. Wenn es sein musste. Er würde im *Cuttings* arbeiten, wo er dem uralten Pa Rewzi an der Bar half oder matschiges Essen servierte. Aus irgendeinem Grund ließ der Gedanke an dieses stille ländliche Idyll meine Augen ein wenig brennen. Es schien so weit entfernt von dem, wo ich war.

Ich sah mit fest verschränkten Armen zu, wie Ninny ihn noch einmal umarmte. Callum nickte mir zu, ohne mir ganz in die Augen zu blicken, und ich bückte mich, um meine Schultasche aufzuheben. Dann folgte ich Ninny zum Bus.

Auf der Heimfahrt fiel es mir schwer, mit ihr zu sprechen. Das Wiedersehen mit Callum hatte sie offensichtlich glücklich gemacht. Glücklicher, als ich sie seit langem gesehen hatte. Sie stellte hundert Fragen über ihn und hundert Vermutungen darüber an, wie sein Leben jetzt war. Dass ich nichts erwiderte, schien sie nicht zu bekümmern.

Zurück im Haus der Pinders verzog ich mich in mein Zimmer und weinte zum ersten Mal seit Jahren in mein Kopfkissen. Als Frank hereinkam, um zu sehen, ob alles in Ordnung war, den Arm um mich legte und mir einen Kuss hinters Ohr gab, wusste ich nicht, ob ich in seine Arme sinken oder ihm sagen wollte, dass er mich nie wieder anfassen solle.

27.

»Es war vor sieben oder acht Monaten. Nina ist damals von einem rücksichtslosen Autofahrer angefahren worden«, erklärte Hanson mit einer Stimme, die selbst in ihren eigenen Ohren erstickt klang. Sie saß mit dem Chief und O'Malley in dem kleinen Besprechungsraum.

»Er hatte einen Fußgängerübergang überfahren, während er mit seinem Handy rumgespielt hat«, fuhr sie fort. »Ich war in der Gegenrichtung unterwegs und habe gesehen, wie er Nina gestreift hat. Ich bin ausgestiegen, um zu helfen, und am Ende bei ihr geblieben. Ein paar Typen haben dafür gesorgt, dass der Fahrer nicht abhaut. Sie hatte schwere Hautabschürfungen am Bein, möglicherweise das Handgelenk gebrochen und stand offensichtlich unter Schock. Also habe ich angefangen, mit ihr zu plaudern.« Hanson wagte einen Blick zum DCI, der nachdenklich in die Ferne blickte. Unmöglich zu sagen, ob er von ihr enttäuscht war. »Sie hat mir gesagt, sie heiße Nathalie. Vermutlich, weil sie nach allem, was wir wissen, ein intuitives Misstrauen gegen alle Autoritätspersonen hat.«

»Und Sie haben ihr Ihren Namen genannt«, sagte der Chief so neutral, dass es genauso gut Ben hätte sein können.

»Ja.« Hanson nickte und verzog das Gesicht. »Ich habe ihr auch erzählt, was ich mache. In welcher Polizeistation ich arbeite.« Sie lachte kurz. »Sie war intelligent und neugierig, und ich dachte, ich könnte sie auf diese Weise gut ablenken. Wahrscheinlich habe ich ihr sogar erzählt, in welchem Bereich ich arbeite. Ich bin mir nicht sicher. Aber die Sache, die ... die vielleicht alles ausgelöst hat, war ihre Frage, warum ich zur Polizei gegangen bin. Daran kann ich mich ziemlich genau erinnern … nachdem ich mir jetzt alles zusammengereimt habe.«

Der DCI hob den Kopf und sagte: »Sie haben ihr erzählt, dass Sie Menschen gern helfen, aber was Ihnen am meisten Spaß macht, ist das Rätsel. Das Gefühl, die verstreuten Einzelteile zusammenzusetzen, zur Lösung alle Teile im Kopf zu behalten und bereit zu sein, die Perspektive zu wechseln, wenn ein neuer Hinweis auftaucht, der Ihrer Lieblingstheorie widerspricht. Es ist irgendwie wie eine Mischung aus Kreuzworträtsel und Rubiks Zauberwürfel.«

Hanson starrte ihn mit brennenden Wangen an. »Haben Sie … hat Keely … irgendwas gesagt?«

Der Chief schüttelte amüsiert den Kopf. »Das haben Sie mir erzählt, als Sie im Pub zum ersten Mal betrunken waren.« Er lächelte sie an. »Ich habe mich schon gefragt, warum Keely zu mir gekommen ist, aber jetzt verstehe ich es. Es ging überhaupt nicht um mich, und das hätte ich begreifen müssen, als sie mich deswegen herausgefordert hat.« Er zuckte gutmütig die Schultern. »Ich gebe zu, dass ich sie unterschätzt habe. Sowohl am Anfang als auch zahlreiche Male danach.«

O'Malley grinste mit verständnisvoller Miene. »Ich denke, das haben wir wohl alle. Also … hat Nina Keely von dieser netten Polizistin erzählt, die sie getroffen hat, und …«

»Und Keely hat entschieden, dass Juliette die eine Person ist, die ihr wahrscheinlich zuhören würde«, sagte DCI. »Die genauer gesagt über die offensichtlich fingierten Misshandlungsvorwürfe hinwegsehen und erkennen würde, dass das Missbrauchsdezernat und das Jugendamt sie dreimal im Stich gelassen hatten.« Er lächelte trocken. »Und es ist durchaus möglich, dass sie das, was Sie gesagt haben, auf die Idee gebracht hat, Hinweise zu platzieren. Es würde dazu passen, was wir von Keelys Neigung wissen, alles um das Denken einer bestimmten Person herum zu planen.«

»Es tut mir wirklich leid«, sagte Hanson und spürte, dass das Brennen in ihren Wangen noch heißer wurde.

Der Chief lachte. »Ich glaube nicht, dass Sie sich dafür entschuldigen müssen, dass Sie einer Jugendlichen eine freundliche Antwort auf die Frage gegeben haben, warum Sie zur Polizei gegangen sind«, sagte er. »Ich hoffe allerdings, dass Sie mittlerweile erkannt haben, dass man in dem Job vor allem langweiligen Scheiß macht.«

Hanson war maßlos erleichtert. Der Chief war in keiner Weise ein strenger Vorgesetzter, doch sie hatte eine Ermahnung darüber erwartet, keine privaten Informationen preiszugeben.

Sie nickte mit gespieltem Ernst. »Das ist mir schon gelegentlich aufgefallen, ja.«

»Dann besteht doch noch Hoffnung, dass Sie in leitende Positionen aufsteigen«, sagte der Chief.

»So was sagt er zu mir nie«, warf O'Malley scherzhaft ein.

»Also«, fuhr der Chief ein wenig ernster fort, »zurück zu Ihrer Begegnung mit Nina heute Morgen. Was für einen Eindruck hatten Sie von ihr? Wirkte Sie gesund? Und kam es Ihnen so vor, als hätte Sie das alles freiwillig gemacht?«

»Sie hatte keine erkennbare Verletzung und wirkte auch nicht körperlich beeinträchtigt«, sagte Hanson. »Ob sie manipuliert wurde, weiß ich nicht. Ich meine, sie war offensichtlich allein auf einem Motorrad unterwegs. Sie hätte leicht irgendwo anders hinfahren oder direkt mit mir sprechen können, wenn sie gewollt hätte. Und sie wirkte sehr gefasst und konzentriert, als sie mich angesehen hat. Ich würde sagen, sie wollte, dass ich sie ernst nehme.«

»Das legt nahe, dass sie und Keely zusammengearbeitet haben, selbst wenn wir uns dessen nicht sicher sein können«, sagte der DCI leise. »Vor allem wenn wir davon ausgehen, dass Keely ihr Verschwinden selbst arrangiert hat.«

»Was liegt jenseits des Wäldchens, in das sie gefahren ist?«, fragte O'Malley.

»Ein paar Industriegrundstücke und dahinter Häuser«, antwortete Hanson.

»Quicks Leute versuchen bereits ihre Spur aufzunehmen«, sagte der Chief.

»Wenn jemand wetten will, würde ich ziemlich hoch darauf setzen, dass sie keine Spur hinterlassen hat«, sagte O'Malley.

»Ohne mich«, erwiderte Hanson kopfschüttelnd. »Dafür war alles zu sorgfältig geplant. Sie wusste genau, wo ich sein würde und wo sie mich zum Anhalten nötigen musste, damit sie leicht von dort verschwinden konnte. Ich würde sagen, es ist ein weiterer Teil ihres Spiels.«

»Sieht so aus«, meinte der DCI. »Aber ich komme immer wieder auf die Frage nach dem Warum zurück. Warum erklärt sie uns plötzlich, dass wir Keely finden sollen, und zeigt sich selbst? Das schwächt ihre Position, weil wir jetzt wissen, dass es keine Bedrohung gibt.«

»Vielleicht geht es nicht nur um Gerechtigkeit?«, sagte O'Malley achselzuckend. »Oder wir sind vielleicht kurz davor, Nina zu finden – zu früh für ihren Geschmack.«

Der Chief nickte langsam, doch sein Blick blieb vage. »Ich habe mich schon gefragt, ob der Faktor Zeit eine Rolle spielt. Fällt uns ein Grund ein, warum wir Nina nicht schnell finden sollen? Welche Vorteile hätte eine Verzögerung, nachdem wir an den Punkt gekommen sind, ihr zu glauben?«

»Könnte Keely irgendwo sein, wo sie die drei Männer ihrer gerechten Strafe zuführen kann?«, sagte O'Malley.

»Aber dafür sorgt sie doch schon«, entgegnete Hanson. »Durch ihre Aussagen und die Indizien, die sie uns hinterlassen hat.«

»Nun, es muss einen Grund geben«, sagte O'Malley mit einem Schulterzucken. »Durch diese Aktion geht sie das Risiko ein, dass wir ganz aufgeben, weil wir glauben unsere Zeit zu verschwenden.«

Der DCI hob den Kopf. »Die Beweise, die wir bisher haben, sind Fotos von Jared Boulas Festplatte, ein Brief von Frank Pinder und Ninas vor seinem Haus abgelegtes Handy. Dazu das Video eines bisher nicht identifizierten Mannes. Bisher weist nichts auf Henry Murray-Watt, oder?«

Hanson schüttelte den Kopf. »Nein, aber es gibt noch sehr viel mehr zu finden. Vielleicht hat sie in dem Zeitungsladen Beweise gegen Henry deponiert.« Sie blickte zu der Uhr an der Wand. »Soll ich jetzt hinfahren?«

»Ja«, sagte der Chief nachdenklich. »Ich denke, das wäre eine gute Idee. Laut Angaben der Nachbarin war eine der Lennox-Schwestern in der vergangenen Woche im Haus der Murray-Watts. Das legt nahe, dass sie dort waren, um etwas zu fotografieren oder etwas Bestimmtes mitzunehmen.«

Hanson steckte ihren Stift ein, stand auf und fragte sich, ob hinter der Aufforderung, Keely zu suchen, ein weiterer Plan steckte. Wollte sie sie zu einem ihrer Missbraucher führen, wie sie es bei Frank Pinder getan hatte?

Oder, und bei dem Gedanken lief es ihr eiskalt den Rücken herunter, wollte sie einen dieser Missbraucher zum Handeln provozieren? Forderte sie auch diese drei Männer heraus, sie zu finden?

28.

Ich weiß nicht, warum mir nie der Gedanke gekommen ist, dass Frank auch meine Schwester vögelte. Vermutlich war es Teil seiner Manipulation, mir das Gefühl zu geben, dass ich die Einzige war, die ihm etwas bedeutete. Dass ich besonders war, auch wenn er in den meisten Nächten der Woche mit seiner Frau schlief. Seine Erzählung war meine Wirklichkeit geworden, und ich war in alldem dumm – so dumm.

Ich hatte keine Ahnung, bis zu dem Morgen, an dem ich Ninny um sechs Uhr morgens zurück in ihr Zimmer schleichen sah, eine Stunde bevor wir alle aufstehen sollten. Ich war nur aufgestanden, um auf die Toilette zu gehen, und hatte das Licht ausgelassen, weil es so grell war. Ich hatte auch die Tür nicht ganz geschlossen, sodass ich Ninny in dem orangefarbenen Nachtlicht im Flur leicht ausmachen konnte.

Ich erkannte sofort, was sie tat. Es war ein kleines Ritual, das mir vertraut war, dieses atemlose Zurückschlüpfen ins eigene Bett. Aber sonst war ich es gewesen und ein Zimmer weiter den Flur hinuntergegangen.

Eigentlich hätte ich Mitleid mit meiner Schwester haben sollen. Mit der verletzlichen Ninny. Ich weiß. Aber ich spürte nur heiße Wut. Sie hatte Jared für sich gehabt und ihren umwerfenden Freund, den zu behalten sie irgendwie geschafft hatte, während ich meinen so lange zurückgestoßen hatte, bis er weggeblieben war. Außerdem hatte sie sich in den letzten zwei Wochen zweimal mit Callum getroffen. Sie hatte alles und trotzdem wollte sie auch noch Frank.

Und er musste sie lieben, das wurde mir klar. Schlimmer noch: Vielleicht liebte er sie sogar mehr als mich.

Diese Erkenntnis war niederschmetternd. Ich hatte das Gefühl, meine Welt würde in Stücke brechen. Und es machte die Scham, die an mir nagte, nur noch größer. Ich fühlte mich verdorbener, *verkehrter*, als ich mich je gefühlt hatte.

In den zwei Tagen, in denen ich über all das schwieg, wusch ich mir ständig die Hände, das Gesicht, den Körper, als könnte ich so den Schmutz loswerden.

In der ganzen Zeit wäre ich am liebsten zu Frank gegangen und hätte eine Erklärung verlangt. Aber in meinem verwirrten Zustand fürchtete ich, er würde deswegen wütend mit mir werden. Ich hatte Angst, es könnte der letzte Anstoß für ihn sein, sich endgültig für meine Schwester zu entscheiden.

Aber stillzuhalten war unerträglich. Also beschloss ich, stattdessen meine Schwester zur Rede zu stellen.

Leute sagen oft, jemand sei leichenblass geworden. Ich habe es tatsächlich erst ein paarmal gesehen, aber als ich die Tür von Ninnys Zimmer hinter mir schloss und sie beschuldigte, mit Frank zu schlafen, war es genau so. Ein seltsames Weichen sämtlicher Farbe aus ihrem Gesicht.

»Es ist verkehrt«, sagte sie und starrte mich auf eine Weise an, die mir selbst in meiner Wut unbehaglich war. »Es ist so verkehrt. Ich wollte … Ich war so dankbar, dass er nett war. Aber es ist so verkehrt. Ich weiß nicht, was ich tun soll.«

Sie blickte zu mir auf, als könnte ich sie führen. Wie oft hat sie mich auf diese Art angesehen. Wie oft hat sie eine Krise vor mir ausgebreitet und erwartet, dass ich alles in Ordnung bringe. Aber ich war zu wütend auf sie, um die fürsorgliche Schwester zu spielen. Ich konnte nicht an ihre Gefühle denken, so übervoll war ich mit Schmerz und Wut.

»Du hast einen Freund!«, zischte ich. »Warum hast du … Warum musstest du ihn nehmen?«

Ich wollte eigentlich nicht weinen, sondern gefasst und entschlossen wirken. Ich hatte gedacht, ich könnte sie dazu bewegen, sich zurückzuziehen. Mir zumindest dieses eine zu lassen. Dieses eine, das ich irgendwie wollte, obwohl ich mich dafür hasste. Aber stattdessen schluchzte ich los. Manchmal sind die eigenen Gefühle so heftig, dass der Verstand sie nicht beherrschen kann. Egal für wie stark ich mich halte, es passiert auch mir.

Ninny betrachtete mich eine Weile, und dann sah ich das Entsetzen in ihrer Miene. Das Gleiche, was ich empfunden hatte, als ich erkannt hatte, dass ich nicht die Einzige war.

»Er … er tut es auch dir an?«

»Ich war zuerst!«, sagte ich. »Ich habe nicht … Er liebt mich. Wirklich.«

Ich ballte und löste meine Fäuste, ging quer durch das Zimmer und wandte mich wütend ab. Und es war Ninny – die arglose, zerbrechliche Ninny –, die es irgendwie besser kapierte als ich.

»Hör zu. Ich … ich glaube nicht, dass er irgendeine von uns liebt.« Ich fuhr herum, um sie anzuschreien, aber sie stand auf und sagte: »Es ist verkehrt. Das, was er macht. Es ist so verkehrt. Ich spüre … Es ist keine Liebe. Es nicht dasselbe wie Liebe.« Sie schüttelte den Kopf. »Das weißt du eigentlich auch. Er sollte nicht sagen, dass er eine Vierzehnjährige und eine Zwölfjährige liebt.«

»Es ist Liebe«, widersprach ich. »Warum will er mich sonst küssen und anfassen?«

Nach einem langen Schweigen sagte Ninny ernst: »Weil mit ihm irgendwas nicht stimmt.«

Es dauerte eine halbe Stunde, bis ich ihre Sicht allmählich teilen konnte, und mehrere Tage qualvollen Nachdenkens, bis die Erkenntnis sackte. Als mich Frank das nächste Mal umarmen wollte, nachdem er uns von der Schule abgeholt hatte, hätte ich beinahe nachgegeben. Aber dann stellte ich mir vor, er würde stattdessen Ninny umarmen, und ich erkannte, dass alles daran falsch war.

An diesem Mittwoch hatte Evelyn wieder eine Nachtschicht, und Frank bat mich, in der Nacht zu ihm zu kommen. Zitternd erklärte ich ihm, dass ich nicht könnte, weil ich meine Tage hätte. Wie Sie wahrscheinlich gemerkt haben, bin ich selbst unter Druck eine gute Lügnerin, und er gab rasch nach.

Trotz meiner neuen Sichtweise bedurfte es immer noch eines größeren Zerwürfnisses, um mich davon zu überzeugen, ihn anzuzeigen. Unser Scheitern bei den Murray-Watts hatte mich so tief getroffen, dass ich anfangs nichts davon wissen wollte. Aber Frank schaffte es binnen einer Woche, mit beiden von uns in Streit zu geraten. Er machte plötzlich uneingeschränkt deutlich, dass er uns beide für seinen Besitz hielt.

Ich kam mit der Art, wie er mit mir redete, klar, doch es gab mir seltsamerweise den Rest, als er sich dicht vor meiner Schwester aufbaute und ihr drohte, er würde verhindern, dass sie weiter rumhurte.

Wir meldeten ihn am nächsten Tag, Ninny und ich. Es erforderte all unseren gemeinsamen Mut. Und dieser Mut war jedes Mal aufs Neue erforderlich, wenn wir unsere Geschichte erzählten. Unserem Sozialarbeiter. Der Polizei. Detective Constable. Detective Inspector. Eine stete Folge von Polizisten, ich hatte kaum Zeit, mir ihre Namen zu merken.

Und was hat es uns genützt? Nichts, außer uns noch stärker in die Arme des Mannes zu treiben, der die Fetzen dessen, was wir gewesen waren, nahm und aufribbelte.

Mit einem Gefühl der Unvermeidlichkeit kehrten wir in unser klappriges, nach Bleichmittel riechendes Kinderheim zurück. Und fanden es verändert vor.

Es war unvorstellbarerweise noch schlimmer geworden. Wir hatten kein Shangri-La erwartet, aber wir hatten nach Frank zumindest auf eine Art Frieden gehofft. Aber das war definitiv nicht der Fall.

Zu den Neuankömmlingen im Heim gehörten zwei aggressive Fünfzehnjährige, die sich schon nach kurzer Zeit in ihrer Boshaftigkeit verbündeten. Tom und Brandon waren jetzt die unangefochtenen Herrscher, und die meisten Betreuer waren offensichtlich ebenso unfähig, sich gegen sie zu wehren, wie die Heimkinder. Wir beobachteten entsetzt, wie sie die Kleinsten demütigten, schikanierten und ihnen mit grimmiger Befriedigung alles abnahmen, was sie nur konnten. Und wenn einer von uns protestierte, richteten sie die Suchscheinwerfer ihres Sadismus stattdessen auf uns.

Es wurde ziemlich bald klar, dass die Betreuer unsere Beschuldigungen gegen Frank Pinder ausgeplaudert hatten. Tom und Brandon begannen Fragen darüber zu stellen, was unser Daddy gern mit uns gemacht hatte, die schnell in anzüglichen Spott umschlugen. Es war abscheulich zu sehen, dass auch die Mädchen mitmachten. Teenager, die genauso oft Opfer der beiden waren, stimmten mit ein, um sich beliebter zu machen.

Ninny hatte sich zumindest darauf gefreut, Jared wiederzusehen, und war begeistert, dass er jetzt ihr Bezugsbetreuer war. Aber sie war in seiner Gegenwart nicht mehr unbefangen. Franks Perversionen hatten sie spröde und ängstlich gemacht. Sie zuckte jetzt jedes Mal zusammen, wenn Jared den Arm um sie legte oder sie irgendwie berührte, und ich sah, dass Jared das lustig fand.

Sorgen machte mir auch, dass Jared Tom und Brandon zu mögen schien. Er scherzte mit ihnen, disziplinierte sie nur selten und lachte manchmal sogar mit, wenn sie andere schikanierten. Mit klarerem Blick sah ich unter seiner sonnengebräunten Haut die hässliche Seite von Jared. Ich erkannte seine Grausamkeit als das, was sie war, und war erleichtert, dass auch Ninny einiges davon mitbekam.

Aber das schützte sie nicht. Und es half ihr auch nicht gegen unsere fünfzehnjährigen Peiniger, die sie mit ihren höhnischen Bemerkungen, unerwünschten Berührungen und sexualisierten Drohungen zur zitternden Weißglut trieben.

Nachdem sie zum zwanzigsten Mal eine von uns in die Ecke gedrängt hatten, ohne dass ein Betreuer uns zu Hilfe gekommen wäre, beschloss ich, der Sache ein Ende zu machen.

Ich hing absichtlich fast den ganzen Samstag lang im Spieleraum rum und wurde schließlich belohnt, als Brandon hereinschlenderte. Er war der Dominantere der beiden.

Er kam so großspurig daher, unser Brandon. Es ist ein Gang, den ich zu deuten gelernt habe. Es drückt nicht Selbstbewusstsein aus, sondern Furcht. Furcht vor der Welt, vor jemandem, der noch größer und stärker ist, davor, nicht genug Status zu haben, um zu überleben.

Trotzdem will ich diese Angeber nicht weniger zu Fall bringen. Ich weiß, wozu so ein Junge fähig ist.

»Hey, Rotschopf«, sagte er und walzte in meine Richtung. Ich glaube nicht, dass er je meinen Namen benutzt hat. Nicht ein einziges Mal.

Ich saß in einer Ecke des Sofas und gab vor, ein Buch zu lesen, und er kam und setzte sich auf die Lehne. »Soll ich dir mit irgendwas aushelfen? Ich hab gehört, du machst es gern mit dem Mund, und ich könnte eine kleine Säuberung gebrauchen.«

Ich blickte zu ihm auf, als würde ich darüber nachdenken, klappte mein Buch zu und lächelte ihn lüstern an.

»Na gut.« Ich kniete mich auf das Sofa, um auf Augenhöhe zu sein. Er wich überrascht zurück. Willige Bereitschaft war offensichtlich nicht Teil seines Plans gewesen. »Ich kann dir zeigen, was Frank mochte, wenn du willst.«

Ich sah einen Anflug von echter Angst in seinem Gesicht, aber auch etwas, das ich als Erregung erkannte. Es war sonnenklar, dass er trotz all seines Geredes völlig unerfahren war. Unschuldig. Aber während Erfahrung für mich bedeutete, dass ich befleckt war, würde sie ihm Respekt einbringen und seinen Coolness-Faktor steigern.

Es besteht so ein großer Unterschied zwischen dem Leben von Mädchen und dem von Jungen, egal wie hart wir kämpfen.

Er blickte zur Tür und sagte: »Okay.«

Mit einer Übelkeit erregenden, aber seltsam traurigen Erinnerung daran, das Gleiche bei Frank gemacht zu haben, strich ich langsam über seinen Oberschenkel.

»Er nannte das, was ich gleich machen werde, ›Shangri-La‹. Weißt du, was das bedeutet?«

Brandon schüttelte den Kopf, den Blick weiter auf meine Hände gerichtet.

»Es bedeutet eine Ebene reiner Lust. Er war ein bisschen masochistisch, unser Frank«, sagte ich leise. »Deshalb hat er es wirklich geliebt … wenn ich das gemacht habe.«

Und ich packte dahin, wo ich unter seiner weiten Trainingshose seine Eier vermutete, und drehte meine Hand.

Bevor er irgendetwas machen konnte, krümmte er sich vornüber und versetzte mir dann einen so heftigen Stoß, dass ich fiel und mit dem Kopf gegen die andere Lehne des Sofas schlug. Zum Glück hatte Brandon selbst zu heftige Schmerzen, um noch mehr zu unternehmen. Tränen strömten über seine Wangen, als er vornübergebeugt aus dem Raum schlurfte und mich leise als Schlampe beschimpfte.

Der arme Junge, dachte ich, hatte das Paradies erwartet und nur quälende Schmerzen bekommen. Und er würde niemandem davon erzählen können. Nicht ohne seinen Ruf zu ruinieren.

Ich ahnte nicht, wie leicht es ihm fallen würde, die Wahrheit zu verdrehen und eine ganz andere Version zu erzählen, die mich und – noch bedeutender – meine Schwester beschädigen würde. Die darauf hinauslaufen würde, dass man zum dritten Mal keiner von uns beiden glaubte.

Aber damals fühlte es sich an wie ein Sieg. Kurzfristig wurden wir in Ruhe gelassen. Ich weiß nicht genau, was Brandon zu seinem ebenso schrecklichen Freund gesagt hat, aber keiner von beiden näherte sich uns je wieder.

Und das zementierte in meinem Kopf die Idee, dass Gerechtigkeit nur passiert, wenn man sie selbst in die Hand nimmt. Keine der Institutionen, die dazu bestimmt waren, sich um uns zu kümmern, war je helfend eingeschritten. Wenn ich mich selbst – und Ninny – schützen wollte, würde das allein meine Aufgabe sein.

29.

Jonah versuchte nach Strohhalmen zu greifen, bevor ihm die Einzelheiten wieder entglitten. Die Fäden von Keely Lennox' Netz waren ebenso kunstvoll wie methodisch geknüpft, doch er hatte immer noch Mühe, ihren jüngsten Zug zu begreifen.

Nina mit einem Motorrad vorbeizuschicken ergab keinen erkennbaren Sinn. Keely hatte den Moment ihres Abgangs offensichtlich genau gewählt und ihnen die Videos hinterlassen, um sicherzugehen, dass er und seine Leute die Hinweise hatten, die sie brauchten. Hinweise, denen sie schrittweise folgten. Sie waren schon vorher fokussiert auf die Suche nach Nina gewesen und nach der Entdeckung von Sarah Mallard im Haus der Pinders waren sie noch motivierter.

Warum also hatte Keely ihnen ihr Blatt gezeigt? Warum hatte sie enthüllt, dass es Nina gutging, und sie stattdessen aufgefordert, ihr zu folgen? Was hatte er verpasst?

Er war sich wie häufig sicher, etwas Entscheidendes übersehen zu haben. Es war, als würde er ein Gemälde aus nur wenigen Zentimeter Entfernung anschauen, sodass er bloß wahllose, sinnlose Konturen ausmachen konnte. Erst wenn er weit genug zurücktreten könnte, würde er erkennen, was er eigentlich betrachtete.

Und jetzt finden Sie meine Schwester …

Was wollte sie von ihnen?

Seine Gedanken drehten sich immer noch im Kreis, als O'Malley hereinkam.

»Ich habe mit dem Schatzmeister des Fußballvereins telefoniert, in dem Frank Pinder Trainer ist, und ich wette, dass er etwas über

Frank verheimlicht«, sagte er. »Ich würde gern persönlich mit ihm sprechen.«

»Okay«, erwiderte Jonah, in Gedanken immer noch halb bei Nina. »Aber sehen Sie zu, dass Sie einen Streifenwagen auf Abruf haben, falls Frank sich dort irgendwo versteckt.«

Hanson brauchte keine fünf Minuten, um Keelys Hinweis in dem Zeitungsladen abzuholen. Die Sendung war von einem angeblichen Kurier abgegeben worden, vermutlich Callum Taylor.

Als der Ladenbesitzer sie nach dem Namen des Empfängers fragte, nannte sie ihren eigenen – was sich als genau richtige Antwort erwies.

»Oh, es sind die großen«, sagte der Verkäufer. »Da muss ich Sie bitten, hinten rumzukommen und sie selbst zu tragen. Eins ist verdammt schwer.«

Hanson schleppte die Kartons nacheinander zu ihrem Wagen und streifte ein Paar OP-Handschuhe über. Sie musste mehrmals mit einem ihrer robusten Schlüssel über das Klebeband ziehen, bis es aufriss, aber dann ließ sich der Karton leicht öffnen.

Er enthielt, eingeklemmt zwischen wahllosen Styroporstücken, einen Computer. Und auch wenn Hanson die Theorie nicht unmittelbar bestätigen konnte, hätte sie ihr Geld darauf verwettet, dass er Jared Boula gehört.

Der Schatzmeister des Fußballvereins Southampton Tigers lebte in einem Haus, das offensichtlich eine ganze Stange mehr gekostet hatte als das von Frank Pinder, ein weiß verputztes Cottage in einer Reihe nicht zueinander passender Häuser in der Welland Road, nicht weit vom malerischen Ortskern von Lyndhurst entfernt.

O'Malleys Recherchen hatten ergeben, dass ein Mann namens Colin Sergeant als Schatzmeister des Vereins fungierte. Sein übertrieben förmliches Porträt auf der Website des Vereins strahlte eine gewisse Selbstgefälligkeit aus. Er hatte zwar sowohl O'Malley als auch Quick am Telefon versichert, dass er seit dem vergangenen Wochenende nichts von Frank gehört habe, aber im Gegensatz zu Quick glaubte O'Malley ihm nicht.

Er hatte den Rat des Chiefs befolgt und zwei uniformierte Beamte mitgebracht und hoffte jetzt, dass die Präsenz eines Streifenwagens und zweier deutlich als Polizisten zu erkennenden Kollegen eine spürbare Wirkung zeigen würde.

Er hatte die Bilder von Sarah Mallards Textnachrichten, die Lightman ihm geschickt hatte, noch vor Augen, als er auf die Haustür zuging. Selbst als Fotos vom Foto eines Screenshots hatten sie es in sich, und O'Malley wollte Frank Pinder unbedingt fassen, umso mehr, da er Keely anfangs nicht geglaubt hatte.

Er war ein wenig überrascht, als die Tür von einem Mädchen im Teenageralter mit Perlohrringen und Jack-Wills-Hoodie geöffnet wurde.

»Oh, verstehe.« Sie verschränkte die Arme. »Sie wollen uns über Frank ausfragen, was?«, sagte sie mit einem vornehmen Privatschulakzent und starrte ihn und die Constables herausfordernd an. Ihre Verachtung für die Besucher schien grenzenlos.

»Rhiannon«, rief eine Männerstimme im Flur hinter ihr. Es war Colin Sergeant persönlich, das Porträtfoto zum Leben erwacht. Er legte seine Hände auf die Oberarme des Mädchens, schob es aus dem Weg und stellte sich selbst in die Tür, doch Rhiannon lauerte weiter direkt hinter ihm.

»Gut«, sagte Colin mit einem lockeren Lächeln. »Was ist los? Ich dachte, wir hätten alles besprochen?«

O'Malley fragte sich flüchtig, was Colin beruflich machte. Er wirkte wie ein Mann aus der Arbeiterklasse, der es zu etwas gebracht hatte. Er sprach mit einem Akzent, wie man ihn normalerweise von Typen aus der Sozialsiedlung in Thornhill hörte, trug jedoch Klamotten von Crew Clothing, die zu seinem teuren Haus passten. Und seine Tochter ging offensichtlich nicht auf eine städtische Gesamtschule.

»Ich bin Detective Sergeant Domnall O'Malley«, begann er. »Wir haben kürzlich miteinander gesprochen. Uns liegen jetzt Hinweise vor, dass Frank Pinder sich doch in Lyndhurst aufhalten könnte.« Er erwiderte Colins Lächeln leutselig. »Und da habe ich mich gefragt, ob Sie sich sicher sind, dass Sie ihn nicht gesehen haben.«

Colin schüttelte den Kopf und seufzte gutmütig. »Im Ernst, wenn ich irgendwas wüsste, was Ihnen vielleicht weiterhilft, hätte ich es Ihnen gesagt.«

»Er hat sie also gestern Abend oder heute Vormittag nicht besucht?«, fragte O'Malley.

»Nein, hat er nicht.«

O'Malley nickte und lächelte erneut. »Hätten Sie etwas dagegen, uns das Haus zu zeigen.«

Colin zögerte nur kurz, bevor er sagte: »Natürlich nicht.«

»Dad!«, protestierte Rhiannon scharf.

»Ist schon okay«, sagte er und machte einen Schritt zurück, um die Polizisten hereinzulassen.

Rhiannon stand einen Moment wie erstarrt da, drehte sich dann um und rannte, zwei Stufen auf einmal nehmend, die Treppe hoch.

O'Malley betrat den etwas engen Flur vor den beiden Constables. Sofort fiel sein Blick auf eine Sporttasche auf dem Boden. An dem Griff baumelte noch ein Preisschild, obwohl sie offensichtlich vollgepackt war. Colin machte hastig einen Schritt zu Seite, um ihm die Sicht zu versperren.

»Gehört diese Tasche zufällig Frank, Mr Sergeant?«, fragte er.

Nach einer kurzen Pause sagte Colin: »Also gut. Ich habe Frank heute Morgen ein bisschen Geld geliehen und ihm erlaubt, für später ein paar Sachen hierzulassen. Er war verzweifelt. Hören Sie, Sie müssen ihn in Ruhe lassen. Ich weiß alles über die Lügengeschichten von diesem Mädchen. Nichts von dem, was sie über irgendwelche angeblichen Vorfälle gesagt hat, stimmt. Er wurde von allen Vorwürfen freigesprochen, und jetzt wirbeln Sie die ganze Geschichte wieder auf …« Er schüttelte erneut den Kopf. »Ich helfe meinem Kumpel doch, wenn ich weiß, dass er ein guter Kerl ist, oder?«

O'Malley seufzte. »Wissen Sie, wo Frank sich jetzt aufhält?«

»Keine Ahnung, fürchte ich«, antwortete Colin. »Er ist um elf vorbeigekommen. Ich hab ihm ein paar Hundert in bar gegeben, und dann ist er wieder gegangen.«

»Er hat nicht gesagt, wann er die Tasche abholen will?«

»Nein, aber ich hab gesagt, jederzeit«, erklärte Colin trotzig.

»Dann dürfen wir uns mal ein bisschen umsehen?«

»Tun Sie sich keinen Zwang an«, sagte Colin und lächelte, als würde er nicht einem gesuchten Verbrecher Beihilfe zur Flucht leisten.

O'Malley beauftragte die Constables mit der Durchsuchung des Erdgeschosses und ging bedächtig die Treppe hinauf. Rhiannon hatte offensichtlich etwas gegen die Anwesenheit der Polizei im Haus, und O'Malley hatte den Verdacht, dass es dafür Gründe gab, die über die Sporttasche hinausgingen.

Er fand die Tochter schnell. Sie lag in einem sehr großen und sehr blauen Zimmer mit dem Rücken zur Tür auf dem Bett und war offensichtlich damit beschäftigt, eine Textnachricht zu schreiben.

»Darf ich mich hier mal umsehen?«, fragte O'Malley.

Sobald sie seine Stimme hörte, fummelte sie hektisch an ihrem Handy herum, das prompt auf den Boden fiel. Sie krabbelte aus dem Bett, hob es auf, starrte ihn wütend an und stolzierte in den Flur.

O'Malley blickte ihr nach, sah sich dann in dem Zimmer um, entdeckte jedoch nichts, was offensichtlich Frank Pinder gehören könnte. Er wollte gerade wieder hinausgehen, als Rhiannon sich stampfend in die Tür stellte und erklärte: »Sie sollten nicht auf irgendwelchen Bullshit hören, den Sarah Mallard erzählt. Frank würde sie niemals anrühren. Sie ist ein verdammter Freak.«

»Du weißt also, dass er gestern Abend mit Sarah zusammen war?«, sagte O'Malley. »Wie hast du das erfahren?«

Colin tauchte in der Tür auf und legte beruhigend eine Hand auf ihre Schulter. »Frank hat es uns heute Morgen erklärt.«

O'Malley ging an den beiden vorbei in den Flur, sodass Rhiannon in ihr Zimmer zurückkehren und die Tür zuknallen konnte. Sobald sie zugefallen war, wandte er sich an Colin Sergeant und sagte: »Ich denke, wir sollten uns unten unterhalten.«

»Wir konnten den Weg des Fahrzeugs aus der Stadt nachverfolgen, nachdem es Keely Lennox aufgelesen hat«, sagte Quicks Constable. Sie stand neben dem leeren Geländewagen, der ordentlich vor dem Wildpark geparkt worden war. Lightman war ein paar Schritte entfernt stehen geblieben und betrachtete die Karosserie. »Der Wagen ist ziemlich direkt hierhergekommen. Leider haben wir kein deutliches Bild des Fahrers. Er trug eine Kappe und eine Sturmhaube.«

Lightman nickte und lud das Bild von Sally Murray-Watts Range Rover auf sein iPad. Die Antwort war ihm schon ziemlich klar, trotzdem betrachtete er sorgfältig die Umrisse des Wagens vor ihm. Die Motorhaube. Den Frontschutzbügel. Die Macken in der Lackierung. Das fehlende Fahrzeuglogo.

»Und Sie glauben zu wissen, wem der Wagen gehört?«, fragte die Constable.

Lightman blickte zu ihr und sah, dass sie ihn auf diese bestimmte Art anlächelte, auf die er nur eine Reaktion hatte: vorsichtig neutral.

»Wir hatten eine Vermutung«, sagte er, »aber die hat sich als unzutreffend erwiesen.«

Der Wagen, mit dem Keely vor der sicheren Wohnung des Jugendamtes abgeholt worden war, sah dem Fahrzeug auf den Fotos in Form und Farbe grob ähnlich, aber weiter gingen die Gemeinsamkeiten auch nicht. Es war ein Land Rover Discovery aus den frühen Neunzigern, nicht das fast zehn Jahre neuere Range-Rover-Modell, das Sally Murray-Watt fuhr.

»Nun, trotzdem gut, es zu überprüfen«, sagte die Constable und fügte mit einem weiteren Lächeln hinzu: »Wollen Sie sich die Sachen auf der Rückbank ansehen?«

»Es ist schwer, wenn jemand beschuldigt wird, den man mag«, sagte O'Malley und nahm den Becher Kaffee, den Colin ihm unvermittelt angeboten hatte. »Ich habe es mit einem Leutnant von mir bei der Armee erlebt. Ich mochte den Mann wirklich gern. Ich hielt ihn für einen guten Menschen. Hab nie mitbekommen, dass er sich irgendwie falsch verhalten hätte, und das hab ich auch gesagt. Das ist meiner Ansicht nach das Einzige, was man unter solchen Umständen tun kann. Man muss seine ehrliche Meinung sagen.«

Colin lehnte sich zurück und verschränkte die Arme. »Dann können Sie meinen Standpunkt verstehen. Ich kenne Frank. Ich kenne ihn seit acht Jahren. Ich würde ihm jedes Kind anvertrauen.«

»Natürlich, natürlich«, sagte O'Malley. »Einschließlich Ihrer Tochter.«

»Sie ist ein großer Fan von ihm«, bestätigte Colin. »Aus gutem Grund. Die Arbeit, die er mit ihrer Mannschaft leistet, die positive Einstellung, die er einbringt – einzigartig.«

O'Malley nickte. »Fußball, oder? Er ist also ein Trainer, der die Mädchen unterstützt und aufbaut?«

»Ja, das ist er.«

»Kommunizieren Sie miteinander?«, fragte er und führte seinen Becher erneut zum Mund. »Frank und Ihre Tochter?«

Colins Lächeln wurde ein wenig starr. »Nur gelegentlich.«

»Ich schätze, es ist im Grunde die einzige Art, mit Teenagern in Kontakt zu bleiben«, fuhr O'Malley fort. »Textnachrichten. FaceTime.«

»Genau«, sagte Colin.

O'Malley trank einen großen Schluck Kaffee. Er war verdammt gut. Es hatte sich gelohnt, geduldig zu warten, bis Colin mit der Maschine auf dem Küchentresen fertig hantiert hatte. »Ich nehme an, sie zeigt Ihnen die Nachrichten von ihm?«

Es entstand eine Pause, ehe Colin sagte: »Also, kommen Sie. Ich respektiere ihre Privatsphäre.«

O'Malley nickte. »Ist wahrscheinlich sowieso nur der übliche Kram.«

Colin hatte nach wie vor keinen Schluck von seinem Kaffee getrunken. Er bewegte mit leicht abwesendem Gesichtsausdruck stumm den Kopf.

»Wissen Sie, was er Sarah Mallard geschickt hat? Frank, meine ich«, fragte O'Malley nach einer Pause.

Colin seufzte. »Ich bin mir sicher, es war der übliche Kram. Trainings-Chat. Anfeuerung.«

O'Malley nickte wieder. »Ich hab einiges davon gesehen. Das war allerdings pures Glück, denn er hatte ihr aufgetragen, alles zu löschen.«

Es entstand eine weitere Pause, der O'Malley gerne Raum gab, während er langsam weiter seinen Kaffee schlürfte.

»Was … hat er ihr denn geschrieben?«, fragte Colin schließlich, und O'Malley achtete sorgfältig darauf, keine Reaktion zu zeigen.

»Ich darf nicht zu sehr in die Einzelheiten gehen, wissen Sie«, erwiderte er leise. »Es sind Beweismittel, die die Anklage gegen ihn verwenden wird. Aber … es war plastisch und grausam. Und es gab Fotos. Fotos, die er geschickt, und Fotos, um die er gebeten hatte. Ich war nicht sonderlich überrascht, als er abgehauen ist.« Er wandte kopfschüttelnd den Blick ab. »Ganz ehrlich, Colin, ich würde mir Sorgen um meine Tochter machen. Ich glaube, das ist wichtiger, als wo Frank sich aufhält oder was Sie für ihn empfinden.«

»Sind Sie sich sicher, dass die Nachrichten echt waren?«, fragte Colin. »Es könnten auch Fälschungen sein.«

»Wir sind uns ziemlich sicher«, antwortete O'Malley. »Die verwendete Nummer gehörte zu einem Einweghandy, das wir in einer Tasche in Franks Haus gefunden haben. Wir glauben, dass er jetzt ein neues Handy benutzt.«

Nach einer weiteren Pause überraschte Colin ihn mit der Frage: »Was ist mit Ihrem Kumpel bei der Armee passiert? Mit dem Leutnant?«

O'Malley verzog das Gesicht. »Am Ende hab ich eine Menge Beweise gesehen, die meine Meinung über ihn geändert haben. Er verging sich an den neuen Rekruten, sobald sie auch nur einen Fuß in die Kaserne gesetzt hatten. Und ich dachte die ganze Zeit, er wäre ein guter Offizier. Ein Freund.«

Wenig später stand er auf und stellte befriedigt fest, dass Colin sehr viel blasser aussah als vorher.

Jonah hatte sich in sein Büro zurückgezogen und lud mit einem Gefühl der Unvermeidlichkeit ein weiteres Mal die Videos von Keelys Befragung hoch. Er begann ganz am Anfang und sprang dann zu bestimmten Passagen, die er hören wollte.

Dabei notierte er einen Widerspruch nach dem anderen, jeder unbestreitbar und ganz bestimmt absichtlich. Er fand Unstimmigkeiten in den Schilderungen über das Reiten, worin Nina laut Keely so gut gewesen war. In der Beschreibung des unglaublichen Erinnerungsvermögens ihrer Schwester, in ihrem Eingeständnis, sich zu Callum Taylor hingezogen zu fühlen, der am Ende doch mit Nina zusammengekommen war, und in ihren Bemerkungen über das Laufen.

Jonah wechselte zwischen Keelys Jugendamtsakte und der Aufzeichnung ihrer Befragung hin und her und merkte, dass er endlich imstande war, ein paar Schritte zurückzutreten und das ganze Bild zu sehen.

Er rief die Falldatei auf und brauchte nur eine Minute, um zu finden, wonach er suchte: die Fotos, die er und Lightman im Haus der Lennox' gemacht hatten.

Er scrollte weiter nach unten, bis er es entdeckte. Im Wohnzimmer gab es etwas, das beinahe so bedeutsam war wie das Video, das Keely auf dem iPad hinterlassen hatte: eine Kinderzeichnung neben einem Familienfoto.

Sie war nicht ordentlich aufgehängt, sondern nur mit Klebeband an der Wand befestigt worden und zeigte eine dreiköpfige Familie mit zwei primitiv skizzierten Mädchen und einer Frau. Und in Kinderschrift stand neben jeder Figur ein Name: Ninny, Mummy, Nina.

In die jähe Erkenntnis, dass er in praktisch allem falschgelegen hatte, drängte das beharrliche Summen seines Handys. Es war Lightman, der knapp erklärte: »Ich habe in dem Wagen, in dem Keely Lennox verschwunden ist, ihre Reisetasche gefunden. Außerdem eine Schaufensterpuppe, die als Nina verkleidet ist, sowie eine Rolle festes Klebeband und Kabelbinder. Ich glaube nicht, dass Keely freiwillig mitgefahren ist.«

30.

Der Tag, an dem ich Ninny mit Callum Taylor sah, änderte vieles für mich. Es war, als würde sich damit das letzte Teil in das Puzzle meines Wesens fügen. Als würde ich endlich meinen Frieden damit machen, wer ich war, und damit, dass ich mich niemals ändern, mich niemals bessern würde.

Mein Leben war zu der Zeit zusammengeschrumpft. Nach zweimaligem bitterem Scheitern glaubte ich nicht mehr an das Versprechen einer Pflegefamilie, die mich wirklich lieben würde, nach unserer Behandlung durch die Behörden nicht mehr an eine gerechte Welt. Enge Freundschaften oder die Chance auf eine normale Beziehung mit einem der Jungen an der Schule blieben mir verwehrt, weil ich wusste, wie abscheulich die Person war, zu der ich geworden war.

Vermutlich war ein emotionaler Shutdown die unvermeidliche Konsequenz von alldem. Ein *Gefühls*versagen. Die Schläge waren einer nach dem anderen auf ein Wesen niedergeprasselt, das ohnehin schon zur Kälte neigte und nun ganz dichtmachte.

Ich weiß noch, wie Leanne, ein Mädchen aus meiner Klasse, die damals angeblich meine beste Freundin war, auf dem Schulhof übel stürzte. Als sie den Kopf hob, wurde deutlich, dass sie sich wirklich wehgetan hatte. Blut strömte aus ihrer Nase, und als sie den Mund öffnete, um Luft zu bekommen, sah ich, dass zwei ihrer Zähne sich aus dem Zahnfleisch gelöst hatten.

Sie blickte Hilfe suchend zu mir auf, unter Schmerzen, elend und voller Angst.

Und obwohl ich mich nach einem Moment bückte und ihr half,

empfand ich nichts. Ich suchte nach einer echten menschlichen Reaktion in mir und fand nur Leere.

Aber wie sich herausstellte, war ich durchaus noch zu Gefühlen fähig. Es brauchte nur etwas, das genügend heftige Eifersucht und brennende Rachegelüste in mir entfachte.

An jenem Samstagnachmittag war ich zusammen mit Leanne im Kino gewesen. Das war etwas, wozu ich nicht mehr allzu oft kam, seit ich samstags in einem verstaubtem Damenmodengeschäft jobbte. Ich hatte nur alle sechs Wochen einen freien Samstag, und sonntags war die einzige Gelegenheit, eine wirklich lange Strecke zu laufen und dann nachmittags in einen Sessel zu sinken und zu lesen.

Wahrscheinlich hatte Ninny vergessen, dass ich an jenem Tag dort sein könnte. Oder sie nahm einfach an, dass man sie nicht sehen würde. Schließlich ist Southampton nicht irgendein kleines Dorf, wo jeder Schritt, den man macht, beobachtet wird. Und wir bewegten uns auch ein wenig abseits der ausgetretenen Pfade, weil wir uns für einen Arthouse-Film im Picturehouse in Ocean Village und nicht für einen Blockbuster im Odeon entschieden hatten. Was auch immer sie gedacht hat, jedenfalls landete Ninny an derselben Bushaltestelle in der Canute Road, die auch ich ansteuerte, und ich erkannte sie schon von weitem an ihrem langen feuerroten Haar. Die Figur neben ihr erkannte ich ebenfalls mit einem Wimpernschlag. Sie war mir so vertraut wie meine eigene.

Als ich die beiden sah, blieb ich wie angewurzelt stehen und versteckte mich dann in einer Nische neben dem Eingang des Wetherspoons. Ich wusste schon lange, dass sie sich häufig ohne mich trafen, hatte es jedoch nie über mich gebracht, Ninny deswegen zur Rede zu stellen. Oder sie auch vorsichtig danach zu fragen. Ich konnte gegenüber meiner Schwester nicht zugeben, dass ich jedes Detail über Callum wissen wollte, während ich es gleichzeitig hasste, seinen Namen zu hören.

Ich war zu weit entfernt, um zu verstehen, was sie sagten, doch das machte ihre Gesten fast noch deutlicher. Sie glichen einem intimen Tanz, und ich stand wie erstarrt da, während irgendetwas Seltsames in meinem Herzen vor sich ging. Ich versuchte zu erkennen, ob die Sache mit den beiden schon in eine Romanze gekippt war oder ob es noch möglich war, das zu verhindern.

Und dann hielt der Bus der Linie 17 am Straßenrand, und Callum beugte sich vor und küsste sie. Sie drückten ihre Münder aufeinander und schlangen locker die Arme umeinander, als wäre es eine Gewohnheit. Eine alltägliche Routine.

Mir war, als würde irgendetwas in mir aufbrechen und mit einem Mal Hitze- und Kälteströme aufeinanderprallen. Die Seite von mir, die weggucken – weggehen – wollte, sah sich überwältigt von der heißen wütenden Seite, die die beiden beobachten und dann hingehen und mit bloßen Händen auf sie losgehen wollte.

Der Kuss endete, als Ninny sich aus der Umarmung löste und eilig in den Bus stieg. Callum wartete, bis sie einen Platz gefunden hatte, und winkte ihr nach, als der Bus anfuhr.

Ich folgte ihm, ohne bewusst darüber nachzudenken. Ich hatte nicht das Gefühl, dass ich es war, die ihm nachstellte. Ich war bloß eine beobachtende Masse, nur ein schmerzhaft schlagendes Herz, das irgendwie mit Sehnerv und Auge verbunden war.

Callum ging eilig die Canute Road hinunter, den Blick stur geradeaus gerichtet. Das war mein Glück, denn ich war offenbar unfähig, mich zu verstecken.

Am Queen's Park schlüpfte er durch ein Tor und wurde beinahe vom langen Schatten der Bäume verschluckt. Ihm in diesen Schatten zu folgen kam mir völlig natürlich vor.

Ich sah, wie er stehen blieb, um sich eine Zigarette anzuzünden, sich unvermittelt umdrehte und auf eine der Bänke setzte, die noch in der Sonne waren.

Ich strengte mich an, wieder zu mir und zu Sinnen zu kommen, um kehrtzumachen oder mich in die Büsche zu schlagen. Aber er hatte mich schon gesehen. Irgendwie war sein Blick von mir angezogen worden, als hätte er gewusst, dass ich komme.

Er schüttelte halb wütend, halb resigniert den Kopf.

»Was machst du hier?«, fragte er, nicht direkt vorwurfsvoll, aber auch nicht freundlich.

»Ich bin dir gefolgt«, sagte ich. Bei jedem anderen hätte ich vielleicht so getan, als wäre es ein Zufall gewesen. Als wäre ich bei einem Spaziergang zwischen den Bäumen des Queen's Park unvermutet auf ihn gestoßen. Warum auch nicht? Aber bei ihm würde das nicht funktionieren. Callum wusste, wer ich war. Was ich war.

Er seufzte und zog an seiner Zigarette.

Ich trat auf ihn zu und erwartete beinahe, dass er aufstand und wegging. Aber er blieb sitzen. »Wieso bist du mir gefolgt?«, fragte er. »Du magst mich nicht mal.«

Ich dachte daran, ihn nach Ninny zu fragen. Er ahnte bestimmt, dass ich sie zusammen gesehen hatte. Aber stattdessen sagte ich: »Lass dich nicht von ihnen adoptieren. Mach es nicht.«

Seine Gesichtszüge wurden für einen Moment hart. »Zu spät. Ich hab es schon getan.«

Irgendwie war mir klar, dass sie es bereits gegen ihn benutzt hatten, dass sie ihn schon auf eine neue und grausame Art verletzt hatten. Ich hatte das Gefühl, mein Herz würde zusammengedrückt, und ohne es wirklich zu wollen, setzte ich mich neben ihn.

»Was haben sie gemacht?«, fragte ich.

Er wandte den Blick ab, und ich sah, dass er mit den Tränen kämpfte. Dass er darum kämpfte, nicht vor mir zusammenzubrechen. »Sie haben in all meinen Anmeldungsformularen für die Uni ihr Einkommen angegeben wie brave kleine Eltern, und jetzt … sagen sie, dass sie mir keinen Penny geben wollen.« Er warf abrupt die Zigarette weg, doch er war noch längst nicht fertig. »Und ich kann keine verdammte Förderung und auch kein Stipendium beantragen, weil ihr Einkommen zu hoch ist und sie erklärt haben, dass sie mein Studium finanzieren, und jetzt habe ich sechs Monate

Zeit, genug zu verdienen, um Studiengebühren, Miete und Essen für das erste Studienjahr zu bezahlen. Und ich weiß nicht, was ich danach machen soll – wenn ich überhaupt so weit komme.«

Ich konnte mir Henrys selbstgerechten Ausdruck vorstellen, als er Callum erklärt hatte, dass er ihre Unterstützung nicht verdient hatte, und verzog das Gesicht.

»Kannst du sie nicht bei der Universität anzeigen?«

»Sie sind nicht dumm«, erwiderte er harsch. »Und ich auch nicht, obwohl du es gerne so hinstellst. Sie haben die komplette Summe auf mein Konto überwiesen, mir meine Bankkarte abgenommen und alles wieder abgehoben, damit es so aussieht, als hätte ich es ausgegeben.«

Meine vertraute Wut gegen die beiden kam wieder an die Oberfläche. So wütend ich auch auf Callum war, ich wollte auf der Stelle zu den Murray-Watts gehen und ihnen das Geld aus den Händen reißen. Und ich wollte mehr als bloß ihr Geld. Ich wollte Rache für alles, was sie getan hatten.

»Du musst doch irgendetwas machen können«, sagte ich.

»Tja, mir sind die Ideen ausgegangen«, erwiderte er bitter. »Im Moment kann ich nur jede freie Minute für Scheiß-Deliveroo arbeiten.«

Nicht jede freie Minute, wollte ich sagen. Er hatte noch genug Zeit, um meine Schwester zu treffen. Aber als ich sein Gesicht und seinen Körper betrachtete und den vertrauten Konturen folgte, erkannte ich, dass er erschöpft aussah. Resigniert. Geschlagen.

»Wir müssen sie aufhalten«, sagte ich leise, und bevor er einwenden konnte, dass er das bereits versucht hatte, fügte ich hinzu: »Ich meine nicht bloß das. Ich meine, wir müssen sie aufhalten. Bei allem.«

Er sah mich an und wirkte dabei gleichermaßen amüsiert und frustriert. »Das hat beim letzten Mal ja super geklappt.«

»Wir sind gescheitert, weil wir keine Beweise hatten«, sagte ich. »Und weil wir geglaubt haben, dass das System gerecht ist. Wenn wir sie zur Strecke bringen wollen, müssen wir so viele Beweise präsentieren, dass sie erdrückend sind.«

»Niemand wird dir je wieder zuhören«, sagte er gepresst. Ich sah seine Schuldgefühle. Er wusste, dass es zum Teil seine Schuld war. »Nicht mal, wenn ich es bestätige. Es wird aussehen wie Rache oder Manipulation, ich weiß nicht … als ob ihr beiden … *Probleme* hättet.«

Da wusste ich, dass Ninny ihm von Frank erzählt hatte. Ich spürte, wie meine Wangen heiß wurden, doch diesmal erwiderte ich seinen Blick ausdruckslos, ohne mit der Wimper zu zucken. »Natürlich werden sie das«, sagte ich. »Wenn wir etwas inszenieren, was sie dazu *zwingt.*«

»Zum Beispiel?«

Ehrlich gesagt hatte ich bis dahin selbst nicht gewusst, was ich meinte. Aber jetzt, wo ich ihm eine Antwort schuldete, war mir mit einem Mal alles klar, und ich lächelte knapp. »Die Polizei wird sich die Sache schon genauer ansehen, wenn es eine Drohung gibt.«

Einen Moment lang dachte ich, er würde mir zustimmen. Ich sah das Aufflackern von Hoffnung, das Leuchten in seinen Augen.

Aber dann stieß er einen kurzen entnervten Seufzer aus und wandte sich ab.

»Wir sind doch nicht die verdammten Avengers. Am Ende sind wir bloß wieder die Gearschten oder Schlimmeres.« Er schüttelte den Kopf. »Ich werde nichts tun, was ihre Rachegelüste weckt.« Er stand wütend auf, doch anstatt sofort zu gehen, zögerte er und sagte: »Und du solltest auch vorsichtig sein. Sie hassen dich. Euch alle beide. Ich glaube, du ahnst nicht, wie sehr. Sie werden einen Weg finden, es euch heimzuzahlen, dass ihr sie verlassen habt, und das sollte dir Angst machen, weißt du.«

Als ich zu Fuß vom Queen's Park nach Hause ging, brannte ich geradezu bei dem Gedanken an Rache. Wie abschätzig Callum auch reagiert haben mochte, ich wusste, dass ich es schaffen konnte. Nicht allein, aber mit Hilfe. Mit seiner Hilfe.

Wenn es nur darum gegangen wäre, Henry Murray-Watt aufzuhalten, wäre ich es vielleicht allein angegangen. Ich war mir sicher, dass ich intelligent genug war, ihn zu Fall zu bringen. Es würde bloß Zeit, Geduld und Berechnung erfordern.

Aber während ich so lief und nachdachte, kam mir auch Frank Pinder in den Sinn. Was er wahrscheinlich gerade anderen jungen Mädchen antat. Und in einem Moment blendender Offenbarung sah ich glasklar, was passieren musste.

Damals wusste ich das mit Jared Boula noch nicht. Ich wusste nicht, dass die Art, wie meine Schwester in letzter Zeit auf ihn reagierte, nichts mit ihren Erfahrungen aus der Vergangenheit zu tun hatte, sondern einfach Angst war. Ich wusste nicht, dass er sie an die Wand gedrängt und seine Hände in sie gesteckt hatte, weil sie es nicht über sich gebracht hatte, es mir oder Callum zu erzählen.

Hier ist also ein kleines Geständnis für Sie, das Sie hoffentlich erleuchtend finden: Jared Boula hat mich nie angerührt. Es war meine Schwester, die er attackiert hat. Es war Ninny.

31.

Nach dem Besuch bei Colin Sergeant hatte O'Malley die Constables weggeschickt und sich noch eine Weile damit beschäftigt, seine Notizen einzugeben. Er hatte die Fahrertür offen stehen lassen, die zufällig zum Haus hin lag. Ein unaufdringliches Bild, dachte er. Ein Polizist, der seinen Papierkram erledigt.

Mit nicht geringer Befriedigung sah er, wie sich eine Viertelstunde, nachdem er gegangen war, die Tür von Colins Haus öffnete.

Colin wirkte wie ein vollkommen anderer Mann als der, der ihn vor einer Weile begrüßt hatte. Sowohl das Lächeln als auch die Selbstsicherheit waren verschwunden, und seine Stirn war ängstlich gerunzelt.

In der Hand hielt er ein Handy mit einer pastellblauen Hülle.

»Sergeant, ich denke ...« Er räusperte sich. »Es gibt da etwas, was Sie sehen sollten.«

Er hielt O'Malley das Telefon hin. Er nahm es entgegen, ohne zu fragen, wie es in Colins Besitz gekommen war. Er hatte den starken Verdacht, dass Rhiannon noch nicht wusste, dass ihr Vater es hatte.

Das Display zeigte bloß drei Nachrichten, die Rhiannon mit einer Person gewechselt hatte, deren Nummer als »C xx« gespeichert war.

Die Polizei ist hier und sucht dich. Sie wissen von dem Geld und der Tasche. Du kannst nicht hierher zurückkommen. Wenn du irgendwas brauchst, finde ich einen Weg, es dir zu bringen. Vermisse dich. Xx

C, der offensichtlich Frank Pinder war, hatte geantwortet:

Scheiße, okay. Dann muss ich wegbleiben, egal wie schwer es mir fällt. Du bist ehrlich das Einzige, was mich durchhalten lässt. Ich werde beweisen, dass ich nichts getan habe, aber das könnte eine Weile dauern. Vielleicht brauche ich ein paar Dinge von dir, aber du darfst es keinem erzählen. Ich kann dich nicht auch noch in die Sache verwickeln, es ist so ein Schlamassel. Achte um deinetwillen darauf, alles zu löschen. Ich liebe dich xx.

Rhiannon hatte eine weitere Nachricht geschickt, die lautete:

Ich bin hier, wenn du mich brauchst. Die Psychohexe wird nicht gewinnen. Ich werde ihnen weiter erklären, dass alles gelogen ist, bis sie mir zuhören. Ich liebe dich so sehr xx

Frank hatte die Nachricht offenbar gelesen, aber keine Antwort geschickt.

O'Malley blickte zu Colin auf. »Was er tut … was er getan hat«, sagte er leise, »konnten Sie nicht wissen. Und vielen Dank dafür. Ich glaube, so können wir ihn aufspüren und aufhalten.«

Der Chief war schon auf den Beinen, als Hanson in seiner Bürotür auftauchte.

»Wir haben ein aktives Handy, das Frank Pinder gehört«, sagte sie. »Es hat sich bei einem Mast in Lyndhurst eingepingt und danach einen Mast weiter westlich. Quick bemüht sich zu ermitteln, wo er sich zurzeit genau aufhält.«

»Das ist eine gute Nachricht«, erwiderte der Chief in einem so vagen Tonfall, dass Hanson beinahe gelacht hätte. Manchmal schafften es die Durchbrüche während einer Ermittlung nicht, durch seine Gedanken zu dringen. Daran war sie mittlerweile gewöhnt.

»Außerdem ist Samantha Wild hier«, fuhr sie fort. »Keelys und Ninas Freundin aus dem Kinderheim. Sie möchte mit uns reden.«

Jonah reagierte mit einem seltsam unverbindlichen Nicken, das Hanson ebenfalls kannte.

»Dann reden wir mit ihr«, sagte er. »Ich glaube, sie kann uns helfen, Murray Quick und seine Leute davon zu überzeugen, was hier eigentlich los ist.«

Er machte sich auf den Weg durch das CID. Hanson hatte Mühe, mit ihm Schritt zu halten.

»Wovon müssen sie überzeugt werden?«, fragte sie.

»Von der Tatsache, dass Keely nichts von alldem inszeniert hat«, sagte er.

Samantha saß zusammengerollt in einem der großen Sessel in dem speziellen Gesprächszimmer und schien mit dem Stoff zu verschmelzen. Sie erinnerte Jonah an eine junge Eule in ihrem Nest, ein Eindruck, der durch Samanthas große runde Brille noch betont wurde.

»Ich glaube … es gibt ein paar Dinge, die Sie nicht wissen«, sagte Sam mit unsicherer, aber erstaunlich lauter Stimme. »Ich weiß, dass Sie Nina gesucht haben und – jetzt ist auch Keely verschwunden. Aber es ist nicht so einfach, wie Sie denken.«

Jonah lächelte und nickte. »Nein, das wird uns auch gerade klar«, sagte er. »Aber es geht langsam voran. Alles, was du dazu sagen kannst, wäre unglaublich hilfreich.«

»Hören Sie, ich habe wirklich … Angst um Keely.« Sie blickte von Jonah zu Hanson und zurück. »Wahrscheinlich ist Ihnen nicht klar, dass sie nicht diese toughe, kalte Person ist.«

Jonah nickte erneut. »Doch, das ist mir klar, aber ich fürchte, es hat eine Weile gedauert.« Er blickte zu Hanson. »Glaubst du, du weißt, wohin sie gebracht worden sein könnte?«

Samantha presste die Lippen zusammen, als wäre sie sich nach wie vor nicht sicher, was sie sagen wollte, und erklärte dann: »Nein, ich … tut mir leid, das weiß ich nicht. Aber Nina … ist zu mir gekommen.« Sie runzelte konzentriert die Stirn. »Sie sind alle beide gekommen. Nina hat mir erklärt, dass ich Ihnen helfen soll, Keelys Spur zu folgen. Hören Sie, sie will nicht bloß, dass ein paar Leute eingesperrt werden. Sie will Rache. An allen. Bevor sie gegangen sind, hat sie gesagt …« Samantha rutschte auf dem Sessel hin und her und rieb ihre Hände, als wäre ihr die Erinnerung unangenehm. »Sie hat davon gesprochen, dass sie weggehen wollte, und sie klang plötzlich überhaupt nicht mehr wie sie selbst. Sie sagte, wir würden uns wahrscheinlich nicht wiedersehen. Und dann hat sie gesagt, sie hätte endlich herausgefunden, wofür ihre dunkle Seite gut sei.« Samantha holte tief Luft. »Ich habe ihr erklärt, dass ich sie vermissen werde, und sie hat … sie hat geantwortet: ›Da gibt es nichts zu vermissen. Es ist alles durch und durch verdorben.‹«

Jonah spürte, wie sein Körper von einem Unbehagen gepackt wurde. Er hörte Hanson fragen: »Keely?« Aber er musste Samanthas Antwort nicht abwarten, um zu wissen, was sie sagen würde.

»Nein, Nina. Es war Nina.«

Ihm war klar, dass Hanson auf eine Erklärung von ihm wartete. Sie waren zurück im CID, wohin Jonahs Schritte ihn unwillkürlich geführt hatten.

»Erinnern Sie sich, was Keely ganz am Anfang zu uns gesagt hat?«, begann er. »Sie hat gesagt, wenn wir Nina finden wollten, müssten wir in den Spiegel schauen.« Er stieß ein kurzes Lachen aus. »Es ging nicht nur darum, dass wir unsere eigenen Vorurteile betrachten und uns unserer Verantwortung stellen sollten. Es ging auch um eine Umkehrung.«

Es war alles so extrem clever. Jonah glaubte nicht, dass er in seinen dreißig Berufsjahren schon einmal einem Menschen begegnet war, der so intelligent war wie Nina Lennox.

»Wir haben natürlich gedacht, dass alles, was Keely uns erzählt, ihre Geschichte ist«, sagte er. »Das war auch keine unangemessene

Vermutung. Sie war hier, triefend vor Verachtung und offensichtlich umwerfend schlau. Und sie erzählte uns die Geschichte einer jungen Frau, die es gelernt hat, jeden um sich herum zu manipulieren.« Er zuckte die Schultern. »Es war bloß nicht ihre Geschichte. Die Wahrheit war in der beiläufigen Verwendung ihres Spitznamens verborgen, Ninny. Selbst als ich ihr Haus und die Zeichnungen an den Wänden gesehen habe, habe ich es nicht verstanden. Ninny war nicht der Spitzname von Nina. So haben sie und ihre Mutter Keely genannt, das süße, ein bisschen einfältige ältere Mädchen. Alles, was geschehen ist, war Ninas Werk.«

Und Keely hat getan, was Nina ihr gesagt hat, dachte Jonah. Eine willige Mithelferin bei den Plänen ihrer Schwester. Denn so intelligent Keely Lennox offensichtlich war, war es doch kein Vergleich mit dem außergewöhnlichen Verstand ihrer Schwester. Er hatte ihre Schulnoten aufgerufen und schließlich erkannt, dass es Nina war, die Preise in Mathematik, Englisch und Naturwissenschaften gewonnen hatte. Dass es Nina gewesen war, die man als brillant bezeichnet hatte.

Im Gegensatz dazu war es Keely gewesen, die sich von einem sonnigen offenen Mädchen zu einem zurückgezogenen rebellischen Teenager entwickelt hatte, ein Abwehrmechanismus, um ihre Verletzlichkeit zu verbergen. Sie mochte so gewöhnt daran sein, sich zu verteidigen, dass sie hochmütig wirkte, aber sie war in keiner Weise tough.

Während die Spuren des Missbrauchs bei ihr offensichtlich waren, waren sie bei Nina viel subtiler. Die jüngere der Lennox-Schwestern hatte gelernt, lächelnde Unschuld vorzutäuschen und andere zu manipulieren. Jonah hatte lange gebraucht, um zu erkennen, dass er das Spiegelbild betrachtete. So gut war er manipuliert worden.

Und natürlich war es Nina gewesen, die von Anfang an Callum Taylor gewollt hatte, weil sie in ihm etwas von sich selbst wiedererkannt hatte. Und Keely war diejenige gewesen, die ihr im Weg gestanden hatte.

Er sah, dass Hanson ihm jetzt folgte und ihr Verstand den Ereignissen genauso schnell vorauseilte wie sein eigener. Er spürte das Vibrieren des Handys in seiner Tasche und wollte es ignorieren, aber vielleicht hatte der Anruf etwas mit dem Fall zu tun, deshalb zog er es doch heraus.

»Linda«, begrüßte er die Anruferin, als er McCulloughs Nummer auf dem Display erkannte.

»Die Ergebnisse der Proben von dem Blut an Keely Lennox' Kleidung sind da«, sagte sie. »Es stammt von keiner der Lennox-Schwestern. Aber dank einer ungewöhnlichen Fügung des Schicksals hatten wir wegen eines alten Zwischenfalls eine DNA-Probe der betreffenden Person in der Datenbank. Das Blut, mit dem sie bedeckt war, stammt von Callum Taylor.«

»Sie glauben also, dass Keely Lennox in Gefahr sein könnte«, sagte Murray Quick, nachdem der Chief zu Ende gesprochen hatte.

Die beiden Teams drängelten sich in dem kleineren Besprechungszimmer, Quick hatte zwei Constables und einen DS zu dem Treffen mitgebracht.

Während der Ausführungen des Chiefs hatte Hanson Quick sorgfältig auf Anzeichen von Ungläubigkeit beobachtet. Ihr war durchaus bewusst, dass das, was der Chief erklärte, ziemlich übergeschnappt klang. Die Idee, dass die beiden Schwestern nicht nur eine Spur von Beweisen gelegt hatten, um drei Männer ihrer gerechten Strafe zuzuführen, sondern auch einen komplizierten Tausch vollzogen hatten, hörte sich laut ausgesprochen reichlich verrückt an.

Und natürlich war sie auch ein wenig verrückt. Es war die Art Idee, die einer Mischung aus ernst zu nehmender Intelligenz, Verzweiflung und einer großzügigen Portion Phantasie entsprang.

Trotzdem hatte das Ganze eine überzeugende Logik. Das begriff Hanson jetzt. Nina hatte ein starkes Druckmittel gebraucht, um das Interesse der Polizei zu wecken, und was hätte besser gewirkt als eine bedrohte Schwester?

Aber auch wenn Nina das Ganze geplant und inszeniert hatte, hätte sie nie selbst dasitzen und andeuten können, dass sie ihre ältere Schwester entführt hatte. Nicht wenn alle Welt Keely für die starke, sonderbare und kalte der beiden Schwestern hielt, Nina dagegen für die zarte, sonnig-unschuldige. Nur eine der beiden hatte die Rolle der Soziopathin spielen können, und das war definitiv Keely.

»Ich halte es für durchaus möglich, dass sie in Gefahr ist«, sagte der Chief zu Quick. »Ich glaube nicht mehr, dass sie ihr Verschwinden geplant hat und freiwillig mitgefahren ist. Das legen die in dem Wagen geborgenen Gegenstände und vor allem eine weitere Schaufensterpuppe nahe, die als Nina verkleidet war.«

»Die erste Schaufensterpuppe wurde als Hinweis verwendet«, sagte Lightman leise. »Es sieht so aus, als sollte es auch diesmal etwas bedeuten.«

»Es könnte eine Demonstration sein, dass Nina die Kontrolle übernommen hat«, schlug Hanson vor. »Warum auch immer sie die für notwendig hält.«

»Glauben wir wirklich, dass Nina eine Gefahr für ihre Schwester darstellt?«, fragte O'Malley.

»Das wissen wir nicht mit Sicherheit – was bedeutet, dass wir weiterhin davon ausgehen müssen«, sagte der Chief. »Inzwischen wissen wir, dass *Nina* das Ganze von Anfang an geplant hat. Unklar ist bloß, was genau sie jetzt mit ihrer Schwester macht und warum.«

»Und was ist mit Callum Taylor?«, fragte Quick. »Gibt es irgendeinen Hinweis darauf, wie sein Blut auf Keelys Kleidung gekommen ist?«

»Auch das ist noch unklar«, sagte der Chief. »Es erscheint unwahrscheinlich, dass Nina Callum verletzen würde, aber es bereitet mir Sorgen, dass wir ihn seit Beginn des Ganzen möglicherweise gar nicht mehr gesehen haben. Wir haben angenommen, dass er die Person auf dem Motorrad in den Schrebergärten und am Steuer des Wagens war, der Keely abgeholt hat, aber mittlerweile wissen wir, dass auch Nina Motorrad fährt. Womöglich hält Callum sich am selben Ort auf wie Keely, und wir wissen auch nicht, ob er sein Blut freiwillig zur Verfügung gestellt hat.«

Als der DCI fertig war, musste Hanson unwillkürlich an die späteren Videos denken, in denen klargeworden war, dass Nina alles tun würde, um Callum Taylor für sich zu haben.

War ihr Keelys Existenz in die Quere gekommen? Oder hatte Callum sie zurückgewiesen?

32.

Tagelang überlegte ich, wie ich Callum überzeugen konnte, mir zu helfen. Ich wusste, dass ich ihn an Bord brauchte, wenn ich eine Chance haben wollte, meine Schwester zu überzeugen, und dass seine Unterstützung die wichtigere war. Er war älter und sehr viel unabhängiger. Er hatte ein Motorrad und würde nicht darüber befragt werden, wenn er allein unterwegs war. Ich brauchte ihn.

Und wahrscheinlich haben Sie mittlerweile auch verstanden, dass ich genauso wenig imstande war, mich von ihm fernzuhalten, wie ich plötzlich Flügel hätte ausbreiten und wegfliegen können. Ich war noch nicht ganz bereit, mir einzugestehen, dass ich einen Grund suchte, um in seiner Nähe zu sein, aber tief im Innern wusste ich, dass das ebenso sehr ein Motiv war wie die Idee von Rache.

Ich beschloss, dass ich Ninnys Handy klauen musste, um ihm Nachrichten zu schicken, in denen ich mich als sie ausgeben wollte. Es schien der einzige Weg, um sicherzugehen, dass er auftauchen und mit mir reden würde.

Aber bevor ich diesen speziellen Plan umsetzen konnte, kam Callum tatsächlich von selbst zu mir.

An einem Donnerstagnachmittag wartete er um vier Uhr auf seinem Motorrad vor der Schule. Er musste gewusst haben, dass Ninny noch bis fünf ihren Geschichtsclub hatte. Er war hier, um mich zu sehen, nicht sie, und die Vorstellung erfüllte mich mit einer seltsamen Mischung aus Furcht und Erregung.

Die Mädchen, mit denen ich aus der Schule gekommen war, Leanne und Casey, beobachteten sehr interessiert, wie ich auf diesen nachdenklichen, attraktiven Typen zuging. Mir war bewusst, dass sie endlich erkannten, was ich in ihm sah. Mit achtzehn strahlte er eine unergründliche Tiefe aus, einen Hauch von Bedrohlichkeit. Und ich wusste, dass sie mich in diesem Moment beneideten.

Er hielt mir wortlos einen Helm hin, und obwohl ich protestieren wollte, dass ich noch nie auf einem Motorrad gefahren war, nahm ich ihn entgegen

»Wohin fahren wir?«, fragte ich ihn.

»Irgendwohin, wo wir ungestört reden können«, antwortete er.

Ich stieg hinter ihm auf den Sattel, unsicher, ob ich ihn anfassen sollte. Aber irgendwo musste ich mich ja festhalten. Wir fuhren nicht schnell und nicht weit, aber ich weiß noch, dass ich meine um seinen Körper geschlungenen Arme und die zwangsläufige Berührung unserer Körper intensiv spürte.

Er fuhr zum Hollybrook-Friedhof, wo er das Motorrad unter einem Baum abstellte, abstieg und mit einem leicht spöttischen Lächeln beobachtete, wie ich unelegant vom Sattel kletterte. Ich wollte ihn schubsen. Schlagen.

Küssen.

Dann verblasste sein Lächeln. Er wandte den Blick ab und sagte: »Sie überlegen, ein weiteres Mädchen zur Pflege aufzunehmen. Eine Zwölfjährige, die sich noch nicht gegen sie wehren kann. Sie war letzte Woche zu Besuch.«

Mir drehte sich der Magen um, und ich wusste, dass es ihm genauso ging.

»Das dürfen wir nicht zulassen«, sagte ich.

»Deswegen bin ich ja …« Er seufzte frustriert. »Ich weiß. Ich habe überlegt, was wir machen können, aber …«

»Wenn sie schon zu Besuch war, drängt die Zeit«, sagte ich in Erinnerung an das Verfahren, das wir mit den Murray-Watts durchlaufen hatten. Und mit Frank. »Ich muss schnell etwas unternehmen.«

»Du kannst das, was sie getan haben, nicht in ein paar Tagen oder Wochen beweisen«, wandte er ein.

Ich dachte daran, was er beim letzten Mal gesagt hatte. Wie sehr Henry mich dafür hasste, dass ich von ihnen weggekommen war. Und dann blickte ich grinsend zu Callum auf.

»Ich glaube nicht, dass das nötig sein wird. Ich muss sie einfach bitten, zu ihnen zurückkommen zu dürfen. Um mich adoptieren zu lassen.«

Callum blinzelte und schüttelte mit einem trockenen Lächeln den Kopf. »Was für einen Stress du mir gemacht hast, weil ich es durchgezogen habe …«

»Bis es so weit ist, haben wir Monate Zeit«, erklärte ich ihm. »Ich kann es ihnen vor die Nase halten, sie werden den Köder schlucken, und dann kann ich es hinauszögern. Ich kann plötzlich Bedenken bekommen, meine Schwester alleinzulassen … Ich kann es hinziehen, bis wir genug zusammen haben, um Henry hinter Gitter zu bringen.«

Er schüttelte wieder den Kopf, doch sein Lächeln war breiter geworden. Ein Anzeichen von Hoffnung vielleicht.

»Du sagst die ganze Zeit ›wir‹«, stellte er nach einer Weile fest.

Ich machte unwillkürlich einen Schritt auf ihn zu, meine Brust war wie zugeschnürt.

»Ja«, sagte ich. »Wir machen es zusammen. Wir nehmen an allen Rache und verhindern, dass sie je wieder jemanden vergiften. Ich weiß, dass du es in dir hast.«

»Woher willst du das wissen?«, fragte er und sah mich mit diesem verwirrten, aufgewühlten Blick an, den ich so gut kannte.

»Weil wir tief drinnen aus demselben Holz geschnitzt sind, oder nicht?« Ich legte eine Hand auf seinen Bauch und blickte auf meine Finger auf dem Stoff seines T-Shirts. »Dort drinnen lauert derselbe Schatten. Und was du auch tust, um ihn zu verstecken, es ist zwecklos. Ich spüre ihn jedes Mal, wenn ich in deiner Nähe bin.« Ich kam noch etwas näher. »Er brennt danach, losgelassen zu werden. Stimmt's?«

Er wich nicht zurück. Ich spürte seinen Atem in seinem Unterleib, rasch und unregelmäßig. Ich hob den Kopf und sah ihm wieder in die Augen.

Er gab ein leicht protestierendes Geräusch von sich und sagte dann bloß: »Nina …«

Aber ich wusste, es war nicht mehr als das Echo eines Widerspruchs. Ein letzter hoffnungsloser Versuch, so zu tun, als wären wir nicht in den Schatten des anderen getreten.

Und dann zog er mich ganz an sich und küsste mich, so heftig und zugleich sanft, dass ich das Gefühl hatte, mich von innen aufzulösen.

Und das ist alles, was ich Ihnen für den Augenblick zu sagen habe. Es gibt natürlich noch mehr. Viel mehr. Aber das erzähle ich Ihnen erst, wenn sie mich gefunden haben.

Ich denke, mittlerweile haben Sie bestimmt verstanden, was das heißt. Wer ich wirklich bin. Sie wissen also, was Sie zu tun haben.

33.

Das Ende des Videos ließ Jonah frustriert zurück. Ninas Geschichte brach abrupt ab. Ohne irgendeinen Sinn. Es gab nicht einmal einen Cliffhanger. Nur ein Nichtende. Als wollte sie sie verspotten.

Wozu ließ Nina sie zappeln? Warum hatte sie nicht mehr gesagt? Warum hatte sie nicht die Lösung des Rätsels präsentiert oder zumindest in die richtige Richtung gewiesen? Warum verspottete sie sie aufs Neue, wenn sie wirklich wollte, dass diese drei Männer zur Rechenschaft gezogen wurden?

Er wünschte, er hätte Nina persönlich getroffen. Obwohl natürlich jede Geschichte, die Keely im Vernehmungsraum erzählt hatte, jede Bemerkung, die sie gemacht hatte, eigentlich Ninas gewesen war. Insofern kannte er sie in gewisser Weise recht gut.

Er musste verstehen, was sie wollte, das war Jonah inzwischen klargeworden. Sonst liefen sie Gefahr, einen falschen Zug zu machen, und ein solcher Fehler könnte ernste Folgen haben.

Es sah jetzt so aus, als ob Nina die Verschleppung ihrer Schwester höchstwahrscheinlich selbst organisiert hatte, in Zusammenarbeit mit dem unbekannten Fahrer, dessen Identität zu ermitteln ebenfalls entscheidend war.

Jonahs Gedanken kehrten ein weiteres Mal zu Sally Murray-Watt zurück. Könnte sie irgendwie Ninas Komplizin geworden sein? Sie und ihr Mann waren seit Tagen nicht gesehen worden, und Sally war offensichtlich ein leichtes Opfer. Henry hatte sie seit Jahren in seine zwanghafte Kontrolle eingesponnen. Man konnte sich gut vorstellen, dass Nina das Gleiche gelungen war.

Er schickte eine kurze Mail an Quicks Team, in der er um ein Update zu Sally Murray-Watts Kommunikationsdaten bat, und dachte dann über Ninas Auftauchen auf dem Motorrad nach.

Und jetzt finden Sie meine Schwester …

Alles, was er über Keely erfahren hatte, galt jetzt für Nina. Sie hatte ihnen schon sehr lange die Wahrheit gesagt, sie hatte gelitten, und niemand hatte ihr zugehört. Ihre Motive, Keely zu verschleppen, konnten ebenso gut wie böse sein.

Aber warum dann die Aufforderung, sie zu finden? Was nützte ihr diese neue Wendung des Spiels?

Es sei denn, es ist gar kein Spiel mehr, dachte er, und ihm wurde flau im Magen.

»Sir.«

Es war Lightman, wie Jonah sah, als er blinzelnd aus seinen Gedanken auftauchte.

»Entschuldigen Sie, Ben. Schießen Sie los.«

»Wir haben Nina auf den Aufnahmen der Überwachungskameras entdeckt. Kurz nachdem sie Juliette in Bevois Valley abgefangen hat, hat sie die Stadt auf der A336 in Richtung Totton verlassen«, sagte er. »Wir suchen ab da weiter.«

»Das ist gut«, sagte Jonah ein wenig abwesend. Ihm war, als würde Lightman durch einen Nebel zu ihm sprechen, doch was er sagte, war wichtig. »Wir müssen sie finden.«

»Wir tun unser Bestes.« Lightman zögerte und sagte dann: »Kann ich Sie eine Minute sprechen?«

»Selbstverständlich.«

Obwohl er in Gedanken eine Million Meilen weit weg war, wurde Jonah doch neugierig, als Ben die Tür schloss. Als sein unerschütterlicher Sergeant zum letzten Mal um ein vertrauliches Gespräch gebeten hatte, hatte er ihm von der Krankheit seines Vaters erzählt.

Ben nahm ein wenig förmlich auf dem Stuhl vor dem Schreibtisch Platz und sagte: »Ich habe Bedenken wegen der Richtung, in die wir zurzeit ermitteln.«

Jonah lächelte knapp. »Inwiefern?«

»Im Moment ziehen wir nur eine Möglichkeit in Betracht, nämlich die Theorie, dass Nina für die Entführung ihrer Schwester verantwortlich ist. Und die scheint mir viele sehr wichtige Faktoren außer Acht zu lassen.«

Jonah nickte, als er erkannte, dass Bens Gedanken in dieselbe Richtung gegangen waren wie seine. »Völlig richtig, und genau das macht auch mir allmählich Sorgen.« Er sah seinen Sergeant direkt an. »Für mich war die Schaufensterpuppe ausschlaggebend, aber vielleicht hat sie gar nichts mit der Puppe zu tun, die Nina in dem Theaterstudio aufgestellt hat. Wie könnte man Keely Lennox besser in ein Auto locken, als indem man vortäuscht, ihre Schwester würde auf der Rückbank sitzen?«

Lightman nickte sichtlich erleichtert. »Also hat Nina gar kein Spiel gespielt, als sie auf dem Motorrad aufgetaucht ist.«

»Nein, ich glaube nicht. Ich glaube, sie hat um Hilfe gebeten.«

»Und wenn nicht Nina Keely entführt hat«, fuhr Lightman fort, »war es einer der drei Männer. Und er wusste irgendwoher, wo Keely sich aufgehalten hat.«

»Ja«, stimmte Jonah ihm zu. »Das heißt, irgendjemand hier bei uns oder beim Jugendamt muss ihm erzählt haben, wo sie ist.«

»Henley Road«, sagte Hanson triumphierend und zog ihre Ohrhörer heraus.

»Ähm, ja«, erwiderte Ben und sah sie fragend an. Er war gerade an seinen Schreibtisch zurückgekehrt und schenkte ihr ein kleines Lächeln. Alles an ihm wirkte entspannter, sodass Hanson sich fragte, worüber er mit dem Chief gesprochen hatte.

»In den Videos«, sagte sie und beschloss, ihre Frage vorerst hintanzustellen, »spricht Keely nur ein einziges Mal vom Kinderheim in der Henley Street.« Sie grinste ihn an. »Ein weiterer Beweis. Und man kann nie wissen, ob er uns nicht vielleicht zu einem der beiden Mädchen führt.«

Sie hätte womöglich noch mehr gesagt, doch in diesem Moment kam der Chief mit zügigen Schritten aus seinem Büro.

»Wir müssen eine kurze Lagebesprechung abhalten.« Im Gehen drehte er sich noch einmal um. »Und wenn jemand etwas zu essen für mich hat, ist das wahrscheinlich eine Beförderung wert.«

»Ich habe Möhren und Hummus«, sagte sie, wurde jedoch von O'Malley übertönt, der zeitgleich rief: »Ich habe Schokoladen-Hobnobs, und Ihre Beförderung können Sie behalten.«

»Tut mir leid, Juliette«, sagte der Chief und nahm die Schachtel Hobnobs entgegen. »Ich glaube, Sie sind doch noch nicht für eine Führungsposition geeignet. Vielleicht sollten Sie überlegen, mehr Zucker anzubieten.«

»Ich werde daran arbeiten.«

Sie folgte den anderen dreien in den großen Besprechungsraum, der zum Glück wieder frei war.

Sobald die Tür geschlossen war, schluckte der Chief seinen Keks herunter und sagte: »Ben und ich sind beide der Meinung, dass wir seit etwa einer Stunde auf der falschen Fährte sind. Es ist sehr viel wahrscheinlicher, dass Keely von einem der drei Männer verschleppt wurde, deren Freiheit sie bedroht, als von ihrer Schwester. Deshalb müssen wir dringend herausfinden, welcher der drei es war, und ihn aufspüren.«

Hanson blickte zu Ben, der zufrieden nickte.

»Frank Pinder ist der Einzige, bei dem wir Fortschritte gemacht haben«, sagte O'Malley besorgt. »Wenn sie von einem der beiden anderen verschleppt wurde, fehlt es uns gravierend an Spuren.«

»Dann müssen wir das, was wir haben, noch einmal durchsehen«, sagte der Chief. »Die vorhandenen Fakten aufbereiten, um zu sehen, worauf sie hindeuten.«

»Jared Boula ist seit heute Morgen vom Radar verschwunden«, begann Lightman. »Wir haben bei den Angestellten des Kinderheims keine Fortschritte gemacht, und der Heimleiter wirkt so locker, dass es schon an Fahrlässigkeit grenzt. Boula hat Verwandte in Frankreich, doch sein Pass ist seit dem vergangenen Jahr nicht mehr benutzt worden. Wir konnten keine anderen engen Freunde ermitteln.« Er blickte kurz auf sein iPad und fuhr fort. »In den Verbindungsdaten seines Telefons tauchen nur sehr wenige Anrufe und Textnachrichten auf, die nicht an Mitarbeiter des Jugendamts oder Jugendliche gegangen sind, mit denen er zusammenarbeitet. In seinen Accounts bei sozialen Medien deutet nichts auf eine Gruppe von engen Freunden hin. Die meisten Fotos zeigen ihn mit Kollegen, die ausgesagt haben, dass sie nur locker bekannt mit ihm sind.«

Hanson dachte kurz nach. »Er hat noch das Bild seiner Exfreundin als Bildschirmfoto«, sagte sie. »Hält er vielleicht Kontakt zu ihr?«

»Laut seinen Telefondaten nicht«, erwiderte Ben nachdenklich. »Aber es ist natürlich möglich, dass er ein nicht registriertes Handy hat. Das würde auch zu der kompletten Funkstille heute passen. Seine Freundin hat auf einen Anruf heute Morgen nicht reagiert, aber ich versuche es gerne noch einmal. Ich kann auch hinfahren, wenn sie sich nicht meldet. Sie wohnt in der Stadt.«

»Wenn sie nichts von ihm gehört hat, versuchen Sie, mögliche Kontakte und Aufenthaltsorte aus ihr herauszubekommen«, sagte der Chief. »Wenn Boula sich zurzeit auf eine Vertrauensperson verlässt, wäre sie eine naheliegende Kandidatin.« Er stand auf, nahm sich noch einen Keks und hielt die Packung dann den anderen hin. Hanson nahm sich einen, obwohl sie wusste, dass sie heute schon zu viel Zucker zu sich genommen hatte. »Was ist mit Henry Murray-Watt?«, fragte der Chief als Nächstes.

»Deprimierend wenig Informationen«, sagte O'Malley. »Seit dem vergangenen Wochenende wurden weder sein Telefon noch seine Bank- und Kreditkarten benutzt. Er kommuniziert ohnehin nur wenig über Handy, aber selbst für seine Verhältnisse ist das eine lange Zeit. Er ist aktuell in einem Sabbatjahr, was bedeutet, dass niemand an der Universität mit seiner Anwesenheit rechnet oder sicher sagen kann, wann er zuletzt in seinem Büro gewesen ist.«

»Eventuell war er gestern Abend im Haus«, schaltete Hanson sich ein. »Als ich Sally angerufen habe, habe ich eine Stimme im Hintergrund gehört, und Sally hat gesagt, sie müsse ihm bei irgendwas helfen. Aber das könnte auch eine Stimme aus dem Fernseher gewesen sein, und sie hat für ihn gelogen.«

»Und seitdem haben wir auch nichts mehr von Sally gehört oder gesehen?«, fragte Jonah. »Keine Anrufe?«

O'Malley schüttelte den Kopf. »Sie ist eine noch größere Einsiedlerin als er. Nach Angaben der Nachbarn verlässt sie das Haus nur, um einzukaufen, ihren Pilateskurs zu besuchen und zum Frisör zu gehen. Manchmal fährt sie noch zum Reiten, aber auch das mittlerweile selten. Sie scheint ihr Handy überhaupt nicht zu benutzen. Nur ein paar Anrufe von Callum, aber sonst praktisch nichts. Das Handy ist offenbar ausgeschaltet.«

»Das ist an sich schon seltsam«, sagte der Chief. »Finden Sie nicht? Wir haben drei Personen, die offenbar alle bewusst ihren Aufenthaltsort verbergen oder ihn rein zufällig nicht preisgeben.«

»Was vermutlich noch beunruhigender ist im Zusammenhang mit Keelys Entführung«, gab O'Malley nach einer kurzen Pause zu bedenken. »Denn der Entführer wusste nicht nur, wie er einem möglichen Tracking entgeht, sondern auch, wo sie sich aufhalten würde.«

»Ja«, stimmte der Chief ihm zu. »Das heißt, dass wir ab jetzt trotz der Vorteile des gegenseitigen Informationsaustausches alles für uns behalten müssen. Wir erzählen dem Jugendamt nichts. Und wir geben keine Informationen in die Datenbank ein. Wenn Sie etwas innerhalb des Teams teilen wollen, schicken Sie es per E-Mail. *Nur* an die Mitglieder unseres Teams.«

Hanson blickte zu O'Malley und Lightman und zurück zum Chief. »Sie wollen sagen … Sie glauben, dass vielleicht jemand aus Quicks Team dem Entführer Informationen liefert?«

»Ja«, sagte der Chief. »Genau das will ich sagen.«

34.

Hanson traf um dreizehn Uhr bei dem Kinderheim in der Henley Road ein, doch es fühlte sich an wie später Abend. Nicht nur weil sie schon so lange auf den Beinen war, sondern auch wegen der wachsenden Furcht, dass ihnen die Zeit ausging.

Keely war seit sechseinhalb Stunden verschwunden. Bei dem Gedanken lief ihr ein kalter Schauer den Rücken herunter. Sechseinhalb Stunden waren genug Zeit, um ihr eine Menge Schmerzen zuzufügen, wenn man wollte. Oder um sie für immer zum Schweigen zu bringen.

Hanson marschierte entschlossen zum Eingang. Hier war irgendetwas für sie versteckt, und sie würde es verdammt noch mal finden.

Suche nach Mustern, dachte Jonah, als er die Videos noch einmal durchsah. Nina war bei alldem methodisch vorgegangen, so viel war mittlerweile klargeworden. Bei den bisher entschlüsselten Hinweisen hatte sie einen bestimmten Ort jeweils zweimal richtig und einmal falsch bezeichnet. Es sollte also eigentlich leicht sein, auch die anderen Fingerzeige zu entdecken.

Trotzdem mühte Jonah sich ab. Er konzentrierte sich auf die Clips, in denen sie bisher nichts gefunden hatten, fand jedoch keine vorsätzlichen Fehler. Nichts, was ihm entgegensprang.

Vielleicht lag das auch an Ninas etwas sonderbarer Ausdrucksweise, die durch Keelys kalten Vortrag noch verstärkt wurde. Immer wieder sprang Jonah ein Wort entgegen, und er hielt das Video an, ehe ihm klarwurde, dass es sich nicht auf eine Örtlichkeit bezog.

In dem Video, in dem sie detailliert ihre Rache an dem fünfzehnjährigen Brandon schilderte, der ihre Schwester so gnadenlos schikaniert hatte, stieß er dann auf eine Wiederholung.

Shangri-La …

Sie verwendete den Begriff zweimal, zweimal im selben Abschnitt. Und dann ganz am Ende sprach sie stattdessen vom *Paradies*. Zwei verschiedene Begriffe für den Himmel, und einer war falsch. Also musste »Shangri-La« etwas bedeuten.

Sein Herz schlug schneller, als er die Stelle noch einmal überprüfte, obwohl ihm der Bezug zunächst rätselhaft blieb. Was war Shangri-La? Ein indisches Restaurant vielleicht?

Die Google-Suche ergab, dass es in Southampton kein Restaurant mit diesem Namen gab. Die Idee war ohnehin abwegig. Es musste ein Ort sein, der Nina etwas bedeutete.

Jonah begann nach Adressen zu suchen, die den Begriff als Namenszusatz enthielten, und fand tatsächlich ein Farmhaus im New Forest in der Nähe von Beaulieu.

Mit immer noch pochendem Herzen startete er eine Suche im Register des Grundbuchamts, wo die Eigentumsrechte für die Immobilie an der entsprechenden Adresse verzeichnet waren. Jonah las den Namen des Besitzers, und ein träges Lächeln breitete sich auf seinem Gesicht aus.

Das Grundstück gehörte einem gewissen Mr Pierre Boula. Wenn das nicht Jareds Vater war …

Hanson hatte eine gute Viertelstunde lang ergebnislos Ninas altes Zimmer in der Henley Road durchsucht. Der Heimleiter hatte ihr ziemlich schroff erklärt, dass sie dort nichts finden würde, weil die Zimmer nach dem Auszug einer Bewohnerin immer gründlich gereinigt würden. In der Zwischenzeit hatten zwei weitere Mädchen in dem Zimmer gewohnt, nun stand es wieder leer. Es sei unmöglich, dass Nina dort etwas hinterlassen habe.

Hanson hatte an unter Bodendielen verborgene Fotos oder an den Bettrahmen geklebte USB-Sticks gedacht und trotzdem nachgesehen, stur entschlossen, ihn eines Besseren zu belehren. Aber ihre Entschlossenheit war verpufft, nachdem sie jeden Quadratzentimeter überprüft hatte. Das Zimmer war offensichtlich leer.

»Wo hat Nina sich hier im Heim sonst noch gern aufgehalten?«, fragte sie. »Was waren ihre Lieblingsplätze? Der Spieleraum? Der Essraum?«

Der Leiter, ein nachlässig gekleideter Mann um die vierzig, seufzte. »Sie hat sich nirgendwo viel aufgehalten. Sie war gern in ihrem Zimmer. Sie war nicht besonders gesellig.« Er stutzte kurz. »Aber manchmal hat sie sich draußen im Schuppen versteckt. Wenn es geregnet hat und sie in Ruhe lesen wollte.«

Trotz ihrer Vorbehalte, einen Schuppen voller halb kaputter Sportgeräte zu durchwühlen, hatte Hanson das, wonach sie suchte, tatsächlich rasch gefunden. Eine kleine Schachtel, die hinter der Tür an die Wand geklebt war.

Sie öffnete sie und stellte dankbar fest, dass die Schachtel einen weiteren USB-Stick enthielt.

Komm schon, Nina, dachte sie. Lös dieses Rätsel für uns.

Jonah suchte Lightman, das einzige Mitglied seines Teams, das sich noch im CID aufhielt. Mit dem Aufspüren von Jared Boulas Haus hatten sie zum ersten Mal eine konkrete Spur.

Ben beendete gerade einen Anruf und winkte ihm zu.

»Quicks Leute haben Sally Murray-Watts Wagen entdeckt«, sagte er, sobald er aufgelegt hatte. »In den Schrebergärten ganz in der Nähe des Hauses. Sieht so aus, als wäre Henry nicht weit gekommen.«

Jonah dachte an den Keller, den man nie gefunden hatte, und seufzte. »Wenn er überhaupt irgendwohin gefahren ist. Wo könnte man sich besser verstecken als an einem Ort, an dessen Existenz niemand glaubt? Nehmen Sie einen Streifenwagen mit, wenn Sie hinfahren. O'Malley ist schon unterwegs zu Jared Boula.«

35.

Ich hoffe, dieses Video wird nicht benötigt werden. Es ist eigentlich bloß eine Versicherung für den Fall, dass unsere kompliziert angelegten Pläne schieflaufen. Es enthält keinen der üblichen Hinweise, dem Sie folgen sollen, aber es gibt ein paar Dinge, die Sie wissen sollten.

Ich habe beschlossen, dieses Video selbst aufzunehmen. Nach der speziellen Grausamkeit, Ninny – Keely – den Moment beschreiben zu lassen, in dem ich sie mit Callum betrogen habe, dachte ich, es wäre vielleicht an der Zeit, mich der Kamera zu stellen.

Es erstaunt mich immer wieder maßlos, dass sie mir diesen Betrug vergeben hat. Aber es sollte mich nicht überraschen. Ich wusste immer, dass sie ein sehr viel besserer und gütigerer Mensch ist als ich.

Irgendwie kamen wir wieder zusammen, wir drei in unserer neuen Konstellation. Rache wurde zu der einen treibenden Kraft, obwohl es vermutlich auch um Gerechtigkeit ging. Vielleicht ist beides auch manchmal austauschbar.

Ich sah, wie sehr meine Beziehung mit Callum Keely verletzte. Man konnte es an ihrem blassen Gesicht und dem gelegentlichen Schimmern ihrer Augen erkennen. Wenn wir zu dritt zusammen waren, achtete ich deshalb darauf, ein Stück von Callum entfernt zu sitzen, auch wenn ich mich sonst immer am liebsten um ihn geschlungen hätte.

Ein guter Mensch hätte die Beziehung abgebrochen, um es ihr zu ersparen. Aber wie Sie mittlerweile wissen werden, habe ich das nicht getan. Ich habe das verfolgt, was ich wollte, so hilflos und zielstrebig wie eine abgefeuerte Kugel. Manchmal habe ich mir vorgestellt, jeden zu durchschlagen, mit dem ich in Kontakt kam. Heiß, metallisch und verheerend. Und das hat mir ein krankes Triumphgefühl gegeben. Als hätte ich die Ambition verwirklicht, die schlimmstmögliche Version meiner selbst zu werden.

Im Laufe dieses Prozesses zogen wir auch endlich in ein neues Kinderheim um, und das war die erste Veränderung, die unser Leben wirklich besser machte. Cedar Avenue war Welten entfernt von dem Heim in der Henley Road. Die Art, wie die Betreuer mit uns umgingen und sofort jeden Versuch von Mobbing unterbanden, gab uns beiden ein Gefühl von Freiheit und Selbstwert.

Aber all das bildete nur den Hintergrund für das, was wir uns vorgenommen hatten. Wozu ich die beiden anderen überredet hatte. Ich wusste, was wir brauchten. Videoaufnahmen. Dokumente. Dinge, denen niemand widersprechen konnte. Das und eine Gelegenheit, jeden Einzelnen der drei zu vernichten.

»Frank Pinder«, berichtete Callum uns ein paar Wochen nach unserem ersten Treffen, »trifft sich heimlich mit einem Mädchen aus seiner Fußballmannschaft. Wir müssen nur die Polizei vorbeischicken, wenn er mit ihr zusammen ist.«

»Trotzdem sollten wir versuchen, Dokumente zu sammeln«, wandte ich ein. »Briefe. Screenshots und Textnachrichten.«

»Und wie wollen wir das anstellen?«

»Ich werde mich mit ihr anfreunden«, sagte ich. »Mit einer falschen Onlineidentität. Frank hat es auf die Einsamen abgesehen, auf diejenigen, die verzweifelt ein wenig Liebe suchen. Es ist bestimmt leicht, sie zum Reden zu bringen, wenn ich mir ein gutes Fake-Profil bastele.«

»Also gut. Wenn du meinst«, sagte Callum.

Es lief genau so, wie ich es geplant hatte. Die arme Sarah Mallard wollte so unbedingt mit jemandem über ihre heimliche Romanze reden, dass sie sich einer gesichtslosen Fremden anvertraute und mir Screenshots von Franks Nachrichten schickte, mit ein wenig Ermutigung auch von den anzüglichsten.

»Jared macht mir Sorgen«, sagte ich ein paar Tage später. »Der ganze Mist, den er seiner Exfreundin erzählt hat … Ich gebe es nur ungern zu, aber ich glaube, wir müssen vorsichtig sein. Wenn er mitkriegt, dass wir ihn verfolgen, könnte er ernsthaft gewalttätig werden.«

»Darüber habe ich bereits nachgedacht«, sagte Keely langsam. »Wenn Jared sich online Sachen anguckt, können wir das gegen ihn benutzen, ohne dass wir in seine Nähe kommen müssen.« Sie sah mich an. »Du musst ihn hacken.«

Und sie hatte natürlich recht. Ich glaube, ich gestehe Keely oft weniger Verdienst zu, als ihr zusteht, und dies war eine der Gelegenheiten, bei denen sie die Lage klar erkannte. Ich würde bestimmt leicht lernen, wie man jemanden hackt. Tatsächlich hatte ich schon öfters erfolgreich Adressen, Telefonnummern, Terminpläne und ein paar private Nachrichten aus dem Netz gefischt. Und ich genoss die Macht, die ich mittels ihrer Geräte über Menschen hatte; das verbotene Vergnügen, etwas zu sehen, das ich nicht hätte sehen sollen.

»Ihr solltet auch beide lernen, Motorrad zu fahren«, sagte Callum. »Ich habe nachgedacht. Manchmal muss eine von euch beiden bestimmt schnell und problemlos irgendwohin kommen. Ihr könnt auf meiner Yamaha üben, während ich aus Ersatzteilen ein zweites Motorrad zusammenbaue. Nachdem ich jetzt eine Wohnung habe, kann ich es auch irgendwo abstellen.«

»Du willst uns wirklich die Yamaha leihen?«, fragte ich. »Was, wenn ich sie kaputt mache?«

»Dann musst du auch noch ein paar Unterrichtsstunden nehmen, wie man ein Motorrad repariert«, erwiderte er grinsend.

Es war seltsam, wie leicht mir beides fiel. Insgeheim hatte ich vor dem Motorradfahren ein wenig Angst gehabt, doch tatsächlich war es regelrecht befreiend, über Feld- und Waldwege zu rasen. Nach jeder Fahrstunde war ich atemlos und konnte die nächste kaum erwarten.

Was das Hacken von Jared Boulas Computer betrifft, sollte man meinen, dass ein Mann mit einer Festplatte voller Kinderpornos vorsichtiger wäre, in irgendwelchen Mails Links anzuklicken. Doch er öffnete und lud gleich die allererste Malware, die ich ihm schickte, und die war einfach spitze. Die phantastische kleine App gab mir die volle Kontrolle über seinen Computer und löschte sogar ihr eigenes Icon auf dem Desktop, bevor er es entdecken konnte.

Ich musste natürlich vorsichtig sein. Ich musste sichergehen, eine klare Spur zu hinterlassen, was ich gemacht und nicht gemacht hatte, damit niemand mir vorwerfen konnte, Jared etwas untergeschoben zu haben. Ich filmte mich bei den meisten Aktionen und achtete darauf, dass ich das Erstellungsdatum jeder Datei dokumentierte. Viele der grausamen Bilder auf seinem Computer waren zum Glück schon Jahre, bevor wir ihm begegnet waren, heruntergeladen worden.

Damit hatten wir Jared Boula, der sich mit seinen Taten selbst einen Strick gedreht hatte, und Frank Pinder, der langsam von seinen Vergehen eingeholt wurde. Bedenken hatte ich nur wegen Sarah Mallard. Ich musste zusehen, wie sie sich immer weiter in Franks Netz verstrickte. Aber es ging nicht anders, wenn wir ihn ein für alle Mal aufhalten wollten.

Und dann war da natürlich noch Henry Murray-Watt.

Den Köder, mich zu adoptieren, hatten Henry und Sally gierig geschluckt. Sie glaubten, es würde für sie der ultimative Triumph sein. Sie wollten die Kontrolle zurück. Und ich erkannte, dass sie sich ehrlich im Recht fühlten. Die Nachrichten, die sie mir schickten, waren voller Phrasen über meine Rückkehr in den Schoß der Familie. Darüber, wie sie mir helfen könnten, wieder auf den richtigen Weg zu finden, nachdem ich mich verirrt hatte. Weil sie wüssten, dass ich eigentlich ein gutes Mädchen war.

Es war widerlich.

Das Problem mit Henry war allerdings, dass wir keine Beweise gegen ihn hatten. Wir hatten schon einmal erfolglos zu zeigen versucht, was er uns angetan hatte, und wir waren inzwischen auch nicht mehr in der Lage, konkrete Beweise gegen ihn zu sammeln. Er hatte davon abgelassen, Callum direkt zu misshandeln, und unsere Chance, seine früheren Vergehen zu beweisen, war frustrierend klein.

Wir verbrachten viel Zeit damit, sie oder ihn zu verfolgen, um irgendetwas zu entdecken. Ein winziges Indiz, das beweisen könnte, wer er war und zu wem er Sally gemacht hatte. Aber während wir gegen die beiden anderen Männer eine beträchtliche Beweislast zusammengetragen hatten, fehlten uns nach wie vor substanzielle Indizien gegen Henry. Wir hatten nur einen Hinweis darauf, warum er bisher mit alldem davongekommen war – für sich genommen durchaus erhellend –, aber nichts, was seine Schuld belegte.

In diese zutiefst frustrierende Zeit fiel meine Zufallsbegegnung mit DC Juliette Hanson. Dadurch erkannte ich schlagartig nicht nur, wie wir sicherstellen konnten, dass man uns ernst nehmen würde, sondern auch, was wir tun mussten, um Henry mit den anderen zu Fall zu bringen.

Ich glühte vor Aufregung, als ich es Callum und meiner Schwester erzählte. Ich legte ihnen den Plan dar und ließ sie erkennen, dass ich recht hatte.

»Aber können wir auch sicher sein, dass sie einknicken?«, fragte Ninny.

»Wir haben Tage, um sie zu bearbeiten«, sagte ich. »Und wenn wir keinen von beiden knacken, bevor ich zur Polizei gehe, bleibt uns immer noch Zeit. Und ihr habt das zusätzliche Druckmittel, dass ich sowieso gerade alles auspacke. Deshalb werden sie auf keinen Fall davonkommen. Das wirkt wahrscheinlich ziemlich überzeugend.«

»Wir können sie knacken«, sagte Callum mit einer Stimme so hart wie Eisen. »Sie waren noch nie dem ausgesetzt, was sie uns angetan haben. Wir werden ihren Willen brechen.«

Meine Schwester nickte sehr langsam. »Ich glaube nicht, dass du diejenige sein solltest, die zur Polizei geht. Niemand wird glauben, dass du imstande bist, mir etwas anzutun. Ich muss es machen, und du musst mir einfach erklären, was ich sagen soll.«

36.

»Ben«, sagte Hanson und zog ihre Ohrhörer wieder heraus. »Ich glaube nicht, dass Henry Murray-Watt sich in seinem Haus versteckt. Ich glaube, Nina hält ihn dort gefangen.«

Lightman stutzte. Er hatte gerade nach seinen Wagenschlüsseln gegriffen, um zusammen mit einem Streifenwagen voller Constables zum Haus der Murray-Watts aufzubrechen.

»Das Back-up-Video, das sie hinterlassen hat«, erklärte Hanson. »Darin sagt sie mehr oder weniger direkt, dass sie einen Weg finden müssen, die Murray-Watts zu einem Geständnis zu bewegen. Und die beiden in den Keller zu sperren, in dem die Mädchen und Callum eingesperrt waren, scheint mir ziemlich effektiv. Ich glaube, ich habe gestern Abend gar nicht mit Sally Murray-Watt gesprochen, sondern mit Nina.«

Ben öffnete den Mund, um etwas zu erwidern, blickte dann jedoch an ihr vorbei. Als sie sich umdrehte, sah sie den Chief mit zügigen Schritten auf sie zukommen.

»Wir haben den Aufenthaltsort von Frank Pinder«, sagte er. »Fahren wir, bevor er noch mal abhaut.«

Als die Tür wieder geöffnet wurde, spürte Keely, wie ihr Herz schneller schlug.

Du musst dir einen Ausweg überlegen, ermahnte sie sich. Du musst dich hier irgendwie rauslavieren.

Das war sie Nina schuldig. Sie war so dumm gewesen, zu ihm in den Wagen zu steigen. Beim zweiten Blick auf die Puppe war ihr klargeworden, dass es nicht ihre Schwester war.

Und dann war sie noch dümmer gewesen, als er angefangen hatte, ihr Fragen zu stellen. Sie hatte die Furcht gespürt, die in ihr aufstieg, und in ihrer Panik hatte sie ihm verraten, dass es Nina war, die er eigentlich wollte.

Aber es wird schon gutgehen, dachte sie. Du kannst ihm weismachen, dass sie woanders ist. Er wird sie nicht finden, aber die Detectives schon. Sie werden dorthin kommen.

»Nachdem du nun eine Weile nachdenken konntest«, sagte Jared, »wird es Zeit, mir zu erzählen, wo deine Schwester ist. Und was sie mit meinem Computer gemacht hat.«

Nur durch schiere Willensanstrengung schaffte Keely es, weiter zu lächeln. »Ich … ich weiß nicht, wo sie ist«, sagte sie, während ihr Verstand fieberhaft arbeitete, einen Weg zu finden, wie sie alles umkehren konnte. »Ich weiß, dass sie ein paar Sachen zu unserem alten Haus gebracht hat. Vielleicht ist er da. In dem Cottage in der Furzley Lane.«

Jareds Lächeln kippte ins Widerwärtige, und sie verzog unwillkürlich das Gesicht, als er eine Hand auf ihr Knie legte. »Weißt du«, sagte er, »ich an Ninas Stelle hätte den Computer behalten. Wenn du versuchen willst, jemanden zu erpressen, behältst du die Beweise dicht bei dir.«

Keely schüttelte den Kopf. »Sie hatte nie vor, dich zu erpressen. Der Computer war bloß ein Ablenkungsmanöver für den Fall, dass du versuchst uns aufzuhalten. Er steht irgendwo unberührt in einem Karton.« Sie seufzte leise und sagte sich, dass sie das schaffen konnte. Schließlich hatte sie auch für die Polizei stundenlang eine Vorstellung abgeliefert. Sie konnte das.

Und sie sah in Jareds Gesicht, dass er begann, ihr zu glauben. Er wollte ihr glauben, das wusste sie. Er wollte glauben, dass er sicher war.

»Auf dich hat sie es eigentlich gar nicht abgesehen«, fuhr Keely fort. »Du hast sie nie angefasst, ihr nie etwas getan. Und ich habe ihr nicht erzählt, was … passiert ist. Ich war deswegen bloß verwirrt. Es geht bei allem nur um unsere Pflegeeltern. Sie will, dass sie eingesperrt werden, und das würde ich auch gern sehen. Deswegen haben wir die Polizei auf Frank Pinder angesetzt, und deshalb will Nina – wollen wir – auch die Murray-Watts hinter Gitter bringen.«

Ihr Herz pochte. Sie hatte sich verplappert, hoffte jedoch, dass er es nicht bemerkt hatte. Sie musste seine Aufmerksamkeit auf das alte Haus lenken. Auf nichts anderes sollte er sich konzentrieren.

Aber er lächelte sie an. »Dann ist Nina also in Henrys Haus?«, fragte er.

Und Keely spürte, wie ihr Herz noch viel tiefer als nur bis in den Magen rutschte und irgendwo auf der Höhe ihrer Füße landete.

Nina blickte zu Callum und sah in seinem Gesicht die gleiche Nervosität, die sie selbst empfand. Den gleichen verzweifelten Drang zu handeln, anstatt zu warten. Endlos zu warten.

In seinem Haar war immer noch ein Streifen getrocknetes Blut zu erkennen. Henry hatte sich kurz gewehrt, als sie die beiden beim Abendessen überrascht hatten. Er hatte Callum heftig gegen ein Küchenregal gestoßen, was eine Platzwunde verursacht hatte, die so stark geblutet hatte, dass Nina Callum erklärt hatte, er solle ins Krankenhaus fahren.

Henry, der mit der vorgehaltenen Pistole aus seiner eigenen Schreibtischschublade schließlich überwältigt und an den Stuhl gefesselt worden war, hatte gereizt erklärt: »Ach, sei doch nicht albern. Kopfwunden bluten immer stark. Das hört auf, wenn ihr sie ein wenig mit Wasser kühlt.« Als Nina sich umgedreht und ihn angestarrt hatte, hatte er hinzugefügt: »Ihr hättet uns nicht angreifen sollen. Das habt ihr euch selbst zuzuschreiben.«

Nicht zum ersten Mal hatte sie sich gefragt, ob Henry einfach nicht ganz richtig im Kopf war. Jeder, der angesichts einer auf ihn gerichteten Waffe noch den empörten, selbstgerechten Vater spielen konnte, musste mehr als bloß sadistisch sein. Und wenn Callum ins Krankenhaus gefahren wäre, wäre das nur zu Henrys Vorteil gewesen.

Aber Nina hatte sich nicht weiter mit Henrys Geisteszustand beschäftigt, sondern sich Sally zugewandt, überzeugt, dass sich alles klären würde, wenn sie es schafften, sie auf ihre Seite zu ziehen. Aber damit waren sie bis jetzt noch keinen Schritt weitergekommen.

Nachdem Sally ihre anfänglichen erbärmlichen Hilferufe aufgegeben hatte, waren Nina und Callum fest überzeugt gewesen, dass sie ihre eigene Sicherheit über Henrys Freiheit stellen würde. Aber sie hatten die Frau unterschätzt, die imstande war zu hungern, um ihrem Mann zu gefallen. Die imstande war, ihr ganzes Leben an seine unausgeglichenen, erratischen Ankündigungen und seine verdrehten Vorstellungen von richtig und falsch anzupassen.

Nina wollte Sally vor allem fragen, ob sie tief im Innern wusste, dass das, was sie getan hatten, falsch war. Vermutlich schon. Das Wissen war in Sallys gequältem Blick zu lesen gewesen, wenn sie sie dort unten eingesperrt hatte, in den tränenreichen Umarmungen, wenn sie wieder nach oben kommen durften. Es war der Teil von Sally, an den Nina zu appellieren hoffte. Sie hatte versucht, sie zu manipulieren, so gut sie konnte. Sie hatte Henrys Liebe für sie infrage gestellt, darüber gesprochen, wie es Sally im Gefängnis ergehen würde, und an die Zeiten erinnert, in denen Sally sie gut behandelt hatte.

Aber sie hatte nichts erreicht. Nicht einmal ein Aufflackern von Zweifeln, einen Moment des Zögerns. Wenn Sally nicht um Hilfe gerufen hatte, hatte sie nur eisig erklärt, dass Nina ein bösartiges, verzogenes und verdorbenes Mädchen sei, was diese mit einem Lächeln quittiert hatte.

»Ja«, hatte sie erwidert. »Ich weiß. Aber ihr habt mitgeholfen, mich dazu zu machen.«

Sally hatte nicht geantwortet.

Jetzt starrte ihre ehemalige Pflegemutter auf eine Stelle auf dem

Boden unweit des Lagers, auf dem sie Nina, Keely und Callum früher nächtelang hatte schlafen lassen.

Nina seufzte. Sie hatte bewusst den Eindruck vermittelt, dass sie es nicht eilig hatte. Dass sie und Callum wenn nötig bereit waren, Sally und Henry unbegrenzt lange dort unten festzuhalten.

Aber in Wahrheit hatte sie das panische Gefühl, dass die Zeit drängte. Callum war vor einer halben Stunde zurückgekehrt und hatte berichtet, dass es keine Nachrichten über eine Geiselbefreiung oder andere Indizien dafür gab, dass man Keely gefunden hatte.

Wenn die Polizei Keely nicht finden konnte, musste Nina hingehen und ihnen mehr erzählen, ihnen mehr an die Hand geben. Es ihnen noch leichter machen, obwohl sie gedacht hätte, es *wäre* schon leicht genug. Sie hatten inzwischen so viele Beweise. Und sie hatten all die Technologie, die Manpower und die Erfahrung.

Wenn sie tatsächlich selbst hinfahren und ihnen helfen musste, ging ihr und Callum die Zeit aus. Sie hatte immer noch nicht das benötigte Geständnis. Die Kamera, die seit Stunden lief und alles über die wackelige WLAN-Verbindung im Keller an Callums Laptop streamte, hatte bisher nichts festgehalten, was vor Gericht Bestand haben würde.

Nina blickte zu Callum und entschied dann unvermittelt: »Fahr zur Polizeistation. Erzähle ihnen alles, was wir über Jared und Frank wissen. Hilf ihnen, Keely zu finden.« Sie stand auf und nahm die Schere, die sie aus der Küche mit nach unten genommen hatten. »Ich bringe Sally hoch.«

Shangri-La war ein denkbar unpassender Name. Die Vorstellung, dass der Ort eine Art Paradies sein sollte, war geradezu lachhaft.

Es war vielmehr eine der wenigen wirklich hässlichen ländlichen Immobilien, die O'Malley im New Forest gesehen hatte: ein heruntergekommenes, scheinbar unbewohntes Bauernhaus aus rotem Backstein mit kleinen Fenstern auf einem Grundstück, das zur Hälfte ein Schlammloch und zur anderen Hälfte ein Dschungel war. Die umliegenden Flächen waren an Leute verkauft worden, die wussten, wie man sie bewirtschaftete. Nur die große Scheune hinter dem Haus sah so aus, als sei sie vor nicht allzu langer Zeit renoviert worden. Außerdem hing ein glänzendes Vorhängeschloss an der Tür.

Die bewaffnete Spezialeinheit durchsuchte das Bauernhaus und nahm sich dann zügig die Außengebäude vor. O'Malley wartete, so geduldig er konnte, vor der Scheune, bis ein Mitglied der Einheit ihn rief.

Drinnen war es düster, und O'Malley brauchte einen Moment, um zu erkennen, dass der größte Teil der Scheune leer war. Der Boden war mit ziemlich modernen Holzdielen ausgelegt, an den Wänden standen Staffeleien und Malutensilien. Aber kein Mensch weit und breit und kein Platz, wo sich jemand verstecken könnte.

Er wollte sich gerade enttäuscht abwenden, als er erkannte, dass sich am anderen Ende des Raumes eine Trennwand mit Tür befand.

Er folgte den Männern der Spezialeinheit in einen kleinen Raum mit zwei gemachten Betten. Sie waren beide leer.

Auf dem Boden aber kauerte zusammengesunken an die Wand gelehnt eine Gestalt. Ein rothaariges Mädchen.

Sie war mit Kabelbindern an einen Kabelschacht gefesselt und bewegte sich nicht, wie O'Malley mit aufflackernder Panik bemerkte. Ihr Kopf hing schlaff und reaktionslos zur Seite, und sie hatte einen großen Bluterguss vom Wangenknochen bis zum Kinn.

Er ging rasch zu ihr, während ein Mitglied der Sondereinheit die Fesseln durchschnitt.

»Wir haben einen Puls«, sagte ein anderes. »Atmung ist regelmäßig. Sie zeigt bloß keine Reaktion.«

O'Malley beugte sich zu ihr herunter. »Keely, ich bin DS O'Malley. Domnall O'Malley. Kannst du mich hören?«

Aber sie reagierte nicht.

Nina ließ Sally vor sich die Treppe hinaufgehen. Ihre ehemalige Pflegemutter bewegte sich langsam und steif, die unübersehbaren Folgen davon, dass sie tagelang an einen Stuhl gefesselt gewesen war.

Und auch wenn Nina sich darüber wunderte, hatte sie doch unwillkürlich Mitleid mit ihrer Pflegemutter.

Sally den gleichen Torturen auszusetzen, die sie selbst durchlitten hatten, schaffte keine Gerechtigkeit. Gerechtigkeit bedeutete, Henry hinter Gitter zu bringen, damit seine Frau sich von seinem Einfluss befreien konnte.

Sie wollte Sally gerade ihre Hilfe anbieten, als ihre ehemalige Pflegemutter heftig und brutal nach hinten austrat. Ihr Fuß traf Ninas Unterleib, und sie konnte nicht einmal das Geländer fassen. Sie fiel ungebremst nach hinten, verfehlte die Stufen komplett und landete so hart auf dem Kellerboden, dass sie eine Weile keine Luft bekam.

Durch ihren betäubenden Schmerz hörte sie Sallys Stimme. Ihre kultivierte, bedächtige Pflegemutter kreischte: »Du kannst da unten verrotten, du kleine Hexe!« Dann wurde die Kellertür zugeknallt.

Jonah nahm O'Malleys Anruf praktisch sofort an.

»Wir haben sie, und sie lebt«, meldete O'Malley knapp. »Aber sie ist bewusstlos. Er hat sie mit irgendwas k. o. geschlagen. Ein Krankenwagen ist unterwegs, aber im Moment kann sie uns nichts sagen. Keine Spur von Jared Boula.«

Jonah spürte schmerzhaft seinen Herzschlag. »Okay«, sagte er. »Wir fahren jetzt zum Haus der Murray-Watts, wo Nina sich unserer Vermutung nach aufhält.«

Er hätte das kommen sehen müssen, dachte Jonah. Irgendwann musste Keely schließlich zugeben, dass nichts von alldem ihre Idee gewesen war. Und das würde Jared in Richtung Nina treiben.

Tatsächlich war es Jared, der ihm im Augenblick am meisten Sorgen machte. Nicht Frank Pinder oder Henry Murray-Watt, sondern der Mann, der nicht nur junge Mädchen verführt, sondern auch Bilder ihrer Verletzung und Demütigung gesammelt hatte.

»Wir müssen zum Haus der Murray-Watts fahren«, sagte er und schaltete das Blaulicht ein. »Frank Pinder kann warten.«

Nina hatte das Gefühl, dass sie sich nicht bewegen, sondern nur noch krümmen konnte, so stark war der Schmerz, der von ihrem Hintern direkt in ihren rechten Arm schoss.

Der Schmerz geht vorbei, sagte sie sich, bemüht, die gedankliche Kontrolle zurückzugewinnen. Du bist nicht verletzt. Du wirst hier irgendwie rauskommen.

Sally hatte die Tür abgeschlossen, das hatte sie gehört. Aber Nina hatte den Laptop und eine Internetverbindung. Sie konnte Hilfe rufen, selbst wenn es eine Weile dauern würde.

Sie stemmte sich mit dem linken Arm in eine sitzende Position hoch. Als sie sich vorbeugte, wurde der Schmerz schlagartig schlimmer, und sie stieß unwillkürlich ein leises Wimmern aus.

»Wahrscheinlich dein Steißbein«, sagte Henry von seinem Stuhl auf der anderen Seite des Raumes her. Nina blickte ihn benommen an, während er nüchtern nickte. »Entweder eine Prellung oder eine Fraktur. Wegen der vielen Nervenenden ist es sehr empfindlich und kann auch beim Verheilen noch stark schmerzen.«

»Okay«, sagte Nina, streckte die Beine aus und stand ganz langsam auf. Es tat höllisch weh, fühlte sich jedoch im Stehen besser an.

»Ich denke, du könntest Sally verärgert haben«, fuhr Henry fort.

Nina lachte tatsächlich. »Glaubst du?«

»Ich habe es auch manchmal abbekommen«, sagte Henry. »Wenn sie das Gefühl hatte, ich hätte euch drei nicht hart genug bestraft, oder wenn sie dachte, ich würde sie betrügen.«

Abgelenkt durch ihren Schmerz begriff Nina nur langsam, was er sagte.

»Sie … Erwartest du wirklich, dass ich dir glaube, dass *sie* diejenige war, die strengere Disziplin verlangt hat?« Sie lachte noch einmal, obwohl sie schwach und wackelig auf den Beinen war.

»Oh, ich dachte, das hättest du begriffen«, sagte Henry stirnrunzelnd. »Ich weiß überhaupt nichts über das Elternsein. Ich wurde als Einzelkind von Eltern großgezogen, die mit Kindererziehung und all dem Kram nichts zu tun haben wollten und mich deshalb auf ein Internat schickten. Sally ist ganz anders. Sie hat viele Geschwister und hat die jüngeren von ihnen selbst großgezogen. Sie hat verstanden, wie man euch zu guten, erfolgreichen Menschen macht.« Er nickte. »Wir haben von Anfang an vereinbart, dass sie für alle erzieherischen Entscheidungen verantwortlich sein sollte. Natürlich stand ich als starke Vaterfigur zur Verfügung, wenn sie das brauchte. Und auch, um sie auf Linie zu halten, wenn sie schwach wurde.« Er seufzte. »Aber ihr drei wart diejenigen, die am meisten diszipliniert werden musstet.«

Nina hatte nicht geglaubt, dass irgendetwas aus Henrys Mund sie noch schockieren könnte. Sie hatte Wut, Leugnung jeglichen Fehlverhaltens oder totale Gleichgültigkeit erwartet, wie sie es von ihnen gewöhnt war.

Aber sie hatte nicht kommen sehen, dass alles, was sie über die beiden zu wissen glaubte, erschüttert werden würde.

»Aber du hast uns geschlagen«, sagte sie heiser. »Du musst Lust dabei empfunden haben.«

»Ich habe euch nicht geschlagen«, sagte Henry. »Wir haben euch die Augen verbunden, damit ihr nicht wusstet, dass sie es war. Sally hat darauf bestanden, es selbst zu übernehmen.«

Nina wollte widersprechen, wollte ihm erklären, dass sie wusste, dass er es gewesen war.

Aber sie konnte nicht. Sie hatte nie gesehen, wie Henry sie oder einen der anderen geschlagen hatte.

Und jetzt erinnerte sie sich auch an gelegentliche Laute der Befriedigung, die die schlagende Person ausgestoßen hatte. Ein bisschen schrill und manchmal erschreckend sinnlich.

Sally hat darauf bestanden, es selbst zu übernehmen …

Sie hob den Kopf und sah Henry mit grimmiger Wut an. »Es spielt keine Rolle, selbst wenn sie es war. Du hast sie gelassen. Du hast mitgemacht, obwohl du gesehen haben musst, wie furchtbar es für uns war. Wir haben euch angefleht, es nicht zu tun.«

»Ich hatte keine Lust, mir dieses theatralische Geschrei anzuhören«, sagte er streng. »Schließlich habe ich auf dem Internat genau dasselbe durchgemacht. Die Prügelstrafe war eigentlich verboten, aber sie haben die älteren Jungen aufgefordert, uns zu disziplinieren. Und das war auch richtig so. Es hat uns alle stark gemacht.«

Nina schüttelte langsam den Kopf. »Aber hat es dich glücklich gemacht, Henry?«, fragte sie. »Bist du ehrlich glücklich damit, wer du heute bist?«

Und sie sah, dass Henrys Miene zum ersten Mal gequält wirkte.

Hanson war im Kommissariat geblieben. Es gab zu viel zu tun, zu viel, was sich drängend eilig anfühlte.

Am Ende lief alles auf den Keller hinaus. Sie mussten ihn finden, um Nina zu finden. Denn wenn Keely Jared Boula verraten hatte, wo ihre Schwester sich aufhielt, hatte er sich garantiert sofort auf den Weg dorthin gemacht.

Sie war sich sicher, dass Nina ihnen auch einen Hinweis auf den Keller hinterlassen hatte. Hanson ging davon aus, dass sie und Keely die Videos im Haus der Murray-Watts aufgenommen hatten. Wahrscheinlich hatten sie Sally und Henry im Keller eingesperrt und dann oben gefilmt, wo die Nachbarin eine von ihnen gesehen hatte.

Bitte, dachte sie, als sie das erste Video ein weiteres Mal anklickte. Bitte sag uns, wo wir dich finden.

Über ihr waren Schritte zu vernehmen. Entfernte Geräusche, die durch die Decke drangen. Sie mussten ganz in der Nähe sein, dachte Nina. Sallys und Henrys heimlich eingebauter Keller war beeindruckend gut schallisoliert. Aber wenn hier unten jemand laut brüllte, könnte man ihn oben vielleicht leise hören.

Nina blickte zu Henry, der allerdings weiterhin keine Neigung zeigte, um Hilfe zu rufen.

Sie lauschte und fragte sich, ob es vielleicht Callum war, der aus irgendeinem Grund zurückgekommen war.

Oder Sally, dachte sie. Es könnte Sally sein …

Dann kam ihr der Gedanke, dass Sally Callum nachgefahren sein könnte. Er war zwar kräftiger als sie, aber seine Adoptivmutter war offensichtlich sehr viel schlauer, als einer von ihnen es ihr zugetraut hätte. Und sehr viel kaputter.

Sie spürte ein Vibrieren am Bein, was sie so überraschte, dass sie beinahe die Pistole fallen gelassen hätte. Das Einweghandy, über das sie mit Keely und Callum kommunizierte, hatte kurzzeitig immer wieder lange genug Empfang, um eine Nachricht zu empfangen.

Sie zog es aus der Tasche und erkannte mit beengter Brust, dass sie von Keely war.

Die Polizei hat sie gefunden, dachte sie. Sie ist in Sicherheit.

Aber als sie die Nachricht öffnete, schlug ihre Erleichterung in Entsetzen um.

Ich habe das Handy deiner Schwester. Ich bin im Haus, und du musst rauskommen, Nina. Meine Geduld ist am Ende.

Nina steckte das Telefon wieder in ihre Rocktasche und sagte sich, dass sie hier unten sicher waren. Jared konnte sie nicht finden. Trotzdem war sie von Angst zerfressen.

Oben wartete Jared, da war sie sich sicher, der ihre Schwester verschleppt hatte. Sie hatte es gewusst, sobald Callum ihr von der Entführung berichtet hatte.

Sie hatte fast die Selbstkontrolle verloren. Sie war in den Flur gerannt und hatte sich Sallys Autoschlüssel geschnappt, weil keine Zeit geblieben war, zu dem Versteck der Yamaha im Schrebergarten zu laufen. Sie hatte sich hinter das Steuer des Geländewagens gesetzt, finster entschlossen, die große dumme Maschine irgendwie zu fahren.

Aber das hatte natürlich nichts gebracht. Bis sie es zur Autobahn geschafft hatte, war Jared längst weg. Ein paar ängstliche Minuten lang hatte Nina versucht, hundertzehn Stundenkilometer zu fahren, bevor sie die Autobahn wieder verlassen hatte und zu den Schrebergärten zurückgekrochen war, wo sie das Auto gegen das Motorrad getauscht und sich vorgenommen hatte, nie wieder ohne Transportmittel dazustehen.

Aber das Motorrad würde ihr jetzt auch nichts nützen. Es stand in der Garage auf der anderen Seite des Hauses, während sie hier unten eingesperrt waren und Jared oben das Haus durchwühlte. Er wusste offensichtlich nicht, wo sie war, was bedeutete, dass sie fürs Erste sicher war. Und vielleicht blieb sogar Zeit genug, dass die Polizei sie finden würde.

Außer er droht, Keely etwas anzutun, dachte sie.

Aber dann atmete sie lange und zitternd ein. Jared hatte Keely nicht bei sich. Er hatte nur gesagt, dass er ihr Telefon hatte, nicht ihre Schwester. Das hieß, es musste ihr gutgehen. Wenn er ihr etwas angetan hätte, hätte er es ihr erzählt. Mit Wonne.

Das Telefon summte erneut, und eine zweite Nachricht leuchtete auf dem Display auf.

Wenn du nicht rauskommst, dann räuchere ich dich verdammt noch mal aus.

37.

Sie waren noch fünf Minuten vom Haus entfernt, und Jonah wiederholte still für sich ein sonderbares, flehendes, kleines Mantra. *Wir sind gleich da. Wir sind gleich da.*

Sie waren gerade in die lange, sanft geschwungene Straße zum Ortskern von Godshill eingebogen, und zwischen den Bäumen tauchte immer wieder das Haus der Murray-Watts auf.

»Sir«, sagte Lightman.

Es dauerte einen Moment, bis Jonah erkannte, worauf Ben deutete. Als sie um eine weitere Kurve bogen, bot sich ein freier Blick, und er sah eine dunkle Rauchsäule, die zum Himmel aufstieg.

Es bestand kein Zweifel daran, dass sie von Henrys und Sallys Haus kam.

Es hatte nicht lange gedauert, bis der Rauchgeruch in den Keller gedrungen war. Jared musste sein Versprechen ziemlich prompt wahr gemacht haben.

Er geht davon aus, dass ich die Beweise bei mir habe, dachte sie grimmig. Wenn ich also nicht rauskomme, wird trotzdem alles vernichtet.

Mit schmerzverzerrter Miene schleppte sie sich zum Laptop. Kurz war ihr eigenes Gesicht in Nahaufnahme auf dem Bildschirm zu sehen, Henrys Gestalt im Hintergrund. Die Webcam zeichnete immer noch auf. Nach Henrys verwirrtem Geständnis hatten sie jetzt also, wofür sie gekommen waren.

»Wer ist das da oben?«, fragte Henry. »Hat er mein Haus angezündet?«

»Das ist Keelys ehemaliger Bezugsbetreuer, ein Mann namens Jared Boula. Und ich fürchte, ja«, antwortete Nina.

»Warum bringt er dich in Gefahr?«, fragte Henry mit aufrichtig verwirrter Miene. Über die Gefahr selbst schien er beinahe unbekümmert, als wäre es ihm wichtiger, Jareds Motiv zu verstehen.

»Vermutlich aus demselben Grund, aus dem du und deine Frau uns im Keller eingesperrt, uns Essen verweigert und uns geschlagen habt«, erwiderte sie. »Weil manche Menschen einfach verkorkst sind.«

Ein weißer Transporter parkte quer in Sally Murray-Watts perfektem Rosengarten, die Seitentür stand offen, das Fahrzeug war leer.

Jonah sprang aus dem Mondeo und wandte sich zur Haustür.

»Gehen Sie hinten rum durch den Garten«, rief er Lightman zu. »Und alarmieren Sie die Feuerwehr.«

»Chief?«, fragte Lightman. »Sie wollen doch da nicht reingehen, oder?«

Aber Jonah lief schon Richtung Haustür.

Hanson war fast flau vor Erleichterung. Aus irgendeinem Grund hatte sie den überwältigenden Drang, laut loszulachen.

Sie rief die Fotos auf, die am Morgen in Henry Murray-Watts Arbeitszimmer gemacht worden waren, und klickte sie durch, bis sie den Ganzkörperspiegel in der Wand entdeckte.

Sie müssen in den Spiegel schauen …

Keely hatte ihre Ankündigung eingehalten. Sie hatte ihnen mitgeteilt, wo sie ihre Schwester finden konnten. Sie hatten nur zuhören müssen.

Rasch bereute es Jonah, das Haus betreten zu haben. Sowohl von der linken Seite als auch von oben schlug ihm eine unglaubliche Hitze entgegen. Ein Teil des Hauses musste komplett in Flammen stehen, und das Feuer breitete sich offenbar weiter aus.

Im Flur war der Rauch so dicht, dass Jonah sich auf den Boden ducken musste, um etwas zu sehen. Er hatte das Gefühl, bei jedem Atemzug die Luft abgewürgt zu bekommen. Durch Keelys Aussage hatte er nur eine vage Vorstellung des Grundrisses und wusste nicht genau, wo das Arbeitszimmer lag. Vorausgesetzt, es war noch nicht von Flammen erfasst.

Er stolperte durch eine Tür in einen relativ friedlichen Raum. Die Küche war bis jetzt wundersam unberührt, nur in Deckenhöhe hatte sich eine kleine Rauchwolke gebildet. Neben dem Spülbecken lag ein gefaltetes Tuch, das er befeuchtete und sich vor Mund und Nase hielt. Während er noch überlegte, was er machen sollte, hörte er ein Geräusch irgendwo im Haus. Es war aus dem Flur gekommen, aber der war unpassierbar. Er blickte zur Hintertür und erinnerte sich, dass Keely von einer Terrassentür im Wohnzimmer gesprochen hatte. Vielleicht konnte er das Schlimmste umgehen und an der frischen Luft gleichzeitig den Kopf freibekommen, um klar zu denken.

Er schaffte es bis zu der Tür und vergeudete mehrere Sekunden damit zu verstehen, wie man sie entriegelte, bis er merkte, dass sie bereits offen war und nur einen kräftigen Stoß gegen die Klinke brauchte. Und dann stand er unvermittelt im Garten, der absurd ruhig und still wirkte.

»Kann man die Tür irgendwie von unten öffnen?«, rief Nina Henry zu.

Sie stand auf der obersten Stufe der Treppe. Der Aufstieg war schmerzhaft gewesen, doch sie hatte erleichtert festgestellt, dass sie noch dazu in der Lage war. Auch ihr Handgelenk war offenbar nicht gebrochen. Es tat höllisch weh, aber sie konnte es noch bewegen.

Sie wusste nicht, warum sie Henry nach einem Ausweg fragte. Als Mädchen hatte sie hier unten Stunde um Stunde damit zugebracht, die Kellertür abzutasten. Nie hatte sie ein Schloss, einen Haken oder Riegel entdeckt, irgendetwas anderes als die flache Vertiefung um den Rahmen.

»Nein«, sagte Henry. »Nur von oben, fürchte ich.«

Plötzlich hörte sie von draußen lautes Gebrüll, so laut, dass es durch die Tür drang. »Du wirst da drinnen elend verbrennen, Nina, und ich werde Spaß haben, dabei zuzugucken.«

Ihr lief es kalt den Rücken herunter. Selbst wenn sie es schafften, hier rauszukommen, wartete draußen Jared.

Der Qualm drang bereits in den Keller. Trotz der gut versiegelten Tür.

Und dann traf sie ein furchtbarer Gedanke. Sie würde hier drinnen sterben, zusammen mit Henry, und in gewisser Weise würde das besser so sein.

Es gibt nichts mehr dort drinnen, was nicht verdorben ist.

Sie hatte sich vorgestellt, dass sie damit, dass sie die drei Männer ihrer gerechten Strafe zuführte, all die schrecklichen Dinge, die sie getan hatte, wiedergutmachen könnte. Das Glück ihrer Schwester niederzutrampeln, um sich selbst zu retten. Die Verletzungen, die sie den Menschen zugefügt hatte, die sie manipulierte. Die Rache an Brandon, die auf Keely zurückgeschlagen war. Und vielleicht sogar, ihrer Schwester Callum weggenommen zu haben. Vielleicht sogar das.

Aber alles, was sie erreichen wollte, war schiefgegangen. Jared war dort draußen und ein freier Mann. Frank war der Polizei entwischt. Und Henry … Henry war nicht einmal die treibende Kraft hinter all den Jahren ihres Unglücks gewesen. Sie hatte die wahre Schuldige in ihrer Gewalt gehabt und sie laufen lassen.

Und sie wusste auch, warum alles so gekommen war. Sie hatte es nicht besser verdient. Sie hatte das alles aus Rache getan, nicht um der Gerechtigkeit willen. Aus Besessenheit, nicht aus Fürsorge für irgendjemanden. Sie war zu sehr Schatten und hatte auch die anderen damit vergiftet.

Sie stellte sich vor, hier unten einfach einzuschlafen, von dem Qualm schwer und dumm im Kopf. Und sie fragte sich, was mit Keely geschehen würde. Mit Callum.

Sie werden zusammen sein, dachte sie. Ohne dass ich es durcheinanderbringe.

»Wir müssen hier raus«, sagte Henry nüchtern. Irgendwie machte es sie wütend, dass er seinen Lebenswillen entdeckte, als sie ihren gerade losließ.

»Ich weiß nicht, ob ich es verdient habe, hier rauszukommen«, sagte sie und lehnte sich an die Tür.

Henry gab einen überraschten Laut von sich. »Natürlich hast du das verdient. Jeder Mensch verdient es zu leben. Und du hast nichts Unverzeihliches getan.«

»Ich habe meiner Schwester Callum weggenommen«, erklärte sie und drehte den Kopf, sodass sie Henry auf dem Boden des Kellers sehen konnte. Ohne Sally, die ihn führte, und aus diesem Winkel wirkte er längst nicht mehr so furchteinflößend, sondern beinahe menschlich.

Henry stieß ein kurzes Lachen aus. »Ich bin von vielen jungen Frauen verlassen worden, von denen ich geglaubt habe, dass ich sie liebe, und ich bin drüber hinweggekommen. Ich habe meine Frau erst mit vierzig gefunden, und nach zwölf Jahren kann ich nun auf unsere Beziehung zurückblicken und sehen, dass sie nicht richtig war. Ich glaube, eigentlich hat Sally gar nichts an mir gelegen. Es ist schrecklich traurig, aber ich werde auch das überleben. Und auch deine Schwester wird bald wieder nach vorn schauen.«

Irgendetwas daran, Beziehungsratschläge von Henry Murray-Watt zu bekommen, dem Mann, dem sie um jeden Preis ein Geständnis hatte abringen wollen, war so absurd, dass Nina unwillkürlich loslachte. Und dieses Lachen zerriss die fatalistischen Wolken, die über ihr gehangen hatten.

»Vielleicht hast du recht«, sagte sie.

Sie drehte sich um und stieg, den gesunden rechten Arm auf das Geländer gestützt, so vorsichtig wie möglich die Treppe hinunter, um ihr Steißbein nicht zu belasten. Sie nahm die Schere und ging auf Henry zu.

»Du musst versuchen, die Tür einzutreten«, sagte sie entschieden. »Ich werde mit der Waffe bereitstehen. Ich glaube, er wartet draußen auf uns.«

Jonah hatte das Fenster des Arbeitszimmers beinahe erreicht, als eine Hand und ein Fuß in dem Rahmen auftauchten. Er hörte wildes Gebrüll und wappnete sich gegen einen Angriff.

Er blieb abrupt stehen und wartete, bis Jared Boula halb aus dem Fenster gestiegen war, bevor er vortrat und ihn zu Boden riss.

Dadurch war er einen Moment lang im Vorteil. Boula landete auf seinem ausgestreckten Arm, den er sich dabei offenbar schmerzhaft verdrehte.

Er machte keine Anstalten, sich zu wehren. Er drehte sich auf den Rücken und fing an zu lachen.

»Sie sind festgenommen wegen der Entführung von Keely Lennox«, sagte Jonah. »Sie haben das Recht, die Aussage zu verweigern, aber es könnte sich nachteilig auf Ihre Verteidigung auswirken, wenn Sie auf Fragen etwas verschweigen, was Sie später vor Gericht vorbringen.« Dann richtete er sich zu voller Größe auf und sagte: »Sagen Sie uns, wo Nina ist.«

Aber Jared Boula zuckte bloß die Schultern und erklärte, immer noch amüsiert:

»Ich habe keine beschissene Ahnung.«

Hanson hörte, wie der Anruf beendet wurde, und versuchte es frustriert wieder bei Ben. Sie hatte es inzwischen dreimal sowohl beim Chief als auch bei Ben probiert, und keiner hatte reagiert. Steckten sie in Schwierigkeiten? Oder hatten sie Nina schon gefunden?

Sie konnte sich problemlos mindestens drei mögliche Szenarien vorstellen, und in zweien davon schwebte Nina in akuter Gefahr. Und in mindestens einem auch der Chief und Ben.

Zu ihrer großen Erleichterung nahm Ben nach dem vierten Klingeln ab.

»Juliette«, sagte er ein wenig atemlos.

»Sie ist in dem Spiegel«, sagte Hanson. »Die Tür zum Keller. Sie ist in dem Spiegel.«

Henry war steif die Treppe hinaufgestiegen und untersuchte die Tür und den Rahmen. Nina erkannte, dass er das Ganze als physikalisches Problem betrachtete und überlegte, wo er stehen musste, um die beste Hebelwirkung zu erzielen.

Sie war auf einmal ganz begierig zu leben. Begierig, alles hinter sich zu lassen und eine andere zu werden. Sie hoffte verzweifelt, dass Henry eine Lösung finden würde.

Er legte einen Arm um das Geländer und holte gerade mit einem Bein aus, als sie von draußen eine gedämpfte Stimme rufen hörten.

»Nina! Hier ist DCI Jonah Sheens. Kannst du mir bitte sagen, wie man die Tür öffnet?«

Jonah stand neben Lightman, als die Tür aufging. Ein blasser, aber ansonsten unversehrt aussehender Henry Murray-Watt trat ins Arbeitszimmer. Jonah entschied, ihn erst zu verhaften, wenn er das brennende Haus verlassen hatte. Er nickte Lightman zu, damit er ihn hinausbegleitete.

Er konnte Nina im Türrahmen sehen, ihr flammend rotes Haar und die blasse Haut leuchteten im Halbdunkel. Ihr Blick ruhte einen Moment auf ihm, als er lächelnd sagte: »Ich freue mich, dich endlich kennenzulernen, Nina.«

Nina streckte ihm die Hand entgegen, und er wurde von geradezu euphorischer Erleichterung überwältigt. Aber als er ihr half, ein wenig steif durch die Tür zu treten, sagte sie: »Sally ist abgehauen. Ich glaube, ich weiß, wo sie ist. Können Sie mir helfen?«

38.

»Wir haben es entdeckt, als wir sie beschattet haben«, erklärte Nina, während sie ihn humpelnd durch die alten Schrebergärten führte. »Ich dachte, sie hätte tief im Innern erkannt, dass Henry ein Missbraucher ist, und sich einen Fluchtort geschaffen, falls sie irgendwann rausmusste. Ich habe es als Zeichen gedeutet, dass sie sich läutern könnte, was mir rückblickend ein wenig peinlich ist.« Nina hielt inne und hustete. Jonah hörte dasselbe rauchige Kratzen in ihren Atemwegen, das er selbst spürte. Sie hatten beide mehr Qualm inhaliert, als gut für sie war.

Wir sollten auf dem Weg ins Krankenhaus sein, dachte er, und ein Blick zu Lightman, der direkt hinter ihm ging, sagte ihm, dass sein Sergeant das Gleiche dachte. Aber Jonah empfand unwillkürlich denselben Drang, Sally zu ergreifen, der offensichtlich auch Nina antrieb. Sie mussten sie finden, bevor es zu spät war.

Sallys Unterschlupf war ein kleiner Schuppen am Ende des Schrebergartengeländes und im Schatten des sich ausbreitenden Waldes dahinter praktisch unsichtbar, bis sie direkt davorstanden. Er war nicht in perfektem Zustand, aber die immergrüne Clematis, die an den Seiten rankte, war sauber zurückgeschnitten.

Schon bevor sie den Schuppen erreicht hatten, ging die Tür auf. Sehr viel berechnender, als Jonah erwartet hatte, musterte Sally ihn und die vier anderen Polizisten und rannte ohne Zögern los.

Eine dumme Entscheidung, dachte er, während er ihre Verfolgung aufnahm. Sie war allein gegen vier Beamte, und ein paar hundert Meter entfernt wartete weitere Verstärkung bei dem Haus.

Man musste Sally lassen, dass sie ihnen ein ordentliches Rennen lieferte. Sie war fitter, als Jonah gedacht hätte, und mit ihrer leichten Gestalt flink wie ein Windhund. Aber mit vier Verfolgern auf ihren Fersen war irgendwann jeder Ausweg versperrt. Schließlich war es Ben, der sie in die Enge trieb und in einer kräftigen Umarmung packte, als sie um ihn herumrennen wollte.

Jonah verhaftete sie und ließ sie von zwei Constables zurück zu ihrem Schuppen führen, wo Nina ihn mit den anderen Beamten erwartete.

»Danke«, sagte sie zu Jonah.

Irgendwie war der Augenblick absolut vollkommen, auch wenn Sally sagte: »Ich weiß nicht, warum du so selbstgefällig guckst. Wir sind noch nicht fertig miteinander, Nina.«

Aber in Wahrheit hatte Sally ein paar Minuten später gründlich erledigt gewirkt. Als man sie zurück zu dem Haus und dem wartenden Streifenwagen geführt hatte, hatte sie mit blankem Entsetzen auf ihr in Flammen stehendes wunderschönes Heim gestarrt. Ihre Miene hatte Jonah bestätigt, warum sie ein Versteck so nah an ihrem Haus gewählt hatte. Sie war nicht bereit gewesen, ihr scheinbar perfektes Leben aufzugeben. Aber nun kam sie nur noch rechtzeitig, um zuzusehen, wie es mit einem lauten Krachen in sich zusammenfiel.

Callum Taylor verpasste den Einsturz um wenige Sekunden. Nina musste ihm eine Nachricht geschickt haben. Er traf mit lautem Röhren ein, parkte das Motorrad am Straßenrand und rannte zu der Besatzung des Krankenwagens, die sich um Nina kümmerte. Er wirkt geradezu wütend, dachte Jonah.

Nina sah ihn mit einem spöttischen Lächeln an, das Keelys nicht unähnlich war. »Es war Sally, nicht Henry. Wie konnte ich übersehen, dass alles von ihr ausgegangen ist?«

»Du bist wohl doch nicht so schlau, wie du denkst«, sagte Callum und trat, ohne den behandelnden Notarzt zu beachten, auf sie zu, um sie fest zu umarmen.

»Wohl nicht«, erwiderte Nina, und Jonah wandte sich ab, weil er Angst hatte, genauso emotional zu werden wie sie.

Sie fanden Frank Pinder in einem hübschen kleinen Cottage in der Nähe von Brockenhurst. Offenbar hatte sein Freund, der Schatzmeister, Geld für ein nettes Ferienhäuschen lockergemacht. Die stilvolle Variante von Flucht vor der Justiz, dachte Jonah.

Als Jonah und Lightman auftauchten, begleitet von einem Streifenwagen, wehrte Frank sich kurz gegen seine Festnahme, bevor er offenbar einsah, dass es endgültig vorbei war. Auf der Fahrt zur Polizeistation sagte er kein Wort, und wenn Jonah in den Rückspiegel blickte, starrte Frank mit bitteren Tränen in den Augen auf die Landschaft um sich herum.

Die erste Runde von Befragungen begann um fünf mit Henry Murray-Watts außergewöhnlich offenem Geständnis von allem, was er und seine Frau getan hatten. Er schien nichts Verkehrtes daran zu erkennen, gab jedoch zu, dass er einige der Entscheidungen seiner Frau hätte hinterfragen sollen.

O'Malley und der DCI waren die Hauptnutznießer des Ganzen gewesen, aber Hanson hatte den größten Teil der Vernehmung aus dem Observationsraum beobachtet.

Als sie aus dem Vernehmungsraum kamen, hatte O'Malley den Chief kopfschüttelnd angesehen. »Wenn die Polizeiarbeit immer so leicht wäre«, sagte er, »hätte selbst ich es zum DCI gebracht.«

Sally Murray-Watt hingegen hatte jede Aussage verweigert. Hanson hatte erwartet, dass sie ihren Charme anknipsen würde, um zu überzeugen und zu manipulieren. Aber auf dem Weg ins Kommissariat hatte sie offenbar etwas von ihrer Selbstsicherheit verloren. Hanson war sich nicht sicher, ob das an Henrys Kehrtwende lag oder daran, dass sie mitansehen musste, wie ihr perfekt gepflegtes Heim in sich zusammengestürzt war. Ihr Widerstand schien jedenfalls gebrochen, sodass ihr fürs Erste nur Schweigen blieb.

Im Nebenzimmer von Sally Murray-Watt saß Jared Boula, der ihnen zu erklären versuchte, dass sie alles falsch verstanden hatten.

»Das Ganze ist nur eine kranke Erfindung der beiden Mädchen«, sagte er. »Sie sind Phantastinnen. Und sie hätten es beinahe schon einmal geschafft, eine Menge unschuldiger Menschen in Schwierigkeiten zu bringen.«

»So wie es aussieht, haben sie eher versucht, schuldige Menschen in Schwierigkeiten zu bringen«, erwiderte Jonah. »Möchten Sie uns die Fotos auf Ihrer Festplatte erklären? Über fünfunddreißigtausend kinderpornographische Bilder, über Jahre gesammelt.«

Zunächst herrschte vollkommenes Schweigen, dann sagte Boula, ohne zu lächeln: »Die haben sie mir untergeschoben. Sie wollen mich reinlegen.«

»Interessant ist bloß, dass das Material aus einer Zeit stammt, als Sie die beiden noch gar nicht kannten«, sagte Jonah. »Was auch zu dem passt, was Sie Ihrer Exfreundin im April dieses Jahres erzählt haben.«

Boula schwieg wieder, und Jonah überließ es Hanson, weiter zu fragen.

»Am Abend des zwölften April hat Ihre Freundin Sie nach einem Versuch, ihre Beziehung wieder aufleben zu lassen, zur Rede gestellt, weil sie Videos entdeckt hatte, die Sie mit Ihrem Handy gemacht hatten. Clips, auf denen Sie junge Mädchen eingeschüchtert und belästigt haben. Ihrer Freundin haben Sie erklärt, es sei nicht Ihre Schuld, dass Sie so seien, Ihr Vater habe Sie schon als Teenager gezwungen, diese Dinge zu tun.« Hanson blickte von ihren Notizen auf und fragte: »Wozu hat er Sie sonst noch gezwungen, Jared? Wofür war der Raum in der Scheune?«

Wie alle anderen Beweise, die auf die Schuld der Verdächtigen hinwiesen, war die Aufnahme einer Unterhaltung zwischen Jared und seiner Freundin von Nina Lennox geliefert worden. Sie hatten Nina gefragt, wo sie diese letzten Indizien finden würden, und auch wenn Nina Sicherheitskopien erstellt hatte, waren sie trotzdem losgefahren, um alle einzusammeln. In dem Antiquitätengeschäft in Lyndhurst, in der Nähe der Laufbahnen auf dem Sportplatz des Dorfes, in dem Pub ganz in der Nähe vom Haus der Murray-Watts und unter einer Bank im Queen's Park. Jetzt fehlte nur noch, was Callum in Henry Murray-Watts Garage versteckt hatte. Aber Jonah war zuversichtlich, dass sie es abholen konnten, sobald die Feuerwehr fertig war. Im Gegensatz zum Rest des Hauses war die einstöckige Garage weitgehend unversehrt geblieben.

Unter diesen zusätzlichen Beweisstücken befanden sich Aufnahmen, wie Nina die Dateien auf Jareds Computer entdeckt hatte, außerdem Screenshots von prahlerischen Nachrichten, die er an einige der Jungen aus dem Kinderheim geschickt hatte, und schließlich eine Aufnahme von dem Gespräch mit seiner Exfreundin.

Auf der Basis dieser Aufnahme hatte Jonah Kontakt mit der Frau aufgenommen und sie gebeten, ihnen weitere Informationen zu liefern.

Jonah beobachtete, wie Boulas Hände zu zittern begannen, und war nicht überrascht, als der Sozialarbeiter anfing zu weinen.

»Es tut mir leid«, sagte er. »Es tut mir leid. Es … mein Vater. Er hat mich zu dem gemacht, was ich bin.«

Danach hatte er detailliert den Missbrauch beschrieben, den er erlitten hatte. Das permanente Gift, das Pierre Boula seinem Sohn eingeträufelt hatte. Die Vorhaltungen, er sei jämmerlich. Unmännlich. Frauen müssten auf ihren Platz verwiesen werden, hatte er ihm eingebläut und ihn nach und nach dazu getrieben, sie selbst zu missbrauchen.

Sein Anwalt hatte die meiste Zeit geschwiegen, und trotz allem, was Boula getan hatte, empfand Jonah Mitleid mit dem Sozialarbeiter. Wieder einmal hatte ein Vater seine traumatischen Erfahrungen an seinen Sohn weitergegeben. Das hallte in Jonah nach. Er war selbst Sohn eines missbrauchenden, kontrollfixierten Narzissten und hatte gelernt, die schrecklichen Verhöre seiner Kindheit zu imitieren, wenn es im Beruf erforderlich war.

Trotzdem würde er Jared Boula zur Verantwortung ziehen, so wie er sich bemühte, auch sich selbst gegenüber immer wieder Rechenschaft abzulegen.

Frank Pinders Fall war an das Team von DCI Suresh Acharya abgegeben worden, doch sie würde vermutlich eng mit ihnen zusammenarbeiten. Acharya war entschlossen, die Ermittlungen zu sämtlichen Anschuldigungen von Keely und Nina Lennox wieder aufzunehmen und wenn möglich auch in den alten Fällen eine Verurteilung zu erwirken.

»Damit hätten wir unsere vorbereitenden Vernehmungen erledigt«, sagte Hanson, als sie mit Jared Boula fertig waren. »Bleibt nur noch der endlose Job, die Indizien aufzubereiten.«

»Genau genommen«, sagte Jonah, »steht noch eine Befragung aus.«

Die Vernehmung von Mark Slatterworth wurde eine von Hansons absoluten Favoriten in einer langen Liste immens befriedigender Verhöre. Über welche Fertigkeiten er sonst noch verfügen mochte, niemand konnte dem Chief das Wasser reichen, wenn es darum ging, einen Zeugen in die Mangel zu nehmen, bis er sagte, was der Chief hören wollte. Hanson genoss es jedes Mal, daran teilzunehmen.

Der Sozialarbeiter traf so fröhlich und leutselig ein wie bei seinem ersten Besuch. Er trug ein anderes hellblau und weiß kariertes Hemd, wirkte jedoch ansonsten unverändert. Zu Beginn der Befragung bestand er erneut darauf, »Mark« genannt zu werden, und der Chief nickte lächelnd und sagte: »Nun, Mark. Ich glaube, Sie haben uns ein paar Dinge zu erzählen.«

Slatterworth blickte mit leicht gezwungener Belustigung zu Hanson und wieder zu dem DCI. »Ich glaube, wahrscheinlich können Sie mir mehr erzählen als ich Ihnen. Aber ich helfe gerne mit allem, was Sie brauchen.«

»Das hört sich doch mal gut an«, sagte Jonah. »Denn ich glaube, Sie können uns sehr helfen. Als Erstes wüsste ich gern, wann Sie Sally und Henry Murray-Watt kennengelernt haben.«

Mark stieß ein seltsames Lachen aus und setzte eine verwirrte Miene auf. »Wahrscheinlich, als ich zum ersten Mal in ihr Haus gekommen bin, um Keely und Nina zu besuchen, nehme ich an.«

Der DCI lächelte ihn an und sagte: »Nein.« In der erkennbaren Absicht, beiläufig zu provozieren, begann er, mit seinem Stift auf den Tisch zu klopfen. »Als ich Sie gestern befragt habe, haben Sie die guten Fortschritte erwähnt, die Callum in der Schule gemacht hatte, seit er zu den Murray-Watts gekommen war. Dabei waren Sie nie für ihn zuständig.«

»Ach, kommen Sie«, sagte Mark mit einem weiteren Lachen. »Das steht alles in seiner Akte.«

»Es würde mich wundern, wenn in den Akten etwas über den Wagen gestanden hat, den die Murray-Watts früher gefahren haben«, sagte Hanson mit einem Blick zu dem DCI. »Henry hat seinen Porsche gegen einen Jaguar eingetauscht, bevor die Lennox-Schwestern zu ihnen kamen. Trotzdem haben Sie von einem Porsche in der Auffahrt gesprochen. Woher wussten Sie, was für einen Wagen Henry Jahre zuvor gefahren hatte?«

Nach einem kurzen Schweigen sagte Mark: »Er muss es mir erzählt haben.«

»Ebenfalls verwunderlich ist«, fuhr der Chief fort, »dass Sie sich nach nur zwei Monaten Bekanntschaft mit den Murray-Watts eine so feste Meinung über das Ehepaar gebildet hatten. So fest, dass Sie sich gegenüber den Ermittlern im Dezernat für Kindesmissbrauch über ihren guten Charakter geäußert haben.« Er blickte zu Mark auf. »Wie oft haben Sie die Lennox-Schwestern in dieser Zeit besucht?«

Mark runzelte die Stirn. »Na ja … zweimal, inklusive des Besuches nach Keelys Notruf.«

»Tatsächlich waren Sie als Sozialarbeiter also nur einmal zuvor in dem Haus gewesen, bevor Keely die Murray-Watts des Missbrauchs beschuldigte«, sagte der Chief. »Eigenartig, dass Sie so absolut überzeugt von deren Unschuld waren.«

Mark machte den Mund auf, zögerte und sagte dann: »Es war … es war offensichtlich, was für Menschen sie waren. Ich meine, rückblickend bin ich in dem Gespräch mit Ihnen gestern vielleicht ein bisschen weit gegangen.«

»Und seinerzeit auch«, sagte der Chief. »Als Sie dem ermittelnden Beamten detailliert Ihre Ansichten geschildert haben, ohne zu erwähnen, dass Sie die Murray-Watts offiziell praktisch kaum kannten.«

Nach einer kurzen Pause sagte Mark: »Daran kann ich mich nicht mehr so genau erinnern, aber wenn Sie sagen, dass ich mich zu vehement zu ihren Gunsten geäußert habe, dann sollten Sie auch all die anderen Faktoren damals bedenken. Die Polizei …«

»Meine Kollegen haben in der Sache so gut ermittelt, wie sie es mit den ihnen zur Verfügung gestellten Beweisen konnten«, sagte der Chief und fragte sofort hinterher: »Wann wurde dieses Foto aufgenommen?«

Er schob einen Hochglanzschnappschuss über den Tisch. Hanson genoss den Moment mit absoluter Schadenfreude.

Das Bild zeigte Mark Slatterworth mit Sonnenbrille bei einem Picknick oder dergleichen. Neben ihm stand Sally Murray-Watt und winkte in die Kamera. Der Chief beschrieb das Foto für die Aufzeichnung.

»Ich … ich erkenne das nicht«, sagte Mark mit trockner, vor Angst zugeschnürter Kehle.

»Das ist eigenartig, wo das Foto doch aus Ihrem Haus stammt«, sagte der DCI und reichte ihm ein zweites Bild. Darauf sah man eine Pinnwand voller Fotos, der Schnappschuss von Mark und Sally hing oben rechts in der Ecke. Wieder beschrieb der Chief das Bild ausdruckslos.

»Was haben Sie …?« Mark blickte zu ihm hoch. »Was haben Sie in meinem Haus gemacht? Ich habe Ihnen nie erlaubt …«

»Wir müssen noch einen Durchsuchungsbeschluss beantragen«, sagte der Chief, »aber das werden wir tun. Diese Fotos wurden nicht von einem Polizisten aufgenommen. Sie wurden uns von interessierter dritter Seite zugespielt.«

Hanson wusste natürlich genau, wer die interessierte Seite war. Das Foto war eins der vielen Indizien, die Nina ihnen hinterlassen hatte.

Es entstand ein langes Schweigen, das der Chief zu genießen schien. Mark schluckte dreimal. Viermal. Und dann sagte er: »So gut kenne ich sie nicht. Sie waren bloß Mitglieder einer Amateur-Theatergruppe, in der ich auch mitgespielt habe. Das Foto ist bei einem geselligen Beisammensein der Truppe gemacht worden.«

»Haben Sie Ihren Arbeitgeber darüber informiert, bevor Sie der zuständige Sozialarbeiter für Keely und Nina geworden sind?«, fragte der Chief.

»Nein, ich …«

»Danke. Zur nächsten Frage meiner Constable.«

Darauf war Hanson vorbereitet. Sie reichte Slatterworth zwei Kopien: die seines zusammenfassenden Berichts über Keelys Anschuldigungen gegen Frank Pinder und die des ersten polizeilichen Berichts nach der Befragung von Keely durch eine DI des Missbrauchsdezernats.

»Bei der Ermittlung zu den Anschuldigungen gegen Frank Pinder«, begann sie, »haben Sie ausgesagt, dass Keely explizit das Wochenende des achtzehnten November als Datum für ihre Vergewaltigung durch Frank genannt hätte. Wie sich später herausstellte, hatte Evelyn Pinder an diesem Wochenende gar keinen Bereitschaftsdienst, sondern war vielmehr im Haus.«

»Ja. Das ist richtig«, sagte Mark mit erstickter Stimme. »Keely hatte gelogen.« Er nickte. »Später hat sie versucht, ihre Geschichte zu ändern. Das habe ich Ihnen erzählt.«

»Aber in der ersten Befragung durch die Polizei«, fuhr Hanson fort, »hat Keely gesagt: ›am vorletzten Wochenende‹, was für das

Datum spricht, das sie gemeint haben will, wie sie später erklärte. Und als sie erneut zu der Sache befragt wurde, hat sie darauf beharrt, Ihnen gegenüber nie das Datum des Achtzehnten genannt zu haben. Sie hätten es nur so weitergeleitet.«

Beinahe gelangweilt schaltete sich der DCI wieder ein. »Ich habe bereits Einsicht in die Verbindungsnachweise von Frank Pinders Telefon aus der Zeit beantragt, die auch bestimmt erteilt werden wird, warum erzählen Sie mir also nicht von dem privaten Telefonat zwischen Ihnen und Frank am Nachmittag von Keelys Enthüllung?«

»Aber ich …« Mark stieß ein weiteres künstliches Lachen aus. »Ich musste ihm mitteilen, dass die Mädchen nicht zu ihm zurückkehren würden und das Ganze jetzt eine Polizeiangelegenheit war.«

»Aber Sie haben sich auch über Details des Falles ausgetauscht«, sagte der Chief. »Und dabei haben Sie ihm einen Tipp zu den Daten gegeben, an denen die Vergewaltigungen, derer er beschuldigt wurde, stattgefunden haben sollten.«

»Nein!«, erwiderte Mark und fügte gequält hinzu: »Ich habe ihm bloß das Allernötigste gesagt.«

»Dann sind Sie hingegangen«, fuhr der DCI fort, »und haben Ihren Bericht über Keelys Aussage so abgeändert, dass sämtliche ihrer Behauptungen in Zweifel gezogen wurden.«

»Ich habe bloß aufgeschrieben, was sie gesagt hat!«, widersprach Mark.

»Außerdem haben Sie 2012 Jared Boula geholfen, Keelys Beschuldigungen niederzuschlagen, und ihm exakt die passenden Aussagen vorformuliert, mit denen er mit seinem sexuellen Übergriff davonkommen konnte«, schaltete Hanson sich ein. »Wir haben Unterlagen über Ihre Anrufe bei ihm. Wollen Sie uns von dem Anruf erzählen, den Sie gestern Abend bei ihm gemacht haben, um ihm zu verraten, in welche sichere Wohnung Keely gebracht worden war?«

Wieder schwieg Mark, und das sagte Hanson alles, was sie wissen wollte.

»Haben die Murray-Watts Sie bezahlt?«, wollte der DCI wissen. »War es das? Und Frank und Jared, haben die Ihnen auch Geld gegeben? Und das hat gereicht, um jedes Versprechen zu brechen, das Sie gegenüber den Kindern in Ihrer Obhut gegeben hatten, und sie zum systematischen Missbrauch anzubieten?«

»Niemand … hat niemanden … missbraucht«, brüllte Mark plötzlich und stieß mit dem Zeigefinger auf die Tischplatte. »Keely ist durch und durch verlogen. Henry und Sally haben nie eine Hand gegen sie erhoben, es ging ihr nur um Rache. Und um Kontrolle.« Er schüttelte den Kopf. »Das sieht man doch sofort, wenn man ihr begegnet! Sie ist komplett verdorben und falsch, und ich wollte nicht zulassen, dass sie das Leben guter Menschen zerstört.«

»Menschen wie Frank Pinder?«, fragte der Chief mit harter Stimme. »Ein Mann, der gestern Abend mit einer nackten Dreizehnjährigen in seinem Bett erwischt wurde, wie Sie bestimmt wissen.«

Slatterworth verzog das Gesicht.

»Perverse wie Jared Boula?«, fügte der Chief hinzu.

»Jared hat überhaupt nichts getan«, sagte Mark abschätzig. »Das war von Anfang an klar.«

»Auf welcher Grundlage?«, fragte der Chief. »Wegen Ihres bizarren Vorurteils gegen Keely Lennox?« Er schüttelte den Kopf und schlug einen Plauderton an, der so gar nicht zu seinen Worten passte. »Vielleicht würde es Sie interessieren, einen Blick auf die extrem drastischen und pornographischen Inhalte auf Jared Boulas Computer zu werfen. Aber vielleicht haben Sie beide auch etwas gemeinsam. Vielleicht bereitet es Ihnen Freude zu sehen, wie junge Mädchen geschlagen und missbraucht werden.«

»Das können Sie nicht sagen«, protestierte Mark heiser. »Ich habe nicht … ich werde … ich möchte meinen Anwalt sprechen.«

»Ich würde Sie sehr gerne gleich als Verdächtigen vernehmen«, sagte der Chief unvermittelt überaus höflich. »Aber bevor wir dazu kommen, möchte ich Ihnen Gelegenheit geben zu erklären, womit

Jared Boula Ihnen gedroht hat, damit Sie Keelys Aufenthaltsort preisgeben.«

Mark sah aus, als wollte er etwas sagen, doch er brachte nichts hervor. Der DCI stand auf und nickte. »Setzen Sie sich mit Ihrem Anwalt in Verbindung.«

Nach dem Ende der offiziellen Vernehmungen ging Hanson mit dem Chief, um Keely und Nina zu treffen, die eingewilligt hatten, ins Kommissariat zu kommen. Beide waren im Krankenhaus gründlich untersucht worden, in Keelys Fall, um mit Hilfe einer Blutprobe festzustellen, wodurch sie bewusstlos geworden ist, in Ninas, um eine Rauchvergiftung und Knochenbrüche auszuschließen.

Hanson hatte den Verdacht, dass auch der Chief seine Lungen untersuchen lassen sollte. Während der Befragungen hatte er mehrmals Pausen einlegen müssen, um zu trinken, und sie hatte ihn im Flur husten gehört, als er den Vernehmungsraum verlassen hatte. Aber wie sie ihn kannte, würde er das auf später verschieben.

Die Lennox-Schwestern waren jedenfalls nach einigen Stunden als gesund entlassen worden. Sie würden später in eine sichere Unterkunft gebracht werden, die der Chief persönlich organisiert hatte. Callum würde sie begleiten, bis klar war, dass keine von beiden sich in Gefahr befand. Diesmal würde es kein Informationsleck im Jugendamt geben. Und auch keinen Sozialarbeiter, der in Wahrheit gegen sie arbeitete.

Als Hanson den speziellen Befragungsraum betrat, empfand sie eine große Dankbarkeit. Die Lennox-Schwestern guckten eine Kochsendung im Fernsehen, Nina hockte ein wenig ungelenk auf einem Kissen – vermutlich um Druck von ihrem geprellten Steißbein zu nehmen – und trug ihr Handgelenk in einer Schlinge.

Callum Taylor war natürlich auch da und saß so dicht neben Nina, dass man ihre Gliedmaßen kaum auseinanderhalten konnte. Er sah sehr viel sauberer aus als in Godshill, seine Kopfwunde war genäht worden, und er trug ein frisches T-Shirt und Jeans.

Nina hatte die Sendung angehalten und sah Hanson direkt an. »Freut mich, Sie wiederzusehen, Detective Constable«, sagte sie.

Mit einem Mal erkannte Hanson eine verblüffende Ähnlichkeit zwischen den beiden Schwestern. Sie ging über ihr Haar, die blasse Haut und die Wangenknochen hinaus und lag vielmehr in der kühlen Intelligenz, über die beide verfügten, und in der Art, wie sie instinktiv ihre Gefühle verbargen.

»Bitte nennt mich Juliette«, sagte Hanson entschieden. »Und ich entschuldige mich, dass ich euch zu der Annahme verleitet habe, Verbrecher zu fangen wäre sehr viel amüsanter, als es in Wirklichkeit ist.«

Ninas Lächeln wurde verschlagen. »Ach, ich weiß nicht. Ich würde sagen, es war unterhaltsam.«

Nach einem kurzen Schweigen meldete sich der Chief zu Wort. »Ich muss mich auch entschuldigen. Dafür, dass es so lange gedauert hat, bis wir euch zugehört haben. Euch allen.« Er lächelte knapp. »Eigentlich sollte jeder Beamte davon ausgehen, dass Menschen die Wahrheit sagen, wenn sie eine Beschuldigung vorbringen. Ihr hättet niemals gezwungen sein sollen, all das durchzumachen, nur um an den Punkt zu kommen, an dem ihr jetzt seid.«

Ninas ironisches Grinsen war breiter geworden, aber sie sah kurz zu Callum hinüber, und da wurde Hanson klar, dass Nina tatsächlich etwas für ihn empfand.

Callum nahm Ninas Hand und drückte sie. »Wurde auch Zeit«, sagte er.

»Werden sie ins Gefängnis kommen? Frank Pinder, Jared Boula, die Murray-Watts …« Es war Keely, die die Frage stellte, mit ihrem durchdringenden fragenden Blick, der Hanson jetzt keine Gänsehaut mehr machte.

»Ich hoffe«, erwiderte der Chief. »Natürlich besteht trotzdem immer die Gefahr, dass eine Anklage abgewiesen wird. Das ist einer der frustrierendsten Aspekte dieses Jobs – wenn man sein Bestes tut, um jemanden seiner gerechten Strafe zuzuführen, und dann scheitert.«

Keely schüttelte unzufrieden den Kopf.

»Aber«, fuhr der DCI fort, »alles, was ihr uns gegeben habt, stellt zusammen genommen eine außergewöhnlich zwingende Beweislast dar, sodass bestmögliche Erfolgsaussichten bestehen, würde ich meinen.«

»Sie haben jetzt alles«, sagte Keely nickend. »Und selbst wenn eigentlich Juliette das Rätsel lösen sollte, bin ich froh, dass wir auch Sie mit ins Boot holen konnten.«

Hanson musste unwillkürlich grinsen, als der Chief sichtlich gerührt reagierte. Er versuchte es zu überspielen, indem er brummig erklärte: »Also, wenn ihr mich fragt, solltet ihr alle drei darüber nachdenken, eines Tages Ermittler zu werden.«

»Wir hatten eher an Selbstjustiz gedacht«, erwiderte Keely trocken, und Hanson lachte laut los.

Auf dem Weg hinaus rief Nina plötzlich: »Juliette?«

Sie drehten sich beide um, und Nina warf ihr ein kleines rundes Objekt zu.

»Das hat Callum vor ein paar Wochen an Ihrem Wagen entdeckt«, sagte sie. »Ein Peilsender. Man kann sie online kaufen, wenn man weiß, wo man gucken muss.«

Hanson starrte Nina an, während sie das Gewicht in ihrer Hand spürte.

»Ich habe gesehen, wer ihn montiert hat, falls das hilft«, fügte Callum hinzu.

»Könnte das ein ziemlich kräftiger, dunkelhaariger Typ mit Bartschatten gewesen sein?«, fragte Hanson.

»Genau«, bestätigte Callum. »Ich hab ihn auf Kamera. Ich hab zwar nicht drauf, wie er den Sender anbringt, aber beim Weggehen hab ich ihn gefilmt. Ich schicke Ihnen das Video, wenn Sie möchten. Ich hatte übrigens eine Menge Spaß mit dem Teil. Für eine Weile hab ich es an Henrys Wagen angebracht und dann an meinem Motorrad, nur um den Typen zu verarschen.«

Hanson nickte grinsend und fragte sich, ob es einen Zweck hatte, die Sache weiter zu verfolgen. Und dann fiel ihr ein, wie Nina im Bevois Valley plötzlich mit ihrem Motorrad hinter ihr aufgetaucht war. »Es befinden sich nicht zufällig noch weitere Peilsender an meinem Wagen? Oder an denen der anderen Mitglieder des Teams?«

Nina bedachte sie mit ihrem hinreißend unschuldigen Lächeln. »Bestimmt nicht … mehr in ein oder zwei Tagen.«

Keely sah Hanson neugierig an. »Der Typ, der den Peilsender angebracht hat, lungert überhaupt eine Menge in Ihrer Nähe rum. Wer ist er?«

Hanson überlegte, ob es professionell war, diese Information zu teilen, doch sie hatte das Gefühl, ihnen eine Antwort schuldig zu sein. »Bloß ein bescheuerter Exfreund«, sagte sie. Mehr Beschreibung hatte Damian nicht verdient.

39.

Um neun Uhr verkündete der Chief Feierabend für alle, weil sie schon viel zu lange mit viel zu wenig Schlaf auf den Beinen seien. Aber als er in sein Büro zurückging, um seine Sachen einzupacken, wirkte er lebhaft, ja, beinahe munter. Sein Husten schien auch abzuklingen, und er hatte eine ganze Pizza von Domino's gegessen, während er den nötigen Formularkram erledigte.

»Irgendwie will ich nicht nach Hause fahren«, sagte Hanson zu Ben und Domnall, als sie ihren Rechner ausschaltete. »Ich meine, ich bin total kaputt, aber auch völlig aufgedreht.«

»Nach ein oder zwei Drinks fühlst du dich besser«, sagte O'Malley. »Ich für meinen Teil gehe jedenfalls direkt in den Pub.«

Hanson grinste ihn an. »Okay. Ich bin dabei.«

»Wirklich schwer zu überreden«, sagte O'Malley. »Ben?«

»Ich natürlich auch«, sagte Lightman. »Über wen würdet ihr ablästern, wenn ich nach Hause gehe?«

»Guter Punkt«, sagte Hanson grinsend. »Ich frag den Chief, ob er auch mitkommt.«

Jonah wollte unbedingt Milly abholen und nach Hause zu Michelle fahren. Bei seinem kurzen Besuch früher am Tag war ihm klargeworden, dass er seine Partnerin im Stich gelassen hatte.

Jonah hatte vermutet, dass sie an einem freien Tag, nur für sich, vielleicht Klavier spielen oder lesen würde, wenn er heimkam, zwei Dinge, die sie früher begeistert getan hatte, zu denen sie aber seit Millys Geburt nicht mehr gekommen war. Aber stattdessen hatte er sie zusammengerollt im Bett vorgefunden. Tränen strömten über ihre Wangen, und das offensichtlich schon seit geraumer Zeit.

Er hatte sich neben sie gesetzt, sie an sich gezogen und gehofft, dass er nicht zu sehr nach Rauch stinken würde.

»Ich glaube … ich glaube, du brauchst Zeit für dich«, sagte er. »Und einen Therapeuten oder so, mit dem du über alles reden kannst. Das alles war … du fühlst dich überwältigt, oder?«

Sie blickte zu ihm auf, und jetzt, wo er sie wirklich wahrnahm, stellte er schockiert fest, wie sehr sie sich verändert hatte. Die extrovertierte optimistische Frau, der er einst einen Heiratsantrag gemacht hatte, war in Traurigkeit versunken. Wie hatte er das übersehen können?

»Ich kann das nicht, Jonah«, sagte sie schluchzend. »Ich bin die schlechteste Mutter der Welt.«

Sie vergrub ihr Gesicht an seiner Brust, und er spürte, wie auch ihm Tränen in die Augen schossen.

»Das bist du ganz und gar nicht«, sagte er mit unsicherer Stimme und strich ihr übers Haar. »Du bist eine wunderbare Mutter, die verdammt noch mal Hilfe braucht. Und die werde ich für dich organisieren und auch selber leisten.« Er drückte sie noch fester. »Wir kriegen das hin. Okay?«

Nach einer Weile hatte sie genickt, die Umarmung jedoch lange nicht gelöst.

Ihm kam der Gedanke, dass sie vielleicht ein bisschen Gesellschaft nötig hatte. Und er wusste, dass zumindest eine enge Freundin von Michelle Zeit haben würde.

»Warum rufst du nicht Kerry an?«, fragte er. »Lad sie ein vorbeizukommen. Sie hat doch montags keine Termine? Oder ich kann sie anrufen, wenn du willst. Gesellschaft, ein Essen vom Lieferdienst und ein bisschen Wein … Dann fühlst du dich wieder ein bisschen mehr wie die Trinkerin, die ich kenne und liebe.«

Michelle lachte kurz. »Okay.« Sie rieb sich die Augen. »Danke.«

In diesem Moment wurde ihm klar, dass seine Familie für ihn

das Wichtigste war. Sogar noch wichtiger als seine Arbeit. Und mit diesem Wissen war er ins CID zurückgekehrt.

Als sein Team den Pub-Besuch zu planen begann, entschuldigte er sich und rief Sammy an, um zu besprechen, wann er Milly abholen sollte.

»Oh, Sie müssen sich nicht beeilen«, erwiderte sie. »Ich habe Milly um neun ihr Fläschchen gegeben und sie zum Schlafen hingelegt. Sie können sie irgendwann vor elf abholen.«

Jonah war sich nicht sicher, was er tun sollte, entschied dann jedoch, dass es wahrscheinlich fair wäre, Michelle noch ein wenig Zeit mit ihrer Freundin zu lassen. Sie war offensichtlich ausgehungert nach Gesellschaft und Zeit ohne Verantwortung. Also ließ er sich zu einem kurzen Besuch im Pub überreden. Schließlich war es auch wichtig, seinen Teil dazu beizutragen, dass sein Team nach einem aufreibenden Fall wieder herunterkam.

Eine Zeit lang folgte Hanson dem Gespräch der anderen, ohne sich wirklich einzuschalten. Der Chief und O'Malley hatten ein gutmütiges Geplänkel über Politik, doch sie beobachtete unwillkürlich Ben, der zwar erleichtert, aber auch irgendwie wütend wirkte.

Plötzlich stand sie auf und sagte: »Komm, Ben. Meine Runde, du kannst mir tragen helfen.«

»Zu Befehl, Kapitän«, erwiderte er mit einem winzigen Lächeln.

Er folgte ihr zur Bar, und Hanson spürte ein Bündel von Nerven im Bauch, als sie sagte: »Du musst mir nicht alles erzählen. Oder überhaupt irgendwas, es sei denn, es hilft. Aber … irgendwas an dem Fall ist dir unter die Haut gegangen, oder?«

Ben senkte den Blick und stützte die Ellenbogen auf den Tresen. Eine Abwehrhaltung.

»Ja … stimmt. Aus mehreren Gründen.«

»Es hat etwas mit den beiden Mädchen zu tun, oder?«, fragte sie. »Erinnern sie dich an jemanden?«

Nach einer längeren Pause sagte Ben sehr leise: »Ja, das … Sie erinnern mich an mich selbst.«

Hanson wandte ebenfalls den Blick ab. Sie erkannte das Unbehagen in jedem seiner Worte und glaubte zu verstehen, was er meinte.

»Du meinst, du hast etwas Ähnliches erlebt wie das, was sie durchgemacht haben?«, fragte sie noch leiser.

Ben nickte, und sie empfand maßloses Mitleid mit ihm.

Einer der Leute hinter dem Tresen nahm ihre Bestellung entgegen, und Hanson vermutete, dass die Unterhaltung damit beendet war. Aber als sie die Getränkewünsche losgeworden waren, fügte Ben hinzu: »Es war mein Klavierlehrer.«

Er nahm das erste Pint, das auf den Tresen gestellt worden war, und leerte es in einem Zug fast bis zur Hälfte. Hanson begriff, dass das alles zu viel für ihn war.

Aber sie fühlte sich in diesem Moment nicht persönlich abgewiesen, nur weil er nicht mit ihr reden wollte. Wahrscheinlich war es nie persönlich gemeint gewesen. Er hatte einfach gelernt, alles in sich hineinzufressen.

Sie holte tief Luft. »Dies ist wahrscheinlich … weder der Ort noch die Zeit. Und ich weiß, dass du vielleicht gar nicht darüber sprechen willst. Ich werde nicht … Ich werde mich bemühen, dich nicht zu verhören. Aber wenn du reden willst, bin ich immer für dich da. Das weißt du, oder?«

Sie streckte den Arm aus und drückte seine Schulter. Er nickte. Und das nachfolgende Schweigen fühlte sich okay an, dachte sie. Es war okay.

Jonah bemühte sich, nicht mehr an die Lennox-Schwestern zu denken, sondern sich lieber seinen Leuten zuzuwenden. Interessiert beobachtete er, wie Ben und Juliette sich an der Bar unterhielten. Er hatte den ganzen Abend eine unterschwellige Missstimmung zwischen den beiden gespürt und vermutete, dass sie etwas mit Bens jüngstem Verhalten zu tun hatte.

Manchmal bedauerte er es, dass man Ben nicht leichter verstehen konnte. Auch nach jahrelanger Zusammenarbeit gab es vieles, was er nicht über ihn wusste.

Aber Ben und Juliette kehrten einigermaßen gut gelaunt zurück und drängten ihm ein Pint alkoholreduziertes Bier auf.

Er hatte es zur Hälfte geleert, als sein Handy summte. Er schaute auf das Display und sah, dass es eine Nachricht von Jojo war.

Als er hochsah, bemerkte er, wie Hanson schuldbewusst den Blick abwandte. Offensichtlich hatte sie Jojos Namen gelesen.

Hanson nahm ihren Drink, und er fragte sich, ob sie schlecht von ihm dachte. Es war durchaus möglich, dass Ben ihr erzählt hatte, was gestern Nacht auf der Furzley Lane passiert war. Wahrscheinlich hatte es so ausgesehen, als wolle er Jojo zurückhaben. Was noch schlimmer war, nachdem er jetzt begriffen hatte, wie Michelle sich fühlte.

Aber als Hanson ihn wieder ansah, wirkte ihr Blick freundlich und mitfühlend.

Jonah lächelte knapp. »Bin gleich wieder da«, sagte er und ging an die Bar.

Mit einem Gefühl, das er selbst nicht deuten und einordnen konnte, öffnete er die Nachricht und las.

Jonah, es tut mir leid. Es tut mir wirklich leid, was ich gestern Nacht gesagt habe. Ich war bloß betrunken und wütend, nachdem ich aus dem Taxi aussteigen musste, und vermutlich hatte ich ein paar Sachen unterdrückt, die ich schon früher mal loswerden wollte. Wenn ich nicht sturzbetrunken bin, geht es mir eigentlich gut. Ich bin auf den Füßen gelandet und ich treffe mich seit einiger Zeit sogar wieder mit jemandem. Er macht einen netten und stabilen Eindruck und geht sogar hin und wieder klettern. Du musst dir um mich keine Sorgen machen. Ich will wirklich nicht, dass du deswegen irgendwelche Befürchtungen hast. Ich komme schon klar. J xx

Als er zu Ende gelesen hatte, spürte Jonah eine schreckliche Taubheit. Als würde er irgendetwas auf Nimmerwiedersehen nachwinken.

Der Drang zu antworten war überwältigend. Er wollte ihr mitteilen, welche Gefühle all das bei ihm ausgelöst hatte. Er begann schnell und mit unsicherer Hand zu tippen.

Bitte entschuldige dich nicht. Es war schön dich wiederzusehen, und ich weiß, dass du klarkommst. Mehr als das. Du wirst es wunderbar hinkriegen. Du bist einer der zähesten Menschen, die ich kenne. Sorgen mache ich mir eigentlich mehr um mich. Ich habe ehrlich gesagt keine Ahnung, wie ich ohne dich überleben soll, obwohl ich weiß, dass ich das muss. Ich kann nicht die Frau verlassen, die die Mutter meines Kindes ist, zu kämpfen hat und mich dringend braucht. Aber ich vermisse dich immer noch wie die Luft zum Atmen.

An dieser Stelle hielt er inne und betrachtete das Geschriebene eine Weile.

Dann löschte er alles bis auf den ersten Satz und schrieb:

Ich bin froh, dass du es gesagt hast und dir alte Verletzungen von der Seele reden konntest. Und ich freue mich, dass es dir gutgeht. Ich werde dir immer, immer alles Gute wünschen.

Er schickte die Nachricht ab und ging zurück zu seinem Team.

Danksagung

Mit jedem Buch wird mir klarer, dass ich für jedes einzelne von ihnen sehr vielen Menschen immens viel zu verdanken habe. Diese Menschen stehen zusammen und bilden gemeinsam eine große wundervolle Branche. Ich darf bloß auf ihren Schultern stehen und meinen Namen auf alles schreiben.

Deshalb möchte ich mich hiermit bei meinem schlicht wunderbaren Team von Agentinnen und Lektorinnen bedanken: Felicity Blunt, Rosie Pierce, Joel Richardson und Grace Long. Eure Einsicht und Geduld, als ich (ZWEIMAL) eine bescheuerte zweite Hälfte dieser Geschichte geschrieben habe, waren immens. Es ist ein großes Vergnügen, mit so warmherzigen Menschen wie euch zusammenzuarbeiten.

Dank an Jen Breslin und Ella Watkins, die unermüdlich arbeiten, um wundervolle Druckfahnen, Marketingmaterial und PR-Anlässe zu schaffen, und es so allgemein ermöglichen, dass die Leute überhaupt von diesem Buch erfahren.

Dank an die wunderbare Deirdre O'Connell und das Vertriebsteam bei Penguin, die schlicht Unglaubliches geleistet haben, um Jonah Sheens in die Regale überall im Land zu bringen.

Dank an das geniale Rechte-Team und meine phantastischen ausländischen Verleger. Das Wissen, dass Jonah und sein Team weiterhin Leser:innen in vielen Sprachen erreicht, ist ein wirklich großes Privileg, und ich bin von Dankbarkeit überwältigt.

Ein besonderer Dank an Katrin Aé von meinem deutschen Verlag Hoffmann & Campe, Kristian Lutze für die deutsche Übersetzung und Ann-Catherine Geuder für das Lektorat.

Dank an Beatrix McIntyre, Jennie Roman und das geniale Korrektur-Team. Es tut mir leid, dass ich euch das Leben mit diesem Buch SO schwer gemacht habe, aber danke, danke, danke, dass ihr euch so großartig engagiert und mir geholfen habt, die unbeabsichtigten Fehler zu erkennen!

Dank an Chris Haines für seine immer geduldigen Antworten auf meine Nachfragen zu Details der Polizeiarbeit. Es gibt garantiert immer noch Fehler, aber das sind meine Fehler – und Chris ist freundlich genug, mir deswegen nie ein zu schlechtes Gewissen zu machen.

Dank an die Hampshire Constabulary für die Erlaubnis, mein eigenes fiktives CID in Southampton Central einzurichten (nicht dass ich Ihnen eine Wahl gelassen hätte …).

Dank an die LKs dafür, dass ihr meinem Gejammer zugehört habt und ich immer Spaß mit euch hatte. Ihr seid eine phantastische Truppe, und ich liebe euch alle aus tiefstem Herzen.

Dank an all die wundervollen Autor:innen, die freundlich genug waren, mein Buch nicht nur zu lesen, sondern auch eine Empfehlung auszusprechen. Ihr seid wirklich die besten Menschen auf dem Planeten.

Dank an Gillian McAllister für die tollen Sprachnachrichten und Plot-Diskussionen – immer ein Highlight meines Tages oder meiner Woche – und auch für deine Freundlichkeit.

Dank an die unglaublichen Buchhändler:innen von Waterstones, Heffers, Blackwell's, Topping and Company, Book-ish, Bert's Books, Forum Books und die vielen anderen fabelhaften unabhängigen, die meine Bücher nicht nur auf Lager haben, sondern auch noch empfehlen. Ich liebe euch.

Dank an Vic und Simon von Bay Tales für eure wunderbare unermüdliche Unterstützung nicht nur meiner Person, sondern auch so vieler anderer Kriminalautor:innen. Ihr leistet Wunderbares.

Und ein riesiges Dankeschön an alle Blogger:innen, Rezensent:innen und Leser:innen, die dieses Buch von Anfang an empfohlen, unterstützt und lautstark bekannt gemacht haben. Ihr seid ein wahres Wunder, und ich möchte jedem Einzelnen von euch ein Denkmal errichten.

Gytha Lodge
im Hoffmann und Campe Verlag

Bis ihr sie findet
Kriminalroman
Aus dem Englischen von Kristian Lutze
Taschenbuch, 400 Seiten
ISBN 978-3-455-00936-1

Sechs Freunde. Ein Mörder. Wem vertraust du?

Von einer sommerlichen Zeltnacht mit den Freunden ihrer großen Schwester kehrt die vierzehnjährige Aurora nie zurück. Dreißig Jahre später wird ihre Leiche gefunden. In einem Versteck, von dem eigentlich nur die sechs Freunde gewusst haben können. Detective Chief Inspector Jonah Sheens ist fest entschlossen, den Cold Case ein für alle Mal zu lösen.

Wer auf dich wartet
Kriminalroman
Aus dem Englischen von Kristian Lutze
Taschenbuch, 368 Seiten
ISBN 978-3-455-00997-2

Du hast es gesehen. Du hast nichts getan. Wer wird dir noch trauen?

Spätabends will Aidan mit seiner Freundin Zoe skypen. Doch als die Verbindung steht, sieht er nur ihr leeres Zimmer, durch das ein Schatten huscht. Ist Zoe etwa nicht allein? Hilflos muss Aidan mit anhören, wie im Hintergrund gekämpft wird. Bis schließlich Stille herrscht… Als DCI Jonah Sheens und sein Team von der Kriminalpolizei Southampton Stunden später Zoes Wohnung betreten, finden sie die Leiche der jungen Frau. Was hat Aidan dazu gebracht, so lange zu zögern, bis er die Polizei gerufen hat?

Neben wem du erwachst
Kriminalroman
Aus dem Englischen von Sepp Leeb und Kristian Lutze
Taschenbuch, 400 Seiten
ISBN 978-3-455-01228-6

Du wachst auf. Neben dir ein toter Unbekannter. Hast du ihn ermordet?

Als Louise mit einem fürchterlichen Kater aufwacht, liegt neben ihr die Leiche eines Fremden. Louise fehlt jede Erinnerung – und damit auch ein Alibi. Für DCI Jonah Sheens und sein Team von der Polizei Southampton ist sie zunächst die Hauptverdächtige. Doch schon bald tut sich vor den Ermittlern ein finsterer Abgrund aus Abhängigkeiten, Täuschung und Lügen auf, der sie vor völlig neue Fragen stellt.